L'Ascension d'une héritière

CHLOE C. PEÑARANDA

l'ASCENSION d'une HÉRITIÈRE

Les Héritiers d'Ungardia - Livre 1

Traduit de l'anglais
par Christophe Rosson

DE SAXUS

Ceci est une œuvre de fiction.
Toute ressemblance avec des personnages, lieux, organisations
ou évènements existant ou ayant existé ne serait que purement fortuite.

AVERTISSEMENT DE CONTENU

DESCRIPTION EXPLICITE DE BLESSURE, EMPRISONNEMENT, LANGAGE GROSSIER, MANIPULATION MENTALE, MEURTRE, SANG, VIOLENCE, VIOLENCE CONJUGALE, VIOLENCE PSYCHOLOGIQUE

L'Ascension d'une héritière
par Chloe C. Peñaranda

An heir comes to rise

Cet ouvrage a été publié avec l'aimable collaboration de Sandra Dijkstra Literary Agency, Del Mar et La Nouvelle Agence, Paris.

Illustration de jaquette (édition reliée) et couverture (édition brochée) : © 2020 by Alice Maria Power
Design original : © 2020 by Lumaria Press

Photos et illustrations : cerf © _hrstudio_/Stock.adobe.com ; forêt (pages de garde de l'édition reliée) © stone36/Stock.adobe.com
Carte : © Lila Raymond (@lettersbylila_)

Conception graphique couvertures, jaquette et pages de garde françaises :
Eilean Books

Ouvrage publié sous la direction de Élodie Rémond
Suivi éditorial : Maéva Rossi

Composition et mise en pages
PCA

Le papier intérieur de cet ouvrage est composé de fibres naturelles, renouvelables, recyclables et fabriquées à partir de bois issu de forêts plantées expressément pour la fabrication de pâte à papier.

ISBN : 978-2-37876-449-4 (broché)
ISBN : 978-2-37876-450-0 (relié)
ISBN : 978-2-37876-451-7 (e-book)

Dépôt légal : avril 2024

1re édition
10 9 8 7 6 5 4 3 2 1

Achevé d'imprimer en République tchèque par FINIDR en mars 2024

À toi, lecteur, lectrice.
Ne te mets aucune barrière.

LE MONDE D
BOIS ÉTERNELS
HIGH FARROW
FARROWHOLD
VALLÉES VERDOYANTES
BOIS SOMBRES
FORÊT DE L'OUEST
CITÉ INTÉRIEURE
BORDS-DES-MONTS
GROTTES CÉLESTES
MER NOIRE
MONTS PICS-BLANCS
OLMSTONE
VESMIRE
DÉFILÉS DE PIERRE
FENHER
LAKELARIA
ALANDRA
RHYENELLE
ELLIUM
TERRES MORTES
MONTS DE FEU
MONTS FARHIN
ÎLES NILTAIN

D'UNGARDIA
MONTS
MORTUS
GALMIRE
L'AGDUNE
DALRUNE
DALNIRE
DÉSERT
DE RUNE
VALLÉES DE FENSTEAD
LAC
DE STENNA
LANDES
DE L'EST
FORÊTS
D'ARGENT
FENSTEAD
CALENMOORE
LANDES
DU SUD
ESMIRE
VALGARD
BALMORE
GOLFE
AUSTRAL

Chapitre 1

En Ungardia, même les rêves étaient dangereux.

De fait, c'était le seul endroit où les humains et les fae se trouvaient en situation égale de vulnérabilité. S'endormir, c'était courir le risque que des Noctistes envahissent votre esprit, leur présence glaçante indécelable.

Ces créatures, ou toute personne douée de capacités magiques, étaient les progénitures des fae suprêmes immortels. Force obscure et invisible, les Noctistes possédaient la faculté télépathique de pénétrer l'inconscient d'une personne et d'accéder à ses pensées et ses souvenirs, d'où ils tiraient la capacité de la tuer de l'intérieur. Pour les Noctistes, l'esprit était un terrain de jeux constitué de secrets et de mensonges, au sein duquel ils prenaient un plaisir éternel à libérer les pensées afin de condamner leur hôte.

Tout le monde a un cadavre dans son placard, et ceux qui prétendaient le contraire étaient en général ceux qui avaient le plus à cacher.

Bien que rares, les fae Noctistes étaient suffisamment nombreux au royaume de High Farrow, où habitait Faythe, pour que la population humaine de la ville extérieure, miséreuse, ne se hasarde pas à se révolter contre le roi ou ceux qui menaient grand train derrière les murs de la Cité intérieure. Ces despotes considéraient les humains comme de vulgaires chiens, leurs demeures comme de simples chenils dans lesquels ils vivaient dans la crainte de leurs maîtres immortels. Se soulever pour réclamer l'égalité aurait été futile. Et fatal.

Il n'était pas courant que des fae franchissent le rempart pour une raison autre que professionnelle. Il n'y avait rien à voir dans les vieilles bâtisses décrépies ou les sentiers cahoteux de la ville extérieure, rien d'intéressant dans ses très rares aménagements. Les seules fois où Faythe pouvait être sûre de croiser des immortels, c'était quand les gardes patrouillaient, sans qu'elle sache toutefois dire s'ils arpentaient les rues pour protéger les humains ou pour asseoir davantage encore leur contrôle sur ceux-ci.

Aux yeux de ces créatures, Faythe et ses semblables n'avaient d'utilité que par le travail ; il convenait de les employer jusqu'à la mort pour l'accomplissement des tâches qui assuraient le bon fonctionnement de la cité et des villes, de génération en génération. Pour un immortel, l'existence humaine n'était guère plus qu'une infime variation de temps.

La Cité intérieure n'était toutefois pas entièrement inaccessible aux humains. Certains tentaient de s'y faire embaucher, dans l'espoir d'une paye meilleure que ce qu'ils pouvaient obtenir dans la ville extérieure, mais il leur fallait se prévaloir de dons uniques ou recherchés.

Faythe ne possédait pas ce genre de dons. Son rôle se cantonnait à celui d'assistante à l'étal de boulangère que Marie tenait au marché de Farrowhold. Ses journées étaient faites d'allers-retours entre la maison où les filles de Marie préparaient leurs délicieuses spécialités et leur emplacement au marché, s'acquittant parfois de livraisons à domicile. La paye était dérisoire, mais elle l'améliorait en rapportant chaque soir un ou deux pains ou quelques viennoiseries.

Faythe n'avait jamais éprouvé le désir de travailler dans la Cité intérieure, pas plus qu'elle n'enviait ceux qui étaient jugés suffisamment *dignes* de le faire. Elle préférait vivre chichement et trimer, plutôt qu'être sans cesse méprisée et forcée de travailler pour un immortel arrogant.

À la seule pensée d'être immortelle, Faythe frissonnait. Elle n'arrivait pas à comprendre que l'on puisse vouloir passer plus d'une existence en ce triste monde ravagé par la guerre. Elle se disait que le mode de vie des fae devait leur susciter d'autres désirs. Néanmoins, ces créatures étaient des êtres impitoyables, assoiffés de pouvoir, et, bien que Faythe ait eu à s'endormir le ventre vide plus souvent qu'à son tour, elle se réjouissait de ne pas être des leurs.

Aujourd'hui était une journée particulièrement chargée. Le soleil estival mettait Faythe au supplice, en ce milieu d'après-midi. En nage, haletante, la jeune femme rapportait déjà sa quatrième fournée de viennoiseries.

« Grace dit qu'elle n'a plus de pommes pour ses tartes », annonça Faythe en déposant son plateau avant de s'essuyer le front avec sa manche.

Marie souffla fort, déçue. Ces tartes aux pommes partaient comme des petits pains ; et Faythe elle-même en raffolait.

« Ma foi, nous nous en passerons. »

Marie savait y faire avec les clients, toujours souriante et enjouée, ce qui expliquait sans doute qu'elle demande si rarement à Faythe de la remplacer. Ce n'était pas que cette dernière soit farouche ou désespérante, mais elle était incapable de dissimuler ses émotions, et cela posait des problèmes avec les clients les plus difficiles. Marie était en outre une femme généreuse qui, bien souvent, s'en voulait de ne pouvoir mieux rémunérer

Faythe, sans que celle-ci s'en offusque. Personne ne roulait réellement sur l'or dans la ville extérieure.

La plupart des petits commerçants étaient pris dans un cercle vicieux. Les travailleurs gagnaient trop peu et, par conséquent, les produits devaient être vendus au rabais, car personne n'avait plus rien ou presque à dépenser à la fin de chaque semaine.

« J'ai deux boîtes qui attendent d'être livrées ! » lança Marie d'une voix forte pour se faire entendre malgré le brouhaha de la foule.

Faythe redescendit de la caisse sur laquelle elle s'était assise un instant et, réprimant un grognement, ses jambes et ses pieds souffrant le martyre, elle alla récupérer les boîtes. Elle avait beau travailler pour Marie depuis deux ans, c'était toujours une épreuve.

« Et ne traîne pas ! Mme Green aime que ses tartes soient encore chaudes », grommela Marie en s'efforçant de jongler entre les commandes à préparer et les clients à servir.

Les bras chargés, quatre livraisons devant elle, Faythe s'engagea dans les rues bruyantes. Elle connaissait les ruelles dallées de Farrowhold mieux que quiconque. Son plus proche ami, Jakon, l'avait un jour mise au défi de faire une partie de cache-cache les yeux bandés. Faythe avait négocié chaque virage et chaque coude, évité les moindres obstacles tel un gracieux chat de gouttière et, ses autres sens contraints de compenser, il ne lui avait pas fallu longtemps pour retrouver son ami.

Elle estimait avoir désormais passé l'âge de ce genre de jeux, et occupait son temps libre à s'exercer à l'escrime avec Jakon sur la place du marché, une fois que les commerçants avaient plié boutique, leur laissant le champ libre pour se défouler. Ni Jakon ni Faythe n'avaient de quoi s'offrir de vraies épées. Comme Jakon travaillait à la ferme municipale, il chipait des manches à balais qu'ils se partageaient lorsqu'ils en avaient fini avec les précédents. Faythe avait bien tenté d'économiser de quoi acheter un jour une vraie lame, lasse d'entendre les coups sourds du bois au lieu du chant du métal, mais, d'après ses calculs, il lui faudrait près d'un an pour s'offrir ne serait-ce qu'un modèle de base.

Au terme de ses pérégrinations à travers les rues encombrées et de ses arrêts brefs, quoique agréables, il ne lui restait plus qu'une seule livraison à faire : au moulin des Green. Faythe s'y rendit d'un pas plus léger. L'endroit avait quelque chose d'apaisant pour elle, car sa mère y avait travaillé de nombreuses années auparavant. Depuis la mort de celle-ci, Faythe trouvait du réconfort dans cette vieille bâtisse décrépie où sa mère l'obligeait à l'accompagner enfant, malgré ses protestations quotidiennes. C'était aussi là qu'elle retrouvait Reuben, le fils du meunier. Le blondinet aux cheveux bouclés et aux fossettes avait peu à peu vaincu sa timidité, grâce à l'insistance de Faythe réclamant un partenaire de jeux. Bientôt, la fillette qu'elle était à l'époque rechignait davantage à rentrer le soir qu'à partir le matin.

Faythe attendait avec plaisir cette livraison hebdomadaire. Mme Green était une cliente régulière depuis des années, et Faythe savait que ce n'était pas uniquement par amour des tartes ; c'était une façon, pour l'une comme pour l'autre, de maintenir en vie le souvenir de sa mère. Faythe abrégeait délibérément ses autres livraisons afin d'avoir quelques minutes à consacrer à Reuben et Mme Green.

Elle ralentit l'allure en voyant l'immense structure blanc cassé apparaître au détour d'un virage. Elle faillit se figer quand une grande silhouette sombre sortit par la porte de devant.

L'inconnu portait une houppelande et une capuche – détail étrange, tant la chaleur estivale était suffocante –, mais ce ne fut pas ce qui surprit Faythe. Ce personnage avait une carrure bien trop imposante pour être un des habitants de la ville. Un habitant *humain*, en tout cas. Faythe n'apercevait pas ses oreilles – leurs pointes délicates auraient confirmé qu'il s'agissait d'un fae – néanmoins, sa stature à elle seule lui soufflait qu'elle avait affaire à un immortel.

Faythe se retint de reculer lorsqu'il se dirigea vers elle. Elle voulait détourner le regard ; scruter le sol sans prêter la moindre attention à cette créature. Elle ne pouvait, hélas, gagner le moulin sans que leurs chemins se croisent. Elle resta cependant le regard fixe, comme forcée à le suivre. Les battements de son cœur devinrent bientôt l'unique bruit qu'elle entendait, chacun martelant ses tympans pour l'avertir du danger en approche. Depuis l'enfance, Faythe avait la peur des fae chevillée au corps. Comme tous les humains.

L'inconnu s'avança encore, et la jeune femme s'efforça d'entrapercevoir son visage, curieuse d'en apprendre davantage sur cet étrange immortel dont le port ressemblait si peu à celui des gardes auxquels elle était habituée. Contrairement aux autres, il ne dégageait rien d'intimidant ; il était élégant dans ses mouvements, et discret dans son allure générale. De toute évidence, il ne voulait pas qu'on le remarque.

Faythe s'attardait rarement sur les gardes que l'on croisait dans les rues de Farrowhold. Pour elle, ce n'était tous que des copies conformes de la même force brute. Ce mystérieux fae, néanmoins, l'intriguait.

Elle s'attendait à ce qu'il passe son chemin sans même lui adresser un regard, comme ses semblables. Mais soudain, quand il fut à moins d'un mètre d'elle, sa tête se releva, ses yeux se rivèrent sur les siens. Leur teinte émeraude, saisissante, révéla des nuances plus vives et profondes lorsqu'il inclina la tête sur le côté et que les rayons du soleil touchèrent ses iris.

Le temps ralentit en cet instant, ou peut-être le cœur de Faythe, dont les battements sonores s'estompèrent en un bourdonnement lointain. La jeune femme crut lire la même interrogation dans les yeux de ce fae quand il les plissa de quelques millimètres. Après quoi, il poursuivit sa route, et Faythe sortit de sa transe.

Elle se rendit compte qu'elle s'était immobilisée que lorsqu'elle prit une longue inspiration et que les environs cessèrent d'être flous. Elle hasarda un coup d'œil par-dessus son épaule ; hélas, les rues étaient désertes et le mystérieux personnage avait disparu tel un fantôme emporté par le vent.

Lorsqu'elle se retourna vers sa destination, une pensée lui vint. Quelle raison un fae pouvait-il avoir de se rendre au moulin des Green ? La panique s'emparant d'elle, elle s'élança.

Faythe ne prit pas la peine de toquer à la porte, qu'elle poussa d'un coup sec. Les vieilles lattes du plancher grincèrent fort sous ses pas désespérés. Où étaient Reuben et sa mère ? Elle était trop inquiète pour les appeler.

Elle s'arrêta dans la grande cuisine. Le soulagement qu'elle éprouva en les trouvant là s'envola sitôt qu'elle lut la détresse sur les traits de Mme Green, qui avait les larmes aux yeux. Reuben, qui lui tournait le dos, révéla un visage d'une pâleur fantomatique lorsqu'il lui fit face.

Son cœur se serra à la vue d'une expression si grave en lieu et place de son sourire habituel.

Pendant un long et douloureux moment, personne ne parla. Quand elle ne put plus soutenir ce suspense, Faythe bredouilla :

« Qu'y a-t-il ? »

La boîte qui contenait la tarte devenant un poids mort, elle la posa sur la table avant de s'approcher de son ami.

Reuben ouvrit la bouche, mais aucun son n'en sortit, comme s'il peinait à assimiler ce qu'il venait d'apprendre.

« Je… Je dois m'en aller », prononça-t-il enfin dans un pauvre murmure.

Le front de Faythe se plissa.

« Comment ça ? Qu'ont-ils après toi, Reuben ? » s'enquit-elle.

Le garçon secoua la tête.

« Je suis vraiment navré, Faythe. J'ai fait ce que je pensais devoir faire. Je… Ils m'ont menacé dans les bois, ils disaient qu'ils vous tueraient tous si je refusais. »

À ces mots, il tituba, secoué par une terreur spectrale.

Faythe serra les poings pour tenter de masquer qu'elle tremblait de peur. Reuben ne lui avait pas encore révélé ce qui l'avait terrifié à ce point.

« Que voulait le fae ? » le relança Faythe dans un souffle haché.

La mine grave, son ami déclara :

« C'était un Noctiste. » Faythe écarquilla les yeux, mais le laissa poursuivre. « Il… Il est venu me prévenir, me dire de m'en aller avant que le roi n'envoie un garde moins indulgent me chercher. J'espionnais pour le compte de Valgard – ils m'ont coincé dans les Bois Sombres il y a quelques semaines de ça. Ils m'ont demandé de leur trouver une espèce de pierre qui serait cachée à High Farrow. Je… Je ne l'ai pas trouvée. Je… »

Reuben laissa la phrase en suspens, mesurant la folie de l'acte qu'il avait commis.

Sa confession noua la gorge de Faythe et dérégla les battements de son cœur. Elle avait imaginé quantité de malheurs, mais ce qu'il venait d'avouer les dépassait de loin.

Faythe n'avait jamais mis les pieds hors du royaume de High Farrow, mais les histoires faisaient partie du folklore. Tous les enfants les apprenaient, par les récits ou les chansons. Reuben et elle avaient même suivi des leçons, dans ce même moulin, sur les dangers et les menaces que faisait peser la guerre qui ravageait l'Ungardia depuis des siècles.

L'infâme royaume de Valgard, situé à l'est du continent principal, faisait la guerre au reste de l'Ungardia depuis plus de cinq cents ans. Ledit continent se divisait en cinq royaumes : High Farrow, Rhyenelle, Olmstone, Dalrune et Fenstead – ces deux derniers ayant fini par être conquis voilà plus d'un siècle, au cours des Grandes Batailles. Valgard avait essayé en vain de s'emparer des trois autres qui, désormais, étaient unis par une puissante alliance. La possibilité d'une nouvelle grande bataille semait toutefois la terreur à travers le continent.

À la fois perplexe et soupçonneuse, Faythe songea aux yeux d'émeraude du fae qu'elle avait croisé. Il n'était pas fréquent que ces êtres fassent preuve de miséricorde envers les mortels. Or Reuben s'était rendu coupable de trahison. Sa Majesté Orlon Silvergriff de High Farrow lançait ses Noctistes sur la piste de tous les traîtres, qui finissaient condamnés à mort sitôt capturés.

« Que comptes-tu faire ? » demanda Faythe sans avoir de réponse à offrir ni s'attendre à ce que son ami lui fournisse une solution viable.

Reuben avait beau être un homme à présent, il conservait son innocence. Il se laissait facilement entraîner, et avait toujours répondu à la peur et à la pression en se soumettant plutôt qu'en se rebellant. Faythe s'était efforcée de le faire changer en l'obligeant, enfants, à jouer avec des armes et à se battre, mais là où elle voyait de l'amusement, Reuben n'avait jamais vu qu'une torture.

« Je… je n'en sais rien, Faythe. Je suis terrifié. »

Au ton qu'il avait employé, défait, quelque chose s'éveilla en Faythe : le besoin de lui venir en aide, coûte que coûte. Elle se creusa les méninges, cherchant un moyen de sauver la vie de son ami. Fuir ne serait pas chose aisée – High Farrow n'était pas le seul royaume à employer des Noctistes. Reuben risquait d'être arrêté pour trahison dans n'importe lequel des royaumes continentaux.

Ce fut alors qu'un nom émergea au-dessus des autres : Lakelaria.

Lakelaria était le seul royaume à avoir été épargné par les batailles au cours des siècles. Il occupait une grande île à l'ouest du continent, par-delà la Mer Noire et ses mille dangers, et était sous la coupe d'une reine dont la rumeur prétendait qu'elle était la plus ancienne souveraine des sept royaumes de l'Ungardia – et la plus puissante. On ne savait pas grand-chose de la population locale. Le royaume avait fermé ses frontières bien avant le début des conflits, il y avait cinq cents ans de cela, ne maintenant que les routes commerciales.

Envoyer Reuben y demander asile n'était pas une garantie de succès. Mais c'était peut-être son unique espoir. Lakelaria n'avait rien à craindre de Valgard ni aucune raison de rechercher des traîtres. À ce que l'on en savait, personne ne quittait cette île.

Un sanglot de Mme Green s'immisça dans les pensées de Faythe. Toute à son inquiétude, cette dernière avait presque oublié la présence de la meunière. Ses traits s'adoucirent quand elle vit le désespoir qu'exprimait le visage d'ordinaire lumineux et gai de cette femme.

« J'ai peut-être une idée, dit Faythe avant de tourner à nouveau son attention vers Reuben. Prends tout ce que tu pourras transporter. Chaque fois que tu t'endormiras, tu seras en danger. Tu dois partir dès ce soir. Madame Green, vous ne risquerez sans doute rien si vous n'êtes pas au courant. »

L'intéressée laissa échapper un long sanglot, et Faythe réprima à grand-peine sa propre tristesse à l'idée que son ami soit contraint de fuir.

Mme Green vint la serrer contre son cœur, et elle s'abandonna à ce réconfort. La mère de Reuben, petite et ronde, lui arrivait juste sous le menton ; Faythe ferma les yeux un moment, avec l'impression d'absorber la douleur de la meunière.

Quand elles se séparèrent, Faythe esquissa un sourire contrit. Après quoi, elle consulta la pendule posée sur le manteau de la cheminée et jura intérieurement.

« Il faut que j'y aille, annonça-t-elle avant de s'adresser une dernière fois à Reuben. Rendez-vous dans la Forêt de l'Ouest à neuf heures ce soir. »

Reuben acquiesça.

« Merci, Faythe. »

Celle-ci répondit par un petit signe de tête, après quoi elle tourna les talons et s'en alla avant de s'effondrer sous la profonde peine qui emplissait la cuisine. Une fois dehors, Faythe inspira profondément pour calmer la tempête d'émotions qui faisait rage en elle, puis elle partit à toutes jambes en direction de la place du marché.

La journée passa en un clin d'œil après sa visite chaotique au moulin des Green. Faythe contemplait différentes idées pour conduire Reuben jusqu'au lieu de son éventuel salut.

Comme elle s'y attendait, Marie la houspilla sur le fait que « le temps, c'est de l'argent » et ne lui laissa pas un instant de repos dès son retour. Cette distraction lui fit toutefois du bien, mais, très vite, trop vite, le soleil déclina, et Faythe rentra chez elle. Enfin… elle regagna la minuscule hutte qu'elle partageait avec Jakon. L'hiver, le vent sifflait dans les fissures des murs en bois déformés de cette très modeste bâtisse. Malgré cela, l'humble demeure leur procurait un étrange sentiment de chaleur et de sécurité.

Faythe poussa la porte et avisa immédiatement son ami attablé dans l'espace qui leur servait de cuisine et de salon. L'endroit était miteux et dépourvu d'autre couleur que diverses nuances de marron. Ni Jakon ni Faythe ne se préoccupaient de leur intérieur, préférant y passer le moins de temps possible.

« La vache ! Marie te fait encore courir le marathon ? » ironisa Jakon, levant les yeux du parchemin qu'il lisait.

Au regard morne que Faythe lui renvoya, son sourire s'effaça.

« Qu'y a-t-il ? » demanda le jeune homme.

Il posa son document et se leva. Faythe devait bien lui reconnaître qu'il ne mettait jamais longtemps à percevoir ses changements d'humeur.

Jakon était son ami le plus proche. De trois ans son aîné, il l'avait arrachée à la rue quand sa mère était morte, dix années plus tôt, alors qu'elle était âgée de neuf ans. Faythe n'avait jamais connu son père. Jakon avait lui aussi perdu ses parents au même âge, de maladie, si bien que Faythe aimait à penser qu'ils étaient comme les deux faces d'une même et triste pièce.

« Rien. Je gère. »

Elle se doutait que son ami n'en resterait pas là, mais elle s'efforçait malgré tout de ne pas risquer une vie supplémentaire.

« Vais-je devoir te tirer les vers du nez ? »

La bouche de Jakon formait une simple fente, et Faythe connaissait le regard froid et calculateur qu'il lui adressait – elle s'y était heurtée plus d'une fois ces dix dernières années, quand Jakon cherchait à la surprotéger.

« Tu vas devoir me faire confiance sur ce coup. Moins nous serons à être au courant, mieux ça vaudra. »

Son ami fronça les sourcils en devinant ce qu'elle entendait par là.

« Si tu es en danger à cause d'un de ces connards, tu ferais mieux de me le dire et tout de suite », gronda-t-il.

Discuter avec Jakon était inutile ; ils étaient aussi têtus l'un que l'autre. Ensemble, ils formaient une force redoutable, mais leur opposition pouvait avoir des répercussions cataclysmiques.

« Tu ne pourrais pas mettre ton ego masculin de côté et me faire confiance ? » lui rétorqua Faythe en allant récupérer sa houppelande vert profond.

Les nuits d'été conservaient une fraîcheur, mais ce vêtement lui servirait à passer incognito davantage qu'à se réchauffer.

Tantôt, elle avait chipé quelques pains et viennoiseries sans que Marie s'en aperçoive. Elle les fourra dans un vieux sac qu'elle prévoyait de donner à Reuben pour son voyage.

Jakon ne releva pas la question.

« Bon. Alors, je vais te suivre en attendant de comprendre », décida-t-il en se couvrant de sa houppelande noire usée.

Faythe le foudroya du regard.

« Tu es impossible. » Comme il semblait camper sur ses positions, elle souffla et leva les bras au ciel. « Si je te le dis, ça ne fera que te mettre en danger, en plus de moi ! » Elle savait toutefois que s'il lui arrivait quoi que ce soit, Jakon réclamerait à subir le même sort. « Ce n'est même pas moi qui suis dans la merde. C'est Reuben. »

Le visage de Jakon passa du soulagement au choc puis à la peur durant les cinq minutes qu'il fallut à Faythe pour lui raconter sa brève entrevue du matin, au moulin.

« Et que comptes-tu faire pour l'aider, au juste ? Grands dieux, Faythe, pourquoi te mêles-tu de ça ? »

Le jeune homme tournait en rond, ce qui avait toujours pour effet de mettre Faythe à cran.

« C'est notre ami ! Qu'est-ce que j'étais censée faire ? Laisser les fae le capturer ? se récria cette dernière.

— Gare à lui si je le croise, ce vaurien, pour avoir osé t'en parler. T'avoir embarquée dans sa galère.

— Il n'a pas eu trop le choix. Nous aurions fait la même chose, toi et moi, si l'autre avait été menacé. »

Les traits de Jakon s'adoucirent un peu, puis il poussa un long soupir en refermant sa houppelande.

« Je nous aurais conduits loin d'ici plutôt que de nous mettre en danger. Reuben n'est plus en sécurité dans quelque royaume que ce soit maintenant.

— J'ai un plan. »

Jakon arqua un sourcil, attendant la suite. Faythe dansa d'un pied sur l'autre.

« Lakelaria. »

Son ami lâcha un rire sans joie.

« C'est ça, et ton vrai plan, quel est-il ?

— C'est Lakelaria, connard. Tu l'as dit toi-même, aucun autre royaume n'est sûr. Lakelaria est un territoire neutre.

— À condition qu'ils l'acceptent !

— Je n'ai jamais dit que c'était gagné. »

Jakon se frotta la figure.

« Un navire marchand est amarré dans le port », annonça-t-il à contrecœur.

Il offrait une solution au plus gros problème que comportait le plan de Faythe : comment faire franchir la Mer Noire à Reuben ?

Faythe releva la tête.

« Tu en es sûr ? »

Son ami acquiesça.

« Je l'ai vu ce matin en partant travailler. »

À cette nouvelle, le visage de Faythe s'illumina.

« Allons-y, alors.

— Rien ne t'oblige à venir, Faythe. Je peux conduire Reuben en toute sécurité. Je connais mieux que toi les rotations des patrouilles. »

Pour toute réponse, Faythe se dirigea vers la porte en assénant un regard assassin à son complice. Elle fourra une main dans sa poche pour en sortir sa vieille montre en bronze – l'un des uniques souvenirs qu'elle gardait de sa mère. Il était près de huit heures et demie, l'obscurité s'abattait déjà sur la ville.

Jakon soupira.

« Ça m'aurait étonné. »

Chapitre 2

Faythe et Jakon s'étaient accroupis dans le noir, derrière un tas de vieilles palettes en bois, le visage masqué par leur capuche. Tous deux attendaient en silence que la patrouille nocturne passe.

Certes, ils avaient le droit d'être dehors, mais ils ne voulaient pas risquer qu'on les interroge, ou encore qu'on les suive.

D'un instant à l'autre, les fae allaient franchir l'intersection proche de l'auberge – si la montre de poche de Faythe était exacte. Au fil des ans, elle avait dû ajuster les aiguilles quand celle des minutes s'arrêtait.

À l'heure prévue, les jeunes gens entendirent des crissements de bottes sur le gravier et des voix faibles, le tout suivi par l'apparition de quatre grandes silhouettes sombres. Des torches allumées aux façades des bâtiments projetaient les ombres intimidantes de leurs imposantes carrures.

Les soldats fae portaient l'uniforme bleu et noir profond orné du blason de High Farrow, un griffon ailé, à une épaule de leurs houppelandes.

Des gardes royaux.

Même de loin, Faythe ne put que s'émerveiller de leur taille et de leur posture. Elle se le reprochait chaque fois que cela lui arrivait, mais en particulier à cet instant car elle surprit le coup d'œil en biais que lui adressa Jakon.

Pour un humain, ce dernier était beau. Grand et bien bâti, les yeux marron foncé et les cheveux bruns constamment en bataille, il était un régal pour les yeux. Les femmes ne se gênaient pas pour flirter avec lui, mais, malgré cela, il demeurait douloureusement humain en comparaison des gardes. Tout comme Faythe. Le seul trait distinctif que possédait celle-ci était ses yeux – les iris dorés brillants qu'elle tenait de sa mère. Le reste était tout ce qu'il y avait de plus ordinaire : des cheveux bruns et une silhouette un peu trop mince à force de ne pas manger à sa faim. Les bouillons clairs et le pain rassis n'étaient plus vraiment à son goût.

La patrouille s'arrêta devant l'auberge. Les fae s'entretinrent à voix basse avant que l'un d'eux – la mine mauvaise, une cicatrice barrant le côté gauche de son visage – ne hoche la tête et n'ouvre la porte avec une brutalité excessive. Faythe tressaillit d'entendre le bois éclater, et s'étonna que la porte tienne encore sur ses gonds. Ces êtres ne venaient visiblement pas prendre une bière et bavarder avec leurs amis. Non, ils venaient pour une des personnes qui se trouvaient là, sans doute sur ordre du roi.

« Profitons-en », chuchota Jakon.

Faythe restait figée, gagnée par la curiosité. Il était rare qu'elle puisse voir les gardes du roi en action dans la ville extérieure. D'ordinaire, la vie y était paisible et sans relief.

« Maintenant, Faythe », insista son ami sur un ton grave en la prenant par le coude.

La jeune femme s'élança après lui sur la pointe des pieds, à la fois rapide et discrète, sans s'éloigner des bâtiments pour rester dans l'ombre. Au détour d'un virage, un tumulte lui parvint en provenance de l'auberge ; elle se hasarda à jeter un coup d'œil par-dessus son épaule.

Faythe retint son souffle en voyant un jeune homme se faire traîner hors de l'établissement avec une facilité surhumaine. Il lui aurait été futile de lutter contre un seul de ces fae, et encore plus contre les quatre. Faythe le reconnut : c'était Samuel, le fils de l'aubergiste. Tous deux n'étaient pas amis. Samuel était un garçon arrogant, un tourmenteur. Mais en dépit des sentiments qu'il lui inspirait, elle ne souhaitait à personne de se retrouver entre les mains des immortels.

Samuel se débattait et criait, mais Faythe était trop éloignée pour comprendre ce qu'il disait. Le fae à la balafre lui donna un coup de pied derrière les genoux, qui le mit à terre.

« Ne traînons pas », dit Jakon en s'apprêtant à saisir de nouveau Faythe par le coude.

Celle-ci esquiva le geste.

« On devrait aller l'aider », estima-t-elle.

Sitôt exprimée, l'idée lui parut aussi farfelue que dans sa tête. Néanmoins, elle était incapable d'abandonner quiconque à un sort pareil – pas même quelqu'un comme Samuel.

« Tu as perdu la tête ? On ne peut rien pour lui, sauf à vouloir le rejoindre à la potence », siffla Jakon.

Faythe dut employer toute sa force pour fermer les yeux et ne plus entendre les cris désespérés du malheureux. Jakon avait raison : se mêler de cette affaire ne leur vaudrait qu'une condamnation immédiate.

Se détournant de ce triste spectacle, elle faillit s'écrouler sous le poids de sa peur. C'était à la fois choquant et tétanisant, car elle savait que ce n'était pas pour elle-même qu'elle tremblait. Faythe avait toujours eu une perception aiguë des émotions d'autrui, une malédiction avec laquelle elle avait appris à vivre.

La peur s'envola aussi vite qu'elle était apparue. Un frisson glacé parcourut la jeune femme de la tête aux pieds, après quoi elle tourna les talons et se remit à traverser les ombres tel un bandit nocturne.

Elle tremblait encore du fantôme de cette terreur lorsqu'ils parvinrent en lisière de la Forêt de l'Ouest. Jakon la précéda dans les bois sombres, où les branches des arbres se balançaient tels des spectres. Devant eux, le paysage se voilait d'un noir impénétrable.

Faythe n'avait jamais aimé la forêt. Elle ne lui inspirait pas *confiance*. Ce vaste espace procurait une illusion de sûreté et de liberté parsemée de trop nombreuses cachettes dans lesquelles un assaillant pouvait se tapir. Les deux amis ne s'y aventuraient que lorsqu'ils s'essayaient à la chasse, et encore était-ce davantage pour tromper leur ennui que dans l'espoir de capturer des bêtes. Non qu'ils n'étaient compétents et expérimentés, mais le gibier commençait à se faire rare dans ces bois.

Ils ne virent aucune trace de Reuben. Faythe sentait la crainte monter en elle à mesure que les minutes défilaient, tandis que Jakon tournait en rond, presque à bout de patience. Mais soudain, un bruissement leur parvint dans leur dos et Jakon tira sa courte dague, se plaçant en protection devant Faythe.

Quelques secondes plus tard, les cheveux blonds bouclés que cette dernière avait appris à aimer et à détester à la fois parurent. Jakon poussa un soupir de soulagement et abaissa sa lame.

« Tu es en retard », se contenta-t-il de dire lorsque Reuben se posta devant eux.

Haletant, celui-ci ajusta le petit sac à dos qu'il portait.

« Désolé, répondit-il. Ma mère a insisté pour vérifier une troisième fois mon bagage et me noyer sous les adieux. »

Le cœur de Faythe se brisa à la vue de son ami, le visage aussi grave que s'il avait déjà renoncé à tout espoir de réussite.

« Que fais-tu là, toi, d'abord ? demanda Reuben à Jakon.

— Tu as entraîné Faythe dans ta galère, gronda ce dernier. Je n'allais pas la laisser risquer sa peau toute seule. »

L'intéressée savait que, s'il avait eu le choix, Jakon aurait abandonné Reuben à son sort plutôt que de la voir se mettre en danger.

« Nous n'avons pas de temps à perdre en chamailleries, s'interposa-t-elle. La patrouille de nuit va bientôt être relevée sur les docks. »

Il leur restait encore suffisamment de temps, mais elle ne supportait pas de regarder Reuben plus longtemps dans les yeux – surtout si elle ressentait les vagues de peur et de désespoir qui en émanaient. Elle tripota sa montre dans sa poche et caressa le symbole ciselé sur le dos en cuivre de l'objet, la trouvant tout à coup passionnante.

« Alors, ton plan, c'est quoi ? »

La voix de Reuben ramena Faythe à la forêt lugubre.

Leurs regards se croisèrent.

« Lakelaria, dit-elle sans relever que son ami ouvrait des yeux tout ronds. Un navire marchand y part ce soir. »

Reuben blêmit.

« Ce n'est pas un plan. C'est du suicide ! » Se tournant vers Jakon, il l'implora : « Je t'en supplie, dis-moi que tu as une autre idée ? »

Celui-ci fit lentement non de la tête, et Reuben donna l'impression d'être sur le point de défaillir.

« C'est ta meilleure chance, assura Jakon d'une voix dont la douceur étonna Faythe elle-même.

— Je ne peux pas... Je ne... »

Comprenant qu'elle n'obtiendrait rien en essayant de l'amadouer, Faythe opta pour la sévérité.

« De deux choses l'une, ou bien tu restes et tu te fais prendre, ou bien tu tentes d'utiliser ta grande bouche pour être accepté à Lakelaria. »

Comme Reuben semblait encore réticent, elle leva les yeux au ciel et, secouant la tête, fit mine de l'abandonner à son sort.

Elle n'eut franchi que quelques pas quand elle l'entendit l'appeler d'une voix faible.

« Attends. C'est d'accord. J'irai si tu penses que c'est ce que j'ai de mieux à faire », capitula-t-il.

Faythe se redressa, angoissée soudain à l'idée qu'il mette sa vie en péril sur une idée aussi spontanée. Elle n'en montra rien.

« Alors on ferait mieux d'y aller. »

Ils rallièrent le littoral sous le couvert des arbres, en lisière des bois. Une fois sur la berge rocheuse de Farrow Harbor, Faythe avisa le grand cargo amarré. Des hommes transbahutaient des caisses en toute hâte.

Le temps pressait.

« Et maintenant ? » murmura-t-elle à Jakon.

Celui-ci lui adressa un sourire sournois lorsqu'il repéra ce qu'il cherchait.

« Suivez-moi », dit-il tout simplement en s'élançant à découvert.

Faythe et Reuben lui emboîtèrent le pas, se cachant derrière les moindres buissons ou palettes qu'ils rencontrèrent. Deux fae montaient la garde sur les docks tandis que les humains s'acquittaient de leur tâche. Alors même que ces créatures étaient pourtant plus fortes et plus rapides.

C'est typique, maugréa intérieurement Faythe.

Accroupi derrière un tas de caisses et de tonneaux, Jakon siffla. Faythe lui adressa un regard incrédule avant de reconnaître le message : il avait imité de façon très convaincante un chant d'oiseau, celui qu'ils utilisaient pour s'interpeller en secret.

Jetant un coup d'œil par-dessus le gros tonneau derrière lequel elle se tapissait – et qui comptait parmi les divers autres conteneurs attendant d'être chargés –, elle aperçut une silhouette familière. Mince, cheveux roux mal coupés sur les épaules, l'inconnu tourna la tête en entendant le signal. Ferris Archer. Ce qu'il n'avait pas en muscles et en centimètres, il le compensait en astuce et en roublardise. Ferris était un proche de Faythe et Jakon depuis des années malgré son naturel impulsif et casse-cou qui les entraînait souvent dans des mauvais coups.

Après qu'il eut simulé un évanouissement imminent pour berner les gardes, les trois complices désignèrent le navire d'un mouvement de la tête, et Ferris les rejoignit. Il s'affala sur le tonneau derrière lequel Faythe était cachée, poussa un soupir plus que théâtral, puis tourna la tête et lui adressa un rapide clin d'œil.

« J'espère que tu ne me déranges pas pour rien, Kilnight », dit-il tout bas à l'attention de Jakon.

Il but ensuite une longue gorgée d'eau à une gourde prise en chemin.

Jakon ne s'embarrassa pas d'explications.

« Nous avons besoin que tu nous aides à faire monter Reuben à bord de ce navire », déclara-t-il.

Ferris manqua s'étouffer, mais se remit très vite.

« J'ai dû mal entendre…

— Si on échoue, il est mort », précisa Faythe.

Le temps était un luxe qu'ils ne pouvaient se permettre, ce soir.

Ferris resta immobile un moment avant de jeter un bref regard à Reuben puis de fermer les yeux en grognant.

« Je ne veux pas savoir ce que tu as fait, mais je crois l'imaginer, pauvre taré. »

Reuben se recroquevilla sur lui-même.

« *S'il te plaît,* Ferris », supplia Faythe.

Le garçon ne répondit rien, et elle se préparait à ce qu'il refuse catégoriquement. Mais soudain, il se remit debout, referma sa gourde à grands gestes, et s'étira les bras.

« Tout ça doit partir, affirma-t-il en désignant d'un geste subtil les caisses et tonneaux rangés alentour. L'avant-dernier tonneau à gauche n'est qu'à moitié rempli de blé. Tu devrais tenir à l'intérieur, et je veillerai à ne pas être un de ceux qui te transporteront, gros tas. »

Un garde lui cria de revenir travailler.

« Comment tu feras pour t'y cacher, ce n'est pas mon problème. Charger ces tonneaux va nous prendre une quinzaine de minutes. Gare à ce que les autres ne te repèrent pas si tu tiens à ta tête – ce sont tous des balances. »

Sur ce, il se cala devant les trois compères en s'étirant une dernière fois, avant de gratifier Faythe d'un nouveau clin d'œil. Ferris était un dragueur éhonté. À l'occasion, elle jouait le jeu, pour rire, sans toutefois n'avoir jamais désiré de relation romantique ou libidineuse avec ce pervers roux.

En guise de remerciement, elle lui sourit, et Ferris ramassa une petite caisse à ses pieds avant de retourner vers les docks.

Faythe leva la tête afin d'examiner les environs. Il y avait là deux fae qui montaient la garde, et six hommes qui chargeaient le navire. Les immortels jouaient aux cartes sans prêter attention à ce qui se passait autour d'eux. Faythe estima que ce ne devait pas être nécessaire. Au moindre signe de grabuge, ils dégaineraient leurs épées avant même que les mortels aient pu cligner des yeux. Deux des hommes fixaient caisses et tonneaux sur le pont du cargo, les quatre autres faisant des allers-retours. Faythe regarda sur sa gauche. Les dockers allaient devoir s'y mettre à deux ou trois au moins pour soulever chacun des six derniers grands tonneaux.

Jakon parut arriver à la même conclusion qu'elle. Ils échangèrent un petit signe de tête, et Faythe resta stupéfaite tant ils pouvaient être sur la même longueur d'onde parfois.

« Ça va être très juste, dit calmement Jakon. On va devoir être rapides et discrets. Tiens, prends ça. » Il confia sa dague à

Faythe. « Les fae ne doivent surtout pas nous entendre. Ici, on est à distance suffisante. »

Cette nouvelle partie du plan n'inspirait guère confiance à la jeune femme.

Au regard de protestation qu'elle lui lança, Jakon répondit par un petit sourire arrogant et ajouta :

« Ne t'en fais pas. » Elle se retint de le frapper lorsqu'il lui ébouriffa les cheveux. « Ils ne vont pas tarder. Tenez-vous prêts. »

Faythe n'eut pas le temps de s'opposer à cette idée aussi stupide que folle : Jakon s'élança vers les docks. Elle lui aurait bien lancé sa dague dans le dos, mais elle n'en fit rien ; au contraire, elle se replia sur elle-même lorsqu'un fae repéra Jakon.

Sans rien entendre de ce qui se jouait, elle observa la scène. Jakon s'arrêta devant les gardes et leur désigna le chemin de la ville à grands gestes désespérés. Un fae cria quelque chose aux hommes tandis que son collègue empoignait sans ménagement Jakon par le bras.

Faythe tressauta, prête à intervenir au cas où le plan tournerait mal. Reuben posa une main sur son épaule, comme s'il anticipait la chose, et elle faillit la lui arracher – jusqu'à ce qu'elle voie les deux créatures se diriger vers eux, Jakon sur leurs talons. Au passage, celui-ci lui adressa un regard, lui assurant par un léger sourire que tout se déroulait comme prévu.

Les épaules de Faythe se relâchèrent au moment où les quatre hommes, dont Ferris, revirent chercher les tonneaux.

« C'est le moment », murmura-t-elle à leur approche. Elle se tourna vers Reuben, et son cœur se brisa quand elle lut la peur sur son visage. « Écoute-moi. Tu as commis une erreur, on n'y peut rien, mais maintenant, tu dois te concentrer. Tu dois vivre. »

Elle le serra dans ses bras ; il laissa échapper un son étouffé.

« Je suis désolé, Faythe, et merci à vous deux d'avoir pris tous ces risques pour moi. Je serais mort, autrement. Veille sur ma mère, tu veux bien ? s'empressa-t-il de demander, conscient que les hommes pourraient bientôt l'entendre.

— Bien sûr, chuchota Faythe. J'espère sincèrement que tu réussiras, Reuben. Tu vas me manquer. »

Ils rompirent l'étreinte, et la jeune femme essuya une larme sur la joue de son ami avant que tous deux ne s'accroupissent et ne se figent comme des statues. Les quatre hommes firent basculer un premier tonneau puis le soulevèrent en se mettant à deux de chaque côté, et repartirent vers le navire.

Sans perdre une seule seconde, Faythe se releva et entreprit de retirer le couvercle du tonneau indiqué par Ferris. Celui-ci n'avait pas menti. Quand elle fit sauter le cercle de bois, Reuben et elle découvrirent que le tonneau était à moitié vide.

Le futur clandestin grimpa dessus et hésita un instant avant de se glisser dans l'ouverture du cinquième. Une fois à l'intérieur, il s'enfouit à demi dans les sacs de blé, afin que Faythe puisse remettre en place le couvercle.

« La traversée ne sera pas confortable, mais il paraît qu'elle ne dure que deux jours environ », déclara la jeune femme en passant à Reuben son sac à dos ainsi que les vivres récupérés tantôt.

Une fois satisfaite que son ami soit dans les meilleures conditions possibles, et qu'il y ait assez de fissures dans les parois du tonneau pour qu'il puisse respirer, elle s'apprêta à remettre le couvercle, mais s'arrêta soudain.

Reuben lui adressa un sourire faible.

« Tout va bien se passer », lui assura-t-il.

Faythe perçut néanmoins le doute dans sa voix, et *ressentit* la crainte et la panique qui le submergeaient.

L'heure n'était toutefois pas au sentimentalisme.

« Au revoir, Reuben. »

Celui-ci hocha la tête en signe de remerciement, après quoi la jeune femme plaqua le couvercle sur l'ouverture avant qu'il ne puisse voir ses larmes.

Après s'être assurée que le tonneau était hermétiquement scellé, elle s'accorda un instant de répit, une main sur le couvercle, avant de s'en aller, non sans avoir vérifié que les hommes s'affairaient encore à bord et que la voie était libre.

Revenue en lisière de la forêt, elle ne put s'empêcher de regarder les dockers charger les derniers tonneaux. Quand ils en furent enfin à celui de Reuben, la tristesse déforma le visage de Faythe, à la pensée que son ami se trouvait à l'intérieur, seul et apeuré.

Fidèle à sa parole, Ferris ne se mêla pas du transport de ce tonneau. Au lieu de cela, il alla s'occuper du dernier, dont Faythe estimait qu'il était lui aussi à moitié rempli puisque le garçon le souleva sans aide ni difficulté.

Les gardes revinrent alors, la mine passablement agacée. De Jakon, en revanche, aucune trace. Faythe sentit son ventre se nouer. Elle devait retrouver son complice sur-le-champ. Le navire chargé, les fae signifièrent aux hommes qu'ils pouvaient s'en aller, après quoi l'un d'eux monta hisser l'ancre.

Faythe épia une dernière fois la scène, adressa tout bas une prière aux Esprits pour que la traversée se déroule sans encombre, se moquant bien que le vent emporte ses paroles et ne lui offrent aucune consolation en retour.

Sur ce, elle disparut derrière le rideau sombre de la forêt.

Chapitre 3

Faythe s'adossa sans un mot à un mur de pierre froide dans une ruelle de la ville. Elle passa prudemment la tête au coin pour s'assurer qu'il n'y avait pas de fae en patrouille. Ignorant où Jakon pouvait se trouver, elle priait pour que les gardes ne l'aient pas jeté en prison en représailles de sa tentative de diversion.

Elle s'apprêtait à quitter sa cachette et à franchir l'intersection pendant que la rue était encore silencieuse et déserte, quand soudain un chant d'oiseau familier lui parvint.

Relevant la tête, elle plissa les yeux pour tromper la pénombre et scruter les toits jusqu'à aviser une silhouette discrète près d'une cheminée. Faythe ne se rendit compte de combien elle était crispée que lorsque son corps se détendit à la vue de cette forme. Avec une furtivité toute féline, elle se faufila parmi les ombres pour atteindre la gouttière qui leur servait d'ordinaire à grimper sur ce toit, devenu un de leurs refuges favoris pour échapper aux patrouilles ou à la foule. L'endroit offrait une vue panoramique de la ville et de son dédale de rues en pierre flanquées d'habitations et de commerces. Il permettait aussi d'apercevoir, au loin, la Cité intérieure, toujours immaculée, éternellement scintillante. Le toit de ce bâtiment marron délabré était juste assez haut pour surplomber le rempart.

Faythe escalada la façade en s'aidant des trous et des briques qui ressortaient. Jakon était assis sur le toit, adossé à la cheminée, et, malgré la pénombre, la jeune femme distingua le sourire badin qu'il affichait. Elle s'accroupit et courut le rejoindre. Aussitôt, elle lui asséna une bonne claque au bras.

« Aïe ! Qu'est-ce qui te prend ? gémit Jakon sans, toutefois, se départir de son sourire.

— Ça t'apprendra à être plus prudent ! Ils auraient pu te mettre en prison si l'envie leur en avait pris. » Au petit rire que son ami lui renvoya, Faythe ne put réprimer un sourire. « Où les as-tu conduits, à propos ? »

Jakon souffla fort.

« Je leur ai raconté qu'une bagarre avait éclaté à l'auberge. C'était plausible, vu que la tension n'était pas encore retombée après le passage des autres fae, grommela-t-il. Mais, une fois sur place, quand ils ont constaté qu'il n'y avait plus rien à faire, ils m'ont condamné à deux mois de corvée sur les docks pour leur avoir fait perdre leur temps. »

Faythe ne put s'empêcher de rire de sa déconvenue, puis de le frapper encore une fois au même endroit.

« Ça t'apprendra. »

Jakon la repoussa puis l'attira à lui. Elle s'assit à sa droite, appuya sa tête sur son épaule, et il l'enveloppa d'un bras. Les émotions de cette soirée l'avaient épuisée, elle ne demandait qu'à s'endormir sur place, à la belle étoile.

Faythe se prenait parfois à désirer que leur relation puisse être d'une autre nature. Elle aimait Jakon plus que tout, plus que *quiconque*, et elle souffrait chaque fois qu'elle lisait le désir dans ses yeux – comme si, même après toutes ces années, il espérait encore qu'elle éprouve le même amour intime que lui.

Jakon l'avait embrassée, une fois, et elle l'avait embrassé en retour, ne serait-ce que pour s'assurer que cela ne donnerait pas un tour plus profond à leur amitié. Cela n'avait fait que confirmer les sentiments platoniques qu'elle avait pour lui, et la faire culpabiliser d'avoir joué à ce jeu. Auprès de Jakon, elle mènerait une vie normale, banale et sûre – heureuse, aussi, pour l'essentiel. C'était peut-être ce qui l'effrayait le plus.

Après quelques instants d'un silence paisible, Faythe entendit pour la troisième fois de la soirée le chant d'oiseau familier. Jakon et elle échangèrent un regard interloqué, avant que le jeune homme ne siffle à son tour. Ils n'étaient qu'une poignée d'amis à connaître ce signal.

Méfiante, Faythe jeta un coup d'œil en contrebas et reconnut Ferris à sa démarche assurée. Celui-ci les repéra lui aussi et ne mit pas longtemps à les retrouver sur leur perchoir.

Il poussa un soupir d'épuisement avant de s'allonger devant eux, les mains jointes sous la tête.

« Vous avez encore fait des vôtres, ce soir », dit-il en guise de salutation. Ni Faythe ni Jakon ne répondirent, alors il reprit : « J'ai toujours su que ce gamin s'attirerait des emmerdes. Enfin, vous êtes tous débiles, mais lui, encore plus. »

Faythe leva les yeux au ciel. Du haut de ses vingt-cinq ans, Ferris était l'aîné du petit groupe, ce qui, apparemment, l'autorisait à jouer les balourds arrogants.

« Qu'est-ce que tu veux, Ferris ? » demanda Jakon, las.

L'intéressé se tourna sur le côté et s'appuya sur un coude.

« Ils m'ont fait la même offre, vous savez ? »

Faythe fronça les sourcils, prête à le jeter dans le vide, mais il poursuivit :

« Je leur ai dit d'aller brûler aux Enfers. »

Faythe doutait que Ferris ait employé de tels mots envers quelqu'un qui lui déplaisait. Le sourire espiègle qu'il afficha le lui confirma. Aucun des trois n'eut à préciser qu'ils parlaient bien de la même chose : la raison pour laquelle Reuben se trouvait enfermé dans un tonneau.

« Valgard doit mijoter quelque chose d'énorme s'ils osent terroriser des gens pour obtenir ce genre de renseignements, estima Jakon.

— Exact. Ils n'ont pas apprécié que je refuse et, en retour, ils ont menacé de s'en prendre à ma famille tout entière. » Ferris éclata de rire. « Je leur ai dit de ne pas se gêner, que je n'avais revu aucun membre de ma famille depuis des années. »

Faythe tremblait quand Jakon posa une main sur la sienne – de froid ou de peur, elle n'aurait su trancher. Tous deux échangèrent un regard, et elle entendit presque les mots « *Je ne laisserai personne te faire du mal.* » Elle esquissa un sourire qui s'effaça au souvenir des évènements de la soirée.

« Le fils de l'aubergiste… tu penses que… ? »

Elle ne put se résoudre à terminer cette phrase.

Jakon lui adressa un regard sombre.

« C'est possible », se contenta-t-il de dire.

Faythe refusait de songer aux tortures qu'on allait infliger au malheureux pour l'obliger à révéler ce qu'il savait au sujet de Valgard, après quoi il serait exécuté pour trahison.

Elle contempla les étoiles et remercia les mythiques Esprits de lui avoir permis d'aider Reuben à s'enfuir. Elle espérait que ce qui l'attendait durant la traversée ou ensuite soit plus clément.

La voix de Ferris la ramena au présent.

« J'ai pensé que je devais vous prévenir, ils ont envoyé des soldats aux frontières, et certains ont réussi à les franchir. Évitez les bois, autant que possible, et ne quittez Farrowhold que si c'est indispensable. »

Faythe savait que, sous ses aspects arrogants, Ferris tenait à eux comme à sa famille. Ils étaient tous faits de la même étoffe, et avaient tous subi des versions similaires des mêmes épreuves.

« On raconte qu'il y a des troubles à Galmire », ajouta-t-il, sévère.

Faythe frissonna à la mention de cette ville située en bordure de High Farrow, non loin des Bois Sombres qui formaient une partie de la frontière avec le royaume de Dalrune, tombé aux mains de Valgard. Les soldats devaient s'emparer de ceux qui, par bêtise ou désespoir, s'aventuraient dans ces bois. Et vu la pénurie de gibier que connaissait Farrowhold, Faythe ne pouvait rien reprocher à ces gens.

« Merci », dit-elle d'un ton féroce. Tous deux échangèrent un sourire bienveillant – chose d'autant plus rare qu'ils avaient plutôt coutume de se taquiner –, après quoi Faythe se tourna vers Jakon. « Rentrons. »

Celui-ci accepta avec un sourire complice.

Les trois amis redescendirent du toit un par un avant de se séparer.

Rentrés à leur hutte, Faythe et Jakon ne tardèrent pas à se coucher, épuisés qu'ils étaient par les imprévus de la soirée. Ils se changèrent et se mirent au lit sans échanger un mot à ce sujet, au soulagement de Faythe. Celle-ci avait l'impression que sa tête allait éclater sous le coup des émotions.

Moins de dix minutes plus tard, Jakon ronflait déjà doucement dans son lit, mais Faythe, elle, n'arrivait pas à dompter ses pensées. Lorsqu'elle fermait les yeux, deux iris vert vif brillaient, et elle se demandait pourquoi elle n'arrivait pas à les chasser de son esprit.

Elle plissa les paupières fortement, se forçant à fixer ses pensées sur quelque chose – *n'importe quoi*, du moment que ça l'aidait à s'endormir. Ce n'était toutefois pas la rencontre de l'étrange fae qui la perturbait, mais l'évocation douloureuse de Reuben engoncé dans sa minuscule prison de bois, au beau milieu de l'océan, fou de peur. Elle en avait la nausée.

Faythe faisait des rêves toujours très réalistes, et se réveillait en général plus épuisée qu'au coucher. Ce soir-là ne fut pas différent, tant le charivari de pensées et d'émotions refusait de s'apaiser, pas même lorsque la jeune femme sentit les vagues du sommeil déferler lentement sur elle et l'entraîner.

Il faisait sombre. Des volutes de fumée noires et grises l'enveloppaient, et elle regardait les tentacules s'enrouler à ses doigts quand elle tentait de la toucher. Cette fumée n'avait pas d'odeur et ne l'étouffa pas lorsqu'elle l'inhala avec prudence. Au-dessus de sa tête, elle distinguait un vide noir infini dans les interstices de la fumée. Sous ses pieds, son reflet obscur lui était renvoyé par un carreau de verre noir fissuré.

Sur ses gardes, Faythe fit quelques pas dans l'abîme, et les nuages se déplacèrent avec elle. Les yeux plissés, la jeune femme sonda l'espace sans fin pour tenter d'y apercevoir quelque chose ou quelqu'un, sans toutefois oser appeler. Elle avait trop peur de ce qui risquait de répondre…

Sentant monter la crainte et la panique, elle serra les poings pour qu'ils cessent de trembler. Le froid l'envahissait. Un froid terrible. Elle avait eu son lot de cauchemars, mais celui-ci – celui-ci semblait… *différent*. Son instinct lui disait de se réveiller.

La fumée se mut, et Faythe retint son souffle, horrifiée, quand d'épaisses volutes serpentines s'enroulèrent à ses bras, avant que les lianes translucides ne la serrent telle une corde. Faythe voulut se dégager, mais c'était sans espoir. La même sensation spectrale affecta ses mollets, et elle se retrouva entièrement prisonnière du piège tendu par son prédateur du sommeil.

La panique s'accentua, la jeune femme pressa les paupières. Elle avait déjà réussi à s'arracher à des cauchemars, alors elle se calma et se concentra. Hélas, elle eut beau mobiliser son esprit, c'était comme si quelque chose s'y était ancré.

« Quel courage de ta part de pénétrer dans *mon* esprit ! » Le grondement menaçant provenait de derrière elle.

Tournant la tête, Faythe ne trouva que le ballet de l'obscurité et des fantômes tandis que les silhouettes se déplaçaient pour se jouer d'elle. Une caresse délicate passa sur son visage, et elle retourna vivement la tête – sans apercevoir, là encore, de forme solide.

Le monstre sans visage la titillait.

« Je… Je ne… » Elle voulut parler, mais fut interrompue par une nouvelle ombre qui s'enroula doucement autour de sa gorge. La terreur déferla en elle. *Ce n'est qu'un rêve*, se raisonna-t-elle. *Inspire, expire…*

Lentement, son cœur se calma un peu. Elle n'allait pas tarder à se réveiller ; elle pouvait s'y *forcer*, à condition de bien se concentrer. Plissant les paupières, elle s'exhorta à reprendre conscience, visualisa son lit et Jakon dormant dans le sien, à côté.

Au bout d'un moment, ne percevant aucun changement, elle se hasarda à ouvrir les yeux. Faythe était encore prisonnière du puits sans fond de son cauchemar morbide. Elle lâcha un petit gémissement de défaite.

Un rire caverneux résonna autour d'elle, renvoyé par les murs spectraux, si bien qu'elle ne put en déterminer l'origine.

« Tu ne sais donc pas qu'il ne faut jamais s'aventurer dans l'esprit d'autrui quand on ignore où se trouve la sortie ? » demanda la voix.

Faythe était glacée. Un bras spectral enserra son cou, lui arrachant un cri étranglé.

« Pas un mot ? »

Elle détecta une pointe d'amusement dans le ton employé, et sut que son tourmenteur prenait du plaisir.

Enfin, une silhouette solide et réelle émergea du noir, la brume se dissipant pour révéler un fae d'une beauté stupéfiante. Pas exactement la créature terrifiante et hideuse à laquelle elle s'attendait.

La panique fit place au choc quand Faythe associa cette voix au visage rencontré tantôt : celui du fae croisé devant le moulin. Sans sa capuche, il était encore plus beau qu'elle ne l'avait déduit de sa brève observation en ville. Ses cheveux noir de jais, courts, luisaient dans la lumière qui avait commencé à chasser les ombres.

La brume noir et gris ne tournait plus que paresseusement autour d'eux, et les lianes qui enserraient Faythe se détendaient un peu.

L'éclat vert des yeux du fae transperça Faythe malgré la distance que le personnage maintenait entre elle et lui. Ses paupières se plissèrent et sa mâchoire, puissante et anguleuse, s'inclina tandis qu'il l'observait. Faythe en profita pour jauger la menace.

L'immortel adoptait une posture à la fois élégante et autoritaire. Peut-être était-il un guerrier. Faythe nota toutefois qu'il portait un pantalon de cuir noir et des cuissardes de la plus exquise qualité. S'il avait accès à ce genre de moyens et de produits, c'était qu'il devait être haut gradé. Sa chemise blanche, ample, ne cachait rien de son torse musclé, ce qui ne fit que confirmer à Faythe qu'il avait dû connaître les champs de bataille ; il était taillé pour cela.

Le fae s'approcha d'un pas lent et délibéré, tout en la détaillant. Faythe ne s'était jamais sentie aussi exposée, alors même qu'elle portait sa tenue de nuit habituelle. Ses pieds nus, néanmoins, la mettaient mal à l'aise.

Il s'arrêta suffisamment près pour qu'elle sente son souffle chaud sur son cou lorsqu'il pencha la tête, l'inspectant toujours. La proximité était telle que le cœur de la jeune femme s'emballa.

Le fae lui caressa délicatement l'oreille, et Faythe en trembla de tout son corps.

Le contact paraissait si *réel*.

Elle demeura tétanisée. Elle savait que la peur l'empêcherait de faire le moindre mouvement, quand bien même les bras de fumée l'avaient à présent relâchée.

« Humaine », prononça le fae d'un ton songeur.

Le cœur de Faythe martelait sa poitrine à un rythme erratique, et elle était certaine que l'immortel entendait les battements. Elle s'aperçut qu'elle avait les mains moites et la bouche si sèche qu'elle doutait d'arriver à prononcer un mot.

Le regard toujours rivé sur elle, le fae lui tourna autour et son front se plissa lorsqu'il s'arrêta face à elle.

« Sais-tu où tu te trouves ? » l'interrogea-t-il.

Les lèvres de Faythe s'écartèrent lentement.

« Dans un rêve », murmura-t-elle davantage pour se rassurer que pour répondre à la question posée par ce démon du sommeil.

Celui-ci plissa les yeux, et un sourire narquois étira ses traits. Il partit d'un rire étouffé.

« Je me souviens de toi, dit-il d'une voix suave et éloquente. En ville, tantôt. Ou plutôt hier. » Il croisa les bras, appuya son menton sur une main pour réfléchir. « Comment t'appelles-tu ? »

Faythe songea à garder le silence. Elle allait devoir se réveiller, à un moment ou un autre. Ce n'était qu'un rêve ; le fae ne pouvait pas lui faire de mal si elle résistait. Mais cela signifiait aussi que rien de ce qu'elle lui dirait ne pourrait se retourner contre elle, s'il n'était que le fruit de son imagination. Elle n'avait rien à perdre à jouer le jeu de ce cruel cauchemar.

« Faythe, répondit-elle.

— *Fai-th* », répéta le fae en étirant la syllabe unique du prénom comme s'il devait en tirer un indice. Il étudia la jeune femme un moment encore, prolongeant le supplice, avant de conclure : « Fascinant. »

Elle n'aurait su dire ce qui fascinait ce personnage. Elle attendait en silence qu'il se change en bête et la dévore, ou qu'une créature plus terrifiante sorte des ombres et s'en charge.

« Tu devrais mieux regarder dans quel esprit tu pénètres la nuit. La prochaine fois, tu auras peut-être moins de chance », la prévint-il.

Faythe plissa le front, confuse. Elle s'apprêtait à répliquer que c'était *lui* qui envahissait ses rêves, mais elle se rendit compte qu'elle discutait en fait avec elle-même.

Le fae poussa un long soupir.

« Écoute, Faythe, j'aimerais dormir *un peu*, cette nuit, reprit-il. Mais nous nous reverrons. Juste, pas ici – si tu sais ce qui est bon pour toi. »

Le sourire qu'il lui adressa lui donna la chair de poule.

Elle aurait voulu lui rétorquer que, si cela ne tenait qu'à elle, ils ne se reverraient jamais plus ; qu'elle préférerait le bannir de ses pensées ou ne jamais plus dormir, si c'était ce qui l'attendait.

Hélas, il reprit la parole avant qu'elle n'ait pu répondre.

« Tu peux te réveiller, maintenant. Je ne t'en empêcherai pas. »

Son sourire toujours aux lèvres, il désigna du geste une porte qui n'existait pas.

Faythe lui lança un regard noir et s'apprêtait à lui dire que la décision ne lui appartenait pas. Mais elle avait hâte de quitter ces Enfers oniriques, alors elle ferma les yeux et imagina la chaleur de son lit, l'odeur de vieux bois que dégageait la hutte, et les ronflements légers de Jakon…

Faythe se réveilla dans un sursaut violent. Elle haletait, et la sueur lui collait sa chemise de nuit à la poitrine. Assise dans son lit, elle se frotta les yeux et inspecta du regard la hutte, ravalant la nausée que lui avait causée son cauchemar.

Ceci est réel, se dit-elle. *Réel.*

La respiration de Jakon était un bruit sûr et réconfortant. Faythe bascula ses jambes dans le vide, et respira profondément afin de calmer son cœur emballé. Certaines nuits, ses rêves et cauchemars étaient si pénétrants qu'il lui fallait ensuite un moment pour distinguer si elle était bel et bien réveillée, ou si elle n'avait fait que passer dans une autre scène de son inconscient. Il pouvait lui arriver d'enchaîner plusieurs rêves ou cauchemars la même nuit et elle n'en oubliait jamais un seul.

Jakon grommela, allongé sur le ventre, un bras et une jambe pendant hors du lit tout juste assez grand pour lui. Il entrouvrit mollement une paupière. Faythe devait avoir l'air aussi bouleversée qu'elle l'était à l'intérieur car il s'assit aussitôt. Après s'être assuré qu'elle n'était pas blessée, il lui adressa un regard entendu.

« Tu as fait un mauvais rêve ? » soupira-t-il en se frottant les yeux, encore assoupi.

Faythe esquissa un sourire.

« Oui, souffla-t-elle. Un rêve idiot, tu n'as pas à t'inquiéter. Je vais bien. »

Par la petite fenêtre située derrière Jakon, Faythe avisa les premiers rayons du soleil qui zébraient le ciel bleu lapis, signes avant-coureurs de l'aube. Elle se leva et passa dans la partie de la hutte qu'ils avaient aménagée en salle de bains de fortune. Elle prit de l'eau dans un seau glacé et s'en aspergea la figure, le froid lui mordilla la peau. La sensation eut au moins le mérite de la réveiller. *Réel,* se répéta-t-elle avant de se déshabiller pour se laver à l'eau froide.

Quand elle ressortit de la salle de bains, propre et rafraîchie, débarrassée de sa terreur nocturne, Jakon était déjà en habits de travail. Il portait son éternel pantalon marron à bretelles, ses bottes terre de Sienne qui lui arrivaient au-dessus du genou, ainsi qu'une chemise blanche délavée aux manches retroussées. Au cœur de l'été, il n'était pas utile d'ajouter d'autres couches de vêtements, notamment quand on travaillait aux champs comme lui.

Faythe enfila, elle aussi, une tenue simple : une tunique violette à manches courtes, un pantalon sombre et des bottines noires élimées. L'un comme l'autre auraient eu besoin de regarnir leur garde-robe. Elle ajusta une ceinture ordinaire à sa taille pour se donner un *semblant* de silhouette.

« On va toujours assister aux feux du solstice, ce soir ? demanda-t-elle en passant.

— Évidemment, lui sourit Jakon. C'est ta fête préférée. »

L'été était la saison où la nature s'épanouissait, avant que l'automne ne vienne faner les efforts accomplis pour égayer de vives couleurs les tons ternes de la terre. Les journées étaient longues, la fraîcheur nocturne d'autant plus appréciée et bienvenue.

La fête du solstice avait lieu à la nuit tombée, sur les collines bordant Farrowhold, décorées d'immenses bûchers érigés par les fae. C'était un des très rares actes de bonté émanant du roi. D'ordinaire morose, la ville se déridait lors de cette célébration. Les rues s'animaient, s'emplissaient de vendeurs et d'artistes, on jouait de la musique, on dansait sur les collines, les enfants hilares couraient partout et, l'espace d'une nuit, chacun avait l'impression de pouvoir oublier la menace de la guerre et sa vie de misère, jouir de l'instant présent.

Il va sans dire que les fae organisaient eux aussi une fête derrière leur rempart, dont Faythe ne pouvait qu'imaginer la magnificence.

Un large sourire éclaira son visage.

« On se retrouve ici même à huit heures, et on ira ensemble », décida Jakon, tout aussi enthousiaste qu'elle.

Faythe inspira à fond, son sourire rivé aux lèvres. Aujourd'hui, elle allait s'autoriser à oublier ses cauchemars, la menace Valgard, et le sort de son ami, en route pour Lakelaria. Ce soir, elle allait s'amuser.

Chapitre 4

Faythe prit tout son temps pour se rendre au marché. Elle avait effectué ses livraisons aussi vite que possible, de sorte à pouvoir profiter quelques instants, seule, de la chaleur et des préparatifs de la fête du solstice. Il y avait quelque chose de réjouissant à voir la ville, d'habitude si terne, se parer de couleurs vives. Faythe sentait déjà l'exaltation qui flottait dans l'air, et elle-même était d'humeur enjouée. Hélas, la pause prit fin, trop vite à son goût, lorsqu'elle franchit un dernier virage et regagna la place du marché, et l'étal de Marie.

La boulangère papotait avec les clients tout en les servant, comme d'habitude. Faythe jeta un coup d'œil aux spécialités en vente, et son estomac gronda. Marie ne s'y trompa pas et, sans un mot, elle lui fit signe de se servir. Un sourire penaud aux lèvres, Faythe prit une tartelette au chocolat puis se percha sur une caisse abandonnée pour la déguster.

Elle avait mangé la moitié de la délicieuse pâtisserie quand soudain elle se figea et faillit s'étouffer en apercevant une silhouette qui détonnait sur la place. Le personnage portait une capuche et s'appuyait nonchalamment contre un mur, à l'ombre d'une véranda. Aux yeux de tout le monde, il semblait être un simple marchand étranger – un marchand louche, à en juger par la façon qu'il avait de se curer les ongles à la pointe de sa dague, et de défier quiconque d'approcher.

Toutefois, il scrutait Faythe du coin de l'œil, ses maudits iris verts transperçant l'obscurité ménagée par la capuche malgré la distance. Faythe promena son regard autour d'elle, dans l'espoir que quelque chose ou quelqu'un d'autre capte son attention, mais personne ne semblait avoir ne serait-ce que remarqué sa présence.

La bile lui monta, à l'idée fugace qu'elle puisse être replongée dans une autre version du même cauchemar. Son instinct lui indiqua cependant qu'elle ne rêvait pas.

Il vient peut-être pour affaires, comme hier. Elle se calma. Ce fae ne pouvait décemment pas l'avoir reconnue alors qu'il ne lui avait adressé qu'un bref regard la veille, elle n'était pas aussi inoubliable que cela.

Tout à coup, elle perdit l'appétit, alors qu'elle n'avait pratiquement rien mangé de la journée, et elle reposa sa tartelette. La peur soudaine et le chocolat lui avaient asséché la gorge. Se tournant vers Marie, elle lui demanda :

« Tu permets que j'aille boire un peu d'eau ?

— Mais bien sûr, ma belle, tâche juste de faire vite. Nous allons manquer de certains produits – passe par la maison en rentrant. »

Descendant de son perchoir, Faythe se hasarda à lancer un regard par-dessus son épaule, mais le mystérieux personnage avait disparu et, ce fut plus fort qu'elle, elle se demanda si elle ne s'était pas fait des idées. Elle poussa un long soupir de soulagement, et rit tout bas. Le manque de sommeil lui avait peut-être joué un tour cruel. La jeune femme s'engagea dans la rue, vers la première pompe municipale.

Elle y but à grands traits avant de s'asperger la figure pour se réveiller. La morsure du vent sur son visage mouillé fut aussi rafraîchissante que nécessaire dans la chaleur ambiante. Un léger souffle lui échappa.

« M'évites-tu, Faythe ? »

L'intéressée se retourna en un éclair, prête à frapper d'instinct, mais son agresseur s'écarta et son poing ne rencontra que le vide. Faythe recula tout en scrutant le fae dont la présence, si proche, était comme une menace. Il avait baissé sa capuche, cette fois, et son visage était une réplique identique et sinistre de celui qu'elle avait vu en rêve.

Les paroles de l'immortel finirent par lui entrer dans la tête, et un froid l'envahit malgré la chaleur étouffante.

« Comment connaissez-vous mon prénom ? » demanda-t-elle avec plus de courage qu'elle n'en éprouvait.

L'inconnu inclina la tête de côté.

« Tu me l'as dit, tu te souviens ? » Elle lui aurait volontiers arraché son sourire. « Tu n'as donc aucune idée de ce que tu es, c'est cela ? »

Des voix guillerettes résonnaient dans la rue, derrière elle. Faythe tourna la tête, mais le fae la saisit par le coude et l'entraîna dans une ruelle sombre avant même qu'elle n'ait pu protester. Il remonta sa capuche sans, toutefois, cacher son visage.

« Je n'ai rien fait de mal ! Qu'est-ce que vous me voulez ? » siffla la pauvre humaine.

Au gloussement qu'émit le fae, elle éprouva de nouveau l'envie de le frapper.

« Je ne *veux* rien de toi, Faythe. Je suis curieux, voilà tout. » Il prenait plaisir à cet échange, tel un lion jouant avec son repas. « Tu ne peux pas me mentir. Tu as commis l'erreur de t'immiscer dans *ma* tête hier soir, alors, dis-moi, comment une humaine fait-elle pour devenir une Noctiste ? »

Faythe crut avoir mal entendu. Elle, une Noctiste ? Elle partit d'un grand rire, et le fae plissa les paupières.

Elle ne voyait qu'une seule explication à sa rencontre avec cet être : c'est que ses semblables avaient peut-être eu vent de son implication dans l'évasion de Reuben, et l'avaient envoyé l'arrêter. Néanmoins, tant qu'il n'aurait pas formulé d'accusation, elle jouerait la carte de l'innocence.

Faythe prit le temps de se calmer puis déclara :

« Écoutez, j'ignore quels sont vos ordres, mais m'accuser d'être Noctiste est proprement ridicule. » Elle rabattit ses longs cheveux bruns derrière son oreille et, se désignant du geste, ajouta : « Humaine, compris ? »

Le fae lui rit au nez – un rire qui avait tendance à susciter des pulsions violentes à Faythe. La créature croisa les bras et s'adossa au mur.

« Personne ne cherche à t'arrêter. » Une pause. « Pas encore. »

Faythe se figea, et la panique que le fae perçut en elle lui dessina un sourire malicieux.

Reprenant son sang-froid, Faythe se redressa.

« Ma foi, si ce n'est pas pour aujourd'hui, je dois retourner travailler. »

Ce n'était pas un mensonge, mais le prétexte parfait pour s'en aller, et se laisser du temps pour préparer sa prochaine manœuvre.

Elle avait envie de vomir. Allait-elle finir elle aussi dans un tonneau en route pour l'inconnu ? Jakon ne s'en remettrait pas ; il insisterait probablement pour l'accompagner. Elle décida de tout lui cacher. Elle n'aurait qu'à partir en pleine nuit et...

Ses pensées frénétiques furent interrompues par la voix suave du fae.

« Si tu ne te joues pas de moi, alors tu cours un danger encore plus grand que je ne le pensais. » Les sourcils froncés, il afficha une mine grave, puis il fit un pas en direction de

Faythe. « Écoute-moi attentivement, reprit-il, et la jeune femme se retint de tressaillir face à ce brusque changement de ton. Si tu ne sais pas contrôler le Noctisme, tu risques d'atterrir dans des esprits autrement pires que le mien, dans ton sommeil. Si tu t'aventures dans celui d'un autre Noctiste, il le saura. Et il pourra te séquestrer dans sa tête et te tuer de là. »

Il marqua une pause, fixa Faythe d'un regard qui fit trembler toutes ses cellules nerveuses.

Un frisson glacé parcourut le dos de la jeune femme. Ses pensées tourbillonnaient à mesure qu'elle s'échinait à décrypter ce qu'elle venait d'entendre. Elle voulut rire encore ; prendre cela pour une blague tordue. Hélas, l'envie de tourner l'idée au ridicule lui passa à la vue du regard farouche qu'il lui adressait. Ce fae n'avait aucune raison de prétendre qu'elle possédait une faculté aussi invraisemblable. Cela aurait été une preuve de sa folie, plutôt que de la culpabilité de Faythe.

« Tu es différente, poursuivit-il. Or, le roi n'apprécie pas trop que l'on soit différent. Aussi, jusqu'à ce que j'aie déterminé ce qui a pu causer ton existence, je te suggère de faire profil bas. N'adresse pas la parole aux gardes en patrouille, car apparemment, tu n'arrives ensuite plus à les chasser de ton esprit. »

Son visage grave esquissa un sourire taquin.

Les joues de Faythe s'empourprèrent.

« La nuit dernière… » commença-t-elle sans parvenir à achever sa phrase, incrédule.

Le fae acquiesça, et cela suffit à confirmer qu'il se rappelait son cauchemar dans les moindres détails, car il y avait été présent. Ou du moins, son esprit – si c'était bien ainsi que les choses fonctionnaient.

« Nous ne sommes pas nombreux, nous autres Noctistes, déclara-t-il. Nous ne pouvons pénétrer dans un esprit sans avoir vu auparavant le visage qui s'y rattache, tu veilleras donc à te faire discrète. À en juger par ta mise, ce ne devrait pas être difficile. »

Faythe n'eut pas la force de réagir à cette insulte. Elle inspira longuement pour calmer les battements de son cœur. Ce n'était pas possible, ce ne *devait pas* être possible… et pourtant, cela expliquait déjà tant de choses. Ses *rêves*…

Oh, par les dieux.

« Ce n'est pas vrai », murmura-t-elle, bien que ces mots aient le goût du mensonge.

Le monde bascula un instant, et Faythe secoua la tête pour chasser le vertige qui la prenait. Elle avait trop de questions en elle, et personne pour lui fournir de réponses. Qu'est-ce qui lui prouvait que ce fae allait garder son terrible secret, et non la dénoncer à la première occasion afin de s'attirer les faveurs du roi ? Elle serait alors exécutée, au simple motif qu'elle constituait une menace inconnue. Elle ne pouvait même pas s'ouvrir à Jakon – ce serait trop risqué.

Mais soudain, une pensée lui vint, qui lui serra le cœur. Sa mère avait-elle su ?

Pour la première fois depuis la mort de celle-ci, Faythe se sentait complètement, absolument effrayée, et *seule*. La clameur exaltée de la ville s'estompa autour d'elle, et le soleil déclina fort. Elle devait se calmer. Ce n'était pas le bon endroit pour sombrer dans la panique, surtout en pareille compagnie.

Une paire de mains rêches l'agrippèrent par les épaules. Elles la secouèrent, une fois, puis deux.

« *Regarde-moi.* »

Faythe n'aurait su dire si ces mots avaient été prononcés à voix haute, mais ils la forcèrent à lever les yeux vers le fae, et l'arrachèrent à sa transe.

« Je vais t'aider, annonça-t-il. Mais tu vas devoir être sur tes gardes. »

La jeune femme se força à scruter ces yeux verts qui semblaient l'hypnotiser. Elle ne pouvait lui faire confiance – en tant qu'immortel, il finirait tôt ou tard par la trahir. Elle n'était rien pour lui.

« Pourquoi ? »

Il haussa les épaules.

« Peut-être parce que j'aime les défis. »

Il avait parlé d'un ton si informel, si *amical*. À mille lieues de ce qu'elle avait l'habitude d'attendre de ses semblables, mais, lorsqu'elle oubliait sa nature de fae… cet être semblait on ne peut plus *normal*.

Il la relâcha et elle recula d'un pas, se rappelant soudain qu'on l'attendait au marché et qu'elle n'était même pas passée à la boulangerie, comme l'avait demandé Marie.

« Il faut que j'y aille », s'empressa-t-elle de dire.

Il lui répondit par un signe de tête complice et ajouta :

« N'en parle à personne, Faythe, pas même à ton ami. Je te retrouverai sous peu. »

Elle n'eut pas le temps de lui demander comment il était au courant pour Jakon qu'il enfonça sa capuche sur son visage et s'engagea dans les ténèbres de la ruelle. À la place, elle lui lança :

« Comment t'appelles-tu ? »

Il s'arrêta, se tourna imperceptiblement, surpris qu'elle le tutoie. Il semblait peser la question.

« Nik », répondit-il enfin avant de disparaître dans les ombres.

Bizarrement, Faythe ne s'attendait pas à un prénom aussi simple.

Sans plus de réflexion, elle courut à la boulangerie.

Chapitre 5

Ce fut à peine si Faythe entendit les filles de Marie râler que leurs viennoiseries avaient déjà commencé à s'abîmer et à refroidir. Elle n'entendit pas grand-chose non plus à l'étal, quand sa patronne lui reprocha d'avoir lambiné, et d'être en retard pour la seconde fois en deux jours. Elle tiqua, cependant, quand la boulangère menaça de lui trouver une remplaçante si elle recommençait.

La tête lui tournait. Elle remercia les Esprits lorsque la journée de travail se termina en avance pour les préparatifs des festivités. Marie lui avait donné quartier libre le lendemain. Nombre d'étals n'ouvriraient pas, pour mieux récupérer de la fête et laisser les clients se rendre au temple en début de matinée.

Quand Faythe regagna la hutte, il n'était que dix-huit heures trente. Elle estimait que Jakon finirait à l'horaire habituel, puisqu'il avait suggéré qu'il rentrerait à vingt heures. Elle était déterminée à oublier tout ce qu'elle avait appris ce jour, ainsi que son nouvel et improbable allié immortel, dans sa volonté de garder son secret. Penser à sa nouvelle réalité lui donnait la nausée, tant celle-ci était incompréhensible, et tant elle-même doutait d'arriver à se pardonner de mentir à son plus proche ami. Pire encore, elle était terrifiée à l'idée de s'endormir sans pouvoir contrôler ses errances oniriques.

Chassant tous ces motifs de panique, elle décida, ayant beaucoup de temps devant elle, d'en profiter pour essayer de soigner son apparence, ne serait-ce que pour s'occuper. Ce n'était pourtant pas qu'elle ait grand choix en matière de tenues. Elle opta donc pour la seule robe qu'elle possédait, au lieu de ses éternels pantalons et tuniques. Un cadeau que Jakon lui avait offert pour ses dix-huit ans.

La robe était d'un rouge cramoisi profond, rehaussée de broderies dorées au niveau du cou et des manches longues – assorties à ses yeux, avait dit Jakon. Faythe se vêtit sans perdre de temps, jetant son autre tenue sur le lit puis allant observer son reflet dans le petit miroir terni de la salle de bains. Elle tressa ses cheveux sur les côtés pour dégager son visage. Une petite différence par rapport à son habituelle crinière ondulée.

Estimant avoir fait tout son possible, elle souffla en contemplant son visage somme toute ordinaire. Elle avait les yeux de sa mère, mais ne pouvait s'empêcher de se demander si elle ressemblait tant soit peu à son père. Enfant, chaque fois qu'elle l'interrogeait à son sujet, celle-ci avait refusé le dialogue, se contentant de dire qu'elles étaient mieux sans lui.

Faythe avait le visage allongé, les pommettes d'autant plus saillantes qu'elle était mal nourrie. Sa mâchoire, quoique féminine, se terminait par un petit menton carré aux contours adoucis. Sa mère, elle, avait eu le visage arrondi et effilé, proche de celui d'une fée. Faythe sourit à l'évocation de ce souvenir. En dépit des dix ans écoulés depuis la mort de sa mère, elle n'oublierait jamais l'image de sa beauté délicate.

N'ayant rien d'autre à quoi occuper les minutes qui s'égrenaient au ralenti, Faythe s'accouda au vieux comptoir en bois de la cuisine, et grignota une pomme afin de calmer son ventre. Elle consulta sa montre de poche et se mit à taper du pied, pressée que Jakon rentre. Son esprit usa de ce temps libre pour se perdre dans les implications de l'immense révélation qui risquait de changer sa vie. Intérieurement, Faythe devint insensible à l'idée de posséder la même faculté que les fae, elle refusait de l'accepter comme une vérité ou comme un fait. Elle s'efforçait de repousser cette pensée au fin fond de son esprit, de crainte que la panique et la peur finissent par s'emparer d'elle. Malgré tous ses efforts, une sensation troublante demeurait au creux de son ventre.

Il était près de vingt heures quand la porte s'ouvrit, et Faythe remercia les Esprits que Jakon l'arrache enfin à la tempête d'émotions qui menaçait de l'emporter.

Le jeune homme s'arrêta sitôt le seuil franchi et resta un moment ébahi, après quoi un sourire étira ses lèvres.

« Tu es magnifique », dit-il.

Faythe rougit, puis marmonna un « merci », toute gênée, en lissant sa robe. Jakon, lui, gardait les mains dans le dos, il cachait quelque chose et Faythe plissa bientôt le front. Observant qu'elle le scrutait, Jakon sourit davantage encore.

« J'ai une surprise pour toi », annonça-t-il en présentant le mystérieux objet.

Faythe en eut le souffle coupé, les mains plaquées sur la bouche, lorsqu'elle découvrit ce que son complice lui montrait.

Une épée !

D'un signe de tête, Jakon l'invita à accepter le cadeau, tout en avançant lentement.

« Joyeux solstice d'été, Faythe », ajouta-t-il quand il fut suffisamment près pour qu'elle puisse prendre l'arme.

Faythe demeura figée, tout juste capable de bredouiller :

« Jak, nous… Je ne peux pas l'accepter. Elle a dû te coûter une fortune. »

Elle culpabilisait qu'il ait dépensé autant d'argent pour elle.

« Ne t'en fais pas pour ça. J'ai mis de côté ce que j'ai pu, et Dalton me devait une faveur, alors j'ai obtenu un bon prix. »

Le Dalton en question était le forgeron installé à l'autre bout de la ville.

Faythe leva la main pour effleurer du bout des doigts la grosse pierre cristalline qui ornait le pommeau.

« La pierre était offerte, précisa Jakon. Apparemment, elle s'appelle le Miroir. Elle est très ancienne, et est censée porter bonheur, ce genre de choses. »

Il eut un petit rire.

Les larmes aux yeux, Faythe suivait du doigt les motifs compliqués de la garde, qui évoquaient les ailes d'un aigle et se terminaient par deux pointes inclinées vers le bas. La jeune femme ignorait tout de ce que pouvaient signifier les symboles ciselés sur la pièce de cuir apposée sur la garde, mais elle les trouvait superbes.

« Du vrai travail d'artiste, commenta Jakon qui admirait lui aussi l'épée. Prends-la. »

Faythe la saisit à deux mains, et s'étonna qu'elle soit si légère. Quand elle la tira de son fourreau, le cri du métal fut un délice pour ses oreilles. Elle s'émerveillait, les yeux écarquillés, des reflets vifs que la lame polie renvoyait à la lueur de la bougie, révélant les impressionnants contours de ce chef-d'œuvre lorsqu'elle le brandit. Le métal lui parut toutefois légèrement plus foncé qu'elle n'aurait cru.

« C'est de l'acier niltain », indiqua Jakon, comme s'il lisait dans ses pensées.

Faythe resta bouche bée : ce métal précieux était un matériau rare, le plus robuste qui soit, et ne se trouvait que dans les montagnes des îles Niltain, un petit archipel situé au large de la côte sud de l'Ungardia. On ne savait pas grand-chose des hommes ou des créatures qui peuplaient l'endroit, hormis qu'ils relevaient de la juridiction du royaume de Rhyenelle.

« Où te l'es-tu procuré ?

— Qu'est-ce que cela peut faire ? » répondit Jakon avec un sourire malicieux.

Au regard qu'il lui adressait, Faythe sut qu'il valait mieux ne pas connaître la réponse.

« Et pour toi ? » l'interrogea-t-elle à la place.

Elle s'en voulait de ne rien avoir à lui offrir en remerciement d'une telle générosité.

Son ami haussa les épaules avec nonchalance.

« L'escrime, c'est ton truc. Moi, mes poings me suffisent. » Comme pour le confirmer, il lui donna une petite tape. « Par contre, à compter de maintenant, c'est toi qui assureras nos arrières. »

Faythe glapit en signe d'assentiment, passant l'épée d'une main à l'autre pour mieux se l'approprier. Jakon se recula afin de la laisser enchaîner quelques passes. Faythe n'aurait su décrire les sensations qu'elle éprouvait : cette arme semblait avoir été forgée pour elle seule, sans que personne d'autre soit capable de la manipuler. Son poids était idéal ; la poignée était comme modelée sur mesure pour sa main, lui permettant de contrôler la lame telle une simple extension de son bras. Faythe se promit de passer remercier le forgeron et le complimenter pour son travail.

L'admiration et l'incrédulité passées, elle rangea l'épée dans son fourreau, puis déroula le ceinturon pour se le passer autour de la taille.

« Tu comptes la porter ce soir ? l'interrogea Jakon, aussi enchanté qu'inquiet.

— Et comment », lui confirma, rayonnante, son amie.

Le jeune homme sourit, pour lui-même essentiellement, en lisant la joie absolue sur le visage de Faythe.

« Je m'étonne juste que tu oses me confier une véritable épée pour nos duels, le taquina cette dernière. On verra combien de temps tes poings tiendront face à elle. »

Jakon partit d'un grand rire et se dirigea vers la salle de bains.

« Je me rafraîchis en vitesse, et on va profiter de la fête. »

Faythe le retint par le coude.

« Merci, Jak, vraiment. Tu n'imagines même pas combien je l'adore », confia-t-elle avec la sincérité la plus absolue.

Jakon écarta une mèche de cheveux qui s'échappait invariablement des tresses de la jeune femme.

« Si, je l'imagine très bien », assura-t-il avec un sourire entendu.

Chapitre 6

Le crépuscule avait assombri le ciel, illuminé toutefois par une pleine lune radieuse et une infinité scintillante d'étoiles. Faythe huma le parfum du feu – à la fois salubre et accueillant, il l'invitait à trouver les flammes qui donnaient vie à cet arôme. La jeune femme donna le bras à Jakon et, ensemble, ils déambulèrent dans les rues bondées, où d'innombrables marchands proposaient toutes sortes de sucreries, ainsi que de longues baguettes de bois qui, une fois embrasées, crépitaient de mille couleurs.

Quand les deux flâneurs parvinrent devant un certain étal de nourriture, Faythe s'arrêta pour acheter deux brochettes de saucisses qui lui mettaient l'eau à la bouche. Elle les dévora chemin faisant, tandis qu'ils quittaient la ville pour la colline, où ils apercevaient déjà des vagues orange et jaunes en train de danser avec les silhouettes humaines. La musique était merveilleuse, et Faythe se surprit à onduler au rythme des luths.

Jakon et elle passèrent devant un nouveau stand, où elle s'arrêta, un sourire aux lèvres.

« Je me prends une boisson », annonça-t-elle.

Jakon la suivit du regard puis éclata de rire.

« La dernière fois que tu t'es soûlée, tu as déclenché une bagarre à l'auberge et le tenancier nous a bannis de son établissement, rappela-t-il.

— Ils trichaient aux cartes ! feignit de s'indigner Faythe.

— En fait, c'est toi qui trichais. Tu triches comme un pied, quand tu as trop bu.

— Je ne m'abaisserais jamais à cela », répliqua l'accusée d'un ton méprisant adouci par un sourire badin.

Et elle se dirigea malgré tout vers l'étal où elle s'offrit un gobelet de vin qu'elle vida en quelques gorgées amères, après quoi elle en commanda un second tandis que Jakon levait les yeux au ciel en sirotant le sien. Faythe lui tira la langue en découvrant le regard réprobateur qu'il lui lançait, et se retint d'en faire autant avec le marchand, quand celui-ci parut vouloir faire un commentaire.

« Il y en a qui travaillent demain, déclara Jakon.

— Cela ne t'a jamais empêché de boire, si je ne m'abuse. »

Faythe sourit en se rappelant le dernier Yule. Tous deux avaient tellement abusé de la boisson que Jakon s'était réveillé au milieu des cochons, à la ferme. Par miracle, il avait réussi à convaincre son chef qu'il était arrivé tôt pour prendre de l'avance. Sans avoir dessoûlé pour autant.

« Plus jamais ça », sourit-il en se rappelant lui aussi l'anecdote.

Le premier gobelet avait chassé la fraîcheur nocturne et détendu les muscles de Faythe. Elle s'en voulait de porter sa houppelande. Lorsqu'ils furent au sommet de la colline, elle prit le temps d'admirer la vue : les gens qui dansaient, qui riaient, qui étaient juste *ensemble*. Cela changeait de la mélancolie qui nappait d'ordinaire la ville de sa routine insipide.

Faythe but et, quand elle plongea son regard dans les feux de joie, ceux-ci parurent lui faire signe avec leurs bras de fumée noire. Un court instant, son esprit retourna à son rêve

– son *cauchemar* – de la veille, et dont elle savait désormais qu'il s'était déroulé dans la tête de Nik. Elle porta une main à sa gorge, percevant le spectre du contact qui y subsistait.

« Tout va bien ? » lui demanda Jakon entre deux gorgées.

Elle acquiesça et sourit avant de finir son second gobelet puis de le jeter dans une corbeille. Elle prit ensuite son ami par la main et l'entraîna dans la foule massée autour du plus grand feu. Elle s'arrêta près des flammes, au moment où une nouvelle chanson commençait, et où les femmes prenaient place autour du brasier. C'était une danse que sa mère lui avait apprise lorsqu'elle était enfant. Jakon lui lâcha la main et recula pour profiter du spectacle.

Faythe s'apprêtait à protester qu'elle n'avait plus participé à ces danses depuis une *éternité*, et qu'elle ne manquerait pas de se ridiculiser, mais le signe de tête qu'il lui adressa pour l'encourager – à moins que ça ait été le vin – acheva de dissoudre tous les mots dans sa bouche alors que la musique marquait des temps réguliers. Elle regarda les femmes évoluer, libres, au gré de la mélodie et des flammes, après quoi elle se joignit à elles, enchaînant tournoiements, révérences et pas de danse, au gré de la musique.

Faythe avait l'impression de flotter, sa robe et sa houppelande se déployaient autour d'elle à chaque mouvement. Elle n'était pas même sûre que ses pieds touchent encore terre. Un craquement soudain retentit dans les braises, et la jeune femme ne fit plus qu'un avec ce feu qui chuchotait pour la séduire, l'attirer dans une danse de danger et de passion.

Des minutes s'écoulèrent, qui auraient pu être des heures, et le rythme finit par ralentir à l'approche des ultimes mesures. Quand la musique cessa complètement, les spectateurs applaudirent et les femmes firent une dernière révérence aux flammes. Faythe non, car dans les interstices du brasier, les yeux de Nik la sondaient. Étourdie par la danse, l'alcool ou le simple fait de revoir ce fae, ou peut-être tout cela à la fois, elle se tourna vers Jakon, le teint blême, et le rejoignit d'un pas titubant.

« Un peu d'eau te ferait du bien, je crois, estima-t-il en lui passant un bras autour de la taille pour la soutenir. Peux-tu marcher ? » Il soupira quand son amie secoua la tête en dodelinant, avant de l'entraîner vers un banc de fortune. « Reste ici. Je reviens vite », marmonna-t-il en l'examinant afin de s'assurer qu'elle n'allait pas s'évanouir.

Sur ce, il s'empressa de redescendre la colline.

Faythe aurait bien protesté, hélas elle n'avait plus de mots, et Jakon était de toute façon déjà trop loin pour l'entendre. Elle se leva. Marcher, oui, elle en était capable. Elle pouvait le suivre. Elle ne fit que cinq pas avant que sa vision ne se trouble et qu'elle s'écroule face contre terre.

Un bras s'enroula autour de sa taille, la retenant avant qu'elle ne heurte la pente herbeuse.

Il disparut aussi vite qu'il était arrivé cependant, et Faythe mit une seconde de plus qu'il aurait fallu à percevoir le geste. Elle pivota la tête, mais les brumes de l'alcool retardèrent la prise de conscience.

Sitôt que le visage de Nik lui parut, elle le foudroya du regard.

« Deux fois la même journée. Que me vaut ce plaisir, *Nik* ? »

Elle appuya sur le prénom, enhardie par le vin.

« Tu sais que tu bois un breuvage magique ? répliqua le fae. Un gobelet suffit à t'assommer, alors deux… »

Voilà qui expliquait pas mal de choses.

Le regard toujours noir, Faythe marmotta « Rabat-joie ». Elle détailla son interlocuteur. Il ne portait pas la tenue décontractée qu'elle lui avait déjà vue deux fois. Au lieu de cela, il était en uniforme. Faythe avisa les couleurs et le blason, et recula d'un pas.

« Tu fais donc bien partie de la Garde royale. »

Elle l'avait soupçonné, mais voir ce personnage vêtu et armé comme un garde la mettait fort mal à l'aise. Il savait quelle faculté elle possédait. Toutefois, elle se demandait si cette proximité avec le roi était synonyme de sécurité – Nik pouvait être au courant d'éventuels soupçons pesant sur elle –, ou de danger accru.

« Cela t'ennuie-t-il ? demanda Nik avec une pointe d'amusement.

— Qu'est-ce qui me prouve que tu ne vas pas courir révéler mon secret au roi ? Je suis sûre qu'il te récompenserait grassement.

— Tu serais en prison depuis longtemps si telle avait été mon intention. »

Faythe baissa les yeux. Il n'avait pas tort. À moins qu'il cherche à en apprendre davantage sur son compte.

« Qu'est-ce qui me dit que je peux te faire confiance ? reprit-elle tout bas.

— Absolument rien, déclara l'immortel. Mais tu n'as pas tellement le choix non plus. »

Bien vu, là encore.

Comme elle ne répondait rien, il sortit un objet de sa poche.

« Tiens », fit-il en le lui tendant après s'être discrètement assuré que personne ne l'observait. Faythe examina la petite fiole remplie de liquide en se gardant bien de la prendre. « Ce n'est pas du poison ! affirma Nik, incrédule.

— Ce n'est pas ce que je craignais ! » rétorqua aussitôt l'humaine.

Le fae lui adressa un regard signifiant qu'il n'était pas dupe.

« Cette potion t'aidera à dormir plus profondément, et à empêcher ton subconscient de vagabonder. Prends deux gouttes le soir, pas davantage. »

Les yeux toujours plissés, sceptique, Faythe empocha toutefois la fiole en grommelant « Merci ». Dans le même temps, le regard de Nik se posa sur sa hanche.

« Belle épée, commenta-t-il. Quoique peut-être pas tout à fait en rapport avec ton… rang. »

Faythe lui décocha un regard saumâtre.

« On me l'a offerte, et ce ne sont pas tes affaires. »

Un sourire amusé incurva les lèvres de Nik ; Faythe réprima l'envie de le frapper. *Ces sales fae, tous plus prétentieux, arrogants, égoïstes…*

« Je voulais juste te recommander la prudence. Il est rare que l'on croise un humain – une *humaine*, qui plus est… » Il tiqua, au regard appuyé que la formule lui valut. « … armée d'une épée d'un tel calibre. Il ne faudrait pas que tu attires trop l'attention. »

Cette phrase cachait un sens tacite : *« Ne leur donne aucune raison de s'intéresser à toi. »*

Faythe hocha la tête pour confirmer qu'elle avait saisi le message.

« Profite des festivités, Faythe, et j'espère que tu dormiras bien. »

Ces mots dits, Nik tourna les talons et s'enfonça dans la foule avec grâce, si bien qu'elle le perdit très vite parmi les fêtards.

Jakon revint quelques instants plus tard, et elle sursauta d'effroi ; elle se demandait si Nik avait pu savoir que son ami approchait, et s'esquiver au moment opportun.

La tête lui tournait encore et, lorsqu'elle plongeait son regard dans le feu, elle voyait des bêtes de flamme bondir, rugir et réclamer qu'elle se joigne à eux. Un gobelet froid s'inséra entre ses mains, elle but goulûment, pressée de reprendre ses esprits.

« Viens, je te ramène », décida Jakon en lui glissant un bras autour de la taille et passant un de ceux de Faythe sur ses épaules.

La jeune femme ne se rappela pour ainsi dire rien du trajet, hormis les corps flous et la clameur des célébrations du solstice qui battaient leur plein. Dans la hutte, elle s'écroula sur son lit, dégrisée par l'air frais et les gobelets d'eau que Jakon n'avait pas manqué de lui faire boire. Les murs penchaient toujours un peu, néanmoins.

Jakon lui ôta sa houppelande et ses bottines avant de se redresser devant elle et de déclarer :

« À moins que tu tiennes à ce que je te déshabille entièrement, tu ferais mieux de te lever. »

Faythe gloussa.

« S'il te plaît, oui. »

En retour, il grogna.

« Tu es toujours une plaie, quand tu as bu. »

Il l'aida à se rasseoir, puis dénoua les lanières de sa robe, dans son dos. Son corps n'avait plus de secrets ou presque pour lui, du simple fait qu'ils partageaient un si petit logement.

Faythe lui fit face quand il eut terminé. Poussée par l'alcool, elle éprouva une certaine frustration lorsqu'elle plongea son regard dans celui, chaleureux, de Jakon. Elle n'aurait dû avoir aucun mal à tomber amoureuse de lui… Qu'est-ce qui ne tournait pas rond, chez elle ? Des désirs sensuels, elle en avait, naturellement, et il lui arrivait de flirter avec des prétendants, à l'auberge – les soirs où Jakon n'était pas là pour la faire culpabiliser. Elle refusait de laisser le désir embrouiller leur amitié, sachant que son ami l'interpréterait d'une tout autre façon. Mais ce soir, une colère irrationnelle s'emparait d'elle : pourquoi diable était-elle incapable de répondre au désir de Jakon ?

Sur un coup de tête, elle se pencha pour l'embrasser, pressée de se prouver qu'elle se trompait dans ses sentiments platoniques. Leurs lèvres se frôlèrent, mais Jakon se dégagea aussitôt.

« Faythe. »

Il avait murmuré son prénom comme une supplication.

À la douleur qu'elle lut dans ses yeux, elle regretta instantanément son geste inconsidéré. Il était égoïste de sa part d'essayer, et sans espoir. Jakon parut le savoir lui aussi – du moins Faythe le crut-elle, dans son ébriété résiduelle –, toutefois il chassa sa déception par un sourire taquin. Faythe s'en trouva un peu moins coupable, tandis que lui-même se relevait et lui ébouriffait les cheveux.

« Petite poivrote », marmonna-t-il pour rire.

Elle lui renvoya un sourire penaud, après quoi il quitta leur chambre, de sorte qu'elle se change.

Faythe se rabroua intérieurement, puis se leva pour retirer sa robe, qui heurta le sol dans un bruit sourd. La jeune femme lâcha un juron en se penchant pour fouiller les poches du vêtement. Elle en ressortit sa montre, qu'elle posa sur la table de nuit, avant de chercher à nouveau puis de pousser un soupir de soulagement. La fiole que Nik lui avait remise était intacte.

Elle enfila prestement ses vêtements de nuit, et s'assit sur le bord de son lit afin d'inspecter la minuscule bouteille. Elle dévissa le bouchon, le souleva d'un geste prudent, et découvrit que celui-ci était pourvu d'un compte-gouttes. Sitôt qu'elle huma le liquide, elle grimaça tant celui-ci empestait. S'il s'agissait d'un poison, elle ne saurait le dire, et cela lui donnait la nausée. Néanmoins, comme l'avait observé Nik, avait-elle vraiment d'autre choix que de lui faire confiance ? D'autant que lui-même n'avait aucune raison de l'empoisonner, alors qu'il aurait tant à gagner à la livrer au roi.

Sa décision fut prise. Si ce breuvage pouvait la plonger dans un sommeil profond, sans qu'elle rêve à quoi que ce soit, elle était prête à courir le risque.

Avant de changer d'avis ou que son courage ne s'envole, Faythe pinça le dessus du bouchon pour aspirer le liquide dans le compte-gouttes, puis elle s'en versa deux gouttes sur la langue. Elle grimaça là encore – le goût était conforme au parfum –, puis elle reboucha la fiole et la cacha sous son lit avant que Jakon ne revienne et ne lui pose des questions.

Celui-ci la rejoignit un instant plus tard ; il souriait de lui voir une mine aussi désolée.

Peu après, étendue comme Jakon dans l'obscurité paisible, Faythe observait le ballet des particules de poussière dans l'air, là où le clair de lune baignait la hutte. Elle somnolait déjà, sans savoir si elle devait attribuer cet état à sa consommation d'alcool ou aux effets de la potion fournie par Nik.

« Lumarias », marmonna-t-elle alors que ses paupières pesaient soudain une tonne. Elle devina que Jakon tournait la tête, au bruissement de son oreiller. « Mon épée, je vais l'appeler Lumarias. »

Chapitre 7

Le lendemain des célébrations du solstice, Faythe découvrit le lit de Jakon déjà vide et manqua défaillir lorsque, consultant sa montre de poche, elle constata qu'il était plus de midi. Elle finit de sortir du sommeil. Sa gueule de bois lui était passée entre-temps, et elle se sentait même *rafraîchie*.

Pour tout dire, jamais Faythe n'avait éprouvé une telle vivacité après une nuit entière d'un paisible repos. Pour la première fois de sa vie, elle n'avait eu ni rêve ni cauchemar, mais avait sombré, à la place, dans l'abîme sombre d'un sommeil profond et divin.

Elle dormit ainsi les sept nuits suivantes, après avoir pris les gouttes que son improbable bienfaiteur lui avait offertes. Une semaine plus tard, donc, elle débordait d'énergie. À tel point que Jakon et Marie eux-mêmes le lui firent remarquer.

Hélas, les gouttes vinrent à manquer, il ne lui restait plus qu'une dose ou deux. Faythe guettait la présence de Nik depuis que le niveau de la fiole avait baissé de moitié. Jusque-là, elle ne l'avait aperçu ni dans les patrouilles de jour ni dans celles de nuit, et elle commençait à paniquer.

Faythe avait besoin de ces gouttes. Elles constituaient son unique espoir de se prémunir contre elle-même. Elle était prête à les prendre tous les soirs jusqu'à la fin de sa vie, s'il le fallait. Après tout, elle ne pouvait courir le risque de pénétrer accidentellement dans l'esprit d'autrui – si tel était le sens de sa faculté – ni que quiconque pénètre dans *le sien*.

Il fallait absolument qu'elle réclame à Nik une autre fiole, ou qu'elle découvre où se procurer ces gouttes.

Sa journée de travail terminée, elle rentra à la hutte où elle trouva Jakon, attablé, en train de dévorer un bol de ragoût et une tranche de pain. Il lui fit signe de se joindre à lui, un bol et une tranche l'attendaient déjà.

« Tu as fait la cuisine ? s'étonna la jeune femme en s'installant face à son ami.

— Pas exactement, gloussa celui-ci. Mme Bunsen avait des restes, elle a insisté pour que je les emporte. »

Mme Bunsen, l'épouse du fermier, était une femme au grand cœur, qui souvent leur offrait à manger quand elle avait des restes qui risquaient de s'abîmer – des tourtes ou de la viande, la plupart du temps. Ce repas chaud était un plaisir fort bienvenu.

« Je pense aller sur la place ce soir, annonça Faythe après avoir attaqué le ragoût. Pour m'exercer encore avec Lumarias. »

Les épaules de Jakon s'affaissèrent.

« On y va tous les soirs depuis le solstice », maugréa-t-il.

C'était un fait ; et bien que Faythe ait pris plaisir à ces séances d'entraînement, elle n'avait rien dit à Jakon de la vraie raison pour laquelle elle tenait à sortir tous les soirs. La vérité, c'était qu'elle espérait apercevoir Nik parmi les gardes qui patrouillaient. Elle insistait en général pour qu'ils restent jusqu'à minuit, en vain, hélas, à son désarroi.

« J'irai seule. De toute façon, j'ai déjà ratiboisé tous tes bâtons », ricana Faythe.

À court d'épées de fortune, Jakon avait ensuite combattu armé de ses deux dagues, qu'il maniait avec une adresse surprenante.

Le jeune homme secoua la tête.

« Non, c'est bon. Je vais venir. »

Faythe savait qu'il acceptait à contrecœur, sa lassitude était manifeste.

« La place est à deux pas, Jak, dit-elle en levant les yeux au ciel. Et les fae patrouillent en permanence. Je ne risque rien, gros pétochard. »

Elle lui jeta un bout de pain à la figure, pour l'asticoter encore.

Jakon interrompit son repas, réfléchit un moment puis poussa un soupir exagéré.

« D'accord, prononça-t-il d'une voix traînante. Mais tu rentres à dix heures ?

— Onze », le contra Faythe.

Jakon plissa les yeux.

« Marché conclu. »

La jeune femme afficha un sourire triomphant, pressée de finir de dîner et d'aller se changer.

Elle enfila un pantalon de cuir noir, une chemise blanche ample qu'elle enfonça sous la taille, et ses éternelles bottines noires. Après s'être tressé les cheveux, elle sangla le ceinturon autour de ses hanches et mit sa houppelande. Enfin, elle dit « au revoir » à Jakon, qui s'était déjà écroulé sur son lit, et dont elle ne doutait pas qu'il s'endormirait sitôt qu'elle serait sortie.

Faythe s'enfonça dans la nuit, goûtant la tranquillité des rues désertes par contraste avec le tumulte de la journée. Elle croisa deux patrouilles de gardes qui ne cillèrent même pas en la voyant. Tous ou presque la connaissaient de vue, et devaient savoir où elle se rendait.

Arrivée sur la place, elle posa sa houppelande sur un banc et entreprit de ferrailler avec un adversaire imaginaire, oubliant le reste du monde. Près d'une heure plus tard, en nage, elle frappait et parait encore, dans un élégant duel chorégraphié. Elle entendait presque les cris stridents du métal quand sa lame heurtait son adversaire invisible.

Elle fit une pause, haletante, quand soudain des voix lui parvinrent. Faythe scruta aussitôt les rues qui partaient de la place, au cas où il s'agirait de soldats fae. Lorsqu'un petit groupe d'humains ivres passa à proximité, elle ne se priva pas d'un soupir de déception.

« Tu n'attends personne en particulier, j'imagine ? »

Au son de la voix de Nik, le soulagement déferla dans le cœur de Faythe. *Ce n'était pas trop tôt !* Elle pivota sur elle-même, regarda partout sans, hélas, apercevoir l'immortel nulle part.

Celui-ci siffla, au-dessus de la place. Faythe leva les yeux : il était là, perché sur un toit derrière elle, à l'observer avec un sourire espiègle.

« Si ce petit numéro était à mon attention, je l'ai trouvé impressionnant. Pour une mortelle », nuança-t-il avec un nouveau petit sourire.

Sur ce, il se leva et s'apprêta à sauter dans le vide.

Faythe s'apprêtait à le mettre en garde que la distance entre le sol et lui était trop haute, mais il la devança et atterrit avec une furtivité féline, avant de se redresser et de s'adosser à un mur, dans l'ombre. Elle l'observa, bouche bée, jusqu'à finir par se rappeler qu'il était fae, et que les lois de la nature ne s'appliquaient pas à lui comme aux humains. Refermant la bouche, elle lui adressa un regard mauvais, car il affichait toujours son sourire arrogant. Elle nota au passage qu'il avait revêtu ses habits décontractés, et que sa capuche lui masquait presque toute la figure. Il n'était donc pas en service, ce soir.

« Depuis quand es-tu là ? » l'interrogea Faythe, irritée.

Pour toute réponse, Nik se contenta de hausser les épaules, ce qui ne fit qu'attiser sa colère.

« Où étais-tu passé, d'abord ? » essaya-t-elle ensuite.

Cette question valut un petit rire à Nik.

« Je ne pensais pas être si indispensable », ironisa-t-il avec dans le regard une lueur amusée.

Faythe se retint à grand-peine de répliquer.

« Tu sais, j'aurais cru que tu serais un peu plus… heureuse de me voir », dit Nik.

Ça, oui, il prenait du plaisir. Faythe s'efforçait de ne pas entrer dans son jeu. Elle avait besoin de lui, bien qu'il lui en coûte de l'admettre.

Des frottements de semelle et des voix faibles attirèrent son attention dans une rue, sur sa gauche. Nik plaqua un doigt sur ses lèvres et lui signifia de le suivre dans une ruelle sombre. Faythe rengaina son épée puis passa sa houppelande sur ses épaules. Quand les trois fae en patrouille se furent éloignés en ne lui adressant qu'un bref regard, elle courut rejoindre Nik.

Il faisait si noir dans la ruelle qu'elle dut plisser les paupières pour distinguer les obstacles et ne pas trébucher ; pour autant, elle n'apercevait toujours pas la silhouette du fae. Elle s'apprêtait à l'appeler par son prénom, quand une main se plaqua sur sa bouche. Le cri qu'elle voulut pousser fut étouffé, en même temps qu'on la forçait à se retourner. Faythe discernait tout juste les iris vert émeraude de Nik qui transperçaient les siens dans la pénombre lugubre.

« Je t'avais fait signe d'être *discrète* », siffla le fae, la mâchoire crispée.

Faythe grimaça, s'excusa tout bas, et de mauvaise grâce, quand il la relâcha.

Nik s'enfonça ensuite dans la ruelle étroite. Elle le suivit, de près, comme si elle craignait qu'une créature lui saute dessus. Ils s'arrêtèrent au bout du passage pour s'assurer qu'il n'y avait personne avant de s'engager dans une autre rue tout aussi sombre.

Nik la guida ainsi dans une série de grandes artères et de simples passages jusqu'à la colline où s'étaient déroulées les célébrations du solstice. Faythe s'immobilisa au moment où ils allaient pénétrer dans un petit bois.

S'apercevant qu'elle ne le talonnait plus, Nik se retourna.

« Tu viens ? »

Personne ne s'aventurait jamais dans ces bois, dont on racontait qu'ils abritaient toute une horde d'esprits tourmentés et autres créatures maléfiques. Faythe connaissait un garçon qui avait relevé le défi d'y pénétrer. Il lui avait ensuite fallu des semaines pour s'en remettre, et il donnait l'impression d'avoir vu des monstres sortis de ses propres Enfers. Jamais il ne confia à personne ce qu'il avait vu là.

Faythe hésita.

« Euh… ces bois ne sont-ils pas… hantés ? »

Elle grimaça, craignant que Nik la trouve ridicule.

Celui-ci eut un petit rire.

« Si… et non », déclara-t-il, énigmatique. Et comme cette réponse n'allait visiblement pas convaincre Faythe de le suivre, il précisa : « Ils possèdent un mécanisme de défense naturel. Tu y verras peut-être des choses qui te déplairont dans un premier temps, mais, si la forêt te juge digne d'entrer, elle t'y autorisera. »

Faythe ravala la boule qu'elle avait dans la gorge.

« Et qu'est-ce qui te prouve qu'elle me jugera digne ? »

Nik haussa les épaules et se rapprocha d'elle.

« Rien du tout », l'entendit-elle concéder juste avant qu'il ne s'éclipse à travers un voile noir.

Faythe débita un chapelet de jurons bien sentis tout en faisant les cent pas en lisière du bois. Lorsqu'elle regardait dans la direction où Nik avait disparu, elle ne distinguait plus que du noir derrière les deux premières rangées d'arbres. C'était comme un mur sans porte, donnant sur un autre domaine.

Plus elle scrutait le voile brumeux, plus elle en ressentait l'attraction : une voix lancinante et muette qui la mettrait au défi d'entrer. Le seul réconfort, infime, elle le trouvait dans le fait qu'elle n'entendait pas Nik crier – à moins que, cela aussi, la fumée l'ait masqué.

Ne voyant pas d'autre option, et puisque le fae ne revenait pas et qu'elle avait besoin de lui, Faythe retint son souffle et passa une jambe dans la masse noire.

Une obscurité sinistre régnait de l'autre côté du voile, plus profonde que la nuit en rase campagne, car la canopée éliminait toutes les nuances de bleu. Les bois s'étendaient devant Faythe, qui se retrouva cernée de tous côtés par une infinité de rangées d'arbres aux troncs déformés et ridés. Les feuilles noires, charnues, évoquaient des chauves-souris, et barraient le passage à la clarté de la lune et des étoiles. Quand la jeune femme se retourna, elle n'apercevait plus la colline par où elle était arrivée. Elle ne pouvait plus qu'avancer, alors elle fit un pas, puis un deuxième, et s'enfonça avec méfiance entre ces troncs couleur charbon.

De Nik, il n'y avait trace nulle part. Faythe comprit que, ce qui lui donnait la chair de poule, ce n'était pas l'aspect lugubre et fantomatique des bois ; c'était l'absence complète de bruit. Pas une seule créature ne trahissait sa présence par un chant ou un mouvement. Elle fit encore un pas, et le craquement d'une branche morte sous son pied résonna dans le silence immobile. Faythe poussa aussitôt après un cri, quand elle sentit qu'on agrippait sa bottine.

En panique, elle tenta de se dégager de la branche qui enroulait ses doigts difformes autour de sa cheville, déployait ses membres grêles toujours plus haut. Quand elle voulut bouger son autre pied, elle constata qu'il était lui aussi prisonnier de plantes noires qui diffusaient un liquide tout aussi noir autour de son mollet. Faythe dégaina Lumarias, mais une autre plante surgit et s'enroula à son poignet, puis à son bras, laissant une traînée froide et humide sur son passage.

La malheureuse lâcha sa seule arme, qui atterrit sans bruit ou presque dans la mousse. Une dernière plante captura son bras gauche, inerte, la laissant complètement ligotée et vulnérable.

Elle allait mourir. Ceci était un piège dans lequel elle avait sauté à pieds joints. Elle aurait ployé sous la peur si elle n'avait été retenue par ce réseau de racines couleur d'obsidienne. Elle ferma les yeux, se concentra sur son cœur au rythme erratique.

Les plantes cessèrent alors de croître.

« Faythe », murmurèrent les ombres.

L'intéressée, toute tremblante, lâcha un souffle saccadé, pressa les paupières à se faire mal.

« Pourquoi refuses-tu de me regarder, Faythe ? »

Celle-ci s'efforçait de repousser cette voix féminine, mais les paroles résonnaient entre les arbres, transperçaient ses oreilles pour tinter dans son esprit.

« Regarde-moi », roucoula la voix.

Faythe s'entêtait, dans l'espoir que la chose lui offre une mort douce et rapide.

Tout à coup, un grondement secoua les bois, une vibration qui remonta par ses pieds jusqu'à ses os.

« Regarde-moi ! »

Faythe rouvrit les yeux et poussa un cri étranglé. Ces yeux – *ses* yeux – légèrement plus foncés ; le reste de sa personne fidèle à ses souvenirs. Sa mère.

« Ma très chère Faythe. » C'était sa voix, sans doute extraite de la mémoire de Faythe, et en même temps ça ne l'était pas – elle était déformée par la chose qui avait invoqué cette vision. « Dis-moi de quoi tu as peur, Faythe. »

Les larmes coulèrent sur les joues de la jeune humaine. Au supplice, elle ne pouvait que fixer l'apparition. *Elle n'est pas réelle,* se dit-elle. *Ton esprit te joue un tour, rien de plus. Un tour méchant et cruel.*

« Que veux-tu ? » répliqua-t-elle, la lèvre tremblotante.

Une nouvelle voix retentit, et son cœur fit un bond. Jakon.

« Je veux connaître ta peur la plus profonde. »

Tournant la tête pour voir son ami, elle laissa échapper un nouveau sanglot. Il avait le visage en sang, couvert d'ecchymoses, et ce spectacle lui brisa le cœur.

« Arrête, supplia-t-elle.

— Dis-le. »

Faythe baissa la tête, défaite, et pleura, cherchant à chasser son image de son esprit. Une part d'elle-même savait qu'elle méritait ce traitement, et elle aurait voulu se recroqueviller sur elle-même pour se soumettre au démon qui la tourmentait. Quitte à y laisser la vie, car elle le méritait.

« Tu ne peux protéger personne », affirma, moqueur, le fantôme de Jakon.

Ce fut alors que Faythe comprit que les bois connaissaient déjà sa plus grande peur. La clé, c'était de l'amener à la reconnaître ; à l'affronter. Derrière les silhouettes boisées, d'autres formes émergèrent. Vêtues de houppelande, capuche sur la tête, et… dépourvues de visage. Elle aperçut l'éclat de l'acier tandis que ces inconnus se rapprochaient de sa mère et de Jakon, dérivant tels des présages de mort vers les gens qu'elle aimait.

Faythe lutta contre les liens qui la retenaient.

« *Pitié !* » s'écria-t-elle, folle de désespoir.

Chaque pas semblait plus rapide que le précédent, jusqu'à ce que tous s'arrêtent, à distance de frappe. De violents tremblements secouaient son corps tout entier alors qu'elle attendait la suite, terrorisée. Les créatures brandirent leurs épées comme un seul homme, prêtes à les abattre sur les deux personnes les plus chères à son cœur.

Brusquement, Faythe craqua. La peur frappa son esprit telle la foudre, et la tira de sa transe. La jeune femme empoigna les plantes noires visqueuses enroulées à ses poignets, puis elle mobilisa toute la force dans ses bras, qui se contractèrent contre ces sortes de cordages végétaux, et elle parvint à les arracher dans un cri de douleur.

Les plantes se déchirèrent de leurs racines, et Faythe souffla fort en se retrouvant les mains libres. Elle ne perdit toutefois pas une seconde : elle ramassa Lumarias et libéra ses chevilles. Puis elle s'élança, alors que le temps semblait ralentir à mesure qu'elle voyait s'abattre la lame qui allait sceller le sort de Jakon. Jaugeant la distance, elle se dit qu'elle n'arriverait jamais à temps. Mais elle réussit tout de même à placer son épée au-dessus de la tête de son ami. Le fracas des deux pièces d'acier s'entrechoquant résonna, glaçant, à travers la forêt immobile, à quelques centimètres à peine du cou de Jakon.

« Je n'ai pas peur ; je suis *terrifiée !* » lança-t-elle en repoussant la lame du monstre sans visage. Celui-ci recula, les autres fantômes imitant ses moindres mouvements. Il ne se remit pas en position d'attaque, mais Faythe s'avança alors qu'il adoptait une posture défensive. « Je suis terrifiée à l'idée que ceux que j'aime meurent, et que ce soit ma faute ! »

Leurs fers se croisèrent, encore et encore, Faythe déversait toute sa colère et sa douleur dans chaque coup pour mieux supprimer l'ennemi qui menaçait ceux qu'elle aimait. Submergée par la peur de ne pouvoir les défendre, elle poussa un cri en brandissant son épée afin d'asséner le coup de grâce. Elle se savait capable de tout, du moment que cela les protégeait. Hélas, un instant de lâcheté lui fit fermer les yeux au moment d'abattre sa lame, sûre qu'elle était de trancher le démon sombre et sans visage.

Quand Lumarias arrêta sa course, Faythe ne ressentit rien. Pantelante, elle n'osait rouvrir les yeux et faire face à la créature qu'elle venait de tuer. Elle découvrit à sa grande stupeur que c'était à présent Jakon qui se tenait devant elle, son visage redevenu intact.

« Pourquoi as-tu aussi peur, Faythe ? » l'interrogea-t-il de sa voix normale.

Encore secouée de sanglots, elle confessa tout bas :

« C'est ma faute si elle est morte. » La vérité qu'elle avait enfouie au plus profond d'elle-même afin de l'oublier se rouvrit telle une plaie en son cœur. « Ma mère... Elle était partie à ma recherche, ce soir-là. Je n'étais pas restée à la maison comme elle me l'avait demandé. J'étais sortie jouer dans la forêt alors même qu'elle me l'avait défendu. Il faisait sombre, j'ai entendu un cri, alors je suis rentrée en courant, et j'ai attendu toute la nuit... mais elle n'est jamais revenue. » Sa voix se brisa dans le flot de paroles qui se déversaient. « J'ai raconté à tout le monde qu'elle était partie, mais je sais... Je sais que c'est elle que j'ai entendue crier, cette nuit-là. La chose contre laquelle elle m'avait mise en garde s'en est prise à elle, et c'est moi qui l'ai attirée. Ma mère a crié... et, moi, je me suis enfuie. »

Les larmes cessèrent, et la condamnation que Faythe venait de proférer contre elle-même la laissa comme dans de la ouate. Elle se força à se retourner et affronter le fantôme de sa mère.

« Je m'en veux tellement. »

Son regard se posa sur le sol de la forêt tandis que l'obscurité ambiante virait au gris.

Une silhouette brillante approcha, s'arrêta devant Faythe, la saisit par le menton d'un geste spectral et l'incita à relever les yeux. La jeune femme avait face à elle son propre reflet, et cette version fantomatique d'elle-même lui adressait un sourire tendre.

« Ce n'est pas ta faute, assura l'apparition. Tu as encore beaucoup à découvrir, Héritière de Marvellas. Un destin si grand t'attend. »

Sa mère se tenait à la gauche du fantôme, Jakon à sa droite. Une vague de soulagement déferla sur Faythe à la vue de son ami indemne. Elle n'avait rien pu faire pour sa mère, mais, lui, elle comptait bien le protéger – au péril de sa vie, si nécessaire.

« Reste fidèle à toi-même, Faythe. Aurialis sera ton guide. »

Les trois apparitions s'écartèrent afin de révéler un voile blanc éclatant à la place du noir.

Faythe était trop épuisée pour comprendre les paroles de la voix, et trop en colère pour se hasarder à répondre. Elle adressa un ultime regard au doux visage de sa mère, puis redressa le menton, essuya ses larmes et se dirigea vers cette issue à la blancheur aveuglante.

Sans se retourner.

Chapitre 8

Les bois s'ouvrirent sur une clairière à la fois brillante et éthérée – le contraste avec le cauchemar dont Faythe venait de sortir était saisissant. La jeune femme tressaillit au brusque changement de luminosité, la nuit faisant place au jour.

Le ciel dégagé était d'un bleu cristallin scintillant, comme piqueté d'étoiles éternelles. Les arbres alentour luisaient, et il y avait là un lac immense, alimenté par une superbe cascade chatoyante dont le bruit étouffé apaisait la douleur de Faythe. Des fleurs de toutes les couleurs rehaussaient l'herbe au vert impeccable. Faythe huma l'air frais et pur. Elle n'avait jamais connu d'endroit pareil, souillé ni par les hommes ni par les fae.

Elle repéra Nik, appuyé nonchalamment contre un gigantesque rocher jouxtant le lac.

« Te voilà ! » s'exclama celui-ci, tout guilleret, en se dirigeant vers elle.

Son sourire s'estompa toutefois quand il fut suffisamment près pour mieux voir la jeune humaine.

Faythe avait déjà ausculté tout son corps. Il ne restait plus sur elle la moindre trace du liquide noir déversé par les plantes ni de terre, mais elle se doutait qu'elle devait avoir le visage pâle et sinistre.

« Tu es un *connard* », siffla-t-elle, trop épuisée pour crier.

L'intéressé croisa les bras.

« Qu'as-tu vu ? »

Faythe cheminait déjà vers le lac, et ne s'arrêta pas à sa hauteur.

« Cela n'a aucune importance », lâcha-t-elle.

Nik la rattrapa en quelques foulées, resta silencieux un moment avant de reprendre la parole.

« Si un jour tu souhaites en parler, tu n'auras qu'à le dire. »

Il n'y avait eu aucun sarcasme, aucune taquinerie, dans sa voix.

Faythe hocha la tête pour le remercier de ne pas insister. Elle doutait d'être déjà en état de revivre ces évènements, et ne tenait pas non plus à les partager avec un fae qui n'était encore guère plus qu'un étranger.

« Pourquoi m'as-tu fait venir ici ?

— Je voulais te montrer ceci, indiqua Nik en désignant l'espace d'un geste circulaire. De plus, on y est à l'abri des oreilles et des yeux indiscrets. »

Il sourit – un sourire chaleureux et sincère que Faythe préférait aux regards impudents et sournois dont il avait coutume de la gratifier.

Elle plongea son regard dans le lac aux ondulations iridescentes.

« Rares sont ceux qui parviennent à ces bois. J'estimais que ce serait l'endroit idéal pour… t'entraîner », déclara le fae.

Faythe comprit, à sa petite hésitation, qu'il ne parlait pas d'escrime.

« Je n'ai pas besoin d'*entraînement*, répondit-elle aussitôt. Juste de gouttes – elles font effet. »

Elle avait dit cela sur un ton un peu plus désespéré qu'elle ne l'avait voulu.

« Un peu trop, semble-t-il. Moi-même, je n'arrivais pas à pénétrer dans ta tête », s'émerveilla l'immortel.

Horrifiée, Faythe eut un mouvement de recul.

« Tu cherchais à t'immiscer dans ma *tête* ?

— Ce n'est que justice, tu ne penses pas ? »

Nik arborait un sourire entendu.

Faythe claqua la langue et lui adressa un regard noir. Soit. Elle avait involontairement envahi l'esprit de cette créature, s'était dévoilée à son insu, et les avait conduits dans ce pétrin. Elle se maudit intérieurement, ainsi que Nik et ces fichus Esprits – et tous ceux qu'elle pouvait accuser de lui avoir donné cette faculté. Elle n'en voulait pas, pas le moins du monde. Cette capacité ne faisait que la mettre en danger, elle-même et ses proches.

« Je devais m'assurer de leur efficacité ; et du dosage, pour qu'elles ne te soient pas nocives », poursuivit Nik. Faythe s'indignait déjà, mais il ne releva pas. « D'ordinaire, il faut quatre gouttes pour neutraliser cette capacité chez un fae. Une demi-dose m'a paru tout indiquée. »

Il conclut par un sourire, amusé qu'il était de l'incrédulité manifestée par Faythe.

« Et si ça avait été trop ? » s'aventura-t-elle à demander.

Nik haussa les épaules, avec son insupportable nonchalance habituelle.

« Ça ne l'a pas été », se contenta-t-il de dire.

Elle le regarda, les yeux tout ronds, s'approcher de la berge du lac, les mains fourrées dans ses poches. Elle n'avait pas besoin qu'il lui confirme les effets qu'elle soupçonnait d'un surdosage. Elle déglutit à grand-peine, en proie à un mélange de colère, car il aurait très bien pu la tuer, et de gratitude, car elle aurait malgré tout pris ce risque.

Et puis, qui aurait pu imaginer qu'une *humaine* puisse avoir besoin d'une potion concoctée à l'origine pour des fae ?

Nik ne l'invita pas à le rejoindre quand il s'assit dans l'herbe, les jambes étendues, appuyé sur ses bras. Nonobstant, elle alla prendre place près de lui, en tailleur.

« Je ne peux plus te fournir de potion. Ce n'était qu'une solution temporaire. »

Faythe tourna vivement la tête vers lui.

« J'en ai *besoin*, Nik, je t'en supplie…

— On ne s'en procure pas au marché, Faythe, la coupa-t-il. C'est une potion rare, et qui ne s'utilise en général que comme arme contre nos semblables. Le roi la possède dans sa collection personnelle de sérums visant à entraver toutes sortes de facultés. Je te l'ai fournie en dernier ressort – et sans garantie. Si tu en prends trop longtemps, ou à trop forte dose, ton esprit s'éteint et persuade ton corps que tu es morte. Ton cœur cesse de battre. »

Faythe resta muette. Non qu'elle craigne qu'une goutte de trop lui soit fatale. Non, son cœur se serrait face à l'espoir déçu d'être débarrassée de cette malédiction.

« À un dosage plus faible, la potion permet aussi d'amoindrir ta faculté sans empêcher un autre Noctiste de pénétrer dans ton esprit. Tu n'aurais aucun moyen de le repousser », ajouta tout bas Nik.

Faythe poussa un long soupir défait.

Voyant la mine grave que celle-ci affichait, le fae se rassit et se tourna vers elle.

« Tu dois tout simplement apprendre à la contrôler, dit-il, optimiste. Ainsi, tu détiendras les clés de ton propre esprit. Tu pourras choisir de ne pas te servir de cette capacité, tout en ayant conscience de la présence d'intrus dans *ta* tête. Tu pourras leur cacher ce que tu voudras, à leur insu. Si tu maîtrises cette faculté, personne ne découvrira ce que tu es en réalité. »

C'était une petite lueur d'espoir. Faythe tourna elle aussi la tête vers lui, et constata qu'il la fixait du regard. Elle dévia aussitôt le sien, les joues en feu.

« *Qu'es-tu ?* demanda Nik.

— Je l'ignore », répondit dans un souffle Faythe.

Une pause s'étira, durant laquelle aucun des deux ne parla. Faythe plongeait son regard dans le lac, et retint son souffle lorsqu'elle aperçut les minuscules globes lumineux qui dansaient sous la surface. Elle se mit à genoux, tendit la main. Hélas, ces choses filèrent sans qu'elle puisse les toucher.

« Des yucolites, révéla Nik. On prétend qu'ils guérissent n'importe quelle blessure ou maladie, mais je n'ai pour ma part jamais réussi à en capturer. »

Le front plissé, lui aussi sonda le lac.

Observant ensuite le guerrier fae, Faythe en vint à oublier ce qu'il était : différent, supérieur même, un membre de la Garde du roi. Malgré cela, il était tellement... *ordinaire*. Elle en était toute surprise. En fait, elle *culpabilisait* de croire qu'ils étaient tous les mêmes – tyranniques, méprisant les vies humaines. Et pourtant, il était là, il l'aidait sans raison, or tous deux n'étaient guère que des étrangers l'un pour l'autre.

Nik riva son regard sur celui de Faythe.

« Pourquoi te donnes-tu tout ce mal ? » l'interrogea-t-elle dans un murmure.

Le fae savait ce qu'elle sous-entendait.

« En dépit de ce que tu peux penser de mes semblables, nous ne sommes pas tous des sans-cœur.

— C'est toi qui as conseillé à Reuben de s'enfuir. »

Surpris, Nik arqua un sourcil.

« En effet, et ce n'a pas été la seule fois. Pour certains, je suis arrivé trop tard. Le roi a ordonné à ses Noctistes de capturer tous ceux qui, dans les villes, se sont associés à Valgard.

— Est-ce qu'il les tue – ces humains ? »

« En effet, mais de deux choses l'une, ou bien nous restons à bavarder toute la nuit, ou nous en profitons pour nous amuser. »

Le sourire qu'il afficha alors était celui d'un prédateur.

Faythe avala sa salive – difficilement. Elle savait qu'une véritable correction l'attendait. Face à ses amis *humains*, elle ne doutait pas de sa valeur, mais elle n'était pas sotte au point de penser être de taille à affronter un fae.

« A-t-elle un nom ? demanda Nik en désignant d'un mouvement de tête la lame que Faythe serrait fort dans sa main droite.

— Lumarias », révéla l'humaine.

Le fae émit un bruit de langue approbateur.

« La clé », traduisit-il.

Jakon n'avait jamais demandé à Faythe si ce nom avait une signification particulière. Elle-même n'y accordait pas grande importance, mais elle l'avait choisi dans un livre en langue ancienne que sa mère lui lisait souvent, lorsqu'elle était enfant.

« Bien, enchaîna Nik sur un ton malicieux. Voyons un peu comment elle chante. »

Sur ce, il frappa vite, et sans prévenir.

Il s'en fallut d'une fraction de seconde qu'il lui tranche le bras, heureusement Faythe brandit son épée à deux mains. La force du choc la fit trembler jusqu'aux os, en écho au cri de l'acier qui résonna à travers la clairière. La jeune femme renvoya un regard incrédule à son partenaire, mais n'eut pas le temps de se plaindre qu'elle dut parer une nouvelle attaque. Le manège se poursuivit ; Faythe haletait, employait toute sa concentration pour tenir le coup ; Nik, lui, ne semblait même pas essoufflé. Elle voyait bien qu'il se retenait, et cela ne faisait que redoubler sa détermination et sa colère. Elle frappa plus fort, plus vite, esquivant et contre-attaquant, hélas, elle n'était pas de taille à lutter, loin de là. Nik la désarma, envoya Lumarias voler à quelque distance, et lui plaqua sa lame contre la gorge en deux manœuvres.

« Bien, sourit-il en abaissant son épée et lui signifiant d'aller récupérer la sienne. Par contre, tu exposes tout ton flanc droit lorsque tu dévies comme cela. »

Faythe ramassa Lumarias avec un grognement frustré.

« Explique-moi comment contrôler le... *Noctisme* », réclama-t-elle.

Au simple fait de prononcer le mot, elle grimaça.

Dans la foulée, elle frappa la première, et Nik la bloqua avec une facilité tout immortelle.

« Quand on dort, on ne pénètre pas automatiquement dans l'esprit d'autrui. C'est un *choix*. »

Il contre-attaqua, et elle esquiva par la gauche.

« Je ne *choisis* pas d'entrer dans une tête, souffla Faythe, encore sur la défensive face aux assauts du fae.

— Si, sauf que tu l'ignores. » Il la força à pivoter sur elle-même si vite qu'elle s'aperçut à peine qu'ils avaient changé de côté, sans cesser de se battre. « Il y a un moment, quand ton subconscient se réveille, où tu es entièrement dans ta propre tête. »

À gauche, à droite, à gauche, Faythe para une séquence d'attaques.

« Tu peux te concentrer sur une cible et arriver à la porte de son inconscient, ou bien... » Là encore, elle se fit arracher son épée, et Nik lui pointa la sienne sur le cœur. « ... tu peux tout bonnement t'abandonner à ton inconscient. Au sommeil, autrement dit. »

Abaissant son arme, il s'en aida pour se relever tandis que son adversaire reprenait son souffle.

« Je ne choisis jamais, insista celle-ci en croisant les bras sur la poitrine. Ça se produit, voilà tout. »

Nik gloussa.

« Ton esprit doit être particulièrement actif, la nuit, pour que tu n'en aies pas conscience. » Il inclina la tête. « En général, s'agit-il de personnes et d'évènements en rapport avec la journée écoulée ? »

Faythe sonda sa mémoire. Elle rêvait toujours de personnes croisées en ville. Le fait de savoir que ce n'étaient pas de simples rêves, mais qu'elle se trouvait à l'intérieur de leurs *esprits*, lui causa un étrange sentiment de culpabilité, d'avoir ainsi pénétré par effraction dans leurs pensées et souvenirs intimes.

« Je suppose, marmonna-t-elle.

— À mon avis, tu laisses tes émotions s'emballer. Tout individu ou évènement qui t'affecte, en bien comme en mal, risque d'influencer ta destination. » Une courte pause, et le fae afficha un large sourire. « J'ai dû te faire forte impression. »

Les joues de Faythe s'embrasèrent. Elle voulut le moucher, mais les mots ne vinrent pas. À la place, elle ramassa Lumarias, et enchaîna quelques moulinets, comme si son poignet se ressentait de la force des attaques de Nik.

« Espèce de crétin arrogant, », grommela-t-elle.

En un éclair, les lames s'entrechoquèrent si près de sa figure qu'elle ressentit le baiser spectral du fil en travers de sa joue. Le fae la toisait, de l'autre côté des épées croisées, et leurs souffles se mêlèrent. C'était à qui baisserait les yeux le premier, jusqu'à ce que, dans un effort ultime, Faythe parvienne à le faire reculer d'un pas, avec un plaisir malicieux.

Ils se tournèrent alors autour.

« La clé se trouve dans ta propre conscience », révéla Nik.

Faythe eut un rire dénué d'humour.

« Ça ne m'aide pas vraiment. »

Le fae s'immobilisa et poussa un soupir.

« Cela requiert de l'entraînement. Essaie donc cette nuit. La chose varie en fonction des individus. Je ne puis te guider qu'avec mes paroles – le reste est de ton ressort. » Il adressa un regard peiné à son adversaire et rengaina son arme. « Je pense que cela suffit pour ce soir. »

Faythe souffla et en fit de même, avant de retourner ramasser sa houppelande. Après un moment de silence, elle demanda à voix basse :

« Et si je ne parviens jamais à le contrôler ?

— Tu en es capable, et tu réussiras. Ta vie en dépend ; et si cela n'est pas une motivation suffisante, dis-toi que celle de ton ami risque d'en dépendre aussi. »

Il savait toucher la corde sensible ; Faythe eut un mouvement de recul.

« Si jamais le cas de figure se présente, sauve-le lui, et non moi, réclama-t-elle, farouche. Sauve-le, coûte que coûte. »

Le front plissé, Nik envisagea cette éventualité.

« Cela n'arrivera pas », conclut-il.

La question que Faythe redoutait de poser monta soudain à la surface.

« Et lui, est-ce qu'il me tuerait… pour ce que je suis ? demanda-t-elle, le souffle saccadé.

— Je l'ignore, avoua sincèrement le fae. Le roi réprouve ce qui échappe à son contrôle. Il n'aime pas les surprises. Il a à son service nombre de fae doués, mais une humaine ? Il n'appréciera peut-être pas l'idée que tes semblables puissent lui opposer une force. »

Ces mots dits, il passa une main dans ses cheveux d'un noir d'encre.

« Je ne suis pas une menace, se défendit, horrifiée, la jeune femme.

— Nous ne savons pas encore ce que tu es, Faythe. »

Chapitre 9

Faythe rentra tout doucement et sans bruit dans la hutte. Avisant Jakon endormi, elle poussa un soupir de soulagement. Il était onze heures et demie quand elle avait quitté Nik à l'entrée de la ville, et Jakon l'aurait houspillée sans fin s'il avait su qu'elle revenait si tard.

Elle se défit de son épée et de sa houppelande, se changea aussi discrètement qu'un fantôme avant de se glisser dans son lit. Les pensées et les émotions tourbillonnaient dans son esprit.

À mon avis, tu laisses tes émotions s'emballer. Au souvenir des paroles de Nik, elle pressa les paupières, força son esprit à se calmer, de sorte qu'il n'atterrisse pas dans celui d'autrui une fois qu'elle trouverait le sommeil. Malgré tout, elle était trop terrifiée pour dormir.

Elle tourna et vira dans son lit pendant des heures. Chaque fois qu'elle sentait ses paupières s'alourdir, elle se secouait, craignant de ne pas arriver à suivre le conseil de Nik une fois qu'elle serait dans le fameux espace du *subconscient,* comme il avait dit.

Faythe se cala sur le flanc et observa Jakon qui dormait comme une souche, ronflant paisiblement. Elle le maudit en silence, agitée et grincheuse qu'elle était de ne pouvoir dormir l'esprit tranquille.

Ses paupières se fermèrent. Elle pouvait reposer ses yeux un moment. C'était tout ce dont elle avait besoin.

Quelques minutes à peine…

Jakon saluait tous les passants qu'il croisait dans la rue. Personne ne prêtait attention à Faythe, qui cheminait derrière lui.

Elle reconnaissait vaguement la partie est de Farrowhold, et se demandait ce qu'ils venaient y faire, tant on n'y trouvait rien de très intéressant. Elle entendit les fracas métalliques avant de repérer la forge, au bout de la rue. Son épée avait-elle besoin d'être ajustée ? Elle se creusait les méninges tandis que les bruits se rapprochaient, sans toutefois se rappeler si Jakon et elle en avaient discuté, ou prévu cette visite.

Les voyant arriver, la personne qui travaillait l'acier reposa ses outils. Elle portait un long tablier de protection et un masque de soudeur.

Jakon s'avança dans le grand espace, et le forgeron s'essuya les mains sur son tablier avant de retirer son masque. Quel choc ce fut pour Faythe de découvrir que l'homme qu'elle s'attendait à voir se révélait être de genre féminin ! Surprise agréable que d'être accueillie par une belle femme blonde, qu'elle ne pouvait s'empêcher de scruter, les sourcils arqués. La tresse de la forgeronne s'était défaite, elle avait le front et les joues maculés de suie, pourtant Faythe admirait ses yeux d'un bleu cristallin ainsi que ses traits naturellement doux et féminins.

« C'est ma plus belle réussite », annonça la forgeronne à Jakon, avec un grand sourire.

Une sensation étrange s'empara de Faythe, qui recula, abasourdie, le cœur palpitant un peu. Elle n'avait jamais nourri ce genre de sentiments pour une femme. Des sentiments auxquels se mêlait une exaltation grisante, sans que Faythe parvienne à comprendre pourquoi son regard restait fixé sur cette inconnue. Jakon sourit à cette dernière, qui s'enfonça dans l'atelier, franchit un rideau, et revint avec un objet protégé par un drap noir.

« La pierre avait la forme idéale ; elle s'est insérée sans problème », commenta-t-elle en retirant le drap pour révéler une épée magnifique.

L'épée de *Faythe,* Lumarias.

Celle-ci porta la main à sa hanche, n'y rencontra pas le fourreau. Quand son regard suivit le mouvement, elle ne vit que son vêtement et…

L'horreur, le choc et l'évidence la tétanisèrent en même temps. « *La clé se trouve dans ta propre conscience.* » Faythe n'accompagnait pas Jakon – pas réellement. Elle était dans son esprit ; sa *mémoire*. Elle se mit à haleter. Son ami savait-il qu'elle était là ? Rien ne semblait l'indiquer, mais Faythe blêmit à l'idée du contraire. Elle n'avait aucun droit d'être là.

Jakon admirait l'épée.

« Elle est parfaite, souffla-t-il. Plus que parfaite. Tu t'es vraiment surpassée, Marlowe. »

Les joues de la forgeronne s'empourprèrent tandis que Jakon lui prenait la lame des mains et la soupesait.

Faythe, elle, avait la nausée. Elle aurait voulu se confondre en excuses, expliquer qu'elle était là à son corps défendant, implorer Jakon de lui pardonner. Les sentiments qu'elle éprouvait n'étaient pas les siens, mais ceux de son ami. Ses sentiments à elle se mêlaient à ceux du jeune homme dans le souvenir, et elle peinait à les différencier. Consciente d'être en plein Noctisme, Faythe s'aperçut qu'elle pouvait écouter les pensées de Jakon. Dans les moindres détails.

Un vertige la prit lorsqu'elle mesura tout ce qu'elle pourrait apprendre. Tous ses secrets, ses sentiments, tout ce qui faisait de lui ce qu'il était – tout était là, à sa disposition. Jakon n'en saurait jamais rien.

« Elle a bien de la chance », sourit Marlowe.

Au regard qu'elle adressa à Jakon, Faythe voulut préciser que les choses n'étaient pas comme cela entre eux. Hélas, cela lui était impossible. Elle ne faisait pas partie de ce souvenir, et n'avait même jamais mis les pieds dans cette forge.

Faythe pressa les paupières et se boucha les oreilles, s'efforçant de repousser les pensées qui s'entremêlaient aux siennes et lui donnaient la migraine. Elle se concentra sur son lit, sa chambre, comme lorsqu'elle avait tenté de ressortir de l'esprit de Nik. Soudain, elle perçut un fil et tira dessus de toutes ses forces pour rejoindre son propre esprit…

Faythe se redressa violemment, la poitrine oppressée, tout en essayant d'y voir clair. Des mains se matérialisèrent aussitôt autour de ses épaules, et elle crut entendre la voix de Jakon sans toutefois déterminer si elle était bien réelle. Un tremblement la secoua et, rouvrant les yeux, elle découvrit son ami, puis leva une main tremblante vers son visage.

Réel.

« … juste un rêve », entendit-elle, les mots déformés comme si elle avait la tête sous l'eau. Jakon lui soutint le menton d'une main délicate. « Ce n'était qu'un rêve, Faythe. »

Sa voix était enfin claire.

Grands dieux, s'il savait.

Près de vomir, elle repoussa son ami pour se précipiter dans la salle de bains, où elle rendit son dîner de la veille dans la bassine.

Jakon lui caressa le dos et lui maintint les cheveux relevés jusqu'à ce qu'elle s'affale contre le mur, les genoux contre la poitrine.

« Tu veux en parler ? » demanda-t-il tout bas, assis près d'elle.

Faythe laissa échapper un sanglot alors que les larmes lui montaient. Elle ne pouvait rien lui révéler, et n'aurait de toute façon pas su comment s'y prendre – ni s'il allait lui pardonner d'avoir pénétré ainsi dans sa mémoire. Elle secoua la tête puis enfouit son visage dans ses mains. Jakon l'attira à lui, et l'enserra tandis qu'elle évacuait la culpabilité et la honte par les larmes. Mais surtout, Faythe pleura de désespoir et de crainte de ne jamais parvenir à se contrôler.

Lorsque, enfin calmée, elle put se relever, elle prit le temps de se laver et de se vêtir avant de retrouver Jakon à la table de la cuisine. Il leur avait préparé un bol de porridge et avait à moitié fini le sien quand il leva les yeux.

« Ça va mieux ? » s'inquiéta-t-il.

Faythe esquissa un sourire puis s'assit.

« Oui, ça va », affirma-t-elle d'une voix rauque.

Elle n'avait pas d'appétit, mais se força néanmoins à manger pour éviter de tomber d'inanition.

« Tu devrais peut-être demander ta journée à Marie. Tu ressembles à un fantôme. »

Faythe secoua la tête.

« Non. Je vais bien, je t'assure. En plus, avec elle, c'est tendu en ce moment. » Comme Jakon haussait un sourcil pour en savoir plus, elle clarifia : « J'ai un peu trop flâné entre deux livraisons. »

Elle ne mentait pas entièrement.

Jakon leva les yeux au ciel en gloussant.

« C'est toi qui vois. Tâche de ne pas t'évanouir dans une tarte, par contre. Là, c'est sûr, elle te renverrait. »

Faythe parvint à sourire, puis elle se mit à jouer avec son petit-déjeuner pour ne pas regarder Jakon en face – chaque fois, son ventre se nouait. Il n'avait aucune idée de ce qu'elle était ni de ce dont elle était capable.

Il termina son porridge et dit « au revoir » à Faythe, non sans s'être assuré à plusieurs reprises qu'elle n'allait pas se consumer spontanément. Elle quitta la hutte peu après, un peu d'air frais lui ferait du bien avant d'attaquer sa journée de travail. La matinée commençait tout juste à se réchauffer, et Faythe goûta la petite brise qui la rafraîchissait tandis qu'elle cheminait à pas lents dans les rues poussiéreuses, ayant décidé de profiter du temps qu'elle avait devant elle pour faire un détour avant de rejoindre le marché.

Au bout d'une minute, sur un coup de tête, elle fit demi-tour avant de pouvoir changer d'avis. Lorsqu'elle s'engagea dans les quartiers est de la ville, elle sut que c'était une mauvaise idée, néanmoins elle tenait à confirmer que ce qu'elle avait vu cette nuit-là était bien un souvenir de Jakon, et non un rêve. Une part d'elle-même se raccrochait à l'espoir fou qu'elle ne posséderait en fait pas la faculté dont lui avait parlé Nik. À tout le moins, elle voulait remercier la forgeronne de son travail. Elle l'admirait d'autant plus que c'était une *femme*.

Au détour du dernier coin de rue, Faythe s'arrêta un instant en avisant l'atelier. Il correspondait *trait pour trait* à celui vu la nuit précédente et, quand ensuite elle s'approcha, la ressemblance continua de la frapper. Elle dut toucher un objet pour s'assurer qu'elle n'était pas retournée dans le souvenir de Jakon. Elle n'avait jamais mis les pieds en cet endroit, et le voir de ses propres yeux chassa ses derniers doutes : elle ne rêvait pas.

« Puis-je t'aider ? » grommela un homme.

Faythe releva les yeux et découvrit un vieil homme rude, légèrement rondelet. Elle déduisit rapidement que ce devait être Dalton, l'homme dont elle pensait qu'il avait forgé son épée.

« Je… Oui, je cherche euh… » Elle bredouillait comme une idiote, encore perdue dans ses pensées, fascinée par le réalisme du souvenir de Jakon. « Marlowe. »

Le forgeron l'observa de la tête aux pieds, estima qu'elle ne représentait aucune menace, puis appela Marlowe. Un instant plus tard, le rideau se releva, et le portrait craché de la jeune femme vue au cours de la nuit apparut. Faythe battit des cils. *Réel. Tout ceci est réel,* se rappela-t-elle. Il lui fallut toutefois serrer les poings pour empêcher ses mains de trembler. Cela venait confirmer ce qu'elle savait déjà, car la femme qu'elle n'avait jamais vue que dans le rêve de son ami – dans son *souvenir* – se trouvait bien devant elle, en chair et en os.

« Bonjour ! » lança la jeune forgeronne.

Sa voix elle-même était d'une ressemblance troublante.

Faythe en eut le frisson.

« Bonjour », répondit-elle dans un simple murmure.

Marlowe la regardait, un sourire accueillant aux lèvres, appuyée d'une épaule à une planche. Dalton, lui, s'éclipsa au fond de l'atelier.

Faythe secoua la tête pour s'éclaircir les idées, comprenant que Marlowe attendait qu'elle parle.

« Je, euh… Hum, je venais te remercier, prononça-t-elle enfin. Pour mon épée, c'est-à-dire. Mon ami Jakon l'a commandée. »

Elle se maudissait de bredouiller autant, sous l'effet du stress.

À ces mots, le visage de la forgeronne s'illumina.

« Oui ! Je me souviens. Tu es Faythe, c'est bien ça ? Et ton épée, alors ? »

Marlowe possédait une beauté naturelle – encore plus frappante en personne. Ses cheveux étaient tressés comme dans le souvenir de Jakon, par contre, son visage respirait la fraîcheur. Ses expressions éclairaient ses traits, et faisaient toute la différence. Faythe comprenait que son ami soit attiré par cette jeune femme – par sa beauté autant que par son esprit.

Elle acquiesça et sourit.

« C'est le rêve, répondit-elle.

— Il t'a très mal décrite, en termes de grandeur et de poids. Les mecs n'ont franchement pas le coup d'œil, alors je me suis basée sur mes propres mensurations, en plus de ce qu'il m'a dit. » Marlowe détailla sa visiteuse. « Apparemment, je ne me suis pas trop trompée. »

En effet, toutes deux avaient à peu près la même taille et la même corpulence, Faythe dépassant toutefois la forgeronne de quelques centimètres, alors que celle-ci avait une carrure plus imposante qu'elle. En voyant la musculature de la magnifique jeune femme, elle se sentit d'autant plus chétive.

« Je l'ai baptisée Lumarias.

— J'adore ! » s'extasia Marlowe, le visage de nouveau radieux.

Ne trouvant rien à ajouter, Faythe dit lamentablement :

« Bon, je ferais mieux d'y aller. Ou je vais être en retard. »

Marlowe se redressa et afficha un sourire chaleureux.

« Passe quand tu veux », conclut-elle.

Faythe acquiesça puis tourna les talons, fit quelques pas avant de se raviser, comme si un détail lui revenait brusquement.

« Au fait ! Jakon et moi... Enfin, il n'y a rien. »

La forgeronne rougit, bouche bée. Faythe lui adressa un sourire mutin puis s'éloigna en gloussant sous cape.

Chapitre 10

Le marché fut plutôt calme après sa visite à la forge, et Faythe en loua les Esprits. Elle n'avait plus une once d'énergie et doutait de pouvoir survivre à une journée de livraisons.

Marie lui confia l'étal un moment, estimant qu'elle saurait gérer le faible afflux de clients – Faythe le prit fort mal. Elle grignotait une pomme, installée sur un tabouret de fortune derrière le comptoir. Cette tranquillité était un délice, mais elle l'assoupissait aussi dangereusement.

Faythe appuya sa tête contre un montant de l'étal, ferma les yeux tout en mâchant le fruit mûr. Un toussotement devant elle la fit sursauter ; elle lâcha la pomme qui atterrit à ses pieds.

Nik affichait un petit sourire tandis qu'elle se redressait et lui lança un regard assassin. Avec son éternelle houppelande noire, capuche sur la tête, le fae détonnait dans la chaleur estivale.

« Pas vraiment le bon endroit pour risquer de s'endormir et de se réveiller… *ailleurs*, commenta-t-il.

— Je n'allais pas *m'endormir* », rétorqua Faythe, pourtant consciente qu'il était périlleux ne serait-ce que de fermer les yeux, tant elle était fatiguée.

« Et la nuit dernière, dis-moi ? » la relança le fae. Mais le visage blême et le regard vide de la jeune femme durent lui suffire, comme réponse, car son sourire s'estompa. « Mauvaise ? », grimaça-t-il.

Faythe poussa un long soupir défait, puis s'avachit contre un montant de bois. Nik se rapprocha, de sorte qu'elle puisse parler sans que des oreilles indiscrètes épient leur conversation.

« Je suis entrée dans la tête de *Jakon* », grimaça-t-elle. « J'ai envahi ses pensées intimes, et je ne peux même pas le lui révéler. Je ne me le pardonne pas. »

Nik la toisa d'un regard grave qui lui déplut. Elle ne voulait pas de sa pitié ni qu'il la considère comme une cause perdue.

« Il n'y a pas eu d'*entre-deux* ni d'*espace subconscient*. À un moment j'étais réveillée, et l'instant d'après je me promenais avec lui dans un de ses *souvenirs*. »

Elle avait prononcé ce dernier mot dans un souffle.

Nik resta quelques secondes sans rien dire, comme s'il réfléchissait.

« J'aimerais faire une expérience », annonça-t-il ensuite. Au regard sceptique que Faythe lui renvoya, il leva les yeux au ciel. « Retrouve-moi dans les bois ce soir, *seule*. »

Faythe n'aurait de toute façon jamais osé embarquer Jakon dans cette aventure ; cependant, elle savait qu'elle aurait du mal à le convaincre de la laisser encore sortir seule.

« Soit », accepta-t-elle.

Elle trouverait bien une solution. Elle n'avait d'autre choix que de faire confiance à Nik et, honnêtement, au point où elle en était, toutes les idées étaient bonnes à prendre.

Nik jeta un coup d'œil par-dessus son épaule, inspecta les environs puis recula.

« À ce soir, neuf heures. »

Un dernier sourire espiègle, et il disparut aussi furtivement qu'il était arrivé.

Le reste de la journée s'écoula avec une lenteur exténuante, et Faythe accueillit avec gratitude le coucher du soleil lorsqu'elle regagna la hutte. Chemin faisant, une idée lui vint. Un sourire malicieux aux lèvres, elle revint sur ses pas et décida d'emprunter un détour qui la conduirait devant un certain atelier.

Sa nervosité augmenta encore quand elle se trouva devant la forge pour la seconde fois de la journée. C'était la meilleure idée qui lui était venue pour occuper Jakon ce soir-là, et elle se félicitait de son coup de génie.

De Marlowe, Faythe ne vit de trace nulle part, pas plus que de Dalton, néanmoins elle distinguait des voix derrière le rideau. Elle se tordit les mains d'angoisse avant de pénétrer dans l'atelier.

« Ohé ? » lança-t-elle sans force.

Une seconde plus tard, la forgeronne passa la tête de l'autre côté du rideau, mais un masque d'inquiétude se plaqua aussitôt sur son visage.

« Un problème avec ton épée ? » s'enquit-elle.

Faythe fit signe que non.

« Du tout, je… J'espérais que tu pourrais me rendre un service. »

Ces mots dits, elle tiqua légèrement.

La jeune forgeronne elle-même fronça les sourcils, sur ses gardes.

« Mais, bien sûr. Explique-moi. »

Faythe hésita, puis dévoila à toute allure :

« J'aurais besoin que tu m'aides à détourner l'attention de Jakon. »

Marlowe arqua les sourcils, surprise, avant de secouer vigoureusement la tête.

« Je ne peux pas. Je… Comment veux-tu que je m'y prenne, au juste ? » bredouilla-t-elle, visiblement troublée par cette suggestion.

Faythe culpabilisait de réclamer son aide, mais, quand Jakon n'était pas occupé, il avait tendance à lui coller aux basques. Elle maudit son côté hyperprotecteur.

« Ce ne serait que pour ce soir. J'ai à faire ailleurs, et Jakon est comme un petit chiot dont je n'arrive pas à me débarrasser », implora-t-elle avec une pointe d'humour, en croisant les doigts pour que Marlowe ne lui pose pas de questions.

Celle-ci eut un rire nerveux, qui ne fit qu'embraser davantage ses joues.

« Je ne sais pas, Faythe. Tu n'as personne d'autre à qui demander ? Il me connaît à peine. »

Elle se mordit la lèvre.

Faythe lui renvoya un regard entendu.

« Je suis sûre que tu seras la meilleure. »

Marlowe en resta bouche bée.

« Il n'a pas ce genre de sentiments à mon égard ! » se récria-t-elle, gênée.

Faythe gloussa.

« Oh que si, crois-moi. » Elle n'avait pas à préciser *comment* elle le savait. Et comme Marlowe ne répondit rien, son sourire s'évasa. « Donc tu acceptes ? »

La forgeronne resta un moment à se mordiller la lèvre tout en réfléchissant.

« Laisse-moi cinq minutes. Que je me débarbouille », grommela-t-elle en désignant son visage et ses mains maculés de suie.

Faythe émit un petit couinement de joie avant de lui dire de faire vite. Jakon n'allait pas tarder à s'inquiéter. Elle se percha sur un tabouret et se mit à jouer avec divers marteaux et clés, émerveillée par les outils éparpillés dans cet atelier, et dont elle-même n'aurait su se servir.

Près de dix minutes s'écoulèrent avant que Marlowe ne reparaisse, le visage propre, ses cheveux défaits retombant sous sa poitrine en vagues paresseuses. Là encore, cette beauté naturelle suscita de la jalousie chez Faythe. Marlowe avait enfilé une robe de coton bleue légère assortie à ses yeux, et passé sur son bras une houppelande bleu profond. Elle adressa à travers le rideau un rapide « au revoir » à Dalton – dont Faythe découvrit qu'il était son père, bien que tous deux ne se ressemblent en rien.

Marlowe était la nervosité et l'incertitude incarnées. Faythe, elle, rayonnait en l'admirant. Elle la prit par le bras, en marque d'encouragement muet, et pour l'empêcher d'exprimer les protestations qu'elle lisait sur ses traits. Après quoi, toutes deux s'engagèrent dans la rue.

Quand elles furent devant la hutte, une petite dizaine de minutes plus tard, Marlowe s'arrêta et se mit à tripoter l'ourlet de sa robe.

« Allons, il ne mord pas », la rassura Faythe sur un ton légèrement suggestif.

Les joues empourprées, Marlowe lui lança un regard furieux et siffla :

« Tu me revaudras ça. »

Faythe poussa la porte, un sourire malicieux aux lèvres, et entra d'un pas nonchalant. Elle repéra aussitôt Jakon, attablé dans la cuisine. Celui-ci lui sourit – mais ce sourire s'envola dès qu'il aperçut Marlowe, et il manqua trébucher en se levant.

« J'espère que ça ne te dérange pas, lui dit Faythe, d'une voix innocente. Je suis passée à la forge pour dire merci, et on a papoté. » Elle désigna Marlowe qui restait à la porte, toute timide. « Tu ne m'avais pas dit que mon épée avait été fabriquée par une aussi talentueuse et aussi belle *forgeronne*. »

Elle l'asticotait, mais une partie d'elle-même s'en voulait d'utiliser ainsi l'attirance que Jakon éprouvait pour Marlowe, une attirance dont elle n'avait connaissance que parce qu'elle-même l'avait ressentie dans sa mémoire. Une partie plus importante d'elle-même estimait que le jeu en valait la chandelle, rien que pour la mine ahurie qu'il affichait.

Ni Jakon ni Marlowe ne prirent la parole, alors Faythe enchaîna :

« Elle n'avait rien de prévu pour ce soir, du coup je lui ai proposé de dîner avec nous. Ça ne t'embête pas, Jak, dis ? »

Elle prenait plaisir à ce petit jeu.

« Mais qu'est-ce que tu nous fais, là ? »

L'air toujours aussi innocent, Faythe saisit le message que Jakon lui adressait par son regard appuyé.

« Bien sûr que non ! s'étrangla le garçon. Mais euh... On n'a pas grand-chose à manger, donc...

— Donc on va sortir ! le coupa, tout enjouée, son amie. Laissez-moi le temps de me rafraîchir, et on n'aura qu'à aller au Harbor Hall. Tu veux bien t'occuper de notre invitée ? » demanda-t-elle à Jakon avant de se retirer dans la chambre pour se changer.

Elle opta pour sa tenue d'entraînement, comme la veille, Lumarias comprise. Après quoi, elle enfila sa houppelande, de sorte que Jakon ne lui demande pas pourquoi elle sortait armée pour une simple soirée au restaurant. Faythe n'était pas certaine que l'*expérience* proposée par Nik comporte une partie « escrime », ni même qu'elle aurait l'énergie nécessaire pour soulever sa lame, mais elle préférait être prête.

Lorsqu'elle rejoignit les deux autres, elle se figea en les trouvant en grande conversation. Ils avaient l'air détendus ; le regard de Jakon brillait, comme elle ne l'avait que rarement vu quand il la regardait, *elle*. Faythe n'avait jamais pu faire de même – pas comme il aurait voulu, en tout cas. Marlowe, elle, y arrivait sans problème. Faythe sourit, envahie par une sensation toute chaude. Jakon méritait de trouver le bonheur.

« Prêts ? », pépia-t-elle.

Il lui coûtait d'interrompre leur conversation, mais elle n'avait qu'une heure devant elle avant de devoir retrouver Nik.

Jakon et Marlowe acquiescèrent de concert et se dirigèrent vers la porte. Faythe leur emboîta le pas, et le trio s'enfonça dans les rues tranquilles menant au port. Le restaurant se situait à dix minutes de marche, dont Jakon et Faythe profitèrent pour faire connaissance avec leur nouvelle amie.

Faythe trouvait l'énergie de Marlowe contagieuse, tandis qu'elle leur parlait de ses créations et de ses expériences à la forge, entre autres choses. De deux ans plus âgée que Faythe, elle s'intéressait au métier de son père depuis qu'elle était toute petite. Sa mère était morte de la même maladie qui avait décimé la ville et emporté les parents de Jakon treize ans auparavant. C'était une tragédie qui rapprochait les deux jeunes gens et, bien que Faythe ait perdu sa mère d'une tout autre façon, elle ressentait une connexion avec eux, quant à cette douleur.

Lorsqu'elle ne travaillait pas à la forge, la belle semblait ne jamais mettre son cerveau au repos. Elle se passionnait pour la lecture et le savoir ; Faythe dressa l'oreille quand elle évoqua son goût pour l'escrime. Elle avait hâte de se mesurer à elle.

Les trois amis approchèrent enfin du Harbor Hall, dont les somptueuses lumières donnaient sur la mer – un des plus beaux points de vue de la ville extérieure de Farrowhold. Faythe et Jakon ne s'y étaient rendus qu'en de rares occasions, pour un anniversaire, après avoir mis des sous de côté. Ces derniers temps, ils avaient été prudents dans leurs dépenses, et Faythe savait qu'ils pouvaient se permettre un bon dîner.

Sitôt qu'elle poussa la petite porte en bois blanc de l'établissement, Faythe huma le parfum délicieux des fruits de mer, et inspira à pleins poumons. La grande salle était assez bien occupée, essentiellement par des couples installés dans des alcôves privées. On leur fit bon accueil, puis on les conduisit à une petite table pour quatre, dans un coin. Faythe s'efforçait de ne pas se considérer comme la cinquième roue du carrosse en s'installant à côté de Marlowe afin que Jakon puisse s'asseoir en face d'elle. Tactique subtile visant à ce qu'ils se regardent et se parlent.

Faythe faisait de son mieux pour suivre la conversation, mais elle avait la tête ailleurs ; elle trépignait tout en consultant sa montre de poche toutes les dix minutes. Marlowe parut s'en apercevoir – elle n'avait de cesse de lui adresser des regards entendus.

Le repas servi, Faythe put penser à autre chose en dégustant les fruits de mer pêchés le jour même. Mais lorsqu'ils eurent fini de manger, et que sa montre afficha près de neuf heures, elle s'éclaircit la voix et fit mine de réprimer un bâillement.

« Je crois que je vais rentrer, dit-elle. Je suis *morte*. »

Ce n'était pas vraiment un mensonge – épuisée, elle l'était sans nul doute, et Jakon ne manquerait pas de le comprendre, après son numéro du matin.

Il hocha d'ailleurs la tête et répondit :

« Mais bien sûr. Je m'occupe de l'addi…

— Je ne voudrais surtout pas gâcher votre soirée, le coupa-t-elle un peu trop vite, adressant un rapide regard à Marlowe en guise de SOS. Enfin, il est encore tôt, quoi. »

La forgeronne entra dans son jeu.

« Les desserts sont fabuleux, sourit-elle tendrement à Jakon. Si ça te dit de rester. »

Faythe dut reconnaître qu'elle-même aurait été tentée de rester, si la forgeronne lui avait lancé le même regard. On pouvait donc ajouter « séductrice-née » à la liste des qualités de leur nouvelle amie.

Jakon rosit, et sourit à son tour, nerveux. Faythe s'amusait follement de voir son meilleur ami aussi troublé. En dix ans, elle n'avait jamais vu cette part de lui-même. Elle ne l'avait jamais vu s'intéresser à *quiconque*. Comme Faythe, Jakon ne s'était jamais engagé dans une relation sérieuse.

« Je… Oui, mais – euh, Faythe », bredouilla-t-il.

Celle-ci fit le geste de chasser une mouche.

« Je ne risque rien, gros pétochard. Rentre aussi tard qu'il te plaira, et ne fais rien que je ne ferais pas. »

Sur ce, elle enfila sa houppelande avant de se lever, sortit quelques pièces qu'elle posa sur la table malgré les protestations des deux autres. Enfin, elle se hâta de quitter le restaurant après un ultime « bonne soirée ».

Faythe avait révélé certains détails à Marlowe en rentrant de la forge, elle savait donc que sa complice essaierait d'occuper Jakon jusqu'à minuit au moins. Il n'empêche, elle ignorait jusqu'à quelle heure Nik allait la retenir, et elle ne souhaitait pas risquer que Jakon trouve la hutte déserte à son retour, et organise aussitôt des recherches.

Heureusement pour elle, Marlowe ne lui avait pas demandé ce qu'elle mijotait, mais, aux quelques regards curieux et inquiets qu'elle lui avait lancés, Faythe lui avait promis que ce n'était rien de dangereux.

Ce n'était, hélas, qu'une demi-vérité, tant rien n'était jamais sûr, avec Nik.

Chapitre 11

Faythe enfonça sa capuche sur sa tête en sortant du Harbor Hall, et pressa aussitôt le pas. Elle était déjà en retard. Malgré sa hâte, elle s'arrêta au coin d'une rue où, à sa grande horreur, elle faillit bousculer quatre fae en patrouille.

Elle s'écarta et inclina la tête, n'osant pas croiser le regard des gardes à qui elle cédait le passage. Du coin de l'œil, elle reconnut parmi eux la brute qui dirigeait la patrouille, à la cicatrice qui barrait sa joue gauche. C'était un de ceux qui avaient arrêté le fils de l'aubergiste en usant d'une violence excessive.

Faythe retint son souffle quand les fae s'arrêtèrent à sa hauteur au lieu de passer leur chemin comme ils en avaient l'habitude. Elle resta les yeux rivés au sol, feignant d'être une pauvre humaine effrayée, afin qu'ils repartent sans lui poser de questions.

Hélas, un garde prit la parole.

« Où vas-tu si vite ? »

Cette voix grave et rauque transperça Faythe telle une lance glacée.

« Chez moi », répondit-elle calmement et sans relever la tête.

Elle entendit le gravier crisser, après quoi deux grosses bottes noires parurent devant ses pieds. Elle ravala une boule dans sa gorge, son cœur tressauta.

« Regarde-moi quand tu me parles, petite », lui ordonna le fae.

Faythe resta immobile.

En un instant, sans qu'elle ait le temps de battre des cils ou presque, des doigts calleux la saisirent par la mâchoire, la forçant à redresser la tête si vite qu'elle grimaça de douleur. Le garde lui adressa un sourire mauvais.

« C'est mieux », commenta-t-il.

Elle le trouvait assez beau, très beau, même, malgré la cicatrice qui le défigurait. Les traits de son visage étaient marqués, ses yeux d'un noir austère, ses cheveux bruns ondulés lui retombaient au-dessus des épaules, à moitié retenus par un petit nœud. Pourtant, à soutenir son regard, elle lut dans ses yeux une promesse de violence et de désespoir pour tous ceux qui le contrariaient. Faythe ne pouvait dissimuler sa colère, forcée qu'elle était de le regarder. Tout en elle lui criait de *s'enfuir*.

« Quel est ton nom ? » l'interrogea le fae avec un calme badin.

Faythe songea à ne pas répondre, mais, pour s'éviter des souffrances inutiles, elle dévoila son prénom en espérant que sa voix ne lui attire pas les mêmes ennuis que son silence.

Un autre garde intervint à voix basse :

« Elle s'entraîne régulièrement à l'escrime sur la place, Capitaine. Ce n'est pas une menace. »

Le capitaine délibéra un moment encore avant de relâcher Faythe en grognant. Celle-ci aurait volontiers remercié le jeune fae qui l'avait défendue.

Elle grimaça, la mâchoire encore endolorie. Elle savait que cela lui vaudrait des bleus.

Le regard du gradé se porta sur la poignée de Lumarias avant de remonter vers les iris dorés de la jeune femme.

« Une épée fort impressionnante pour une si misérable *humaine*, glousse-t-il, moqueur, tandis que les mains de Faythe tressaillaient de rage.

— On me l'a offerte », révéla-t-elle, les dents serrées.

Le fae la toisa un instant, les paupières plissées, sans qu'elle se dérobe. *Ne leur donne aucune raison de s'intéresser à toi...* Au souvenir du conseil que lui avait prodigué Nik, Faythe baissa les yeux, en signe de soumission.

Le capitaine s'écarta en grognant de nouveau.

« Du vent, petite », ordonna-t-il.

Faythe n'hésita pas une seconde et repartit d'un pas vif. Avisant une ruelle sombre, elle s'y engagea et se mit aussitôt à courir.

Faythe ne cessa pas de courir avant d'avoir atteint sa destination, enfilant les rues obscures et gravissant la colline jusqu'à apercevoir les bois. Elle repéra Nik instantanément. Celui-ci était adossé à un tronc d'arbre. Le soulagement apaisa aussitôt sa nervosité. Elle ne s'aperçut qu'elle tremblait que lorsqu'elle ralentit l'allure.

« Tu es en retard », lui dit le fae. Mais dès qu'il l'observa un peu mieux, il demanda : « Que t'est-il arrivé, par les Esprits ? » Il se précipita vers elle, guettant d'éventuelles blessures sur son corps. « Qui t'a fait cela ? gronda-t-il en la saisissant par sa mâchoire encore endolorie.

— La patrouille. » Faythe haletait, incapable de former une phrase. « Le Capitaine », ajouta-t-elle, les mains sur les cuisses, accablée par l'effort qu'elle venait de fournir.

Nik lâcha un juron.

« Je croyais t'avoir dit de faire profil bas. »

Faythe le scruta, incrédule.

« C'est ce que je faisais ! se récria-t-elle. Ce n'est pas ma faute si tes semblables sont de vulgaires bêtes sauvages et sans pitié, qui ne ratent jamais une occasion de rappeler leur domination et de nous rabaisser, nous autres *humains* ! »

Elle tremblait de colère davantage que de peur, à présent.

Nik pinça les lèvres en même temps que son regard s'adoucissait.

« Le capitaine Varis. » Il se passa une main dans ses cheveux noir de jais. « Un salaud cruel et sadique, mais également un des Noctistes les plus talentueux du roi. Ne le sous-estime jamais. »

Il ne parlait pas sur un ton de reproche, mais d'inquiétude.

Faythe blêmit. C'était bien sa chance qu'un Noctiste trouve une raison de s'intéresser à elle alors qu'elle avait un besoin vital d'être invisible.

Lisant dans ses pensées, Nik déclara :

« Tu dois parvenir à comprendre tes capacités. Nom d'un chien, Faythe, c'est un miracle que personne ne t'ait encore découverte, tant tu es imprudente. »

Faythe aurait bien voulu se défendre, mais il ne lui en laissa pas le temps.

« Si tu apprends à contrôler ta faculté, tu n'auras plus à craindre que quiconque pénètre dans ta tête. Tu pourras bloquer les choses que tu souhaites cacher, et ne donner accès qu'aux détails les plus ordinaires de ta vie pour satisfaire leur curiosité. »

Faythe en avait le tournis. Nik lui fit ensuite signe de le suivre dans les bois.

Elle hésita.

« Vais-je encore… voir des *choses* ? » demanda-t-elle à voix basse.

Nik secoua la tête et lui tendit la main.

« Non. Tu as déjà fait tes preuves. »

Faythe observa la main tendue, promesse de réconfort, puis les yeux de Nik, qui lui souriait en guise d'encouragement. C'était peut-être stupide et naïf de sa part, mais elle ne pouvait s'empêcher de lui faire *confiance*. Elle en était troublée. Nik était au courant du secret qui pouvait la condamner, pourtant, jusqu'à présent, il avait choisi de l'aider plutôt que de la dénoncer. Elle n'aurait su dire si cela faisait de lui un allié, un ami, ou s'il n'était poussé que par son éternelle curiosité. Quoi qu'il en soit, Faythe lui en était reconnaissante.

Elle glissa sa main dans celle du fae, et celui-ci lui fit franchir le voile obscur. Craignant qu'il disparaisse et qu'elle se retrouve de nouveau seule, étouffée par la brume sombre et les plantes noires, elle ne s'aperçut de sa poigne solide que lorsqu'il gloussa en regardant leurs mains jointes. De retour dans les bois ordinaires, ils se dirigèrent vers la clairière à la cascade. Faythe avait les articulations des doigts blanchies par l'effort.

Elle relâcha Nik immédiatement, les joues en feu.

Celui-ci ôta sa houppelande, qu'il alla étendre au milieu de la clairière, avant de s'asseoir dessus. Faythe le regarda faire, les sourcils froncés, et ne s'avança que lorsqu'il le lui signifia.

« J'imagine que cela fait partie de ton *expérience* ? » dit-elle d'une voix neutre en répétant ses actes.

Il sourit, avant de sortir deux fioles de sa poche.

« Simple potion de sommeil, annonça-t-il avec un regard empreint d'espoir. Elle te fera perdre connaissance lorsque tu t'endormiras, mais ta capacité éveillera tout de même ton subconscient.

— On va faire la sieste ? »

Nik lui adressa une pichenette au nez.

« Très drôle, marmonna-t-il en lui tendant une fiole. Je vais tenter de t'intercepter dans l'entre-deux, avant que tu ne te projettes les dieux savent où. »

Faythe l'observa avec des yeux tout ronds.

« Tu vas t'immiscer dans ma tête ?

— Quels petits secrets honteux as-tu à cacher ? lui renvoya-t-il avec un sourire pervers. Tu as l'air horrifiée, Faythe. »

Le regard noir, celle-ci lui asséna une tape au bras, qui le fit exploser de rire.

« Je vais prendre ma potion en premier. Elle met cinq bonnes minutes à faire effet. Dès que j'ai perdu connaissance, prends la tienne. Je percevrai le moment où tu basculeras et… » Une pause. « Enfin, je ne suis pas certain que cela fonctionne, mais qui ne tente rien n'a rien.

— Et en cas d'échec ? demanda Faythe, le front plissé d'inquiétude. Si jamais j'atterris ailleurs ?

— Je devrais malgré tout parvenir à pénétrer dans ton esprit. Tu sentiras ma présence, et je pourrai peut-être te ramener, cela dit… » Nik marqua une nouvelle pause ; Faythe commençait à craindre ces instants de suspense. « Enfin, c'est un territoire nouveau. Je ne sais même pas si ta faculté opère comme la nôtre. »

Faythe acquiesça. Elle savait qu'il faisait référence à sa nature humaine.

« Nous ne le saurons pas tant que nous n'aurons pas testé la théorie », soupira l'immortel.

Faythe se dit qu'elle n'avait rien à perdre, au point où elle en était. Elle devait coûte que coûte contrôler cette capacité, quitte à laisser pour cela Nik entrer dans sa tête.

« Sache seulement, ajouta celui-ci, que j'*escompte* que tu n'essaieras pas de me tuer après que j'aurai bu ma potion. »

Sur ce, il ôta le bouchon, choqua sa fiole contre celle de Faythe, puis la vida avant de la jeter par terre.

Faythe leva les yeux au ciel, le regarda ensuite s'allonger, baisser les paupières dans un soupir de détente exagéré. Elle-même s'assit, les jambes repliées contre le corps, et étudia quelques instants les mouvements de la poitrine du fae.

Elle resta un moment frappée par la vulnérabilité qu'il dégageait. Un guerrier adulte, entièrement à sa merci. Il avait beau avoir présenté la chose comme une boutade, la confiance qu'il lui témoignait lui réchauffa un peu le cœur. C'était peut-être une occasion unique ; la seule fois de sa vie où elle se trouverait face à un fae incapable de riposter si elle le frappait. Pourtant, quand bien même elle aurait eu à sa merci l'infâme capitaine Varis, elle était certaine que jamais elle ne se serait abaissée à un tel acte.

Quand la respiration de Nik eut ralenti et se fut alourdie, Faythe inspecta sa fiole. *Quand il faut y aller…* songea-t-elle en avalant la potion, avant de s'allonger auprès de Nik. Tournant la tête, elle l'observa, si paisible et innocent, sans même qu'une ride ou un froncement ne perturbe sa peau lisse et pâle. Superbe. Nik était sans conteste l'incarnation de la grâce immortelle.

Les paupières de la jeune humaine papillonnèrent à trois ou quatre reprises, en même temps qu'elle se sentait partir à la dérive, et que la panique s'estompait…

« *Faythe* », appela une voix lointaine.

Elle avait l'impression d'être projetée d'un côté, mais qu'une force l'entraînait de l'autre. Elle se raccrocha à ce fil fantôme et s'en servit pour s'arracher au courant qui cherchait à la plonger dans l'oubli. Bientôt, elle aperçut de la lumière qui transperçait le vide noir dans lequel elle évoluait, et elle la suivit jusqu'à en être aveuglée et devoir plisser les paupières, battant des cils pour s'accoutumer.

Elle se trouva ensuite dans une salle sans limites, emplie d'une brume blanche et dorée. Faythe était éveillée, à l'intérieur de sa propre tête. Elle le sentait ; elle le *voyait*. La brume se dissipa autour d'elle, révélant une série de souvenirs. Elle revit sa vie entière avec une clarté parfaite, de ses premiers pas et jusqu'à ce jour même.

Faythe songea à une personne en particulier, et le ballet des souvenirs cessa pour ne plus en diffuser qu'un seul : sa mère, peu avant qu'elle soit enlevée. Elles étaient au lit, elle-même âgée de neuf ans, blottie sous le bras de sa mère qui lui faisait la lecture. Ses larmes coulèrent et sa lèvre tremblota, pourtant elle s'approcha, sans un bruit, de l'image animée. Celle-ci se figea, et Faythe la centra sur le visage de sa mère. Elle voulut la toucher, hélas, sa main passa à travers l'image, lui tirant un sanglot.

Brusquement, Faythe eut conscience d'une autre présence, et les images s'effacèrent, ne laissant que des nuages blancs et dorés. Elle tourna la tête : Nik était là, qui la regardait en silence, les mains dans les poches. Elle supposa qu'il avait assisté à toute la scène. Sa théorie avait fonctionné, et elle-même se moquait de ce qu'il avait pu voir avant qu'elle ne bloque les souvenirs.

« Ma mère, murmura-t-elle.

— Je sais », répondit le fae avec un léger mouvement de tête. Après un court silence respectueux, il reprit : « Quand j'ai perdu la mienne, je passais des nuits entières dans ma tête. C'est différent de voir un souvenir comme cela, devant soi. Avec le temps, ils peuvent s'estomper, et l'on oublie les détails. Mais ici… on peut les maintenir *en vie.* »

Faythe lui adressa un sourire triste, pour le remercier de partager un renseignement si personnel. Elle ignorait que lui aussi avait perdu un parent et, tout à coup, elle culpabilisa d'en savoir si peu sur lui, alors qu'elle-même se plongeait, égoïste, dans ses propres problèmes. Elle voulait lui demander quand cela s'était produit, comment cela s'était passé, mais le moment lui semblait inopportun.

« Ça a marché, on dirait », estima-t-elle à la place, pour changer de sujet et détendre l'atmosphère.

Nik sourit, apparemment ravi de la manœuvre.

« J'ai failli te perdre, un bref instant, mais tu as eu le bon sens de suivre ma piste. »

Promenant son regard alentour, il émit un bruit curieux.

Faythe aussi avait remarqué les couleurs qu'arborait son esprit.

« On se croirait dans le tien, affirma-t-elle. Mais en moins maussade et déprimant. »

Nik éclata de rire.

« Imagine la chose comme une aura, proposa-t-il. Les couleurs reflètent une partie de toi-même.

— Et donc, que suggère le noir, au sujet de ton âme ? relança Faythe, amusée, les bras croisés.

— Que je suis condamné aux Enfers, peut-être ? » répliqua Nik en haussant les épaules, un petit sourire aux lèvres.

Faythe passa une main à travers la brume. Celle-ci scintillait, et la jeune femme la trouva belle, entortillée entre ses doigts. Cette brume suivait ses mouvements, et elle découvrit qu'elle pouvait la plier à sa volonté, sans bouger. Elle lui fit prendre ainsi la forme d'un papillon doré, posé sur la paume de sa main.

« Tu n'avais donc jamais vu l'intérieur de ton subconscient ? » l'interrogea Nik tout en l'étudiant.

Faythe fit non de la tête.

« De deux choses l'une, ou bien je rêve... » Elle grimaça et se reprit : « ... je *Noctise*, ou bien je ne me souviens de rien au réveil. Mais c'est rare. Tout ce temps, il faut croire que j'explorais l'esprit de mes semblables dans mon sommeil. »

Elle se força à rire, pour ne pas perdre la tête.

Le papillon s'envola, avant de se dissiper dans le reste de la brume.

Nik souffla longuement.

« Es-tu épuisée, le lendemain ? Après avoir Noctisé, je veux dire.

— J'avais oublié ce qu'était une bonne nuit de sommeil jusqu'à ce que tu me donnes ces gouttes.

— Ce n'est pas étonnant, Faythe. Tu n'as probablement eu que deux ou trois heures de vrai repos depuis des *années*. » Au regard confus que la jeune femme lui renvoya, Nik clarifia : « Quand on Noctise, notre esprit reste actif. Si tu passes la nuit dans la tête d'autrui, tu ne te reposes pas vraiment. C'est pourquoi on ne peut le faire toutes les nuits – on s'épuiserait, et on commettrait des erreurs. » Il secoua la tête, incrédule. « Par les dieux, c'est un miracle que tu aies pu Noctiser si longtemps sans sombrer dans la folie. Mais cela explique également ton manque de contrôle. »

Faythe battit des cils, horrifiée.

« Et alors, comment je fais, pour empêcher le processus ?

— Ça, tu dois le découvrir par toi-même, affirma l'immortel. Pour moi, c'est comme s'il y avait deux portes, métaphoriquement. Je peux choisir de me concentrer sur une cible et franchir la porte qui me conduira droit à son esprit… Ou alors j'emprunte l'autre, et tout vire au noir.

— On ne peut donc jamais avoir de rêves à soi ?

— Nous n'avons jamais de visions aléatoires, dépourvues de sens, si c'est ce que tu entends par là. En revanche, notre esprit ne connaît pas de limites ; il peut demeurer dans ton subconscient et invoquer tes désirs les plus fous. Cela peut être amusant. » Nik gratifia Faythe d'un sourire suggestif, qui lui fit lever les yeux au ciel. Elle préférait ne pas imaginer ce que pouvaient être ses « désirs les plus fous ». « Mais je le répète, on ne se repose pas comme il faut en restant ici, d'où la nécessité de Noctiser avec parcimonie. L'obscurité est l'unique moyen d'obtenir un sommeil plein et régénérateur », conclut-il.

Faythe jugeait ces informations à la fois intimidantes et exaltantes. Après avoir méprisé et détesté le Noctisme, elle se réjouissait d'y découvrir un aspect positif. Elle pouvait revoir sa mère dans ses souvenirs, et même se créer des rêves immersifs et sans limites. Cela dit, ce dont elle *rêvait* par-dessus tout, c'était de pouvoir dormir paisiblement le plus souvent possible.

Tout à coup, les paroles de Nik lui revinrent en mémoire, et elle déglutit, nerveuse.

« Qu'entends-tu par "commettre des erreurs" ? »

Le fae inspira profondément, et elle devina qu'il hésitait à développer ce point.

« Cela ne va pas te plaire, Faythe, annonça-t-il pour la ménager. Tu sais déjà que notre *talent* spécifique peut servir d'arme. Il nous permet de mieux connaître une personne. D'insérer dans son esprit des sentiments et des pensées, si l'on est assez fort pour cela. On peut aussi ravager son esprit par une seule pensée. » Le visage soudain grave, Nik ajouta : « Si nous nous épuisons à vouloir Noctiser, les émotions négatives exacerbées par le manque de sommeil peuvent nous faire repérer ou bien… tuer accidentellement notre hôte. »

Un frisson glacé parcourut Faythe ; elle eut l'impression que le monde se dérobait sous ses pieds. Elle mit un temps à assimiler l'information, mais, ensuite, elle manqua s'effondrer : les paroles de Nik lui avaient rappelé un souvenir sombre. Elle se le repassa en boucle dans la tête, assembla les pièces à mesure que la nouvelle réalité s'imposait à elle. Cela ne pouvait pas être vrai. Elle n'était pas capable d'une chose pareille. Parce que dans ce cas…

« Grands dieux », murmura-t-elle à part.

Nik s'approcha d'elle.

« Je sais, c'est effrayant, mais tu réussiras à contrôler ton Noctisme, tu verras. Jamais tu ne… » Les mots lui manquèrent lorsque Faythe leva vers lui un regard de terreur absolue. Nik se figea, le front plissé d'inquiétude. « Faythe, qu'y a-t-il ? »

La jeune femme était, hélas, trop perdue dans son abîme de culpabilité et de dégoût à l'idée de ce qu'elle avait pu faire pour répondre. Elle se concentra et repoussa peu à peu le garde fae. Elle était près de crier d'angoisse, et tremblait à l'idée des conséquences que ses émotions risquaient d'avoir sur lui.

À voix très basse, juste avant qu'il ne disparaisse pour de bon, elle chuchota :

« Je pense l'avoir déjà fait. »

Chapitre 12

Faythe sentit qu'on tentait de l'arracher à son subconscient, où elle demeurait seule, assise les genoux contre la poitrine. Elle ne sanglotait pas ; elle ne faisait rien, hormis s'abandonner au vide qu'elle ressentait chaque fois qu'elle se repassait ce fameux souvenir, priant de toutes ses forces pour que cela ne signifie pas ce qu'elle redoutait.

La brume tournoyait autour d'elle, comme si elle-même était une planète, et cette brume, sa stratosphère.

Elle n'aurait su dire combien de temps elle était restée seule après avoir chassé Nik, mais la force devenait insoutenable. Elle finit par céder à la pression qui la ramena à sa pleine conscience.

Faythe huma en premier l'herbe, fraîche et vivifiante comme l'eau de pluie. Après, elle entendit le fracas de la cascade, et le clapotis des vagues qui atteignaient le lac, en contrebas. Elle sentit le tissu de sa houppelande sous ses doigts quand elle les remua. Elle inspira profondément par le nez, puis s'imposa de rouvrir les yeux et découvrit devant elle le ciel le plus bleu qu'elle ait jamais vu. Enfin, elle le sentit, *lui*, quand elle perçut les paumes chaudes de Nik qui enserraient une des siennes.

Lorsqu'elle tourna la tête, il affichait un masque d'inquiétude. À genoux près d'elle, il la toisait sans rien dire, attendant qu'elle parle la première, de crainte que le moindre faux pas la bouleverse. Faythe retira sa main, attendit un instant avant de se lever pour se diriger, sans but, vers le lac.

Elle mit un temps à reprendre ses esprits.

« Comment sait-on... ? » Elle tressaillit – elle ne voulait pas poser la question, mais elle avait besoin de connaître la réponse. « Comment sait-on si on l'a fait ? Si on a ravagé l'esprit d'autrui, comme tu disais ? »

Elle entendit le fae se relever, mais ne se retourna pas, préférant se concentrer sur les ondulations de l'eau.

« C'est comme... » commença Nik. Et dans sa voix, Faythe perçut une once de peine. « Pour nous, c'est comme si l'esprit tenait un globe de verre dans une main. Une infime pression suffirait à le briser en un million de fragments, et une autre pour qu'il explose et soit réduit en poussière. »

Faythe sentit son ventre se nouer, à cette seule évocation.

« Tu l'as déjà fait, déclara-t-elle davantage qu'elle ne demanda.

— Ce n'est pas une chose dont je suis fier. Je me rappelle *tous* ceux à qui je l'ai fait et que j'ai...

— Tués, le coupa-t-elle en se mettant enfin face à lui. Tous ceux que tu as tués. Car c'est bien ce que nous sommes, n'est-ce pas ? Des *armes*.

— Pas nécessairement. »

Faythe *sentait* le regret et le remords qu'exprimait son regard et un court instant... elle le plaignit. Jusqu'à ce qu'elle se rappelle qu'il avait toujours eu le choix, qu'il contrôlait son Noctisme, contrairement à elle.

« Pourquoi le fais-tu ? relança-t-elle. À quoi bon travailler pour un tyran qui n'a aucun scrupule à faire souffrir les humains et à tuer ? C'est un monstre égoïste et, toi, tu n'es qu'une marionnette, un poltron qui fait le sale travail à sa place. »

Ça avait été plus fort qu'elle, elle avait craché ces paroles. Nik ne méritait peut-être pas sa colère, mais une part d'elle-même savait qu'elle ne faisait que détourner sur lui les sentiments que sa propre personne lui inspirait – ce qu'elle était, ce qu'elle avait *fait*. Mais elle ne se trouverait jamais face à face avec le fae qu'elle aurait voulu houspiller, pour soulager la douleur et la haine qui montaient en elle depuis longtemps. Du moins, si elle voyait un jour le roi de High Farrow, elle n'y survivrait pas.

« Attention, Faythe, la mit en garde Nik.

— Et pourquoi donc ? Ce n'est qu'une question de temps, avant que mon tour ne vienne. »

Un éclair sombre fusa dans les yeux de l'immortel.

« Ton tour ne viendra *jamais*. Pas si j'ai mon mot à dire », affirma-t-il avec une détermination farouche.

Ébranlée par sa colère, Faythe laissa échapper un soupir défait, puis s'affala sur la berge du lac. Elle plongea une main dans l'eau, chassa mollement les yucolites qui fuyaient son contact.

Fermant les yeux, elle invoqua le souvenir qui la hantait.

« Il y a quelques années de cela, il y avait cet homme. »

Elle n'entendit pas Nik s'asseoir près d'elle, mais elle sentit sa présence. Lorsqu'elle rouvrit un œil, il enserrait de ses bras ses jambes repliées, son regard vert émeraude rivé sur elle. La jeune humaine détourna le sien et poursuivit son récit, peut-être par lâcheté à la pensée de ce qu'elle s'apprêtait à confesser.

« Je le croisais tous les jours en allant au marché. Il tenait la boucherie de Farrowhold avec sa femme, dans la Grande Rue. Tout le monde le connaissait. » Une grimace déforma ses traits, au souvenir du visage de cet homme. « Il était gros et négligé, comme si le concept même de bain lui était étranger. Toutefois, ce n'était pas son apparence qui me faisait hésiter chaque fois que je le voyais.

» C'était un être sans pitié, violent, dont je savais qu'il maltraitait sa femme. Personne ne l'a jamais vu la battre – il réservait ces choses-là à l'intimité du foyer. » La voix de Faythe se fit plus sombre. « Mais cela ne faisait de doute pour personne. Elle était couverte de coupures et de bleus, tout le monde savait ce qui se passait, mais personne n'intervenait. »

Elle secoua la tête au souvenir de cette sinistre vision.

« Un jour, je partais travailler en avance, les rues étaient désertes. J'ai entendu le tumulte avant de le voir, et je me suis cachée au coin de la rue. J'ai regardé de loin. » Faythe marqua une pause, serra les dents. Elle sentait la morsure de ses ongles dans la paume de sa main sèche. Dans un souffle saccadé, elle se força à poursuivre. « Il l'a frappée si fort qu'elle est tombée sur le pavé et s'est ouvert le visage. J'aurais voulu lui venir en aide, mais j'avais trop peur. À quinze ans seulement, qu'aurais-je bien pu faire contre un homme de son gabarit ? »

Elle avait posé la question sur un ton d'impuissance, sans que cela atténue la culpabilité que lui inspirait sa couardise.

« Deux gardes fae sont arrivés, à mon grand soulagement : je me suis dit qu'ils allaient secourir la malheureuse, punir le mari… mais non. Ils ont passé leur chemin sans rien faire, sans rien dire. » La mâchoire toujours crispée, elle bouillait de rage. « Que représentait à leurs yeux une misérable vie humaine, hein ? » Elle ne put réprimer le regard accusateur qu'elle lança à Nik ; ce dernier garda toutefois le silence. « Ce soir-là, je n'arrivais pas à chasser ces images de ma tête. J'entendais les cris de la femme, le bruit de son visage heurtant le sol. J'avais envie de faire *souffrir* ce monstre, lui faire connaître la souffrance qu'il aimait infliger aux autres. Je n'en suis pas fière, mais, cette nuit-là, j'ai… j'ai rêvé de lui. Enfin, maintenant, j'imagine qu'on peut dire que j'ai *Noctisé*… dans sa tête. »

Un rire sans humour s'échappa de sa bouche.

« Après toutes ces années, je m'en souviens encore nettement, je le *sens* encore. Il avait tant de haine en lui, et la violence était le seul exutoire qu'il avait trouvé aux démons qui tourmentaient ses pensées. » Elle secoua la tête – comment avait-elle pu ne pas s'en rendre compte plus tôt ? « La scène s'est déroulée exactement comme je l'avais vue, sauf que, quand il a levé la main sur elle, j'ai… j'ai crié de toutes mes forces. Il m'a regardée droit dans les yeux, et j'ai *senti* le choc et l'horreur qui l'envahissaient une fraction de seconde avant que la scène ne disparaisse, et qu'il ne reste que les ténèbres. Je me suis réveillée aussitôt, tétanisée par une sensation atroce. Je n'avais jamais eu de rêve ou de cauchemar pareil. »

Plongeant son regard dans l'eau, elle s'aperçut que des yucolites s'étaient agrippés à ses doigts alors qu'elle continuait de dessiner des ronds paresseux.

« Le lendemain, je suis allée travailler comme si de rien n'était, et la journée s'est déroulée sans surprises. Ce n'est que plus tard que les rumeurs ont commencé à circuler… Il était mort. Le boucher de la Grand-Rue. Il s'appelait Tom Crestler, et avait été retrouvé mort dans son lit le matin même. Son corps ne présentait aucune blessure – on racontait qu'il avait dû succomber à un problème cardiaque. Il y a eu des sceptiques pour accuser les Noctistes, mais ceux qui connaissaient la victime affirmaient qu'il n'avait rien fait qui nuise au roi et justifie son exécution. » Faythe savait qu'elle n'avait pas à formuler l'évidence, pourtant elle murmura : « Je pense que c'est moi qui l'ai tué. »

Nik et elle restèrent un long moment sans rien dire. Faythe ne pouvait se résoudre à se tourner vers le fae pour voir sa réaction. Dans un certain sens, elle ne valait pas mieux que lui – pas mieux que n'importe lequel des Noctistes qui étaient habitués à écourter des vies.

Un creux s'ouvrit en elle lorsqu'elle se rendit compte qu'elle ne savait plus vraiment qui elle était. Elle voulait à toute force retrouver sa vie d'ignorance ; redevenir une simple humaine qui aimait ses amis, travaillait pour se nourrir, et occupait son temps libre à manier une épée qui ne verrait jamais le champ de bataille. Tout cela était, hélas, envolé maintenant, alors qu'elle cherchait à saisir sa nouvelle réalité. Elle était une arme forgée pour dérober les pensées et assassiner en silence les esprits.

La voix de Nik l'arracha au gouffre obscur dans lequel elle s'enfonçait lentement.

« Tu n'en as aucune certitude », objecta-t-il tout bas.

Faythe secoua la tête et répliqua :

« Il serait facile de fermer les yeux et feindre l'ignorance, n'est-ce pas ? Mais lorsque les pièces du puzzle s'assemblent aussi bien, on ne peut ignorer la vérité. »

Nik fronça les sourcils.

« L'épouse n'a-t-elle pas une vie meilleure, à présent ? »

Faythe acquiesça. La femme en question avait pris la suite de son mari, et la boucherie prospérait. Ce n'était plus la boutique sinistre de naguère, devant laquelle Faythe craignait de passer ; au contraire, désormais, elle avait plaisir à sourire à Mme Crestler qui, bien souvent, se tenait sur le pas de la porte, elle-même un grand sourire aux lèvres, à rigoler et profiter de la compagnie de ses clients, au lieu de se cacher comme avant. Faythe détestait l'idée qu'une partie d'elle-même – une part *importante* – se soit réjouie d'apprendre le décès de M. Crestler, ne serait-ce que parce que cela signifiait que son épouse était maintenant libérée de ce monstre.

« Dans ce cas, tu dois reconnaître qu'il méritait ce sort, quelle que soit la façon dont il l'a subi ? » demanda Nik en prenant soin de choisir ses mots.

Faythe savait qu'il ne cherchait qu'à alléger son fardeau, mais cela n'élimina en rien la couche poisseuse de dégoût qu'elle ressentait, du fait que c'était elle qui avait infligé ce sort au boucher.

« C'était malgré tout un homme, dit-elle. Quel droit avais-je de prendre sa vie ? »

Nik et elle échangèrent un regard, et l'évidence lui apparut soudain : ils étaient pareils, l'un et l'autre, deux assassins discrets, de la même trempe. L'un agissait à son insu, alors que l'autre…

« Comment arrives-tu à vivre avec ce que tu as fait ? » demanda-t-elle, le regard toujours plongé au tréfonds des yeux vert émeraude du fae, comme si elle sondait la fumée noire et grise de son âme.

Le front de Nik se plissa davantage encore, sa bouche n'était plus qu'une ligne mince.

« En n'oubliant jamais, confia l'immortel. Certaines de mes victimes méritaient de mourir – c'étaient des meurtriers, des traîtres, des rebelles –, d'autres moins, mais elles s'étaient tout de même rendues coupables de crimes contre la couronne. Je dois obéir à des ordres auxquels je ne souscris pas toujours. » Son regard trahissait qu'il ne disait pas tout ; Nik ne se dévoilait qu'avec prudence. « Je vis avec, en ne les oubliant jamais, aucune d'entre elles. En me rappelant qui je suis et ce que j'ai fait, sans me dérober, et en ne laissant jamais cette part obscure me consumer. »

Faythe hocha la tête pour signifier qu'elle appréciait son honnêteté. Elle-même trouverait le moyen de vivre avec ce qu'elle était, ce qu'elle avait fait, et ce dont elle était capable. Elle n'avait pas le choix, ne serait-ce que pour parvenir à se contrôler, et faire en sorte de ne plus jamais utiliser cette faculté.

« Ton visage », marmonna Nik d'une voix douce.

Par réflexe, Faythe porta une main à sa mâchoire. La douleur avait disparu, elle ne sentait plus rien. Elle baissa les yeux vers le lac, où les yucolites évitaient de nouveau son contact. Retirant sa main de l'eau, elle la scruta – sa peau brillait, elle en était sûre. Hélas, en un clin d'œil, le phénomène cessa.

« Il faut croire que les légendes disent vrai. Les yucolites doivent t'apprécier. »

Faythe estimait que les traces violettes et bleues qui avaient commencé à apparaître sur le bas de sa figure s'étaient envolées elles aussi, et elle riva son regard sur les flots, émerveillée et reconnaissante. Lorsqu'ensuite elle leva les yeux vers le fae, elle céda à la curiosité et, décidant que le moment était bien choisi, puisqu'ils évoquaient des sujets personnels, elle demanda :

« Qu'est-il arrivé à ta mère ? »

Elle sut qu'elle avait fait un faux pas quand le regard de Nik se rembrunit, et que sa mâchoire tressauta. Il resta un moment sans rien dire, soutenant son regard, puis il se remit debout.

« Je pense que nous avons eu notre lot de sombres conversations pour la soirée », affirma-t-il d'une voix dénuée d'émotions.

D'un côté, Faythe s'agaçait qu'il refuse de s'ouvrir à elle alors qu'elle-même s'était mise à nu au cours des dernières semaines. Mais, d'un autre côté, elle le comprenait : le sujet était sensible, alors elle n'allait pas insister. D'autant que Nik ne lui devait rien. En fait, c'était plutôt *elle* qui avait une dette envers lui, tant il avait pris de risques pour lui venir en aide.

« Rentrons », dit-il tout bas.

Faythe consulta sa montre de poche. Il était onze heures et demie. Elle croisait les doigts pour que Marlowe ait réussi à occuper Jakon, et que celui-ci n'ait pas encore regagné la hutte.

Le temps de renfiler leurs houppelandes et ils quittèrent les bois. Ni l'un ni l'autre ne dit mot en chemin tandis que Nik les guidait à travers les bois.

Faythe ne s'habituerait jamais à la magie qui maintenait l'endroit en une journée éternelle. Lorsqu'ils retrouvèrent la colline, le ciel nocturne était piqueté d'étoiles, et elle n'aurait su dire ce qui lui plaisait le plus : la sérénité de cette voûte d'un bleu lapis aux constellations brillantes, ou l'énergie exubérante abritée sous l'autre voûte, d'un bleu cristallin, et qui grouillait d'une vie paisible.

Quand ils furent rendus à l'endroit où ils s'étaient séparés la dernière fois, Faythe murmura un « au revoir » à peine audible, et Nik s'avança comme pour ajouter quelque chose. Très vite, malheureusement, il se ravisa, et salua la jeune humaine avant de se retirer en silence dans le noir. Faythe chemina elle aussi à la faveur des ombres, la capuche sur la tête, de sorte à ne pas croiser de fae. En particulier le capitaine Varis.

Un soulagement énorme s'abattit sur elle à la vue de la hutte déserte. Elle retira houppelande et épée à gestes gauches, puis se vêtit en vitesse pour la nuit et se glissa sous son drap, qu'elle remonta jusqu'au menton.

Faythe ne réagit pas lorsque Jakon rentra et alla se coucher à son tour. Elle crut l'entendre lui demander si elle était réveillée, mais elle feignit d'être endormie. Peu après, elle se sentit sombrer dans l'oubli, certaine de trouver l'endroit où Nik l'avait conduite, et dormir. Dormir *pour de bon*.

Chapitre 13

Contraint de prêter l'oreille aux voix pompeuses et monotones de la noblesse fae, Nik luttait à grande peine contre l'ennui. Il avait beau se désintéresser des mesquineries politiciennes, il faisait bonne figure, se montrait attentif. Son esprit, en revanche, était ailleurs.

Le jeune fae se forçait à détourner son regard du Capitaine de la Garde. Chaque fois qu'il apercevait la balafre qui avait défiguré Varis durant les Grandes Batailles, il serrait les poings de colère au souvenir de la domination brutale que celui-ci avait exercée sur Faythe. Cela n'aurait pas dû le mettre dans un état pareil, mais, rien que d'imaginer la main cruelle de Varis rivée à la mâchoire de Faythe, il avait envie de démembrer le capitaine.

Pour ne pas succomber à la tentation, Nik observait les visages ternes de l'assistance. La plupart étaient des masques de colère et de dégoût, chaque fae exprimant à tour de rôle son mécontentement, dans l'espoir que le roi, assis en bout de table, prenne en considération ses griefs. Nik savait que c'était peine perdue. Ces réunions n'étaient que comédie ;

un simulacre censé apaiser – pour un temps – les seigneurs et autres immortels haut placés.

Sa Majesté Orlon de High Farrow écoutait rarement les conseils et suggestions de ses proches conseillers, et avait encore moins d'estime pour les drames personnels des haut placés qui lui offraient si peu en retour. Cela dit, ce monarque était intelligent, et il savait donner aux fae l'illusion qu'ils participaient aux affaires du royaume. Qu'ils étaient *importants*. Il s'assurait ainsi leur loyauté de sorte que, aux moments décisifs, ils soient portés à voter en faveur de ses propositions, alors même que Nik espérait le contraire.

La voix d'Orlon, qui retentit dans la grande salle, fit taire les nobles. Le roi prononçait la conclusion de cette éreintante réunion. Après quoi, enfin, chacun se leva et, dans un concert de conversations oiseuses, les fae sortirent de la salle du conseil. Nik, lui, demeura assis, comme à l'accoutumée, afin d'entendre le *vrai* verdict du roi.

Il ne put s'empêcher de lancer un dernier regard au capitaine avant que celui-ci ne franchisse à son tour les grandes portes. Varis tourna la tête vers le roi et lui, s'inclina tel le petit chien soumis qu'il était. À ceci près qu'il aimait ajouter une touche de malveillance aux ordres qu'il recevait. Nik sentit sa colère redoubler à la vue du capitaine, et fut soulagé quand celui-ci disparut enfin. L'envie de le provoquer en duel s'estompa.

Un silence épais s'abattit après que tout le monde – y compris les gardes – eut quitté la salle, ne laissant que Nik et le roi. Le jeune fae se tourna vers le trône sur lequel siégeait le souverain de High Farrow, mais ce dernier ne capta pas son regard. Au lieu de cela, il était plongé dans une réflexion muette, ses doigts tordus soutenant sa mâchoire puissante. Nik prit l'initiative de se lever, sans toutefois oser s'en aller avant d'avoir été congédié.

Comme le roi demeurait occupé par ses pensées, Nik voulut demander la permission de sortir. Hélas, ce fut alors que la voix autoritaire d'Orlon rompit le silence.

« Je n'aime pas que l'on me prenne pour un imbécile, déclara le monarque. Or, j'ai le sentiment que c'est précisément ce que le Seigneur Hellias pense de moi. »

Nik ne put réprimer un froncement de sourcils. Rien chez le seigneur en question ne lui avait paru suspect, mais il se garda bien de débattre des remarques du roi. Il laissa Orlon poursuivre.

« Certains humains visés par un mandat d'arrêt ont réussi à quitter High Farrow avant qu'ils ne puissent être interrogés. »

Nik sentit un froid envahir la salle du conseil ; il se concentra sur sa respiration pour mieux contrôler les battements de son cœur. Il savait que, grâce à ses oreilles de fae, le roi risquait de percevoir une accélération qui trahirait sa nervosité.

« Tu n'es pas sans savoir que Hellias possède la faculté de Noctiser, or mes espions ont suivi à plusieurs reprises ses pérégrinations dans la ville extérieure. Les concordances sont presque trop parfaites pour être de simples coïncidences. »

Une moue fourbe fit tressaillir les lèvres du roi. Le souverain croyait avoir découvert le pot aux roses. Nik aurait déjà pu dire adieu à la vie si Orlon avait appris la vérité – à savoir que c'était *lui-même* qui conseillait à ces humains de fuir.

La mine impassible, il manifestait le sérieux et l'attention qu'on lui avait inculqués. Quand enfin le roi se leva de son trône, Nik s'efforça de ne pas laisser sa taille et sa stature l'intimider.

« Tu comprends sans doute pourquoi je m'ouvre de cette question spécifiquement à toi. J'ai besoin que l'on fouille son esprit, or, j'ai cru comprendre qu'il n'était pas aisé de demeurer *incognito* dans la tête d'un autre Noctiste. Tu es le plus puissant de mes Noctistes, et tu ne m'as jamais déçu. »

Ses yeux noirs sondaient ceux, vert émeraude, de Nik, et ce dernier redressa le menton dans un élan d'assurance.

« Cela va prendre du temps, mais je trouverai ce que vous recherchez », déclara Nik d'une voix ferme.

Il hocha légèrement la tête en marque d'obéissance – alors que, en son for intérieur, il maudissait le roi de lui imposer cette tâche. Il ne doutait pas d'y réussir, néanmoins le simple fait de servir d'arme pour ses sales besognes le débectait.

« Bien, approuva le roi. Encore que je n'aime pas que les résultats se fassent attendre. S'il y a des traîtres parmi nous, je veux qu'on les démasque et qu'on s'en occupe au plus vite. S'ils ont des complices, j'exige qu'on les sonde eux aussi. »

Nik s'étirait les doigts derrière le dos pour évacuer son irritation.

« Naturellement, Votre Majesté. Cela dit, pénétrer dans le subconscient d'un Noctiste sans être repéré demandera une grande force et une grande concentration. Il me faudra beaucoup de repos entre deux tentatives. »

Le roi grommela, déçu, ce qui ne fit que contrarier davantage Nik.

« Il est navrant que le Noctisme s'accompagne de telles… restrictions. »

Ce n'était pas une insulte directe, car personne n'était plus qualifié que Nik pour cette mission, et aucune autre faculté ne pouvait lui fournir plus vite les informations qu'il recherchait. Néanmoins, l'impatience du roi et la méconnaissance qu'il avait des tenants et des aboutissants de l'opération, ainsi que des risques que Nik allait prendre, exaspéraient ce dernier au plus haut point.

Il savait déjà que le Seigneur Hellias était innocent de ce dont le soupçonnait le roi, mais il prévoyait tout de même de mener la tâche à bien, dans l'espoir de découvrir *quelque chose* qui satisfasse la quête d'Orlon. D'un point de vue plus égoïste, il souhaitait aussi éloigner les soupçons de sa personne. Il n'était pas aussi stupide et naïf que le Seigneur Hellias qui, de toute évidence, n'avait jamais appris à brouiller les pistes. Nik connaissait un dédale de tunnels situés sous la Cité intérieure, qui aboutissaient de l'autre côté du rempart. De là, il était suffisamment habile et discret pour échapper aux espions royaux dans la ville extérieure de Farrowhold. Il lui semblait presque que Hellias méritait de se faire prendre, pour l'amateurisme dont il avait fait preuve.

« S'il n'y a rien d'autre, Votre Majesté… », dit-il, pressé d'être libéré de ce cadre formel.

Le roi ne se donna pas la peine de répondre, se contentant de lever une main molle pour le congédier. Nik n'y vit rien de personnel ; le souverain de High Farrow n'avait que faire des civilités. Il quitta son siège et se dirigea vers la sortie.

Une fois dans le large et lumineux couloir jouxtant la salle du conseil, Nik était imperméable au luxe impeccable du palais. En fait, malgré la grandeur des lieux et le labyrinthe de couloirs et de passages qui le sillonnaient, Nik commençait à y étouffer. La Cité intérieure ne lui valait guère mieux. Cela expliquait qu'il ait commencé à s'aventurer dans les humbles demeures de la ville extérieure, quelques mois auparavant. Il éprouvait un certain réconfort à évoluer incognito parmi les humains, et à mesurer le contraste entre les existences qu'ils menaient dans ce chaos de teintes brunes, et celles de ses semblables entre les murs de la cité blanche étincelante. Le contraste était frappant, et Nik ne parvenait pas à chasser le sentiment de culpabilité qu'il éprouvait à vivre dans le luxe alors que les humains survivaient à peine dans la misère. Aussi avait-il pris l'habitude de Noctiser afin d'offrir à ceux qu'il pouvait prévenir à temps la possibilité de fuir plutôt que d'être exécutés pour des actes qui n'étaient pas entièrement leur faute.

Le roi dépêchait certes des patrouilles dans les villes, mais celles-ci étaient clairsemées et n'avaient pas réellement pour mission de protéger la population. Nik, lui, s'estimait mieux capable d'empêcher Valgard d'infiltrer le royaume, de s'en prendre aux humains, de terroriser ces innocentes victimes pour leur extorquer des renseignements. La perspective d'une nouvelle ère de carnages, comme durant les Grandes Batailles, l'ébranlait au plus profond de son être. Chaque fois qu'il évoquait ses inquiétudes à ce sujet, son supérieur – le souverain de High Farrow – le faisait taire immédiatement.

Il était toutefois trop préoccupé pour s'appesantir sur la question. Il ne cherchait plus à sauver les humains condamnés par le roi depuis qu'il avait découvert l'impossible : une anomalie qui mettait en question l'ordre et la hiérarchie de son espèce – ou plutôt, depuis que celle-ci l'avait trouvé *lui*.

« Tu es insaisissable, en ce moment. »

La voix éloquente de la pupille du roi ne le surprit pas réellement. Nik avait déjà ralenti l'allure, ayant entendu ses pas délicats derrière lui. Il gratifia la nouvelle venue d'un petit sourire quand elle se porta à sa hauteur.

« Je te manquais, Tauria ? »

Les joues bronzées de cette dernière rosirent. Tauria leva les yeux au ciel puis détourna le regard. Nik en profita pour contempler sa beauté. Son teint de peau ressortait par contraste avec le vert de sa robe, un vert émeraude riche qui rappelait fièrement qui elle était ; d'où elle venait.

Son statut de pupille du roi n'était qu'un titre visant à la protéger. Tauria n'était pas de High Farrow. Personne n'ignorait, des deux côtés du rempart, que Tauria Stagknight était l'unique héritière du trône de Fenstead, et qu'elle s'était réfugiée à High Farrow plus d'un siècle auparavant, quand son royaume avait été envahi et conquis par le cruel royaume de

Valgard. Un jour dont Nik savait qu'il hantait encore la fae, malgré la résilience qu'elle affichait.

Le roi de High Farrow n'était pas le plus aimé des souverains, notamment depuis que ces sombres batailles avaient altéré son cœur. Depuis lors, il régnait sans grande merci et infligeait des châtiments barbares à quiconque lui déplaisait un tant soit peu. Un des derniers actes de bonté que Nik lui reconnaissait dans un océan de méchanceté avait été sa décision de prendre sous son aile la princesse terrifiée qui s'était présentée à leur porte, seule survivante du royaume du Cerf.

« Si je dois souffrir la compagnie des dames et des seigneurs un jour de plus, je vais devenir folle », rouspéta Tauria avec un début de moue.

Nik rit sous cape.

« Et je suppose que tu souhaites que je t'aide à y échapper ? »

Pour toute réponse, un sourire penaud étira les lèvres de la princesse.

Nik culpabilisa. Il s'était absenté si souvent les dernières semaines qu'il n'avait pas pris le temps de s'inquiéter de son amie. Depuis un siècle qu'elle résidait au château de High Farrow, ils étaient devenus de très proches compagnons, et n'avaient pour ainsi dire pas de secrets l'un pour l'autre. Tauria ne savait toutefois rien de ses sorties en ville, et Nik craignait donc qu'elle croie qu'il se détournait d'elle. En vérité, c'était par égard pour elle qu'il lui cachait ses activités. Il tenait intensément à sa sécurité, il refusait de risquer qu'elle apprenne sa trahison, et se retrouve impliquée si lui-même était démasqué.

« Je suis navré de toutes ces absences », dit-il tout bas, soudain grave. Tauria lui renvoya un regard compréhensif qui le peina. Il lui en coûtait de lui faire des cachotteries. « Que dirais-tu d'une sortie à cheval, demain ? »

La princesse afficha un sourire radieux qui lui plissa ses yeux noisette. Il n'en fallut pas plus pour égayer les pensées de Nik.

« Tu sais que je te bats toujours quand on fait la course, le titilla Tauria avec un petit coup de coude.

— Pour ma défense, j'apprends que la compétition est lancée uniquement quand tu annonces avoir gagné. Si j'étais prévenu, je pourrais peut-être fournir un petit effort. »

La princesse partit d'un grand éclat de rire.

« Mais bien sûr ! Tu ne supportes pas d'être battu par une *femme*, c'est tout. »

Nik lui renvoya un sourire malicieux, alors que la culpabilité revenait le ronger. Car une certaine jeune femme avait ressurgi dans ses pensées à l'instant – et qu'il aurait tant aimé parler d'elle à Tauria.

Faythe. Ce prénom lui suscitait des frissons et de la peur. Non pas à cause de ce dont la jeune humaine était capable, mais pour le sort terrible qu'elle pourrait connaître entre les mains du roi. Une *Noctiste* humaine ! Aussi inconcevable que la chose paraisse, Nik avait le sentiment qu'il n'avait fait que gratter la surface de ce qui résidait, latent, sous sa beauté et son innocence.

Chapitre 14

Allongée sur un toit aplani, Faythe se prélassait au soleil intense de la mi-journée. Elle croqua une dernière bouchée de sa pomme puis jeta le trognon sans s'inquiéter de savoir si celui-ci risquait de tomber sur un passant.

Deux semaines s'étaient écoulées depuis sa dernière soirée dans les bois avec Nik. Elle n'avait revu ce dernier qu'à deux ou trois reprises, lorsqu'il avait envahi son subconscient pour s'assurer qu'elle ne sombrait pas dans l'autodestruction ni se livrait à son insu au Noctisme. Ils ne parlaient toutefois jamais de rien d'autre, et les visites du fae ne s'éternisaient pas – Faythe le chassait bien vite de son esprit.

Ce n'était pas qu'il la trouble ou la mette en colère, mais, depuis qu'elle avait appris le moyen d'empêcher son esprit de vagabonder la nuit, elle ne voyait aucune raison de repousser l'inévitable. Le statut de Nik ne leur permettrait jamais d'être *amis*, et elle ne désirait pas explorer davantage sa capacité, dans la mesure où elle n'avait plus l'intention de s'en servir – plus jamais.

Par bonheur, elle avait réussi à se cantonner à son propre esprit ; elle avait trouvé la fameuse pénombre dont Nik lui avait parlé, censée l'attirer tous les soirs dans un sommeil profond et divin. Elle ne s'était pas non plus attardée dans son subconscient pour étudier ce qu'elle pourrait faire de ses propres souvenirs et de sa propre imagination.

Marlowe et Jakon avaient passé plus d'une soirée ensemble depuis que Faythe avait joué les Cupidon, et elle se réjouissait de voir leur relation s'épanouir tout doucement. Pratiquer l'escrime, tous les soirs ou presque, lui procurait une sensation de libération et de réconfort, mais elle ne s'y adonnait pas toujours seule. Il arrivait en effet que Ferris vienne proposer d'être son partenaire, et finisse en général par débiter une kyrielle de noms d'oiseau chaque fois que Faythe le dominait, au grand amusement de cette dernière.

Elle avait également passé beaucoup de temps avec Marlowe, la compagnie d'une nouvelle amie lui procurant une joie immense. C'était un plaisir que Jakon ne pouvait lui apporter, la possibilité de discuter de sujets dont il se désintéressait, les vêtements notamment, ou les hommes que Faythe trouvait attirants, et autres ragots sans conséquence. Ces moments-là illuminaient sa journée.

Tout semblait normal, comme si Faythe ne portait pas en elle un secret mortel qu'elle ne pouvait révéler à aucun de ses compagnons. Elle osait espérer que l'affaire n'irait pas plus loin, et qu'elle-même pourrait continuer à mener la vie on ne peut plus banale et ordinaire qu'elle menait avant de découvrir la faculté qu'elle possédait.

Faythe avait quartier libre, ce jour-là, contrairement à Jakon. Elle avait fait la grasse matinée avant de décider de se trouver une occupation. Elle avait flâné en ville, admirant les tenues et les accessoires qu'elle n'aurait jamais les moyens de s'offrir – pas avec son misérable salaire, du moins. Dépitée, elle décréta qu'un jour elle décrocherait un travail plus rémunérateur et qui donnerait un but à sa vie. Elle ne possédait guère de talents, hormis épée en main, mais elle pourrait peut-être se faire embaucher comme apprentie.

Faythe se rassit, un peu vacillante, le soleil l'assoupissait dangereusement, malgré la grasse matinée qu'elle s'était offerte. Elle se releva ensuite et redescendit du toit par la gouttière, se réceptionnant dans la ruelle déserte. Elle se mit en marche d'un pas oisif, en rien pressée de faire quoi que ce soit.

Quand enfin elle arriva à la forge, elle avisa Marlowe qui examinait un objet à la loupe.

« Tu as trouvé la perle rare ? » demanda Faythe en guise de salutation.

Marlowe leva les yeux vers elle et lui sourit.

« Une pierre de mage, annonça-t-elle en montrant l'éclat de roche noire iridescente. On raconte que c'est la seule matière capable de rendre les fae… mortels, on va dire. De diminuer leur force, leur vitesse, leurs pouvoirs, tout ça. »

Intriguée, Faythe vint inspecter la pierre de plus près. Marlowe la lui remit. Celle-ci était d'une froideur surprenante – glaciale. Faythe se retint de tressaillir au contraste qu'elle fit avec sa main moite.

Elle jeta un coup d'œil par-dessus son épaule avant de demander :

« Si c'est le cas, tu ne devrais peut-être pas la montrer comme ça, si ? »

Marlowe chassa ses craintes d'un geste de la main.

« Ce n'est qu'une légende, allons. Il y a bien longtemps que personne n'en a vu en quantité importante. Il paraît qu'on la trouvait dans les monts Farhin de Lakelaria, mais que l'extraction minière a épuisé le gisement il y a de cela des siècles. Il n'en demeure plus aujourd'hui que quelques éclats inutiles. » Marlowe laissa échapper un ricanement. « Que pourrait-il y avoir de pire, pour un fae, que d'être réduit au rang d'*humain* ? »

Faythe détailla la pierre. Sa surface plate renvoyait des couleurs sous tous les angles.

« Garde-la si elle t'intéresse autant. Elle était dans un tas de ferraille que j'ai acheté à un marchand d'Olmstone, la semaine dernière, indiqua Marlowe en s'asseyant sur un tabouret. Elle est jolie, je confirme. Je pourrais t'en faire un pendentif, si ça te dit ? »

Faythe sourit, touchée par la proposition.

« Merci, mais elle t'appartient. Fais-le pour toi, ce pendentif. Ou vends-la. Elle rapportera peut-être une fortune, si elle est aussi rare que tu le prétends. »

Ces mots dits, elle rendit la pierre à sa propriétaire.

Celle-ci haussa les épaules en fourrant l'objet dans une poche de son tablier.

« Possible. Mais bon, qu'est-ce qui t'amène, aujourd'hui ? »

Faythe se percha sur l'établi, devant Marlowe.

« Je n'ai pas le droit de passer voir une amie sans arrière-pensée ?

— Si, bien sûr, répondit-elle brusquement. Par contre, j'en ai encore pour deux heures. »

Sur ce, Marlowe regagna l'arrière de la forge.

Faythe, de son côté, avait très tôt remarqué que la forgeronne ne pouvait rester longtemps les bras ballants : il fallait toujours qu'elle cherche de quoi occuper ses mains et son esprit.

Elle lui emboîta le pas. De l'autre côté du rideau se trouvaient les fours et l'équipement lourd servant aux grands projets. Marlowe ramassa une lame qu'elle entreprit d'affûter. Les crissements de l'acier firent grimacer Faythe, qui observa malgré tout admirative, l'opération.

Au bout d'un moment, elle demanda d'une voix forte pour couvrir le bruit :

« Comment sais-tu toutes ces choses sur la pierre de mage ?

— Tu n'as jamais entendu parler des livres ? Tu devrais essayer, à l'occasion. »

Faythe roula les yeux devant cette raillerie. Mais, soupçonnant Marlowe d'être versée dans les légendes et créatures anciennes, elle insista :

« Que sais-tu au sujet des… *Noctistes* ? »

Elle avait beau s'efforcer de se convaincre qu'elle se satisfaisait de ne savoir que ce qui lui était nécessaire pour contrôler le Noctisme, et survivre, Faythe ne résistait pas à la tentation de découvrir d'autres aspects de sa faculté.

Marlowe marqua une pause, le silence emplit la forge tandis qu'elle se tournait vers Faythe, un sourcil arqué.

« Pas plus que tout le monde, j'imagine », répondit-elle. Faythe n'aurait su dire si elle en éprouvait de la déception ou du soulagement. « Cela dit, ajouta Marlowe comme si un détail intéressant lui revenait, j'ai lu quelque part qu'il existait autrefois une *espèce* supérieure de Noctistes. »

Faythe se redressa, sa curiosité titillée.

Marlowe reposa sa lame puis s'adossa, les bras croisés, à l'établi. Le front plissé, les sourcils froncés, elle s'efforçait de se rappeler les détails, puis elle déclara :

« Enfin bon, apparemment, personne n'en a revu depuis des siècles, si tant est qu'ils aient jamais existé, mais le livre que j'ai lu évoquait la légende de Noctistes capables de pénétrer dans les esprits inconscients *et* conscients. Une capacité télépathique complète, et mortelle. » La jeune forgeronne en eut le frisson. « Les Noctistes sont déjà assez terribles comme ça. Réjouissons-nous de ne pas subir en plus leurs ancêtres mythiques supérieurs. »

Voyant Faythe blêmir, Marlowe éclata de rire.

« Détends-toi ! Ce n'est qu'une vieille histoire d'épouvante, lui assura-t-elle, taquine, avant de se remettre à l'ouvrage.

— C'est ça », chuchota Faythe.

Les pensées tourbillonnaient dans son esprit. Nik en saurait peut-être davantage ; il lui confirmerait peut-être la chose.

« Pourquoi poses-tu la question ? » la relança Marlowe.

Faythe s'éclaircit la voix et se mit à tripoter un outil.

« Simple curiosité. Je me demande quelles autres capacités les fae possèdent », affirma-t-elle en passant.

Comme Marlowe ne semblait se douter de rien, elle poussa un soupir de soulagement intérieur.

« Il y en a pas mal, reprit la forgeronne. Celles liées aux éléments, aux ombres, aux métamorphoses… » Elle en cita quelques autres encore avant de préciser : « Toutefois, les fae sont rares à en posséder. La plupart sont aussi normaux que toi et moi, exception faite de leurs force, vitesse et grâce immortelles. »

Elle souffla.

Faythe se força à émettre un petit rire. Elle-même n'était pas *normale*. Son amie serait-elle dégoûtée d'apprendre la faculté invasive qu'elle possédait ? L'idée qu'un seul de ses proches puisse éprouver de la haine ou de la déception vis-à-vis d'elle lui tordait le ventre.

« J'ai des livres qui en parlent, si tu veux en apprendre plus », indiqua Marlowe en désignant du geste un coin de l'établi.

Faythe alla épousseter les couvertures de ces ouvrages pour en lire les titres. L'un en particulier retint son attention. Elle saisit le vieux livre en cuir et le brandit.

« Tu t'intéresses aussi aux Esprits ? » demanda-t-elle à son amie en montrant *La Déesse oubliée*.

Les humains appelaient parfois Déesses, les Esprits du Domaine. Celles-ci étaient censées incarner les forces qui maintenaient l'équilibre du monde, de sorte à empêcher les différentes espèces de s'entre-détruire. Cela dit, avec la guerre qui faisait rage depuis des siècles, Faythe s'étonnait que ses semblables puissent encore croire à pareilles absurdités.

Marlowe leva les yeux.

« Ah, celui-ci, il est bien. Tu n'as qu'à l'emprunter, si tu veux. Tu savais que certains croient qu'il existait un *troisième* Esprit ? Cette Déesse-là aurait été expulsée du domaine voilà plus de mille ans. Il y a pas mal de spéculations à ce sujet, mais personne ne connaît la raison réelle. »

Marlowe parlait avec une passion sincère dans la voix.

Faythe eut un petit rire.

« Je ne crois à rien de tout ça. Les Esprits, les Dieux et les Déesses – où sont-ils, alors qu'on a besoin d'eux ? s'interrogea-t-elle en reposant le livre.

— Y croire ou non, ce n'est pas la question, souffla Marlowe. Ça reste une bonne lecture. À moins que tu n'aimes pas les histoires ? »

Faythe lui renvoya un regard noir.

« D'accord. Je vais le lire, et ensuite je t'expliquerai en quoi tout cela est absurde. » Elle essuya encore la couverture de l'ouvrage puis le cala sous son bras. « Si tu as besoin de moi, je serai dehors, plongée dans le monde merveilleux des *Esprits*, ironisa-t-elle.

— Ne te moque pas, Faythe. On ne sait jamais lesquels nous écoutent », conclut Marlowe d'une voix chantante.

Pour toute réponse, Faythe leva les yeux au ciel et s'installa sur une chaise, au soleil. Au moins s'était-elle trouvé un passe-temps, en attendant que Marlowe ait fini sa journée.

À la moitié de l'ouvrage, Faythe maudit Marlowe d'avoir vu juste. Cette lecture était pour le moins prenante, et elle dévorait littéralement le livre. Le contact du vieux cuir usé contre sa paume et le parfum doux et musqué du papier ancien ravivèrent en elle la passion perdue pour son activité préférée. Il y avait des années qu'elle n'avait ouvert un livre, alors qu'autrefois elle en raffolait, avec sa mère. En cet instant, la lecture lui apportait du réconfort plutôt que de la tristesse. Son intérêt pour de nouvelles histoires se réveilla.

Elle lut plusieurs contes évoquant les apparitions mythiques d'Aurialis, Esprit de la Vie et Déesse du Soleil, ainsi que de sa sœur Dakodas, Esprit de la Mort et Déesse de la Lune, au cours des derniers millénaires. Toutefois, ceux que Faythe jugea les plus intéressants racontaient les légendes du troisième Esprit, Marvellas, Esprit des *Âmes* et Déesse des *Étoiles*.

Une des théories qu'elle préférait, au sujet de cet Esprit perdu, remontait à près de mille ans, à l'époque de sa disparition. La légende en question prétendait que Marvellas était tombée amoureuse d'un guerrier fae et que, avec l'aide de ses sœurs, elle avait renoncé à ses pouvoirs et à ses titres afin de prendre la même forme que son amant. Faythe ne voyait là aucune vérité historique, néanmoins, elle en fut émue. Sottement peut-être, elle espérait qu'un tel amour puisse exister en son monde.

Les explications alternatives n'étaient pas si poétiques. D'après certaines, les sœurs de Marvellas l'avaient consumée pour s'arroger ses pouvoirs, ou bien elle avait trahi son devoir sacré et avait été renvoyée dans son domaine.

Une voix familière tira Faythe de sa rêverie.

« Alors, ça te plaît ? »

La jeune femme leva les yeux de ce texte captivant, et dut ciller à plusieurs reprises tant elle avait lu longtemps. Elle contempla Marlowe : le visage propre, son tablier retiré, elle s'appuyait contre un mur, les bras croisés.

« C'est déjà l'heure ? » s'étonna Faythe, qui n'avait pas vu le temps passer.

La forgeronne esquissa un sourire.

« Je vais prendre ça pour un oui », dit-elle.

Sur ce, elle alla récupérer sa houppelande, qu'elle replia sur son bras.

C'était devenu une habitude : Marlowe se joignait à Faythe et Jakon tous les soirs ou presque. Ils étaient devenus comme inséparables au cours des dernières semaines. Faythe s'étonnait qu'ils s'entendent si bien, alors qu'elle-même n'avait jamais eu d'amies. Mais avec Marlowe, tout était *facile*. Si Jakon était le complice de Faythe, alors Marlowe serait sa co-conspiratrice.

La forgeronne aussi avait apprécié la compagnie des deux jeunes gens, leur avait confié que la solitude lui pesait à passer ses journées enfermée dans l'atelier de son père, et qu'elle occupait ses soirées à accroître, par la lecture, son savoir déjà impressionnant. Faythe rougissait parfois de constater combien son amie était cultivée, par comparaison.

« Tu permets que je te l'emprunte ? » demanda-t-elle en se relevant et refermant l'ouvrage dans un bruit sourd.

Les iris de Marlowe pétillèrent.

« Absolument ! J'étais sûre qu'il te plairait. »

Faythe réprima le sourire penaud qui lui venait lorsque son amie la prit par le bras et l'entraîna d'un pas indolent.

Chapitre 15

Faythe et Marlowe achetèrent des tourtes et du pain en chemin et, une fois rentrées à la hutte, s'installaient pour dîner au moment où Jakon entra à son tour. Il leur sourit avant de s'excuser pour aller se rafraîchir après sa journée de travail à la ferme.

Lorsqu'ils furent tous réunis, le jeune homme mangea lui aussi avec appétit.

« Je me disais qu'on pourrait aller se balader sur les quais, ce soir », suggéra-t-il.

L'idée semblait romantique, et Faythe s'apprêtait à s'exclure de l'invitation quand Marlowe la devança.

« En fait, je pensais plutôt qu'on pourrait aller tous ensemble sur la place. Je n'ai pas encore vu Faythe en action. »

Celle-ci dressa les oreilles, et Jakon étouffa un rire.

« Tu proposes un duel ? Alors, là, je paierais cher pour voir ça. »

Les deux jeunes femmes lui adressèrent un sourire sournois.

« Il faudra qu'on passe récupérer ton épée à la forge », nota Faythe.

Marlowe fit non de la tête puis désigna du geste sa houppelande. Faythe regarda dans la même direction et avisa la lame que recouvrait le vêtement. À l'atelier, elle avait été trop absorbée par son livre pour la remarquer. Mais à présent qu'elle observait son amie, elle constatait que celle-ci portait une tunique et un pantalon ajustés en lieu et place de son éternelle robe en coton.

Marlowe dut lire dans ses pensées, car elle sourit et déclara :

« Le livre t'avait vraiment embarquée, dis donc.

— Tu sais lire, Faythe ? » ironisa Jakon.

L'intéressée lui renvoya un regard mauvais, puis lui jeta une boulette de pain au visage. Le moqueur saisit le projectile au vol et se pencha pour ébouriffer les cheveux de Faythe, qui repoussa son bras et lui tira la langue. Après quoi, elle s'empressa d'aller récupérer Lumarias et de se préparer pour le duel.

Personne ne les arrêta entre la hutte et la place et, par chance, Faythe n'avait plus recroisé le capitaine fae depuis leur première et désagréable rencontre.

Les deux jeunes femmes retirèrent leurs houppelandes et les déposèrent auprès de Jakon, qui avait pris ses aises sur un banc. Son regard luisait d'un amusement enfantin.

Faythe et Marlowe étaient en train de s'étirer et de s'échauffer quand Jakon et elles entendirent un sifflet discret. Tous tournèrent la tête lorsque apparut une tignasse rousse, surmontant un sourire félin.

« Pourquoi n'ai-je pas été invité à ce magnifique duel ? » feignit de s'indigner Ferris.

Faythe esquissa un sourire narquois et enchaîna quelques moulinets avec son épée.

« Ça ne te ferait pas de mal de voir à quoi ressemble un adversaire *doué*, l'asticota-t-elle. Prends des notes.

— Attends, Faythe, tout le monde sait que je t'ai *laissée* gagner, en gentleman que je suis. »

Le jeune homme accompagna ses paroles d'une légère révérence arrogante avant de s'installer à côté de Jakon.

Une lueur de défi passa dans les yeux de Faythe.

« On devrait peut-être trancher la question après ça ? »

Ferris remua sur son banc, tiraillé, et finit par répondre :

« Non, merci. Je suis très attaché à mes valseuses et n'ai pas envie de les perdre ce soir.

— Sage décision », commenta Jakon.

Faythe se remit face à Marlowe. Celle-ci balançait son épée d'une main à l'autre, la mine un rien nerveuse.

« Ça fait un moment », avoua-t-elle en adoptant une posture défensive.

Faythe se mit en garde.

« Si tu veux que j'y aille doucement, dis-le. »

Le regard de Marlowe pétilla à ces mots, et la forgeronne afficha un sourire suffisant.

« Jamais de la vie », répliqua-t-elle.

Toutes deux croisèrent le fer en un concert métallique, dont chaque note diffusait une pulsation d'énergie dans le corps de Faythe, la forçant à danser au rythme des mouvements de Lumarias. Rien ne la mettait davantage en transe que la sensation du contact entre sa lame et sa cible. Elle oublia ses deux amis qui les observaient, chassa tout autre bruit, s'abandonna au maniement de son épée qui épousait ses mouvements. Peu importait qu'il s'agisse d'un entraînement, pour s'amuser – chaque fois qu'elle sentait dans sa paume le cuir de la poignée de Lumarias, celui-ci réveillait en elle le désir de se battre, le besoin de protéger et de gagner.

Marlowe faisait une excellente adversaire, autant que Jakon, assurément. Faythe brandit de nouveau son arme, interrompit le coup fatal qui aurait vaincu son amie pour la troisième fois en une demi-heure. Toutes deux haletantes, elles décidèrent d'en rester là et s'écroulèrent.

Ferris applaudit à gestes lents et bien sonores.

« Quel spectacle, mesdames ! On aurait engrangé une fortune si on avait fait payer les spectateurs. » Un sourire suggestif aux lèvres, il ajouta : « D'autant plus si vous aviez été nues. »

Jakon lui asséna une tape au bras, et Ferris éclata de rire.

« Tu y pensais aussi, ne mens pas », glapit le comique avec un plaisir pervers.

Faythe secoua la tête face à ces gamineries, tandis que Marlowe lui offrait une gourde. Elle s'en saisit, apaisa sa gorge embrasée à grandes gorgées d'eau fraîche.

« Tu te débrouilles franchement bien, la complimenta Marlowe, admirative.

— Et toi, tu fais à n'en pas douter une digne adversaire », répondit Faythe, flattée.

Ce fut alors que Ferris se leva et annonça :

« Bon, si c'est tout pour ce soir, je m'estime satisfait. » Il se composa un sourire carnassier. « Blague à part, Faythe, tu pourrais arrondir tes fins de mois à La Grotte. Il se trouve que je travaille pour un type qui la fréquente. Je peux t'y faire entrer. »

À la mention de la tristement célèbre Grotte, Faythe se raidit. La rumeur prétendait qu'elle se situait sous l'auberge, et n'était accessible qu'aux initiés. L'antre clandestin des paris, de la violence et des trafics. La Grotte était le lieu des plaisirs nocturnes des plus riches habitants de la ville, des inconscients souhaitant miser leurs maigres ressources, mais aussi de quelques gardes fae qui aimaient parier sur les humains comme s'il s'agissait de chiens.

« Même pas en rêve », gronda Jakon.

Ferris lui renvoya un regard las.

« Es-tu son gardien ? »

Jakon se dressa aussitôt face à lui.

Les deux jeunes femmes se levèrent également, et Marlowe alla se coller contre Jakon pour l'empêcher de frapper. Ferris ne se déroba pas. Au contraire, il afficha un petit sourire, ce qui ne fit qu'énerver davantage l'ami de Faythe, et ses absurdes tendances protectrices.

Jakon dépassait Ferris d'une bonne tête et le dominait par les muscles, mais l'autre possédait un côté imprévisible et rusé qui incitait à la prudence. Faythe ne tenait pas à connaître l'issue de leur affrontement.

« Doucement avec cette domination merdique de vos egos, d'accord ? » s'interposa-t-elle.

La proposition de Ferris était indéniablement tentante, ne serait-ce que parce qu'elle lui permettrait de s'enrichir – et pas qu'un peu – en se livrant à une activité dans laquelle elle excellait. Quand bien même le cadre était louche. Néanmoins, craignant que Jakon explose, elle ravala l'envie de relancer Ferris.

« Je suis un peu *persona non grata,* à l'auberge, dit-elle. Et je doute d'être de taille à me mesurer à quiconque, là-bas.

— J'ai vu les minables qu'ils recrutent, répondit Ferris en haussant les épaules. De vulgaires brutes sans grand talent d'escrimeur. Crois-moi, tu aurais toutes tes chances. » Son regard se tourna vers Jakon, qui fulminait toujours, avant de se reporter sur Faythe. « Et tu pourrais y participer masquée. » À ces mots, il esquissa un sourire malicieux. « Penses-y. Tu sais où me trouver si tu changes d'avis. »

Sur ce, il pivota sur lui-même et s'en alla.

« Quel connard, marmonna Jakon à son endroit.

— Venez, on rentre », décida Marlowe d'une voix toute douce, en le prenant par le bras pour apaiser sa colère.

La manœuvre fit effet. À sa grande surprise, Faythe vit ses traits s'adoucir sitôt qu'il regarda la jeune forgeronne. Elle-même n'arrivait jamais à le calmer aussi vite. Sourire aux lèvres, elle laissa Marlowe le guider vers l'endroit où elle avait laissé sa houppelande et son épée, après quoi ils prirent ensemble le chemin de la hutte.

Faythe éprouvait une émotion qui ne lui était pas familière, et qui la peina un peu. La *jalousie*. Jalousie du lien qui unissait ses deux amis, et qu'elle n'avait jamais connu. Cette proximité. Un lien qu'on ne pouvait tisser qu'avec un partenaire… un amant. La relation qu'elle avait entretenue avec Jakon les dix dernières années était, elle aussi, spéciale. Faythe aimait Jakon, elle aurait donné sa vie pour lui, mais jamais il n'y avait eu entre eux la connexion profonde qui reliait les deux âmes cheminant devant elle.

Comme si elle percevait sa mélancolie, Marlowe se tourna et lui tendit son bras libre. Faythe l'accepta avec un petit sourire reconnaissant.

Le trio regagna ainsi la hutte, trois amis qui partageaient un lien différent. Et Faythe mettait les Esprits au défi de vouloir le briser.

Quand ils furent arrivés, Faythe rentra la première et souhaita bonne nuit à Marlowe, Jakon ayant insisté pour la raccompagner. Elle passa ensuite dans la chambre, et se figea en avisant un objet sur son lit.

Elle s'en saisit avec méfiance, admira la pierre noire iridescente pendue à un cordon, lui aussi noir. Faythe ignorait à quel moment Marlowe l'avait déposée là ni même quand elle avait trouvé le temps de confectionner ce bijou alors qu'elle-même était plongée dans la lecture de *La Déesse oubliée*. Malgré tout, elle sourit en contemplant cette larme noire. La pierre scintillait au clair de lune, une merveille. Faythe se para du pendentif, dont la fraîcheur la surprit au contact de sa peau nue.

Elle bâilla, se changea pour la nuit, pressée que le sommeil soulage ses muscles endoloris. Elle tenta en vain d'attendre le retour de Jakon ; ses paupières alourdies se fermèrent d'elles-mêmes. Après quoi, elle sombra dans les ténèbres.

Chapitre 16

Cette nuit-là, Faythe se réveilla dans le périmètre habituel de son subconscient. La brume blanc et or la stupéfiait ; elle se *mouvait* sans qu'elle-même ait à la diriger. La jeune femme s'apprêtait à lâcher prise et chuter dans un abîme de sommeil sombre et réparateur – elle ne restait jamais longtemps en ce lieu –, quand soudain une idée lui vint, qui la figea. Était-ce dû à l'histoire d'amour de Marvellas qu'elle avait lue, ou bien au spectacle de ses deux amis amoureux, toujours est-il qu'elle ne pouvait se défaire du besoin de tisser le même lien profond avec quelqu'un.

C'était une pensée d'une sottise embarrassante, et Faythe s'apprêtait à la repousser – cela dit, elle était dans son esprit. Personne n'allait l'observer ni la juger, et elle n'avait encore jamais tenté de jouer avec son imagination. Elle grimaça un peu à l'idée de ce qu'elle allait faire, mais finit par soupirer et fermer les yeux.

Debout dans l'obscurité, Faythe s'efforça d'invoquer l'image et l'émotion que lui procureraient les caresses d'autrui ; son cœur qui s'emballait. Ces sentiments-là ne lui étaient pas entièrement étrangers. Les jeunes gens séduisants, ce n'était pas ce qui manquait en ville, et il lui était arrivé de céder à leurs batifolages innocents pour satisfaire ses désirs. Mais là, elle recherchait *davantage* que le simple désir sexuel.

Une part d'elle-même se trouvait bête d'attendre ainsi qu'il se passe quelque chose. Elle allait pour chasser cette pensée et y renoncer… quand tout à coup elle le sentit.

Un souffle chaud qui lui caressait le cou. Elle-même cessa de respirer un instant, la sensation lui donna le frisson jusqu'en bas des reins, lui fit incliner la tête. Une force imposante se matérialisa derrière elle, et bientôt des mains… qui glissaient sur ses avant-bras nus, diffusant des ondes de choc dans son corps tout entier. C'était tellement *réel* que Faythe s'adossa à cette force.

Plus… Elle en voulait plus.

Elle aurait juré entendre un gloussement juste avant que les dents spectrales ne passent sur sa nuque en une réponse taquine. Son cœur devint fou de désir. Des yeux du bleu saphir le plus brillant parurent à travers ses paupières closes, qu'elle rouvrit aussitôt.

Sous son regard, les mains puissantes devinrent des mains de chair et de sang qui continuaient les caresses. Le sang pulsait dans ses veines, et Faythe n'aurait su dire si elle respirait encore quand elle pivota pour échapper à l'emprise de cette force.

Au moment où elle allait faire face à cet homme au regard bleu intense, elle reconnut la force qui l'envahissait. Quand elle eut fini de se retourner, son séducteur imaginaire avait disparu, la laissant aux prises avec les yeux verts de Nik, qui l'observait à quelques mètres de là.

Faythe ne put masquer sa déception, d'autant qu'elle ne s'était pas encore remise de ses émotions. Elle voulait plus que tout mettre un visage sur ces iris saphir qui exerçaient leur attirance au plus profond d'elle.

« Qu'est-ce que tu veux ? » réclama-t-elle.

Nik esquissa un sourire.

« Tu découvres *tout* ce que tu peux faire ici, apparemment, dit-il.

— Va-t'en ! » s'emporta Faythe, le feu aux joues, un doigt pointé sans direction précise.

Cela ne fit qu'agrandir le sourire du fae.

« Tu n'as pas à être gênée, Faythe. Toutefois, si tu as des besoins à satisfaire, il te suffit de demander. »

Son regard pétillait d'amusement.

Faythe en resta bouche bée.

« Tu es la dernière personne que j'irais voir pour… *ça.* »

Ce dernier mot lui valut un frisson désagréable. Son sang bouillait presque, sous l'humiliation.

« Aïe, fit Nik en portant la main à son cœur. Et moi qui pensais que nous devenions amis. »

Prise d'un accès de colère, Faythe voulut le chasser de son esprit quand tout à coup il la retint.

« Attends. »

Elle s'interrompit, lui accorda une phrase pour la convaincre de ne pas lui botter le train.

« Je me suis dit que tu avais encore des choses à apprendre, au sujet de tes capacités, affirma le fae. Tu me rejoins dans les bois ? »

Faythe croisa les bras.

« Tu l'as dit toi-même, je me débrouille très bien toute seule, merci.

— Pour *ça*, oui, mais tu ne sais toujours pas bloquer les autres Noctistes. » Nik se désignait du geste. « Ni contrôler ce qu'ils voient. Tu dois aussi apprendre à ne pas être repérée dans la tête d'autrui. Noctiste ou pas, tu risques d'y laisser la vie.

— Je ne compte plus me livrer au Noctisme. »

Nik lui adressa un regard entendu.

« Il n'empêche, tu devrais maîtriser ces choses. On ne sait jamais quand le Noctisme peut se révéler utile. Nous sommes peut-être des armes mortelles, mais nous pouvons aussi être des outils au service des autres. »

Faythe perçut comme un encouragement dans sa voix. Elle n'avait jamais considéré sa capacité autrement que comme une faculté intrusive, cruelle et mortelle... mais si elle parvenait à s'en servir pour faire le bien, pourquoi pas ?

« Ça fait des semaines. Pourquoi viens-tu seulement maintenant m'expliquer que c'est important ?

— J'ai été occupé.

— Pas assez pour t'empêcher de t'inviter dans mon esprit quand l'envie te prend.

— Il faut bien que quelqu'un s'assure que tu ne sèmes pas le chaos avec ton esprit novice. Tu préférerais peut-être que je confie cette tâche au capitaine Varis ? »

Faythe le foudroya du regard.

« Espèce de salaud », marmonna-t-elle. Comme Nik se contentait de glousser, elle le relança. « Ce soir ? »

Sans même savoir quelle heure il était ni si Jakon était déjà rentré.

« Dans vingt minutes », acquiesça le fae.

Après quoi, Faythe ayant accepté à contrecœur, il disparut dans des tourbillons de brume dorée, ne laissant qu'une silhouette à peine visible dans son sillage.

Faythe se maudit de sa décision, et se força à reprendre pleine conscience.

Ses yeux se rouvrirent dans l'obscurité. Le clair de lune se déversait par la petite fenêtre. Tournant la tête, elle avisa Jakon, étendu dans son lit trop petit. Il ronflait tout bas. Faythe se rassit, bascula les jambes dans le vide et, sans bruit, consulta sa montre de poche, qu'elle avait posée sur la table de chevet, entre leurs deux lits.

Minuit et demi. Elle jura intérieurement. Elle savait qu'elle ne rentrerait pas à temps pour profiter d'un sommeil réparateur.

Osant à peine respirer, elle évolua dans l'espace exigu avec la furtivité d'un félin. Elle se changea en vitesse, sans se donner la peine de prendre son épée. Lorsqu'elle sortit de la hutte, elle marmonna une prière muette afin que Jakon ne découvre pas son absence.

Capuche sur la tête, Faythe se transforma en ombre vivante dans les rues sombres de la ville, l'oreille aux aguets au cas où des fae patrouilleraient. Elle s'arrêta au coin de la Grande Rue quand des voix et des bruits de bottes lui parvinrent. Son cœur se figea lorsqu'elle aperçut les gardes – en particulier le capitaine Varis. Les fae se postèrent à l'entrée de l'auberge, causant à Faythe une horrible sensation de déjà-vu. C'était là qu'elle les avait vus arrêter le fils de l'aubergiste, quelques semaines auparavant. Cette fois-ci, ils ne semblaient pas avoir d'affaire urgente et, au lieu de forcer le passage, les quatre gardes entrèrent nonchalamment dans l'établissement, comme s'ils venaient juste boire un verre.

Faythe s'efforça de ne pas trop y songer.

Après qu'ils eurent disparu, elle traversa le croisement et se réfugia dans la première zone d'ombre, d'où elle reprit sa progression discrète vers la colline. N'apercevant Nik nulle part en arrivant aux bois, elle décida d'y pénétrer seule plutôt que de risquer d'être repérée. Les ténèbres s'ouvrirent sur une bande de lumière et, comme toujours, Faythe prit le temps de savourer la pureté de l'air et l'éclat éthéré de son environnement.

Face à la cascade, elle se demandait ce qu'elle ressentirait si elle nageait dans ces eaux cristallines, entourée par le ballet lumineux des yucolites, quand tout à coup un bruissement l'arracha à ses pensées. Elle s'apprêtait à moucher Nik pour son retard, mais les mots lui restèrent en travers de la gorge lorsque, pivotant sur elle-même, elle découvrit un magnifique et gigantesque cerf. L'animal la scrutait.

Faythe se figea à la vue de cette créature capable de la tuer d'un simple coup de sabot. Elle hésitait entre admirer ou fuir cette immense bête blanche aux bois argentés. Faythe avait déjà vu des cerfs en forêt, quand elle chassait avec Jakon, mais jamais d'aussi gracieux et superbes. Cet animal n'était à l'évidence pas de nature mortelle. Non – il devait forcément son existence, ou du moins sa taille, à une forme de magie.

Faythe savait que la sagesse lui imposait de fuir, en espérant atteindre la lisière du bois avant que le cerf ne l'ait rattrapée. Manœuvre risquée au regard des longues pattes puissantes de l'animal ; celui-ci n'aurait en outre aucun mal à l'empaler sur ses bois pour peu qu'il approche.

« Suis-moi. »

Faythe tressaillit, sans toutefois quitter le cerf des yeux. Il était impossible, insensé même, de s'imaginer qu'elle avait entendu l'animal lui parler. Néanmoins, il avait gratté le sol de ses sabots en soufflant, évasant ses gros naseaux, et hoché la tête au rythme de ces deux mots.

Mais ensuite, Faythe comprit que la phrase n'avait pas été prononcée à haute voix.

Peut-être les bois ôtaient-ils toute faculté de logique ou de raison à leurs hôtes, peut-être Faythe était-elle simplement moins prudente qu'elle ne le pensait, toujours est-il qu'elle se retrouva à approcher de cette bête qui n'aurait eu aucun mal à la tuer. Par bêtise ou par bravoure, elle n'aurait su trancher. Elle resta à bonne distance quand l'animal se retourna, puis elle le suivit entre les arbres, dans une direction qu'elle n'avait pas encore explorée. Hormis la clairière à la cascade, ces lieux lui étaient encore inconnus et elle ne pouvait qu'imaginer ce qui l'attendait là, en bien ou en mal. Elle en eut le frisson. Elle n'avait aucune hâte de le découvrir.

Les yucolites n'étaient pas les seules formes de vie qui brillaient dans cette forêt. Au-dessus de sa tête, Faythe repéra leurs homologues aériens qui voletaient dans la canopée, créant un bourdonnement paisible. Des lucioles, déduisit la jeune humaine, encore qu'il lui ait paru étrange de les apercevoir à la lumière du jour.

Après quelques minutes de marche, les arbres firent place à une nouvelle grande clairière, plus lumineuse que celle de la cascade, chose que Faythe n'aurait pas crue possible. C'était comme si le soleil invisible qui nappait ces bois pendant la journée, par quelque magie ancienne, dardait un rayon droit sur cette clairière. Une forme solitaire se dressait au milieu de l'espace : un somptueux temple de pierre aux scintillements gris tendre. Faythe suivit le cerf qui se rapprocha de la structure, puis s'arrêta. Il tourna sa tête massive pour lui adresser un regard, après quoi il souffla et, d'un nouveau signe de tête, lui indiqua de se rendre à la double porte close du portique. Lui-même gravit les marches en deux foulées puissantes avant de disparaître par l'entrée de pierre sous les yeux de Faythe.

Celle-ci battit des cils, plantée à l'endroit où la créature venait de se volatiliser. Un froid soudain l'envahit. Elle se trouvait peut-être encore dans son propre esprit, où ses pensées se jouaient d'elle, à moins qu'elle soit en plein Noctisme…

Faythe secoua très vite la tête pour chasser cette conclusion. Son subconscient avait beau être saisissant et fort convaincant, elle avait appris à distinguer la différence ; à *ressentir* ce qui était réel. D'instinct, elle sut qu'il ne s'agissait pas d'une illusion.

Alors, à pas lents et prudents, elle s'avança puis gravit les quelques marches et se tint devant la double porte de pierre. Toujours sur ses gardes, elle tendit une main. Elle plaqua sa paume, puis l'autre, sur un battant, et poussa. Rien ne bougea. Elle essaya encore, plus fort, avant de renoncer et de reculer en grognant.

Du regard, elle suivait les lignes dorées estompées qui dessinaient des motifs sur les deux battants. Elle dut redescendre les marches pour distinguer l'image entière. Elle plissa les paupières et pencha la tête à deux ou trois reprises. Il y avait là un cercle traversé par trois lignes. Simple et familier. Faythe se creusa les méninges un instant et puis...

Elle retint son souffle et sa main plongea dans sa poche. Elle l'avait déjà vu, ce symbole : c'était le même qui était gravé au dos de la montre de sa mère. Montre qu'elle sortit et retourna, bouche bée. Son regard balançait entre les portes de pierre et la montre en cuivre, jusqu'à ce que Faythe soit certaine qu'il s'agissait du même modèle, trait pour trait. Hélas, cette découverte posait bien plus de questions qu'elle n'apportait de réponses. Faythe était sûre que sa mère, si douce et innocente, ne se serait jamais aventurée dans ces bois. Elle n'aurait eu aucune raison de le faire...

Alors, que devait-elle en conclure ?

Faythe gravit de nouveau les marches du temple, sa montre en main. Elle tenta de plaquer la face ciselée contre la pierre, la passa dans tous les sens, sans autre résultat que de donner l'impression d'avoir perdu la tête. Frustrée, elle grogna. Pourquoi le cerf l'avait-il conduite jusqu'ici si elle ne pouvait pénétrer dans ce bâtiment ?

« Te voilà ! »

La voix de Nik tonna à travers la clairière.

Faythe sursauta et, pivotant sur elle-même, vit le fae qui s'avançait d'un pas décidé. Il n'avait pas l'air content.

« J'ai été obligé de te pister à l'odeur », grommela-t-il. Il s'arrêta ensuite pour admirer le temple, du pied des marches. « Comment as-tu trouvé cet endroit ?

— Tu n'y étais jamais venu ? »

L'immortel fit non de la tête.

« J'ai souvent visité ces bois au cours des siècles, mais je n'avais jamais vu ce temple.

— Je me demande comment tu as pu le louper », ironisa Faythe. Comme Nik ne répondait pas, elle l'interrogea : « Tu sais ce que signifie ce motif ?

— Tu ne connais pas la marque d'Aurialis ? » Au regard vide que Faythe lui renvoya, il leva les yeux au ciel. « La Déesse du Soleil ? L'Esprit de la Vie ? »

Un souvenir revint en mémoire à la jeune femme. Cet Esprit et ses deux sœurs, elle les avait découvertes dans les pages de *La Déesse oubliée*, à la forge. Cette révélation ne fit toutefois que susciter de nouvelles questions.

Faythe réfléchit un moment.

« Penses-tu que ce soit juste un vieux lieu de culte ? » s'enquit-elle.

Nik inclina la tête en arrière tout en redescendant les marches.

« Possible, mais ces bois ne s'ouvrent pas à tout le monde. Le temple est peut-être réservé à ceux qu'Aurialis en juge dignes. »

Il agrémenta l'hypothèse d'un petit sourire.

Faythe resta de marbre.

Nik appuya ensuite ses deux mains contre un battant et poussa – en vain. S'il n'arrivait pas à l'ouvrir avec sa force de fae, Faythe n'avait aucun espoir d'y parvenir.

« Étrange », marmonna Nik.

Faythe s'apprêtait à lui expliquer qu'elle avait été conduite ici par une espèce de gigantesque cerf mythique, au risque de passer pour une folle. Elle se demandait d'ailleurs si elle n'était pas en train de perdre la raison. C'était peut-être l'effet secondaire d'une faculté qui n'était pas prévue pour le corps d'un être humain.

Estimant qu'il n'y avait plus rien à faire, elle décréta « Partons », puis redescendit les marches et s'éloigna du temple. S'il n'y avait aucun moyen d'y entrer, alors suivre ce cerf stupide n'était qu'une perte de temps. Faythe décida que, la prochaine fois, elle écouterait son instinct, et prendrait ses jambes à son cou. Néanmoins, elle espérait de tout cœur ne plus jamais voir surgir devant elle de gros animaux éthérés.

Chapitre 17

Nik cheminait quelques pas devant Faythe, au grand dam de cette dernière, tout en évoquant diverses techniques permettant de protéger son esprit contre les visiteurs indésirables.

« Donc, expliquait-il, lorsque tu ressens cette pression sur ton esprit, tu dois être en mesure de dresser des murs afin que les intrus ne puissent entrer. »

Faythe frôlait les brins d'herbe avec un bâton qu'elle avait ramassé en regagnant la clairière à la cascade. Nik l'assommait avec ses histoires de contrôle, de concentration et autres sujets barbants. Le fae vint soudain se planter face à elle, la prit par les épaules pour capter son attention, mais, sitôt qu'il l'eut saisie, il la lâcha comme si elle était une flamme ardente.

« Qu'est-ce que c'est que *ça* ? » demanda-t-il en désignant sa poitrine.

Faythe baissa les yeux, innocente, et pinça entre deux doigts son petit pendentif en forme de larme.

« Ça ? Un cadeau de Marlowe ; c'est elle qui l'a fait. Joli, non ?

— J'ignorais qu'il existait encore des pierres de mage, en particulier sur ce continent. »

Faythe arqua un sourcil, son intérêt piqué.

« C'est donc vrai, l'effet qu'elle a sur les fae ? »

Nik l'observa un moment, hésitant à la renseigner au sujet d'une pierre pouvant être utilisée comme une arme contre ses semblables.

« Je n'en étais pas certain, finit-il par déclarer. Personne n'en a vu depuis fort longtemps. De l'avis général, elles avaient complètement disparu, mais… » Il pinça les lèvres. « Au moment où je t'ai touchée, j'ai eu la sensation qu'un aimant aspirait une petite part de ma force. Presque indétectable, et trop limitée pour me handicaper. Du moins, en si petite quantité. »

Faythe lâcha la pierre. Elle aurait voulu révéler à Marlowe que les mythes étaient bien réels, sachant le plaisir que cela causerait à la forgeronne, mais elle se ravisa très vite, car il lui faudrait évoquer ses rencontres avec Nik. Son visage se décomposa. Faire des cachotteries à ses amis la débectait, pour autant elle ne *pouvait pas* leur parler de Nik – Jakon et Marlowe risqueraient alors de découvrir son incroyable faculté.

« Sois prudente, lui conseilla Nik, un regard dur toujours posé sur le pendentif. Il risque de t'attirer des questions gênantes si jamais un autre fae perçoit son effet. »

Un garde, songeait-il. Ou le *roi*.

Faythe hocha la tête, puis dissimula la pierre sous sa chemise. Elle avait délibérément choisi de porter ce bijou quand Nik l'avait invitée ce soir, dans le but de tester sa théorie – et les réponses qu'elle avait obtenues lui convenaient à merveille. En grande quantité, si tant est que les pierres de mage existent encore, elles pourraient annihiler la force et les capacités des fae, éliminer l'avantage que ceux-ci avaient sur les humains. Rien d'étonnant à ce que les fae veuillent s'en débarrasser.

Repensant à sa conversation avec Marlowe, Faythe se rappela une question qu'elle souhaitait poser à Nik. Elle hésita un instant, avant de se lancer :

« A-t-il déjà existé une faculté qui *dépasse* le simple Noctisme… Qui agisse sur l'esprit conscient, par exemple ? »

Son ventre se noua au regard intrigué que le fae lui adressa.

« D'après certaines légendes, oui, mais je n'ai jamais rencontré, de près ou de loin, quiconque possédant un tel talent. Pourquoi ? »

Faythe n'aurait su dire si sa réponse la soulageait ou la décevait. En trois cents ans d'existence, Nik ne pouvait ni confirmer ni infirmer la théorie. Elle-même la savait farfelue, complètement irrationnelle. Nik lui rirait au nez si d'aventure elle lui confiait la pensée qui tournait dans sa tête depuis que la forgeronne l'avait, à son insu, éclairée sur cette possibilité.

Elle s'apprêtait à prétexter une simple curiosité, mais, soudain, elle changea d'avis.

« Parfois… dit-elle. Je crois *sentir* des choses qui ne m'appartiennent pas… ou *entendre* des paroles qui n'ont pas été prononcées. »

Elle éclata de rire sitôt qu'elle entendit ses pensées exprimées tout haut. Nik allait la juger folle et renoncer à tout espoir de la former. Elle n'aurait jamais dû lui parler de cela. Toutefois, quand son amie avait évoqué la fameuse capacité mystérieuse, ça avait été plus fort qu'elle, Faythe s'était rappelé toutes les fois où elle avait entendu des voix ou senti des choses sans parvenir à se les expliquer. Et comme elle avait déjà défié l'impossible, elle ne voyait pas quel mal il y avait à interroger Nik. S'il existait ne serait-ce qu'un risque infime, elle tenait à en avoir le cœur net – pour sa santé mentale.

Elle attendait ses moqueries, ses railleries, ses taquineries – rien de tout cela ne vint.

« Quoi, par exemple ? » la relança Nik.

Surprise qu'il n'ait pas réfuté cette idée sur-le-champ, Faythe se déplaça, mal à l'aise. C'était elle qui, à présent, faisait les cent pas, les yeux baissés – de nervosité, plus qu'autre chose.

« En général, c'est un afflux d'émotion. Ou alors j'entends des mots, des phrases, sans que personne ait parlé… J'ai toujours cru avoir un don pour comprendre les gens, mais je me demande s'il n'y aurait pas autre chose… » Penaude, elle hasarda un regard en direction du fae. « Je sais… C'est impossible, et je laisse sûrement mes émotions exacerbées me jouer des tours, mais…

— Non, je te crois », la coupa Nik. Il croisa les bras sans que son regard perde en intensité. Comme Faythe haussait les sourcils, il ajouta : « Enfin, je ne devrais pas… Je devrais plutôt croire que tu perds la tête et te dire que tu as besoin de vacances. » Il sourit. « Mais je repense à la fois où tu as répondu à une question que je n'avais pas posée. Sur le moment, je n'ai pas relevé, mais si tu m'expliques que ça t'arrive souvent… Par les dieux, Faythe, ton existence devient un peu plus inconcevable chaque jour. »

Le fae secoua la tête, incrédule.

« Je me fais peut-être des idées », se hâta de nuancer Faythe.

Nik se passa une main dans les cheveux.

« Il n'y a qu'un moyen de le savoir, dit-il avec un petit sourire de défi. À quoi est-ce que je pense ? »

Faythe lui renvoya un regard froid.

« Ça ne fonctionne pas comme ça. Je n'entends et ne ressens que des projections.

— Certes, mais quand tu ne fais pas d'efforts. » Il inclina la tête. « Qui sait de quoi tu es réellement capable ? Une force telle que personne n'en a jamais vu.

— Je ne veux pas être une *force* qui servira contre quiconque. »

À ces mots, le visage de Nik devint grave.

« Tu ne peux pas fuir ce que tu es. Cesse de craindre tes capacités et affronte-les, Faythe, autrement ce dont tu cherches à te cacher risque fort de causer ta perte.

— Qu'est-ce que cela peut te faire ? demanda-t-elle d'une voix grave. Qu'est-ce que tu fabriques ici, d'abord ? »

Une fois de plus, elle déversait sur lui la colère qu'elle éprouvait vis-à-vis d'elle-même ; et il en avait conscience.

D'ailleurs, ses traits se détendirent.

« Ne transforme pas tes dons en une malédiction. Ils sont ce que tu en fais, pas le contraire. Tu ne les possèdes pas sans raison ; alors, accepte-les. Ne lutte pas. »

Elle savait qu'il avait raison. Il y avait si longtemps qu'elle essayait de se persuader qu'elle restait la même jeune humaine ordinaire, qu'elle pouvait mettre sa faculté sous clé et tenter de l'oublier. Hélas, plus elle découvrait ce qu'elle était, plus elle comprenait qu'elle ne pourrait jamais plus être cette personne. Cette idée l'effrayait, et elle allait apprendre à s'accepter – tout entière – et en déduire que, malgré tout, quoi qu'il puisse en découler, son cœur conserverait sa pureté.

« Si ça se trouve, ce n'est qu'une forme légère de voyance, proposa-t-elle, nerveuse.

— Nous n'en serons sûrs qu'une fois que tu auras *tenté* de puiser dedans, au lieu d'attendre que te parviennent des choses que tu n'es pas censée entendre.

— Une autre fois. J'ai peur d'imploser si je tente quoi que ce soit ce soir. »

Nik la fixa du regard, les commissures des lèvres relevées par un sourire.

« Quoi ? » demanda Faythe, qui se sentait déjà rougir.

Le fae secoua la tête et eut un petit rire.

« Tu es un cadeau des dieux Faythe. »

Chapitre 18

Chamboulés par la découverte de la possible extension du don de Faythe, Nik et elle restèrent un moment encore dans les bois. Le fae passa le plus clair de son temps à expliquer le fonctionnement des barrières mentales et lui enseigner à Noctiser sans risquer de se faire prendre.

Faythe était troublée à l'idée qu'on puisse la détecter – que *Jakon* puisse repérer sa présence dans son esprit, en cas de faux pas. Heureusement, le phénomène n'était pas courant et n'avait tendance à concerner que les Noctistes agités ou peu expérimentés. Là encore, Nik s'étonna qu'elle n'ait jamais été repérée par accident. Faythe, elle, en éprouvait surtout du soulagement.

Le fae avait apporté davantage de potions de sommeil, aussi passèrent-ils quelques minutes dans l'esprit de la jeune humaine, à s'entraîner à ériger des barrières. Faythe apprit à lui montrer des versions censurées de ses souvenirs sans paraître trop suspecte. Puis, lorsque Nik annonça que l'aube approchait, elle rentra chez elle au pas de course, non sans remercier les Esprits que personne ne l'ait aperçue. Jakon dormait encore quand elle regagna la hutte, aussi Faythe enfila-t-elle sa tenue de jour, et affirma s'être réveillée plus tôt que d'habitude.

Près d'une semaine s'écoula, au terme de laquelle Faythe accueillit avec bonheur sa journée de repos. Elle avait hâte de retrouver Marlowe à la forge. Elle avait de nouvelles questions, qu'elle ne souhaitait pas lui poser en présence de Jakon. Celui-ci avait tendance à épier leurs conversations, et cela ne ferait qu'éveiller ses soupçons. Marlowe, elle, avait une façon délicieuse de toujours répondre sans cynisme. C'était presque à croire qu'elle prenait plaisir à aborder les sujets sur lesquels Faythe la consultait. Marlowe était un puits de savoir et d'enthousiasme – chose que Faythe prisait le plus chez son amie.

La jeune femme s'arrêta sur la place alors que le marché ouvrait, et fit quelques emplettes au stand de Marie, sous un soleil encore faible. Une des filles de la patronne, Grace, remplaçait Faythe au moins une fois par semaine pour permettre à cette dernière de s'octroyer du temps libre.

Faythe sautillait pratiquement à l'approche de la forge. Elle n'aperçut Marlowe nulle part, mais entendit toutefois des coups de marteau en provenance de l'atelier. Écartant le rideau de partition, elle repéra la jeune blonde penchée sur un nouveau chef-d'œuvre.

« J'apporte à manger ! » s'exclama-t-elle pour couvrir le tumulte métallique.

Marlowe sursauta et tourna vivement la tête. Dès qu'elle vit Faythe, elle se détendit, afficha un sourire et répondit :

« Des tartelettes aux pommes, j'espère ?

— Tu penses bien. Je n'oserais pas t'apporter autre chose. »

Faythe posa son sachet en papier sur un banc.

Marlowe lui montra sa création : une belle lame en acier. Simple, mais élégante.

« Je compte l'offrir à Jakon, vu qu'il n'en a pas. Ton avis ? »

Elle se mordit la lèvre dans l'attente de la réponse. Faythe arqua des sourcils émerveillés.

« Elle est vraiment parfaite, Marlowe. Il va l'adorer ! »

Face à tant d'enthousiasme, la forgeronne acheva de se détendre, et son sourire s'élargit.

« Elle n'est pas terminée, mais tu me disais que son anniversaire tombait dans deux semaines. J'ai pensé qu'on pourrait faire cadeau commun. »

Elle haussa les épaules en formulant cette proposition. Faythe, elle, parut dépitée.

« Je ne peux m'attribuer aucun mérite. C'est *ton* cadeau. En plus, j'avais déjà une autre idée en tête », affirma-t-elle avec un sourire rassurant.

Elle mentait. Elle ne savait pas quoi offrir à son ami, et, maintenant qu'elle avait découvert ce que lui réservait Marlowe, elle déprimait presque. Jamais elle ne trouverait de quoi égaler un présent aussi personnel et attentionné. Non que Faythe ait jamais considéré l'anniversaire de Jakon comme une compétition ; il n'empêche, ça l'ennuyait de ne pas avoir les moyens de lui offrir un cadeau aussi beau que Lumarias, ni même de quoi fabriquer l'épée que lui préparait Marlowe.

« Ah, d'accord. Si tu en es sûre, céda Marlowe en reposant la lame. Et donc, qu'est-ce qui t'amène ? » relança-t-elle en s'essuyant les mains à son tablier avant d'aller inspecter le sachet de pâtisseries.

Faythe la regarda entamer une tartelette, le temps de se décider à lui dire :

« En fait, je venais faire appel à tes lumières, mais, si tu es occupée, je peux repasser ? »

Marlowe fit non de la main.

« J'ai tout mon temps. Je n'ai pas de gros projets en ce moment ; je bricole. »

Faythe la laissa finir sa tartelette, et glousse quand elle s'en servit une autre. Elle sortit la montre qui semblait brûler dans sa poche. Elle n'avait de cesse de s'interroger sur le sens du symbole – la marque d'Aurialis – en relation avec celui du temple. Si tant est qu'il existe une relation. Faythe se faisait peut-être des idées. Néanmoins, s'il y avait bien une personne qui saurait l'éclairer, à ses yeux, c'était Marlowe.

« Ce dessin te dit-il quelque chose ? » demanda-t-elle en s'approchant de l'établi sur lequel la forgeronne s'était assise.

Le temps de finir sa seconde tartelette, puis de s'épousseter les mains, Marlowe prit l'objet. Comme toujours en pareil cas, elle fronça les sourcils en retournant la montre à plusieurs reprises, l'observa sous divers angles, étudia tout ce qu'elle pouvait voir à l'œil nu.

Faythe la regardait faire en se rongeant les ongles. Marlowe alla s'installer sur un petit banc où, munie d'une loupe, elle poursuivit l'examen. Sans la déranger, Faythe s'accouda nonchalamment à l'établi tandis que son amie étudiait l'objet en laiton d'un œil expert.

Au bout de quelques minutes, Marlowe reprit la parole :

« On n'en fabrique plus de pareilles depuis un bon bout de temps. Je m'étonne qu'elle fonctionne encore. »

Faythe, qui savait déjà tout cela, espérait plutôt des commentaires sur le symbole ciselé au dos de la montre. Hélas, Marlowe restait concentrée sur le cadran.

« J'aimerais beaucoup examiner son mécanisme. » Elle leva les yeux vers Faythe comme pour demander son autorisation. Celle-ci s'apprêtait à refuser quand Marlowe se pressa d'ajouter : « Je saurai la remonter bien entendu. »

Elle avait prononcé cette dernière phrase avec une once de suffisance… tout en suppliant Faythe du regard.

Celle-ci hésitait. Elle ne doutait pas des capacités de son amie, toutefois cette montre était un des derniers souvenirs qu'elle conservait de sa mère et elle craignait qu'on la lui abîme.

« Je ne sais pas, Marlowe. Ça me semble risqué, juste pour voir de vieux rouages et des vis », confia-t-elle, angoissée.

La forgeronne n'en démordit pas.

« Imagine un peu, un mécanisme aussi ancien ! Ça ne t'intéresserait pas de le voir ? »

Faythe n'avait que faire des mécanismes d'horlogerie, et ne partageait pas l'enthousiasme de son amie. Un mot avait cependant retenu son attention : *ancien*. Si cette montre était aussi ancienne que Marlowe le suggérait, alors ses entrailles renfermaient peut-être un indice concernant le symbole de l'Esprit, et son lien éventuel avec le temple.

Faythe inspira doucement. Et si la réponse, ou la *clé* permettant d'ouvrir la demeure de l'Esprit, ne se trouvait pas sur la face externe de la montre, mais dans son mécanisme ?

La curiosité l'emporta sur la méfiance, et Faythe hocha la tête. Marlowe ne perdit pas une seconde ; elle s'empara d'un ensemble de petits outils dans une pochette à proximité.

Sous le regard angoissé de Faythe, elle entreprit de dévisser le dos de l'objet, toujours sans évoquer le symbole. Si elle en connaissait la signification, son visage n'en trahit rien.

Sous la plaque arrière, Marlowe découvrit un assemblage de rouages et de vis auquel Faythe ne vit qu'un méli-mélo. La forgeronne, elle, redoubla de concentration et, reprenant sa loupe, se plongea dans le ventre de la montre. Quelques minutes s'écoulèrent avant qu'elle ne déclare :

« Pas étonnant que la grande aiguille bégaie. Il y a une pièce qui n'a rien à faire là. »

Et elle saisit une pincette.

Faythe se redressa aussitôt.

« Tu es sûre ? » demanda-t-elle, sceptique et craignant pour la montre.

Marlowe la foudroya du regard. Quelle question ! Faythe recula en acquiesçant, l'autorisant à continuer. Elle se posta derrière Marlowe et, retenant son souffle, observa ses gestes précis et délicats. La forgeronne saisit la petite pièce superflue et tira. Celle-ci se dégagea dans un cliquetis, suivi d'un bruit plus mat.

Faythe en resta bouche bée : l'avant de la montre venait de se désolidariser du fond. Marlowe tressaillit et leva les mains.

« Je ne comprends pas. Ce n'était qu'un bête bout de métal ! » se défendit-elle.

Plutôt que de houspiller son amie, Faythe préféra inspirer à fond et se réfugier au fond de l'atelier pour mieux réprimer son désarroi, en espérant que Marlowe répare vite son erreur.

Elle feuilletait des livres lorsque cette dernière lui demanda de la rejoindre. Si l'opération était déjà terminée, elle comptait la féliciter pour sa rapidité. Mais lorsqu'elle approcha de l'établi, elle se retint de gémir : la montre était toujours en deux parties.

Toutefois, Marlowe ne s'intéressait plus à cet objet. Non, elle tenait un minuscule parchemin replié entre les tiges de sa pincette.

« Savais-tu qu'il y avait ceci à l'intérieur ? » s'enquit-elle.

Faythe fronça les sourcils.

« Dans la montre de ma mère ? »

Marlowe hocha la tête, puis lui tendit le parchemin.

« Apparemment, il s'agit d'un modèle spécial. J'en avais déjà entendu parler. On s'en servait autrefois pour transporter clandestinement des renseignements », révéla-t-elle, soulagée de ne pas avoir finalement cassé l'objet.

Faythe prit le parchemin délicatement. Celui-ci était élimé, un peu jauni. Sa mère avait-elle été au courant de sa présence ? Faythe hésitait à le déplier. Et si c'était un message de sa mère ?

Elle rendit le document à Marlowe.

« Lis-le », réclama-t-elle en se maudissant d'une telle couardise.

Marlowe reprit le parchemin sans un mot, et le déplia à gestes délicats.

Le suspense était insoutenable pour Faythe. Elle parvint à se contenir, alors que l'envie de presser son amie, ou de taper du pied d'impatience la taraudait. De son côté, Marlowe finissait de déplier le papier, qui tenait tout entier sur la paume de sa main. Elle le lut à plusieurs reprises, concentrée, le front plissé.

N'y tenant plus, Faythe demanda « Alors ? » avec un peu plus d'agressivité qu'elle n'aurait voulu.

Marlowe lui adressa un bref regard, haussa les épaules.

« On dirait un poème, mais dont je ne connais pas la langue. »

Une vague de déception teintée de tristesse déferla en Faythe. Ce n'était pas un message de sa mère. Les vieilles inscriptions et le papier jauni n'étaient en rien liés à elle. Si Marlowe avait vu juste, ce parchemin était probablement l'œuvre d'un scribe d'antan, et ne l'aiderait en rien à accéder au temple.

« Un vieux message militaire ? » s'enquit-elle dans un mélange de curiosité et de lassitude.

Marlowe acquiesça.

« Possible. Je crois avoir un livre qui permettra de le traduire. Je reconnais certains symboles. »

À ces mots, elle se leva pour aller consulter sa pile de livres.

Elle déposa le parchemin à côté des ouvrages, qu'elle se mit à feuilleter les uns après les autres. Quand elle découvrit ce qui l'intéressait, son visage s'illumina et elle se plongea dans les inscriptions qui, aux yeux de Faythe, n'étaient que de jolies fioritures. Une langue élégante et synonyme de richesse, déduisit-elle des boucles et traits délicats du texte ancien.

« Cela risque de prendre du temps, mais je ferai de mon mieux. »

Faythe se détourna du livre, qui ne la passionnait guère, tandis que Marlowe en parcourait les lignes. Une colère irrationnelle montait en elle, à la pensée que ce message secret se révèle inutile. Le petit espoir qu'elle s'était permis – espoir que ce parchemin la rapproche de sa mère – lui laissa un vide immense.

Faythe regarda un instant son amie toujours absorbée par les textes.

« Je crois que je vais aller faire un tour. On se retrouve à la hutte ? »

Marlowe leva les yeux une fraction de seconde et, pour toute réponse, se contenta d'un signe de tête et d'un sourire avant de se replonger dans le travail.

Faythe l'y laissa.

Chapitre 19

Faythe évacuait sa mauvaise humeur dans les rues de la ville extérieure, après sa visite décevante à la forge. Elle n'aurait su dire si sa destination était influencée par son exaspération ou par le sentiment d'irrationalité qui s'était emparé d'elle. Peut-être entretenait-elle des pensées suicidaires, songea-t-elle en se retrouvant face à une maison blanche des beaux quartiers.

Sans se laisser le temps de se dégonfler, elle toqua deux fois puis recula, poliment, en croisant les doigts pour que la personne qu'elle venait voir travaille ce jour. Au terme d'une courte attente, la porte s'ouvrit et une tignasse rousse familière parut, ainsi que des yeux marron tout aussi familiers qui l'observaient non sans surprise.

Ferris travaillait là comme domestique, encore que Faythe ait toujours estimé ce terme un peu généreux, tant le jeune homme était cantonné aux basses besognes. Il était fait pour ce travail – il y excellait, même –, ne reculant devant rien pour accomplir ses missions. Faythe devait bien l'admirer pour cela.

Constatant que Ferris attendait la raison de cette visite surprise, elle bredouilla :

« Je viens accepter ta proposition. »

Une fraction de seconde, elle voulut se dédire et se reprocha d'avoir ne serait-ce qu'envisagé de combattre dans La Grotte. Elle préférait se croire au-dessus d'un sport aussi barbare. Cela dit, elle ne pouvait nier que la partie sombre d'elle-même ne demandait qu'à en faire l'expérience. Faythe en avait assez de se sentir inutile, assez de réprimer le désir qu'elle portait en elle, et plus qu'assez de ne pas avoir les moyens d'offrir un cadeau d'anniversaire digne de ce nom à son meilleur ami.

Ferris arqua un sourcil puis afficha un large sourire. Il sortit de la grande maison, dont il referma la porte derrière lui, et s'adossa, les bras croisés, contre le battant.

« Ton chien de garde sait-il que tu es venue ? » demanda-t-il.

Faythe leva les yeux au ciel – le « chien de garde », c'était Jakon – et voulut aussitôt renoncer au projet. Elle commettait une erreur en venant s'adresser à ce roublard. Néanmoins, elle répondit :

« Non. Et il ne doit surtout pas l'apprendre. »

Ferris eut un petit rire.

« Ravi de constater que tu es indépendante, Faythe. Je commençais à en douter. »

L'intéressée lui renvoya un regard mauvais.

« Ne me fais pas regretter d'être venue. »

Cette fois, Ferris éclata de rire, et Faythe se retint de le gifler.

« Je crois que c'est moi qui te fais une faveur, là, enchaîna le jeune homme en relevant le menton. Je réclame une part de tes gains, en tant que mécène. »

Une lueur sombre passa dans son regard.

« Je ne gagnerai pas forcément. »

La remarque ne fit qu'agrandir encore le sourire de Ferris.

« Je vais investir gros, Faythe, et j'attends un retour colossal. » Il se redressa. « Je suis certain que tu ne me décevras pas. » Pivotant sur lui-même, il saisit la poignée de la porte. « Le prochain combat est dans deux jours. Je vais te trouver une… tenue appropriée. »

Ces mots dits, il toisa Faythe de la tête aux pieds. D'abord gênée, la jeune femme sentit son sang se glacer en même temps que son cœur battait plus vite, quand il lui adressa un ultime clin d'œil.

Venait-elle de passer un pacte avec les ténèbres ?

Sans un mot de plus, Ferris rentra, et Faythe se retrouva à scruter la porte de bois d'un blanc écaillé.

Elle resta là un instant encore après qu'il eut disparu, ne sachant trop si ces ténèbres étaient en elle-même ou en Ferris. Elle tourna ensuite les talons et s'en alla d'un pas vif, tout étourdie qu'elle était par la nervosité, l'excitation et… la peur. Mais l'exaltation étouffa les voix qui lui soufflaient qu'elle venait peut-être de faire la plus grosse bêtise de sa vie.

Chapitre 20

Faythe avait la tête qui tournait d'avoir signé ce contrat fantôme avec Ferris. Elle allait divertir les clients de La Grotte avec Lumarias, au péril de sa vie. Elle se rasséréna en regagnant la hutte où, à sa grande surprise, se trouvait déjà Jakon. Assis à la table de la cuisine, il lisait un livre qu'elle n'avait jamais vu, et lui adressa un bref sourire lorsqu'elle franchit le seuil.

« Elle t'a aussi converti à la lecture ?

— Il faut croire. C'est fou que j'aie pu vivre à Farrowhold si longtemps sans jamais rien apprendre des merveilles et des histoires de l'Ungardia. »

Faythe gloussa et alla regarder de plus près l'ouvrage en question. Jakon eut un mouvement de côté, comme s'il cherchait à cacher les pages. Vexée, elle allait lui réclamer des comptes quand soudain elle avisa le titre : *Légendes de Lakelaria*. Son ventre se crispa et elle adressa un regard à la fois peiné et entendu à son ami.

« Je me suis renseigné, aux docks, au cas où on aurait eu des nouvelles de Lakelaria, en rapport avec un paria en provenance de High Farrow, tu vois ? » révéla Jakon.

Faythe sentit son cœur se fissurer. Elle culpabilisait de ne rien savoir du sort de Reuben, mais elle ignorait que Jakon en souffrait lui aussi en silence. Elle passa un bras sur ses épaules pour le réconforter, et il l'enlaça par la taille en retour, tandis que tous deux scrutaient les pages dans un silence solennel.

Certaines illustrations étaient magnifiques : des canaux scintillants et des créatures lacustres mythiques. Faythe se pencha pour feuilleter quelques pages mais le regretta aussitôt. D'autres descriptions de ce que l'on risquait de rencontrer au royaume du Dragon des Eaux n'étaient pas aussi avenantes. Des bêtes marines mangeuses d'hommes, des sirènes à moitié humaines dotées de dents pointues et possédant la capacité de commander aux eaux…

Jakon dut percevoir la panique qui gagnait son amie, car il referma l'ouvrage avant qu'elle ne fasse une crise. Faythe le regardait, les yeux écarquillés, alors que défilaient dans son esprit les horreurs auxquelles elle avait peut-être condamné le pauvre Reuben.

Jakon se leva, plaqua ses mains sur ses épaules.

« Ce ne sont que des mythes, affirma-t-il. Tous ceux que j'ai interrogés, ceux qui connaissent *réellement* Lakelaria, m'ont assuré que c'est un royaume tout ce qu'il y a de plus ordinaire et barbant. »

Pour appuyer son propos, il ébaucha un sourire timide. Jakon était, hélas, un bien piètre menteur.

Faythe ne le relança pas. Leur intérêt commun était de *s'efforcer* de croire que Reuben était en sûreté, et qu'ils ne l'avaient pas livré à un sort terrible en terre inconnue.

Jakon enlaça Faythe, qui prit le temps de respirer et de retrouver un certain calme entre ses bras. Quand elle se dégagea, elle allait mieux. Elle gratifia son ami d'un sourire faible avant de se rendre à la salle de bains.

La voix de Jakon la retint.

« Je voulais te parler d'une chose, Faythe. Euh... »

La jeune femme se retourna, la tête penchée de côté.

« De quoi ? »

Jakon, nerveux, se gratta la nuque.

« De Marlowe et moi. Ce n'est pas... Ça ne te dérange pas, hein ? Qu'elle et moi... »

Une moue amusée aux lèvres, face au trouble de son ami, Faythe le coupa :

« Pas le moins du monde, Jakon. Je suis contente pour toi. Pour vous ! »

Jakon sourit à son tour, un peu gêné.

« D'accord... Tant mieux. » Il s'éclaircit la voix. « Je me disais juste, enfin, tu vois, que ça pouvait faire bizarre. Vu qu'on a toujours vécu seuls, sans que tu, euh... »

Faythe devinait la suite. Elle n'avait jamais répondu à ses sentiments ; jamais voulu qu'ils soient davantage que des amis.

« Écoute, Jakon, je t'aime. Je t'aimerai toujours, mais pas comme Marlowe t'aime ni comme tu l'aimes. Vous êtes faits l'un pour l'autre, et je me réjouis que vous soyez en couple. Tout comme je me réjouis que Marlowe soit entrée dans ma vie. »

Visiblement soulagé, Jakon enchaîna :

« Moi aussi, je t'aime, Faythe. » Il alla lui ébouriffer les cheveux. « Tu seras toujours ma numéro un, tu sais ? »

Elle repoussa sa main avec une colère feinte.

« Il n'y a pas de place pour deux numéro un », dit-elle.

Jakon posa sur elle un regard plein d'amour et de gratitude, avant d'acquiescer à sa remarque. Faythe lui renvoya un sourire chaleureux puis alla se changer.

Ce soir-là, Faythe insista pour que Marlowe et Jakon sortent sans elle, au prétexte qu'elle était trop fatiguée pour les accompagner. Ce n'était pas entièrement un mensonge – fatiguée, elle l'était – toutefois, elle tenait surtout à sortir s'entraîner seule, en préparation de son premier combat.

Elle ne se rendait pas encore bien compte qu'elle s'apprêtait à risquer sa vie. Elle entendait déjà les reproches que Jakon lui adresserait s'il venait à l'apprendre, et elle culpabilisait de lui cacher un autre secret mortel. Néanmoins, elle savait ce qu'elle faisait, et Jakon n'avait pas à lui expliquer ce qui était bon pour elle.

Faythe décida d'éviter la place, pour ne pas risquer de croiser ses amis ou des fae en patrouille. Au lieu de cela, elle gravit la pente de la colline, estimant qu'un tronc d'arbre fournirait une bonne cible.

Ses bottes foulèrent des branches tombées dans le dédale des bois, sur le chemin de la clairière. Quand elle y parvint, elle se figea très vite : une pointe métallique appuyait contre son dos. N'osant faire un geste ni même respirer, la jeune femme resta tétanisée jusqu'à ce que son agresseur prenne la parole.

« Qui êtes-vous et que venez-vous faire ici ? »

Sitôt qu'elle reconnut la voix moqueuse de Nik, Faythe sentit ses épaules s'affaisser de soulagement et, dans la foulée, vexée, elle pivota sur elle-même et le fusilla du regard.

« Crétin, marmonna-t-elle. Qu'est-ce que tu fiches ici ? »

Le fae éclata de rire et abaissa son arme.

« Tu es venue dans *ma* cachette secrète, il me semble. » Il inclina la tête, amusé. « De quoi cherches-tu à te cacher, Faythe ?

— De rien, grommela l'accusée. Je voulais juste m'entraîner *en paix*. »

Elle avait appuyé tout particulièrement sur ce dernier mot.

Nik haussa les épaules.

« Je ne voudrais surtout pas t'en empêcher. » Il rengaina son épée. « Fais comme chez toi. »

Sur ce, il alla s'asseoir sur un gros rocher près du lac, et se mit à jouer avec une dague, en affectant de ne pas l'observer.

Faythe grommela, contrariée dans son projet de solitude. Elle n'avait pas envisagé que Nik puisse la rejoindre, et s'aperçut qu'elle ne savait pas grand-chose de lui, notamment ce qu'il faisait quand il ne l'insupportait pas durant leurs leçons communes, ou quand il n'était pas au service du roi. Elle ne le croisait jamais dans la ville extérieure, en tout cas.

N'étant pas d'humeur à bavarder, elle ôta sa houppelande et dégaina Lumarias, s'efforçant d'oublier l'intrus. Elle se mit ensuite en garde et enchaîna bottes et parades, retrouvant peu à peu son calme, jusqu'à ne plus faire qu'une avec l'air qu'elle sabrait.

À sa grande surprise, Nik resta un long moment sans rien dire. Il se prélassait sur son rocher, mais quand Faythe s'interrompit pour lui adresser un regard, elle découvrit qu'il l'étudiait avec attention. Gênée, elle se mit à faire des moulinets avec sa lame. L'instant d'après, Nik était redescendu de son perchoir et, débarrassé de sa cape, l'épée en main, il venait se mettre en garde devant elle.

« Bien, laisse-moi corriger tout ce que tu fais mal », dit-il avec un sourire arrogant. Faythe s'apprêtait à répliquer quand il la devança : « Tu possèdes de grands talents, mais avec de bons conseils, tu pourras faire encore mieux. »

Il avait parlé sans moquerie ni insulte.

« Et donc, tu vas être mon professeur ?

— Pour l'esprit, pour l'escrime et… pour d'autres choses encore, si tu as des lacunes », ajouta le fae sur un ton suggestif.

Bouche bée, Faythe voulut le piquer de la pointe de sa lame. Nik l'écarta de la sienne, et le choc de l'acier résonna dans la clairière en même temps que son rire.

« C'est plus fort que toi, hein ? » maugréa Faythe.

Le fae croisa les bras, son arme toujours en main.

« Je n'ai jamais connu d'humaine. Je serais curieux de savoir si tes semblables sont aussi… fragiles que vous le paraissez. »

Il agrémenta la remarque d'un sourire sournois.

Sans hésiter une seule seconde, Faythe brandit son épée, visa son cou.

Celle de Nik para l'attaque en moins d'un clin d'œil. Et le rire repartit de plus belle. Faythe, elle, se contentait de le fixer d'un œil noir, l'esprit échauffé.

« Alors voilà, quand tu te décales sur la gauche, veille à pouvoir couvrir ton flanc droit. »

Il lui montra son erreur en l'attaquant par le côté, puis lui balayant les jambes.

La malheureuse s'écroula, les yeux tout ronds, incrédule. Elle voulut se récrier, arguer qu'il l'avait prise par surprise, sans lui laisser le temps ne serait-ce que d'esquisser une parade, mais la colère l'empêcha de parler et la poussa uniquement à répliquer avec sa lame.

Elle se releva d'un bond. Dans un accès de rage aveugle, elle frappa, encore et encore, véritable tourbillon d'acier, jusqu'à en perdre le souffle. Nik repoussa ses moindres tentatives avec une facilité immortelle. Des larmes de frustration et de fureur montèrent aux yeux de Faythe – peut-être se rendait-elle compte qu'elle n'était pas aussi bonne qu'elle le pensait, ou que Ferris le croyait. Elle risquait fort de se ridiculiser… ou pire, à La Grotte.

« Faythe, stop », réclama Nik d'une voix posée.

La jeune femme n'en fit rien. Elle poursuivait l'assaut sans relâche. Chaque fois, il s'écartait sans effort, ce qui ne faisait que horripiler davantage Faythe et renforcer sa détermination.

Nik para une nouvelle attaque et la contourna si vite qu'elle n'eut pas le temps d'aviser sa manœuvre suivante : elle se retrouva par terre. Haletant, elle pressa les paupières et maudit les larmes qui lui échappèrent.

« Tu dois apprendre à canaliser ta rage et non la laisser te consumer », lui indiqua doucement Nik.

Faythe n'aurait su dire ce qui la mettait dans une telle colère. Ni pourquoi, quand elle tenait une épée en main, les digues qui retenaient l'indignation et la douleur cédaient.

« Merci du conseil », ironisa-t-elle en se relevant. Elle fit quelques pas avant de se retourner vers lui, l'épée de nouveau brandie. « Apprends-moi quelque chose d'utile, tu veux ? »

Nik ne se déroba pas plus qu'il ne se mit en garde.

« D'où vient ta colère ? »

Faythe reprit l'offensive sans que, là encore, le fae lève son épée. Il se contenta d'esquiver.

« Je ne veux pas être faible », cracha Faythe entre deux assauts. Nik les para. « Je ne veux pas être sans défense. » Nouvelle botte. « Je ne veux pas avoir peur. » Le fae évitait ses coups avec la grâce et l'agilité d'un danseur et elle sentit sa colère s'accroître de nouveau. « Je ne veux plus que quiconque ait à souffrir parce que je n'aurai eu ni le courage ni la capacité de les protéger ! »

Sur ces derniers mots, elle riva son regard à celui de Nik. À la suite de quoi, elle se remit en garde – et tout à coup elle *vit* la manœuvre suivante de son adversaire avant même qu'elle ne se produise. Elle réagit en une fraction de seconde, pivota sa lame et sentit le fil trancher le côté de la cuisse de Nik, à l'endroit même où, un instant plus tôt, il aurait pu se mettre à l'abri.

Faythe se figea, pantelante, sans réussir à détourner son regard de la coupure superficielle qui commençait à saigner. Elle leva ensuite les yeux ; ceux de Nik l'observaient stupéfaits.

« Oh, pardon », souffla-t-elle.

Elle lâcha son épée, reprit enfin ses esprits en mesurant ce qu'elle venait de faire ; après qu'elle avait laissé une *rage* sauvage la consumer.

« Comment as-tu fait cela ? » parvint seulement à prononcer Nik.

Faythe secoua la tête, d'incrédulité.

« Je l'ignore. C'était comme si – *oh, par les dieux*, je m'excuse. Je ne voulais pas. »

Elle bredouillait sous l'afflux des autres émotions qui revenaient et menaçaient de la noyer, à présent que la colère était passée.

Comme s'il percevait la chose, Nik reprit :

« Ce n'est rien. Je cicatrise bien plus vite que vous. Tout ceci aura disparu dans moins d'une heure. »

Il fixait Faythe d'un regard à la fois ahuri, impressionné, curieux… Faythe n'arrivait pas à le décrypter.

« J'ai perdu le contrôle. Je ne sais pas ce qui s'est passé », marmonna-t-elle dans un souffle.

Les traits de Nik s'adoucirent.

« Un feu brûle en toi, déclara-t-il. C'est une bonne chose – seulement si tu apprends à le maîtriser. » Il jaugea encore son élève avant d'ajouter : « Je n'ai jamais vu de mortel aussi rapide que toi, mais ce que tu viens de faire… C'était impossible, même pour toi. »

Faythe déglutit ; sa gorge s'était asséchée.

« J'ignore comment l'expliquer… C'était comme si j'avais *vu* ton intention avant que tu n'esquisses un geste. »

Nik garda le silence un moment.

« Ta faculté est plus impressionnante que je le pensais. En combat, elle pourrait constituer un atout inestimable », déclara-t-il enfin.

Faythe battit des cils.

« Mais ce ne serait pas… de la triche ?

— Si tu possèdes un avantage, pourquoi ne pas t'en servir ? »

La jeune humaine soupesa la question, et finit par décider qu'il n'y avait rien de mal à mesurer ce dont elle était capable.

« Je ne sais pas lire dans les pensées. Quand ça m'est arrivé, ça a toujours été par *accident*. »

Elle grimaça en regardant la cuisse de Nik ; la plaie se refermait déjà, à son grand soulagement.

« Dans ce cas, nous allons devoir y réfléchir – ensemble », affirma le fae avec un petit sourire.

Faythe était heureuse de l'avoir pour ami. Elle le considérait comme tel, désormais, que la chose soit mutuelle ou non, et elle s'en voulait d'avoir douté de sa sincérité alors qu'il ne lui avait jamais donné de raison de le faire. Surtout, elle se réjouissait de ne pas être seule.

À cette pensée, elle retrouva des couleurs.

« Par où commence-t-on ? »

Le sourire malicieux de Nik refit son apparition quand il lui signifia de ramasser son épée d'un geste de la sienne.

« Par le commencement. Tu es bonne – très bonne, même, pour une humaine. » Un éclair passa dans ses yeux verts. « Mais tu peux mieux faire. »

Chapitre 21

Une heure durant, Faythe et Nik s'entraînèrent avec une lenteur délibérée, tandis que le fae montrait un arsenal de nouvelles manœuvres, ainsi que le moyen d'attaquer et d'esquiver en utilisant davantage que sa seule épée. À un moment, ils déposèrent même leurs armes et travaillèrent parades, coups de pied et méthodes pour se sortir de situations compromises. Faythe s'enivrait du savoir et des techniques que Nik partageait avec elle, et s'extasiait de voir évoluer ce guerrier fae de trois cents ans.

Elle voulait continuer, certaine de ne jamais se lasser, mais Nik insista pour qu'ils fassent une pause. Ils allèrent donc s'asseoir sur les rochers près du lac, où Faythe en profita pour reprendre son souffle, alors que son partenaire, à sa grande irritation, ne semblait même pas essoufflé.

« Que voulais-tu dire, tout à l'heure ? demanda ensuite Nik. Quand tu affirmais ne plus vouloir faire souffrir qui que ce soit ? »

Faythe ne répondit pas tout de suite, elle hésitait à partager avec lui quelque chose d'aussi personnel. Toutefois, elle le considérait déjà comme un ami, et il semblait s'inquiéter sincèrement pour elle, alors ce fut sans crainte qu'elle lui révéla la part la plus vulnérable d'elle-même : sa peur.

Détournant le regard, elle déclara :

« Ma mère. Elle est morte… à cause de moi. C'est ce souvenir que j'ai vu, lors de notre première visite. Je pense que la forêt voulait que je le reconnaisse – que j'affronte cette vérité. Ma peur de perdre quelqu'un d'autre par ma couardise. »

Elle avouait tout cela en fixant le lac, comme si la chose qui gouvernait ces bois l'écoutait elle aussi. Elle révéla à Nik les évènements qui avaient conduit à cette nuit fatidique, puis ceux qui s'en étaient suivis, et il l'écouta dans un silence respectueux. Quand elle eut terminé, tous deux restèrent plongés dans leurs pensées un bon moment.

« Les soldats de Valgard franchissent notre frontière depuis des années – il est possible qu'ils aient enlevé ta mère pour lui extorquer des renseignements. Tu n'étais qu'une enfant. Ce n'était pas ta faute. »

Nik avait parlé d'un ton grave, mêlé d'une pointe de colère dont Faythe savait qu'elle était dirigée contre l'impitoyable royaume de Valgard.

Elle lui savait gré d'essayer de la consoler, mais elle avait déjà accepté ce qui s'était passé cette nuit-là, ainsi que le rôle qu'elle y avait joué. Elle adressa néanmoins un sourire faible à son compagnon.

« Et toi, ta mère ? » demanda-t-elle ensuite, non sans prudence, car elle vit l'expression de son visage changer.

La mâchoire crispée, Nik détourna le regard. Faythe s'attendait à ce qu'il refuse encore d'aborder le sujet, se mure dans le silence.

« Elle a été tuée il y a près de cent ans par un intrus. Qui a réussi à s'en sortir. »

Les deux drames avaient beau s'être produits à de nombreuses années d'intervalle, Faythe éprouvait en cet instant un lien tragique avec Nik, dans leur deuil commun. Elle savait que lui offrir ses condoléances ne lui apporterait guère de réconfort, tout comme ce genre de formules l'avait toujours laissée froide, alors elle s'abstint. À la place, elle alla s'asseoir plus près de lui, presque à le toucher, sans même attendre de voir sa réaction. Elle posa une main sur la sienne. À sa grande surprise, Nik l'enserra entre ses paumes calleuses. Une chaleur se propagea jusqu'à sa poitrine, d'être ainsi acceptée, et tous deux restèrent à profiter du silence. À aucun moment ce ne fut gênant ; simplement, ils s'abandonnaient au murmure des bois, ravis d'avoir de la compagnie.

Mais tout à coup, la voix de Nik interrompit les pensées éparses de Faythe.

« Tes capacités conscientes semblent faire surface lorsqu'un projectile te vise, ou lorsque tes émotions sont exacerbées, raisonna-t-il en la regardant. Tu dois apprendre à te concentrer, pour ne plus entendre de pensées puissantes ; et à te discipliner, de sorte à pénétrer dans l'esprit d'autrui et y trouver les renseignements qui t'intéressent.

— Tu me demandes de choisir entre dormir ou rester éveillée, on dirait. »

Nik eut un petit rire.

« Il y a un peu de ça, j'imagine. Du moins, quand tu Noctises. »

Le mot fit grimacer Faythe.

« Je n'ai même pas encore tenté de Noctiser… Enfin, pas exprès.

— Tu dois le faire. Choisis une cible autre que ton ami et qui te fera moins culpabiliser. »

Faythe commençait à se demander si Nik ne lirait pas dans les pensées conscientes, lui aussi, tant il devinait souvent ce qu'elle avait en tête.

« Je vais essayer », dit-elle.

Nik la regarda dans les yeux, et elle se sentit engloutie par ces deux lagons vert émeraude.

« Que veux-tu, Faythe ? »

Question provocante. Au sourire taquin qu'il affichait, elle sut qu'il la lui avait transmise à dessein. Rien que d'entendre la voix de Nik prononcer son prénom dans sa tête, elle frissonna jusqu'au bas du dos. Elle refusa de le montrer, mais elle ne parvenait pas non plus à détourner le regard.

« Tu n'as qu'à demander », chuchota-t-il, séducteur, dans son esprit.

Par les dieux, elle percevait même ce changement de volume. La nuance diffusa une pulsation en elle, comme si elle sentait son souffle dans son oreille, malgré la distance.

« Arrête », siffla-t-elle en arrachant sa main des siennes, les joues rouges.

Nik gloussa.

« Je ne faisais que tester tes capacités. » Voyant ses pupilles se dilater, Faythe sut qu'il percevait les battements accélérés de son cœur ; qu'il *humait* peut-être même l'effet que ses pensées avaient sur elle. « Mais à ton tour, maintenant. Je vais te laisser franchir mes barrières, nous verrons bien. »

Horrifiée, Faythe riva son regard au sien. Nik lui faisait-il réellement confiance au point d'accepter qu'elle vienne se promener dans sa tête ?

« Ne t'inquiète pas, dit-il en voyant sa réaction. Je maîtrise parfaitement mes murailles mentales. Tu ne verras que ce que je te laisserai voir. »

Soit. Nik n'allait évidemment pas se proposer d'être hôte si elle devait avoir accès à ses pensées et souvenirs. Elle inspira à fond, méfiante, et se redressa avant de river son regard sur celui du fae. Elle se figurait à quoi ses murailles allaient ressembler ; elle imaginait une fumée noire et blanche, comme celle de son subconscient. Quand ensuite elle transperça la surface vert profond de ses iris, elle parvint à un épais voile noir dont, sans se l'expliquer, elle sut qu'il constituait l'entrée de son esprit. Cette sensation étrange lui coupa un instant le souffle.

« Bien. Je te sens », entendit-elle à peine.

La voix de Nik était un arrière-plan flou, comme les bois, tandis que Faythe se concentrait sur l'image de son esprit. Elle avait l'impression de se trouver à deux endroits en même temps.

Le mur était solide, malgré cela, elle sentit une fissure et se glissa à travers. Il faisait nuit noire, jusqu'à ce que, très vite, la couleur apparaisse sous la forme d'un arc-en-ciel flou dans lequel une scène se déroula. À sa grande stupeur, Faythe se vit danser entre des langues de feu ambrées. C'était, comprit-elle, le souvenir que Nik conservait du solstice d'été. Lorsqu'elle capta son propre regard, à la fin de la chanson, son cœur hoqueta. Ressentait-elle la réaction du cœur de Nik ? Celui-ci contournait le feu sans la quitter des yeux, tandis qu'elle-même allait rejoindre Jakon. Elle éprouva un autre sentiment. La curiosité ? Envers l'homme qui aidait Faythe à tenir debout. Quand elle fut assise, seule, Jakon étant parti lui chercher de l'eau, Nik se dirigea vers elle. À son approche, elle se releva, sans le repérer encore, toutefois, et il en profita pour détailler sa tenue, apprécier l'effort qu'elle avait fourni. Elle entendit la seule pensée qui occupait son esprit en cet instant : *Magnifique*.

Faythe s'arracha à ce souvenir pour mieux se concentrer sur les yeux verts et les bruits de la nature. Aussitôt après, le feu aux joues, elle détourna le regard.

« Quoi ? demanda-t-il, innocent.

— Tu le sais parfaitement, lui répondit-elle en tournant la tête vers lui. Pourquoi as-tu choisi de me montrer ce souvenir ?

— Au cas où on ne t'aurait pas assez dit que tu étais superbe ce soir-là. » Et la taquinerie ne fit qu'embraser davantage encore les joues de Faythe. Les yeux pétillant d'amusement, Nik ajouta : « Qu'as-tu ressenti ?

— L'impression d'être *toi*, évidemment.

— Cela n'a toutefois rien d'évident, nuança le fae en portant son regard au loin, songeur, le front plissé. Quand nous Noctisons, nous ne voyons pas par les yeux de l'hôte ; nous ne faisons que le suivre à travers ses souvenirs. La plupart de ceux qui possèdent cette faculté ne ressentent généralement aucune émotion, sauf si celle-ci constitue une information importante, et même dans ce cas-là, les souvenirs ne rendent pas toujours justice aux émotions. » Il marqua une autre pause contemplative. « Tu surpasses de loin la capacité normale de suivre *et* d'incarner l'hôte. Avec un peu d'entraînement, tu parviendras à déterminer ce que la personne pense et ressent en temps réel, et non juste dans ses souvenirs. Tu pourras peut-être même altérer ses pensées en temps réel. » À ces mots, Faythe pâlit, alors il s'empressa de préciser : « Uniquement si tu le décides, bien sûr. Tu as atteint ce niveau sans rien savoir de ton pouvoir ; il te suffit donc d'exercer ton esprit à pénétrer à volonté dans celui d'autrui.

— Rien que ça ? » ironisa Faythe, ébranlée par la masse d'informations.

Nik lui adressa un regard complice.

« Cela peut paraître beaucoup, mais cela te sera aussi naturel que le fait de respirer. Fais-moi confiance. »

Elle lui faisait confiance, oui. Pour l'aider. Et elle savait que ses conseils lui permettraient un jour de maîtriser les deux faces de sa faculté. Jamais elle ne s'était imaginé faire un jour confiance – jusqu'à lui confier sa vie, à certains égards – à un guerrier fae trois fois centenaire. Mais Nik n'était pas comme les autres. Il était *bon*.

« Merci », dit-elle avec sincérité.

L'atmosphère entre eux se modifia, sans que Faythe rompe le regard intime qu'ils partageaient. Lentement, du bout des doigts, il l'effleura sous le menton. Son cœur se mit à marteler sa poitrine lorsqu'il se rapprocha encore, leurs cuisses se touchant à présent, et qu'elle sentit sur sa bouche la douce caresse de son souffle. Il ne subsistait entre eux qu'un intervalle infime, une fraîcheur sensible. Faythe n'aurait su dire si elle respirait encore. Elle mourait d'envie qu'il efface cette distance.

« Que veux-tu, Faythe ? »

Elle surprit la question en lisière de l'esprit de Nik. Il n'allait pas l'embrasser sans lui avoir demandé l'autorisation, et cette hésitation suffit à la tirer de sa transe.

Nik était un fae, un immortel, un garde royal. Quant à elle…

Elle était une humaine, une rien du tout, et cela ne changerait jamais. Ils ne devaient surtout pas être vus ensemble. Elle ne pourrait jamais raconter à ses amis comment elle avait fait sa connaissance ni leur révéler quoi que ce soit sur lui. Personne ne comprendrait, personne ne les accepterait.

Elle recula, laissa la main de Nik retomber. Son absence lui causait une sensation de froid, mais elle agita son esprit afin de mettre de l'ordre dans ses pensées, et d'apaiser son cœur emballé.

« Je crois que ça suffit pour aujourd'hui », dit-elle, un peu essoufflée, sans oser regarder le fae.

Elle alla ramasser sa houppelande et s'en vêtit.

Ni elle ni lui ne parlèrent quand ils quittèrent les bois et retrouvèrent la colline ; tout juste marmonnèrent-ils « au revoir » lorsqu'ils se séparèrent, comme de coutume, à l'entrée de la ville. Faythe, elle, n'arrivait toutefois pas à tranquilliser ses pensées, et elle ressentait encore l'écho du contact de Nik lorsqu'elle regagna la hutte dans le noir.

Chapitre 22

Faythe resta d'humeur maussade après avoir quitté Nik. Elle savait qu'ils avaient intérêt à ce que leurs rapports demeurent strictement amicaux, ou professionnels, quel que soit l'adjectif qui décrive leurs activités, mais cela n'atténuait en rien la pointe de déception qu'elle éprouvait. Ils ne pourraient rien changer à ce qu'ils étaient ni aux différences qui les séparaient, et elle-même ne pouvait s'abandonner aux sentiments qu'elle avait pour lui.

Un baiser ne représentait peut-être rien aux yeux de Nik. Obtenir tout d'elle ne représenterait peut-être rien non plus. Cette pensée lui causa une douleur d'une nature différente.

Sitôt qu'elle poussa la porte de la hutte, elle avisa Marlowe, assise à la table, tandis que Jakon faisait les cent pas. À l'instant où il la vit, il poussa un long soupir de soulagement. Son regard, toutefois, irradiait de colère.

« Où étais-tu passée ? »

Le ton de sa voix fit grimacer Faythe.

« J'étais sortie m'entraîner, comme d'habitude, répondit-elle en montrant la poignée de son épée, sous sa houppelande.

— T'entraîner ! Il est une heure du matin, Faythe ! On est allés te chercher – tu n'étais pas sur la place ! »

L'accusée ouvrit des yeux tout ronds. Elle n'avait pas vu le temps passer. Plongeant la main dans sa poche, elle la trouva vide.

« Merde. Désolée. Ma montre est restée à la forge. J'ai perdu le fil. »

Jakon se passa une main dans les cheveux.

« On se faisait un sang d'encre. Tu ne peux pas te comporter comme ça. »

Un éclair de contrariété fusa dans le regard de Faythe.

« Me comporter comment, Jak ? Sortir toute seule ? Je ne suis pas une *enfant* ! Je peux me débrouiller seule. »

Jakon ne méritait en rien de subir sa colère et, au fond d'elle-même, elle savait qu'elle ne faisait qu'exprimer l'indignation que lui inspirait tout ce qui l'empêchait de laisser libre cours à ses sentiments envers un certain garde fae. Ne pouvoir en parler à personne ne faisait qu'aggraver son ressentiment.

Jakon eut un mouvement de recul au ton qu'elle avait employé, puis il se redressa.

« Tu as des amis qui tiennent à toi. J'ignore ce que tu mijotes ces derniers temps, mais tes secrets et ton égoïsme nous affectent tous les deux. »

Ses paroles firent à Faythe l'effet d'un coup de poing. Il savait où frapper. De rage, elle ne put se contenir et se concentra sur l'esprit de Jakon, pour voir s'il était sincère. Contrairement à Nik, Jakon était un livre ouvert ; sans le moindre mur, entièrement vulnérable.

« Tu ne penses pas que tes actions m'affectent moi aussi. Tu ne penses qu'à toi. J'aimerais tellement que tu t'ouvres à moi. »

Ces pensées lui parvinrent à plein volume, et elle *ressentit* sa colère. Les larmes lui montèrent ; elle adressa un regard à Marlowe, qui n'avait pas encore pris la parole.

« Où étais-tu passée ? Ce n'est pas ta faute. Il cherche juste à t'aider. Tout comme moi. »

La pitié qui émanait de ses pensées lui était insupportable.

« Vous deux, vous êtes ensemble maintenant – vous n'avez plus besoin de moi. Considérez-vous affranchis du fardeau de mon existence », déclara-t-elle avec aigreur.

Sur ce, elle tourna les talons et fila dans la chambre.

Jakon la rappela sans toutefois la suivre.

Ses larmes coulèrent en silence lorsqu'elle se changea avant de se pelotonner dans son lit. Elles coulaient encore tandis qu'elle songeait à tout ce qu'elle était, et tout ce qu'elle n'était pas. Tout ce que ses amis pensaient d'elle ; tout ce qu'elle ne pourrait pas avoir avec Nik ; tout ce qui faisait d'elle un formidable gâchis. Elle ne méritait pas de posséder sa faculté. Elle ne méritait pas ses amis. Elle ne méritait pas d'être *aimée*. Finalement, elle ne leur causerait à tous que de la déception.

Au bout d'un long moment, elle entendit des pas discrets et, tournée contre le mur, elle sentit son lit s'affaisser, puis un corps tout chaud se lover contre elle. Une petite silhouette féminine qui épousait parfaitement la sienne.

Faythe émit un sanglot, et Marlowe lui caressa les cheveux sans rien dire. Elle se contentait de la serrer fort, et de la laisser pleurer. Alors, Faythe pleura. La tristesse se déversait comme sa colère, tantôt, dans les bois. Elle aurait tellement voulu tout raconter à Marlowe – et à Jakon. Elle souffrait chaque jour un peu plus de devoir leur mentir.

Quand les pleurs cessèrent, elle se sentit vide et épuisée. Elle s'enfonçait dans le sommeil lorsque de nouveaux pas lui parvinrent, puis les grincements du lit de Jakon quand celui-ci s'y assit.

Aucune des deux jeunes femmes ne dit rien, mais Jakon, si.

« Je suis vraiment désolé, Faythe. Je ne pensais pas ce que j'ai dit. »

Elle ne répondit rien. Elle savait qu'il mentait, car elle avait épié ses pensées et, pour une fois, elle ne culpabilisait pas.

Jakon n'insista pas ; elle l'entendit s'allonger.

Et tandis que le silence emplissait la chambre, Faythe s'abandonna à sa chute dans les ténèbres, rassurée par la chaleur de l'étreinte de Marlowe.

Assise dans son subconscient, Faythe tripotait la brume entre ses doigts, d'un air distrait. Elle comptait se guider vers la pleine inconscience, mais une autre idée la taraudait depuis quelque temps.

Elle n'arrivait pas à chasser les pensées épiées dans les esprits de Marlowe et Jakon, et elle était tentée de retourner dans la tête de la forgeronne pour voir s'il leur arrivait de parler d'elle en son absence. La manœuvre semblait mesquine, mais Faythe mourait d'envie d'atténuer la douleur et le sentiment d'insécurité qui l'accablaient. Venant de n'importe qui d'autre – d'elle-même, et y compris de Nik – elle pourrait le supporter, mais la vie lui deviendrait intolérable si ses amis la jugeaient sincèrement égoïste, insensible… ou pire.

Elle pouvait contrôler le Noctisme, ne voir que ce qui était nécessaire pour l'apaiser, sans épier ce qui ne la regardait pas. Du moins l'espérait-elle. C'était d'ailleurs pour cela qu'elle repoussait l'idée depuis tout ce temps : de peur de découvrir par accident les pensées et souvenirs intimes de Marlowe, et de ne jamais se le pardonner.

Elle se releva brusquement. Nik avait dit qu'elle devait essayer ; s'exercer. Si une personne pouvait la comprendre, c'était bien Marlowe, elle en était sûre. Donc, sans se laisser le temps de reculer encore, elle ferma les yeux et pensa à son amie jusqu'à ressentir une attraction… et aussitôt, la brume dorée fit place à des tons violet vif lorsqu'elle écarta les paupières.

L'esprit de Marlowe.

La facilité qu'elle avait eue à y pénétrer la stupéfia. Toutefois, Nik l'avait mise en garde de ne pas trop s'attarder dans cette partie-là d'un esprit, et de rechercher au plus tôt le souvenir qui l'intéressait. Faythe passa donc en revue les souvenirs de Marlowe avec Jakon, élimina ceux dans lesquels elle-même était présente, jusqu'à ce qu'il n'en reste qu'un seul, dominant.

La scène se déroula autour de Faythe quand elle le désira, et elle-même se posta derrière Marlowe tandis que celle-ci et Jakon se promenaient, main dans la main, sur le port. Elle reconnut l'allée qui desservait le Harbor Hall, éclairée de jolies torches ambrées. Le clair de lune nappait les vagues et faisait scintiller les flots comme le ciel étoilé. C'était d'un romantisme fou, et Faythe avait l'impression d'être une intruse.

Trouve ce qui t'intéresse.

Le souvenir fit un bond de quelques minutes en avant : les amoureux étaient à présent assis sur un banc, Marlowe appuyant sa tête sur l'épaule de Jakon qui, lui, l'enlaçait d'un bras. Faythe sentit son cœur se serrer. Elle comprit qu'elle éprouvait de la jalousie, à les voir aussi insouciants et à l'aise.

Ce fut Jakon qui rompit enfin le silence.

« Faythe le prend bien, d'après toi ? »

Marlowe releva la tête. Elle savait qu'il faisait référence à leur couple.

« Pourquoi voudrais-tu qu'elle le prenne mal ? »

Jakon haussa les épaules, promena son regard sur la mer paisible.

« Je la trouve distante, ces temps-ci. »

Le visage de Faythe s'assombrit, à la douleur qu'exprimait celui de son ami.

« Entre elle et moi, ça n'a jamais été comme ça – comme entre toi et moi, révéla Jakon. Mais depuis qu'on est ensemble, j'ai l'impression qu'elle me repousse. Ou que c'est moi qui la repousse en ne l'incluant pas autant que je le devrais. Avant, il n'y avait qu'elle et moi, et maintenant... »

Il laissa la phrase en suspens.

Marlowe plaqua une main sur sa cuisse.

« C'est une adulte, Jakon. Elle est têtue et farouche, mais elle a bon cœur. Elle sait se débrouiller seule.

— Je le sais bien, par les dieux. » Son front se plissa davantage encore quand il posa une main sur celle de Marlowe. « Je crois... Je crois que j'ai peur de la laisser s'éloigner. D'accepter qu'elle n'ait plus besoin de moi.

— Tu veilles sur elle depuis qu'elle est toute petite. Elle aura toujours besoin de toi. À côté de ça, elle doit aussi vivre sa vie. »

Jakon resta un moment silencieux avant d'avouer :

« Je l'aime, Marlowe. Je l'aimerai toujours. »

Sa compagne lui adressa un sourire chaleureux.

« Et rien n'y changera jamais quoi que ce soit, assura-t-elle en lui pressant la main. Moi aussi, je l'aime. »

Faythe sentit deux traînées humides sur ses joues avant de se rendre compte qu'elle pleurait. Elle n'attendit pas de savoir si Jakon ou Marlowe ajoutait quoi que ce soit, et se contenta de regagner sa brume blanc et or.

Elle sanglota plus librement une fois dans sa propre tête, horrifiée d'avoir douté de ses amis. Jakon, qui avait été près d'elle depuis qu'elle était devenue orpheline à l'âge de neuf ans, et qui lui avait toujours donné la priorité. Aujourd'hui encore, face à Marlowe, il n'avait pas hésité à confesser l'amour qu'il lui portait. Pas en tant qu'amant mais, malgré tout, il la choisissait toujours. Faythe redoutait qu'il ait un jour à choisir entre

Marlowe et elle. Marlowe, à qui tout cela n'inspirait apparemment aucune jalousie, aucun ressentiment.

Faythe croulait sous la culpabilité, se sentait indigne de leur amour et de leur loyauté. Cela dit, elle ne comptait pas céder au désespoir ; au contraire, elle allait se relever, et prouver sa valeur.

Chapitre 23

Quand Faythe se réveilla, le lendemain matin, ses deux amis étaient déjà sortis. Elle repoussa la déception qu'elle éprouvait de ne pouvoir leur présenter ses excuses, et leur dire qu'ils n'avaient rien fait pour mériter sa colère. Pour cela, elle allait devoir attendre de les revoir.

Pour l'heure, elle se leva, se lava, et en retira une sensation de fraîcheur et de légèreté qu'elle n'avait plus connue depuis un moment. Comme si un poids, sous lequel elle ne se rendait pas compte qu'elle croulait, lui avait été ôté – le poids de l'incertitude concernant qui elle était, et ce qu'elle représentait pour les êtres qui comptaient pour elle.

Une fois vêtue, elle allait pour sortir quand soudain elle se figea sur le pas de la porte, manquant trébucher sur un paquet posé par terre. Le front plissé, elle le tâta du bout du pied afin de s'assurer qu'il ne contienne rien de vivant ou d'explosif. L'objet demeurant immobile et silencieux, elle le ramassa prudemment et rentra. Elle l'inspecta encore avant de tirer délicatement sur la corde qui fermait cette boîte, puis de soulever le couvercle. À l'intérieur se trouvait un mot, qu'elle saisit et lut :

Faythe,

Ça m'a coûté un mois de salaire,
mais je compte bien que cette dette soit vite remboursée.
Retrouve-moi dans Crow's Lane à dix heures demain soir.
Sois ponctuelle,
et surtout laisse ton chien de garde chez vous.

Bien à toi, très chère Faythe.

Ferris n'avait pas besoin de signer ; Faythe savait que ce paquet ne pouvait provenir que d'une seule personne. Elle jeta le mot et inspecta le contenu de la boîte. Comme promis, il s'agissait d'une « tenue appropriée » à son premier combat. Elle découvrit d'abord une écharpe qui servirait à la fois à couvrir sa tête et masquer le bas de son visage, ne laissant visibles que ses yeux dorés. Il y avait aussi une paire de gants noirs.

L'article suivant la sidéra un instant. Elle le sortit en plein et l'inspecta. Un costume noir mat, en cuir grenu. Il semblait devoir la serrer, toutefois la matière était souple et étirable. Faythe imaginait déjà la liberté de mouvement qu'elle lui offrirait. Une vraie tenue de combat.

Enfin, la boîte contenait encore une paire de bottes noires et une cape du même ton.

Faythe contemplait l'ensemble, déposé sur la table. Jusque-là, elle n'avait jamais pu que rêver de posséder pareil équipement pour un combat professionnel. Elle ne s'appesantit pas sur l'*endroit* où Ferris avait pu se le procurer. Le costume ne venait de toute évidence pas de la ville – et peut-être même pas du *royaume*.

Elle remballa le tout puis fourra les vêtements sous son lit. C'en serait fini du projet si par malheur Jakon les découvrait. Puis, tout émoustillée par l'exaltation et l'appréhension, elle sortit de la hutte.

Au terme d'une journée particulièrement ennuyeuse, Faythe se retrouva seule à fermer l'étal, au marché. Elle avait passé le plus clair de son temps à essayer de s'occuper, proposer d'effectuer des livraisons supplémentaires pour ne pas avoir à songer à ses amis – ou à Nik. Elle s'était efforcée, en vain, de chasser le fae de ses pensées.

Elle venait de fermer boutique quand une voix retentit derrière elle.

« Je me suis dit que tu voudrais peut-être la récupérer. »

Faythe pivota sur elle-même, et laissa échapper un petit cri en avisant Marlowe. La forgeronne lui tendait la montre de poche de sa mère, intacte. Faythe lui adressa un sourire émoussé avant de s'emparer de l'objet.

Un court silence s'installa avant qu'elle ne bredouille :

« Je m'excuse, Marlowe. Tu n'avais rien fait pour mériter de subir ma colère, et Jakon non plus. Je… »

La fin de sa phrase fut interrompue par Marlowe qui vint l'étreindre avec force. Toute la peine et l'inquiétude que Faythe éprouvait s'envolèrent. Elle n'aurait su dire combien de temps toutes deux restèrent enlacées ainsi, pas plus qu'elle ne se rendit compte à quel point ce geste lui faisait du bien. Ce fut comme si on lui ôtait un poids des épaules.

Marlowe se retira ensuite, les mains toutefois rivées aux bras de Faythe. Elle la regarda droit dans les yeux et déclara :

« Tu sais que tu peux tout me dire, hein ? »

Faythe déglutit, tant l'intensité du regard bleu océan de son amie était troublante, et hocha la tête. Marlowe attendit un moment encore, comme si elle espérait que Faythe lui explique ses sautes d'humeur et ses absences. *Par les dieux,* celle-ci en mourait d'envie. Mais elle ne pouvait s'y hasarder. Il valait mieux, pour elle-même comme pour Marlowe, que cette dernière ne soit au courant de rien.

La jeune forgeronne finit par reculer, un petit sourire aux lèvres sans, toutefois, parvenir à masquer sa déception. Elle prit tout de même Faythe par le bras et l'entraîna vers la hutte.

« En fait, j'aurais un service à te demander. »

Marlowe s'immobilisa et retira son bras, de sorte que Faythe et elle puissent se tenir face à face. Faythe s'éclaircit la voix.

« Je, euh... J'aimerais que tu occupes encore Jakon, demain soir. »

Elle n'avait aucun droit de le faire, en particulier après la scène de la veille. Marlowe croisa les bras.

« Pour que j'accepte, tu vas devoir me dire précisément ce que tu mijotes. »

Ce n'était que justice, et Faythe savait que Marlowe ne trahirait pas son secret. Elle ne comptait après tout se livrer qu'à une activité *humaine* parfaitement normale, quoique d'une dangerosité et d'une imprudence insensées.

« Je vais combattre... à La Grotte. Je suis allée voir Ferris, il a tout arrangé. »

Faythe guettait la réaction horrifiée de Marlowe, ses grands cris, elle allait la traiter de folle, courir tout répéter à Jakon. Il n'en fut rien. Elle n'arrivait pas à décrypter les traits du visage de son amie, qui resta un moment à soutenir son regard, perdue dans ses réflexions.

« Tu es certaine de pouvoir gagner ? »

Faythe battit des cils, surprise.

« Ah, euh, non, mais Ferris semble convaincu que j'ai de bonnes chances. »

Elle grimaça. L'avis de Ferris n'était pas l'argument le plus solide, et elle-même se trouvait bête de s'y fier.

Marlowe souffla fort mais, très vite, un petit sourire étira ses lèvres.

« J'espère qu'il sait que, s'il se trompe le moins du monde et si tu ressors du combat avec la moindre égratignure, ce n'est pas la colère de Jakon qu'il aura à craindre. »

Faythe se tassa sur elle-même, de soulagement, et arbora un large sourire. Elle ne méritait pas d'avoir une amie aussi loyale. Sur ce, Marlowe la prit par le bras sans plus aborder la question, et elles se remirent en marche. Faythe avait le cœur léger. Certes, cela faisait un secret de plus à cacher à Jakon, mais elle pouvait en parler à une amie au moins, et c'était un soulagement.

De retour à la hutte, elles furent rejointes une dizaine de minutes plus tard par Jakon. Celui-ci s'apprêtait à prendre la parole, mais Faythe se jeta sur lui sans qu'il en ait le temps. Les bras solides de Jakon s'enroulèrent autour de sa taille, la soulevèrent légèrement tandis qu'elle se cramponnait à son cou. Ils restèrent ainsi un long moment. Quoique chavirée d'émotion, Faythe n'avait plus de larmes à verser depuis la nuit précédente.

« Je suis désolé », marmonna-t-il, la tête enfouie dans ses cheveux.

Faythe se retira de l'étreinte, plongea son regard dans les yeux marron de son ami et secoua fermement la tête.

« C'est moi qui devrais l'être. Je ne sais pas ce qui m'a pris. Tu avais amplement le droit d'être en colère.

— J'aurai toujours besoin de toi, Faythe, et je ne cesserai *jamais* de t'aimer.

— Je sais, chuchota Faythe. Je m'en veux d'avoir été distante, ces derniers temps, mais tu n'y étais pour *rien*, et Marlowe non plus. J'aurai toujours besoin de vous, et je ne te demanderai jamais de choisir entre elle et moi. »

Elle se dégagea de son étreinte.

Marlowe lui adressa un sourire chaleureux tandis que Jakon acquiesçait. La tension enfin dissipée entre eux, Faythe inspira à fond, soulagée.

« On devrait manger au Harbor Hall, ce soir. C'est moi qui offre », proposa Marlowe.

Pour toute réponse, Faythe lui sourit, ravie du changement de conversation. Son ventre gargouilla à l'évocation d'un repas et, sitôt que Jakon se fut rafraîchi, le trio sortit dîner.

Ils flânèrent dans les rues paisibles menant au port. Des torches brûlaient aux façades des bâtiments et compensaient l'obscurité qui descendait avec le soleil couchant. Une fois au restaurant, on les conduisit à une table donnant sur la mer. Marlowe et Jakon s'installèrent côte à côte, Faythe en face d'eux. Cette dernière craignait jusque-là d'avoir à tenir la chandelle, mais, à sa grande surprise, elle était parfaitement à l'aise. Ils dînèrent, ils rirent, et ils discutèrent de tout et de rien. Faythe goûtait ce sentiment de normalité, tout à sa joie de voir ses deux amis aussi insouciants.

Elle s'aperçut alors combien ces moments-là lui manquaient, combien elle en avait besoin. Pour contrôler sa colère et sa peine, afin de mieux maîtriser ses capacités, l'équilibre était la clé.

L'humeur était au beau fixe, et Faythe se sentait grisée de rire au moment où ils réglèrent l'addition et quittèrent le Harbor Hall. Le trajet était court jusqu'à la hutte, mais lorsqu'ils franchirent le dernier coin de rue, Faythe se raidit, toute joie envolée. Marlowe le sentit à la pression de son bras et regarda dans la même direction qu'elle.

Les trois amis avaient face à eux un autre trio. Deux gardes fae… conduits par le capitaine Varis. Sans un mot, Marlowe attira discrètement Faythe à elle, comme si elle percevait sa peur. Faythe s'efforçait de rester les yeux rivés par terre, sans prêter la moindre attention aux fae, croisant les doigts pour que le capitaine ait oublié leur dernière rencontre. Hélas, sa voix sombre gronda dans son esprit.

« Regarde-moi, petite. »

Une démonstration de domination. Varis voulait qu'elle le regarde, il voulait lire la peur dans ses yeux et se prouver qu'il avait réussi à susciter la terreur sur ses inférieurs. Faythe savait que, si elle n'obéissait pas, il les arrêterait et tenterait de satisfaire physiquement son désir sadique de violence.

Quand les gardes furent à moins d'un pas, elle se força à lever les yeux. Elle ne se déroba pas au regard noir de Varis, bien que les vagues de haine et de méchanceté qui irradiaient de ce fae lui retournent le ventre et aient manqué de la faire défaillir. Un éclair de rage la frappa comme un coup de poignard en pleine poitrine. La rage de Varis, provoquée par le regard de défi qu'elle affichait.

Faythe était peut-être stupide de ne pas lui offrir la réaction qu'il attendait, mais, en cet instant, la contrariété prenait le pas sur toute forme de logique et de rationalité. Elle n'allait pas trembler devant lui. Plus jamais.

Varis et Faythe se toisèrent lorsqu'ils se croisèrent, leurs bras se frôlant presque, et l'instant parut durer une vie entière. Comme le capitaine ne s'arrêtait pas pour la punir, Faythe poussa un long soupir, puis esquissa un sourire à l'attention de Marlowe, qui lui pressait le bras. Apparemment, elle avait réussi à faire passer sa réaction pour une simple méfiance vis-à-vis des fae. Méfiance partagée par tous les humains, à juste titre.

« C'est à croire qu'ils n'ont rien de mieux à faire de leur immortalité que de susciter la peur et de se pavaner », déclara Marlowe quand les gardes furent loin.

Jakon éclata de rire et, aussitôt, Faythe chassa de ses pensées les dernières minutes, préférant se rappeler la bonne soirée qu'elle venait de passer avec ses amis. Lorsqu'ils arrivèrent à la hutte, elle enlaça Marlowe et lui souhaita bonne nuit, après quoi Jakon raccompagna la forgeronne chez elle, comme à leur habitude. Enfin, une fois couchée, pour la première fois depuis bien longtemps, Faythe s'endormit un sourire aux lèvres et la joie au cœur.

Chapitre 24

La journée du lendemain se déroula entre livraisons, papotages, et reproches de la part de Marie lorsque Faythe rata deux commandes. Reproches justifiés. Faythe avait la tête ailleurs – au combat qui se rapprochait à chaque seconde qui passait. Elle ne quittait presque pas sa montre des yeux, la consultant sans cesse à mesure que les aiguilles se rapprochaient de dix heures et de son rendez-vous avec Ferris, dans Crow's Lane.

Lorsqu'elle rentra, sa journée terminée, elle s'assit à la table de la cuisine et affecta de se plonger dans la lecture du livre ouvert devant elle. Elle tapotait nerveusement du pied contre celui de la table, seul bruit à troubler le silence douloureux de l'attente. Attente que la porte s'ouvre et annonce le retour de Jakon. Mais celui-ci était en retard.

D'ordinaire ponctuel, Jakon rentrait tous les soirs ou presque à huit heures, or, il était près de neuf heures et demie, et Faythe commençait à s'inquiéter. Ce n'était certes pas la première fois qu'on lui demandait de rester à la ferme une heure ou deux de plus. Manque de chance pour Faythe, il fallait que cela tombe ce soir.

La jeune femme bondit quand soudain la porte grinça – hélas, ce n'était que Marlowe, et Faythe ne cacha pas sa déception.

« Il n'est pas encore rentré ? » s'enquit la forgeronne, le front plissé.

Faythe fit signe que non, puis se rassit en soufflant.

« Tu dois y être pour quelle heure ?

— Dix heures, marmonna Faythe en consultant pour la énième fois sa montre.

— Va te changer, je ferai diversion s'il arrive entre-temps. »

Et Marlowe leva Faythe en la tirant par le bras.

Bien que toujours sur ses gardes, celle-ci acquiesça et passa dans la chambre. Là, elle retira sa tunique et son pantalon, enfila son costume, glissa ses bras dans les longues manches serrées. Lorsqu'elle tira sur la fermeture à glissière, elle prit le temps de savourer la sensation de cette véritable seconde peau. Au niveau des avant-bras, du corsage et des genoux, la matière était renforcée, mais elle se confondait avec la texture mate et grenue du reste. Un ceinturon fixe épousait ses hanches, dans lequel elle avisa des emplacements pour dagues et autres armes.

Elle n'avait pas besoin de miroir en pied – qu'elle ne possédait pas, de toute façon – pour savoir que ce costume était superbe. Il faudrait qu'elle pense à remercier Ferris. Nul doute qu'il escompte qu'elle le rembourse sur ses gains, en cas de victoire, mais elle devait lui reconnaître du goût et un sacré coup d'œil.

Elle venait d'enfiler ses bottes quand elle entendit la porte d'entrée s'ouvrir, puis des bruits de pas et des murmures. Dans un juron, Faythe jeta le reste de son équipement sous son lit. Elle chercha du regard, en panique, un moyen de se cacher. Les options étant limitées, elle décida de se réfugier sous son drap et de le remonter sous son menton.

Après quoi, elle ferma les yeux et feignit de dormir, tandis que les voix se rapprochaient.

« Je crois qu'elle était patraque, elle est allée se coucher », entendit-elle Marlowe déclarer plus fort que nécessaire.

Faythe comprit que c'était à elle que ces paroles s'adressaient. Elle remercia les Esprits que son amie ait songé à la même excuse.

La porte de la chambre grinça ; Faythe entrouvrit les yeux, fit mine d'être assoupie et désorientée.

« Hé, Jak », dit-elle d'une voix rauque.

Le visage du jeune homme s'assombrit dès qu'il l'aperçut.

« Désolé pour le retard. Ils m'ont gardé un peu plus. »

Faythe lui adressa un sourire sans énergie.

« Ce n'est pas grave. Je vais juste me reposer un peu.

— On peut rester, au cas où tu…

— Ça va aller, Jak. Sortez donc vous amuser », insista Faythe un peu trop vite.

Elle ne savait pas quelle heure il était, mais elle était sûre d'arriver en retard si elle ne partait pas sous peu.

Jakon s'apprêtait à protester, mais Marlowe le devança :

« Je nous avais prévu quelque chose, pour ce soir. C'est pour ça que je suis passée voir si Faythe n'avait besoin de rien avant que tu ne rentres. »

Faythe lui adressa un regard de gratitude. Pour Marlowe non plus, faire ces cachettes à Jakon ne devait pas être facile.

Celui-ci sourit à sa bien-aimée puis reporta son attention sur Faythe.

« Tu es sûre que ça va aller ?

— Certaine. »

Elle aussi sourit, en espérant que cela suffise à le convaincre. Un dernier regard et Jakon acquiesça, avant de se diriger vers la porte.

Marlowe lança un clin d'œil à Faythe et mima « Bonne chance » avec les lèvres, puis sortit à son tour.

Faythe attendit quelques minutes encore, dans l'angoisse, le temps que leurs voix s'estompent, puis que la porte d'entrée se referme derrière eux. Sans perdre une seconde, elle rejeta son drap et se leva. Elle ajusta Lumarias dans son dos, enfila ses gants et enroula l'écharpe autour de son dos. Elle comptait faire le court trajet jusqu'à Crow's Lane le visage découvert afin de ne pas trop attirer les soupçons.

Le temps de passer sa nouvelle cape noire sur ses épaules, et elle jaillit hors de la hutte, devenant une ombre vivante qui se confondit avec la nuit. Elle enfilait les rues avec une précision féline, telle une traînée de fumée noire. Son costume lui offrait une liberté de mouvement qui lui avait toujours fait défaut, en combat. Elle ne ressentait ni frottement ni grattement, et, malgré l'épaisseur de la matière, la tenue ne pesait *rien du tout*.

Faythe déboula dans Crow's Lane. Cette « rue des corbeaux » portait bien son nom : elle était une des ruelles les plus sombres de la ville, où les corbeaux se repaissaient du rebut de l'auberge et de la boucherie. Les odeurs et les bruits étaient si infâmes que les passants préféraient d'ordinaire l'éviter.

Faythe distinguait à peine la silhouette adossée à un bâtiment, au milieu de la ruelle. Elle croisait les doigts pour qu'il s'agisse bien de Ferris, et non d'un agresseur. Après tout, elle aurait du mal à se défendre dans le noir, et ses cris peu de chances d'alerter qui que ce soit.

L'inconnu s'écarta du mur à son approche.

« Je commençais à craindre que tu te défiles », plaisanta Ferris non sans impatience toutefois.

Faythe s'arrêta devant lui et le reconnut peu à peu, à mesure que ses yeux s'adaptaient à l'obscurité.

« Je suis là, pas vrai ? répliqua-t-elle.

— En effet. » Ferris la regarda de la tête aux pieds, admiratif. « Tu es splendide, Faythe. La mort incarnée. »

L'intéressée dansa d'un pied sur l'autre.

« Qui aurait cru que tu aies du goût ?

— Le costume vient de Rhyenelle. Les guerrières fae portent le même. Me le procurer n'a pas été une mince affaire. »

Faythe retint son souffle à la mention des légendaires guerriers de Rhyenelle. Leurs légions mixtes égalaient jusqu'à celles de High Farrow. Tout à coup, elle s'estima indigne de porter cette tenue, et envisagea de la retirer pour ne pas insulter d'aussi talentueuses combattantes.

« Je me serais contentée d'un pantalon et d'une tunique de cuir noir », marmonna-t-elle.

Ferris haussa les épaules.

« La meilleure doit porter la tenue des meilleurs, affirma-t-il. Et j'escompte que tu me la rembourses largement. Dès ce soir, peut-être. »

Il assortit la remarque d'un sourire roué.

Faythe déglutit avec peine. Pas de pression, donc.

« On entre, tu ne parles à personne, enchaîna Ferris. C'est moi qui m'en charge. Toi, tu fais ton numéro et tu t'en vas. Je m'occupe du reste. Vu ? »

Il prenait la chose très au sérieux, Faythe était son billet d'entrée dans ce monde-là.

Pour toute réponse, Faythe se contenta de hocher la tête – la nervosité la privait de la parole.

« Ne frime pas. Ne roule pas des mécaniques. Moins les gens parieront sur toi, plus on ramassera d'argent, compris ? »

Ferris prévoyait donc de « gruger ». Faythe comprit qu'elle ne pouvait plus se défausser – et que le jeu mortel auquel elle s'apprêtait à prendre part venait tout juste de devenir encore plus mortel.

Chapitre 25

Faythe se fit un masque de son écharpe puis passa la capuche de sa tenue au moment où Ferris et elle ressortaient de Crow's Lane pour s'engager dans la Grande Rue. Elle serrait ses gants au creux de ses poings pour empêcher ses mains de trembler sous l'effet de la nervosité et de l'adrénaline qui fusaient dans ses veines.

De rares humains la dévisagèrent et s'écartèrent sur son passage. Elle s'efforçait de dégager le plus d'assurance possible afin d'incarner le genre de combattante sans pitié que l'on s'attend à trouver dans un endroit comme La Grotte.

À l'approche de l'auberge, Faythe inspira à fond avant de franchir le seuil après Ferris, sans s'autoriser la moindre faiblesse. Elle espérait que les propriétaires ne la reconnaîtraient pas. Elle et ces gens-là n'étaient pas en très bons termes depuis que, ivre, elle avait pris part à une bagarre qui s'était soldée par des meubles cassés et des bouteilles brisées.

L'établissement accueillait de petits groupes d'hommes qui bavardaient et buvaient. Quelques-uns se tournèrent, intrigués, vers la mystérieuse silhouette à capuche qui s'avançait.

Faythe suivait toujours Ferris qui, lui, n'adressait pas un regard alentour et alla directement rejoindre un couloir mal éclairé, derrière le comptoir, qui aboutissait à un escalier. Personne ne l'arrêta ni ne lui posa de questions, si bien que Faythe se demanda combien de fois son ami était déjà descendu dans la fameuse « grotte ».

Les mains moites sous le cuir de ses gants, elle remua les doigts pour se changer les idées plus que pour autre chose tandis que, aux murs, les torches se faisaient rares. Au pied des marches s'ouvrait un petit couloir au bout duquel deux colosses humains montaient la garde de part et d'autre d'une grande double porte en fer. Faythe se retint de se défiler, en espérant ne pas avoir à affronter d'adversaire de *ce gabarit*.

De fait, elle ignorait à quoi ressemblerait son rival et, si Ferris était au courant, il n'en avait rien laissé paraître. Peut-être de peur qu'elle change d'avis, ou pour lui éviter de trop angoisser à l'avance.

Ferris s'arrêta soudain et se tourna vers elle.

« J'ai misé gros sur toi, Faythe, et j'ai persuadé mon maître d'en faire autant. La défaite est interdite. Tu es rapide, tu es maligne… Ne nous déçois pas », dit-il tout bas, de sorte qu'elle seule l'entende.

Il ne l'admonestait pas ni n'usait de la peur ou de la pression pour s'assurer qu'il ne perdrait pas sa mise. Non, au regard qu'il lui adressait, Faythe sut qu'il cherchait à lui donner confiance.

Elle inspira à fond, redressa les épaules avec une détermination accrue. La défaite était bel et bien interdite. Ce soir-là, et tous les autres ensuite.

Ferris se remit face aux gardes. Il chuchota afin qu'elle n'entende rien, puis écarta un pan de sa veste noire et argent pour leur montrer quelque chose qu'elle ne vit pas non plus. Les géants l'observèrent de la tête aux pieds, puis firent de même avec Faythe.

Celle-ci ne s'aperçut qu'à ce moment-là que son ami était mieux vêtu qu'à l'accoutumée. Elle se demanda aussitôt quel genre de public allait l'accueillir derrière la double porte. Elle discernait tout juste la clameur des voix et des encouragements, étouffés toutefois par les épais battants de fer.

Tout changea cinq secondes plus tard, quand les gardes hochèrent la tête puis actionnèrent chacun une poignée : La Grotte s'ouvrait à ses visiteurs. L'endroit portait bien son nom, et Faythe ne lâcha pas Ferris d'une semelle quand celui-ci s'engagea dans l'espace caverneux.

Ce fut l'odeur qui la frappa en premier. Pas celle des corps ou de l'alcool ; mais des relents cuivrés du *sang*. Sa vision se troubla un peu. Elle n'avait pas anticipé la chose. Une erreur de sa part. Toutefois, elle comptait s'en sortir grâce à ses réflexes, et sans avoir à verser le sang.

Ferris lui plaqua une main dans le dos pour l'entraîner plus avant quand elle ralentit afin d'admirer le décor. Il se pencha et lui murmura à l'oreille :

« Cogne, fais le spectacle et ça ira. Ce n'est pas un combat à mort, Faythe. »

Ses paroles atténuèrent un peu la nervosité de la future combattante. Elle n'aurait pas pu aller au bout s'il lui avait fallu tuer quiconque.

Ferris la conduisit à un balcon – pas trop élevé – dominant une énorme fosse en pierre. Un combat s'y déroulait déjà, et Faythe aperçut deux hommes le corps couvert de sang. Des taches abjectes maculaient le sol et les murs ; elle faillit tourner les talons et s'enfuir face à ce spectacle d'épouvante.

L'assistance, elle, s'en délectait ; certains hommes s'appuyaient même à la rambarde pour mieux observer le combat, en silence, un sourire carnassier aux lèvres. D'autres, plus nonchalants, suivaient le match tout en buvant aux pichets servis dans l'auberge. La foule se composait pour l'essentiel d'hommes, tous aussi bien mis que Ferris. Faythe n'en reconnut aucun et estima qu'il devait s'agir de cette minorité d'humains possédant quelque fortune, et qui ne s'aventuraient jamais dans les quartiers qu'elle fréquentait.

Il y avait également quelques femmes, vêtues de « robes » qui ne cachaient pas grand-chose. Elles étaient belles, néanmoins. Certaines se cramponnaient au bras de leur compagnon, tels de fiers trophées ; d'autres faisaient preuve d'une plus grande indépendance, sans être seules pour autant, et fumaient de longues pipes décorées. Toutes semblaient apprécier le spectacle autant que leurs homologues masculins, à en juger par leurs sourires narquois et leurs regards séducteurs.

Ce contraste entre élégance et sauvagerie faisait de La Grotte le lieu de rendez-vous de la belle société.

Faythe porta de nouveau son regard sur le combat. Le spectacle ne fit rien pour calmer ses nerfs, mais, au moins, elle put se familiariser avec l'arène et repérer les points qu'elle pourrait tourner à son avantage.

Les deux hommes étaient munis de dagues. Le plus petit des deux semblait sur le point de s'avouer vaincu – ou de s'évanouir –, car il titubait le long du périmètre de l'arène. Ferris n'avait évoqué ni les règles ni la question des armes et, jusque-là, Faythe estimait qu'il n'y avait aucune restriction.

L'autre combattant, une montagne de muscles, ne fit preuve d'aucune pitié pour son adversaire, qu'il attaqua sans relâche. Faythe assista, impuissante et horrifiée, à l'impitoyable correction, et son cœur se mit à battre plus fort quand elle s'imagina affronter un tel déséquilibré. *Par les dieux*, si jamais Jakon voyait cet endroit – s'il la voyait, *elle*, dans cet endroit, et s'il savait ce qu'elle s'apprêtait à faire…

Elle secoua la tête. Ce n'était pas le moment d'y songer. Elle devait rester concentrée.

« Viens », lui dit Ferris à l'oreille pour couvrir la clameur.

Une main toujours dans son dos, il l'entraîna de l'autre côté du balcon, au moment même où elle entendit la foule rugir, et devina que le lutteur exténué était enfin tombé.

Un escalier s'enfonçait dans la pierre, dont Faythe sut qu'il ne pouvait aboutir qu'à un seul endroit.

Ferris se cala derrière elle, et elle sentit ses bras au-dessus de ses épaules juste avant qu'il ne lui défasse sa cape. Il se présenta ensuite face à elle, le vêtement plié sur le bras.

Faythe se trouva tout à coup très nue et très vulnérable. Une vague de panique déferla sur elle.

Par les dieux, *par les dieux,* mais que lui était-il donc passé par la tête ? La Grotte n'était pas un endroit où une humaine sans expérience pouvait venir s'exercer à l'escrime. C'était le domaine de la brutalité sans merci, et Faythe n'allait y récolter que des blessures – voire pire.

Deux mains puissantes la saisirent par les épaules, si fort que la douleur l'arracha à ses pensées. La foule s'était rassise comme pour attendre sa nouvelle dose de carnage. Une secousse brusque força Faythe à lever les yeux vers les deux iris marron qui l'observaient.

« Ressaisis-toi, Faythe. Tu sais que tu peux le faire. Ta taille est ton principal atout – ton adversaire ne s'en rendra pas compte, moi si. Tu es rapide, observatrice et futée. L'autre ne s'attendra pas à ça. »

Ferris lui parlait sans détour, tel un entraîneur motivant sa championne au bord du ring.

« Combattants suivants ! » tonna une voix.

L'appel eut le don de réveiller Faythe. Elle inspira à fond, échangea un regard entendu avec Ferris. Un ultime « bonne chance ».

Faythe se tourna vers l'entrée de la fosse, et entreprit d'apaiser son esprit, de le transformer en un fleuve de concentration tranquille. Le tumulte de sa peur se réduisit à un simple bourdonnement qui lui mettait les sens aux aguets au lieu de les étouffer. À chaque pas, elle surveillait sa respiration, la ralentissait pour mieux réguler ses battements cardiaques. Elle se plongeait toujours plus dans le puits de sérénité qui la forçait à se concentrer sur tout ce qu'elle avait appris, tout ce qu'elle avait travaillé, tout ce qui la rendait redoutable face à une menace ou un défi.

Elle n'allait pas flancher.

Elle n'allait pas reculer.

Elle n'allait pas perdre.

Sitôt qu'elle posa le pied sur le sol en pierre de l'arène, elle n'était plus la même que sur le balcon. Un silence absolu s'était abattu sur l'assistance. Le dos droit, Faythe leva ses yeux or vif – seul détail révélant son identité – vers les spectateurs. Tous l'observaient, y compris ceux qui, jusque-là, bavardaient d'un air distrait.

La mort incarnée, ainsi l'avait décrite Ferris. Et c'était précisément ce qu'elle allait devenir dans cette fosse ; c'était ainsi qu'elle allait gagner.

Le maître de cérémonie, un grand homme maigre, se tenait au centre de l'arène. Il promena son regard sur Faythe et, à la promesse de douleur qu'il lut dans ses yeux, il déglutit.

« Et son adversaire ! » s'exclama l'homme.

Faythe se tourna vers l'autre entrée, située à sa gauche. Après une courte pause, un homme aux cheveux et au teint foncés apparut. Des murmures parcoururent la foule à la vue de l'immense brute qu'elle allait affronter.

Ce géant la dominait de trente bons centimètres, et ressemblait à un vrai roc. Il portait une tunique en cuir brun malmené, sans manches pour mieux mettre en valeur l'imposante musculature de ses bras, souligner le fait qu'il n'aurait pas besoin de grande protection quel que soit son adversaire. C'était une sottise de sa part, et une faiblesse que Faythe avait déjà remarquée.

Si la foule réclamait du sang, elle savait précisément comment lui en donner.

Autre faiblesse qu'elle repéra : il portait des sandales. Faythe se sentit insultée qu'il s'estime capable de la vaincre sans bouger ou presque. Quel imbécile ! Elle comptait bien le faire danser.

L'homme la toisa d'un regard rien moins que sauvage.

« C'est tout ce que vous avez à me proposer ? » lança-t-il en tendant les bras comme si elle était un simple cafard qu'il allait écraser.

Il voulait exciter la foule, asseoir son statut de vainqueur avant même le début du match. Faythe connaissait cette tactique, et le laissa la rabaisser sans un mot, sans un geste.

Ferris avait raison. Personne n'allait miser sur elle dans ces conditions, et cela jouerait en leur faveur.

Sous son masque, elle esquissa un sourire sournois qui n'affecta toutefois pas ses yeux.

Son adversaire obtint la réaction qu'il souhaitait : la foule rugit de rire. Il y en eut même qui huèrent la piteuse combattante qui allait gâcher leur plaisir en se faisant ratatiner trop vite.

« Derniers paris ! » annonça le maître de cérémonie avant de signifier aux combattants de se mettre en place.

Des voix s'élevèrent du balcon, où Faythe vit les spectateurs miser les dernières pièces, probablement pas sur elle. Elle ne pouvait le leur reprocher. Aux yeux de tous, la brute épaisse avait déjà gagné contre la pauvre biche.

Elle avisa ensuite Ferris, accoudé à la rambarde, qui l'observait. Il souriait, mais elle perçut également l'inquiétude sur ses traits. Elle lui adressa un signe de tête discret pour lui assurer qu'elle n'allait pas s'écrouler face à un adversaire aussi redoutable. Elle ressentait même tout le contraire, à sa grande surprise.

« Des armes ? » demanda le maître de cérémonie.

Le colosse ricana, comme s'il estimait n'avoir besoin d'aucune ; toutefois, il dégaina une épée en fer toute simple, et tira une dague de sa ceinture.

D'un geste lent et délibéré, Faythe sortit Lumarias de son fourreau dorsal sans quitter son adversaire des yeux une seule seconde. Le regard de l'homme était empreint de sauvagerie – un chasseur prêt à frapper sa faible proie.

« Bonne chance à tous les deux. Vous pouvez commencer. »

Le maître de cérémonie s'éclipsa sitôt ces paroles prononcées.

Faythe et la bête se tournèrent autour, la jeune femme étudiant ses moindres mouvements. Comme elle l'avait prédit, il lança une attaque molle visant à tirer profit au plus vite de sa force brute. Elle l'esquiva sans peine.

L'homme grogna et donna un grand coup d'épée dans la foulée. Faythe s'écarta d'un mouvement fluide. Ses manœuvres provocatrices enrageaient son adversaire.

Elle n'avait pas encore brandi son épée, se contentant de jauger l'allonge de l'homme, restant sur la défensive pour l'épuiser. Celui-ci n'était pas encore essoufflé, mais patience. Cela ne saurait tarder. Elle constatait déjà qu'il s'énervait.

Il abattit de nouveau sa lame, plus vite, et enchaîna avec un coup de dague pour la prendre par surprise. Mais Faythe connaissait l'astuce. Jakon avait été le premier à lui montrer comment parer ce genre d'attaques simultanées ; Nik avait ensuite enrichi ses connaissances de façon significative.

Elle esquiva une série de coups secs et de larges balayages, savourant chaque fois la rage et l'incrédulité qu'elle lisait sur le visage de son adversaire.

Faythe n'entendait plus la foule ni ne la voyait, concentrée qu'elle était sur sa cible mouvante. Lasse de ces préliminaires, elle profita d'un énième assaut pour contourner la brute et abattre son épée sur son bras gauche exposé. Elle sentit la chair s'ouvrir sous sa lame et se repositionna derrière lui. La plaie était profonde, l'homme saignait de l'épaule jusqu'au coude.

En d'autres circonstances, Faythe aurait flanché à la vue du sang, de cette blessure qu'elle avait infligée. Mais dans le cadre d'un combat, il n'y avait pas de sentiments à avoir.

Elle entendait vaguement les murmures abasourdis au-dessus de sa tête, mais n'osait pas lever les yeux ou se déconcentrer alors que son adversaire frappait encore en poussant un cri de bête face auquel toute personne saine d'esprit aurait pris ses jambes à son cou. Faythe, elle, resta de marbre. Enragé, l'homme raclait le sol de ses pieds, tel un taureau prêt à charger.

Et il chargea – vite. Faythe eut à peine le temps de percevoir le mouvement que, d'instinct, elle se pencha et pivota sur elle-même. Son adversaire fit un vol plané, dont elle profita pour lui enfoncer sa lame dans la cuisse.

L'homme rugit encore et se jeta sur elle. Leurs fers se croisèrent ; le duel de la rage sauvage contre la défiance rusée. Faythe dut mobiliser tous les enseignements de Nik pour parer avec Lumarias sans perdre de vue la dague de l'ennemi. Cela dit, malgré toutes ses astuces et ses heures d'entraînement, elle ne tiendrait pas longtemps contre cette force brute.

Alors elle feinta à droite et, quand l'homme s'apprêta à frapper, elle brandit son épée, dont elle écrasa le pommeau sur la main qui tenait la dague. Celle-ci vola, et Faythe asséna un puissant coup de pied qui fit reculer son adversaire. Sous le choc, ce dernier ne se remit pas assez vite pour esquiver le coup d'épée qui lui trancha les cuisses.

Dans un cri de douleur, le géant s'écroula à genoux.

Faythe fut sur lui en un éclair, la pointe de Lumarias braquée sur son cœur. Haletante, elle toisait son adversaire. Le visage du géant était déformé par une rage qu'elle *sentait* se déverser de lui par vagues, mêlée de gêne et d'incrédulité.

« Tu me le paieras, salope. »

La pensée fut si forte qu'elle n'aurait pu la bloquer, quand bien même elle l'aurait voulu.

Malgré la chaleur et la sueur qui s'étaient déposées sous son costume, ces paroles glacèrent Faythe. Ses sens se rouvrirent comme si elle venait de se rappeler qu'elle était dans une arène, en présence d'une foule déchaînée.

« La vainqueur ! » entendit-elle proclamer le maître de cérémonie, de retour dans l'arène.

Elle fit un pas en arrière, abaissa son arme. Elle adressa un bref regard au grand homme maigre qui se tenait à son côté, et qui l'observait, lui aussi incrédule. Quelques spectateurs la félicitèrent, mais la plupart, nota-t-elle, étaient sidérés par sa victoire, et leur pari perdu.

Tout à coup, Faythe comprit que le vrai danger ne résidait pas dans le combat, mais dans les répercussions de la *victoire*.

Son regard se posa sur son adversaire, encore à genoux, et dont les yeux exprimaient la même menace. Un parieur avait-il perdu suffisamment gros pour vouloir lui aussi lui coller une cible dans le dos ?

Pivotant sur elle-même, elle se précipita vers la sortie et s'engouffra dans l'escalier où personne ne pourrait la voir. Au sommet des marches, elle fila sans transition vers la double porte en fer. Les spectateurs s'écartaient sur son passage.

Lumarias était un poids mort dans sa main, les tranchants de la lame encore visqueux du premier sang goûté lors d'un vrai combat. Ce sang, Faythe ne l'avait pas tant fait couler que cela, et elle doutait que les spectateurs les plus assoiffés aient apprécié sa performance autant que le combat précédent. Toutefois, elle avait fait ce qu'elle avait à faire.

Et elle avait gagné.

Chapitre 26

Assise sur une caisse retournée, Faythe s'était réfugiée dans les ténèbres de Crow's Lane, où elle avait retiré son écharpe, sa capuche, et baissé la fermeture à glissière de quelques centimètres sous son cou. Elle gémit presque de plaisir en sentant l'air frais envelopper sa tête et caresser sa poitrine ; elle respirait déjà mieux. Elle posa Lumarias par terre, le temps de trouver de quoi en retirer le sang de son adversaire avant de la ranger dans son fourreau.

Elle se pencha, se prit la tête à deux mains tout en se remémorant les évènements de la soirée.

« Tu me le paieras, salope. »

Les pensées – les *sentiments* – de l'homme contenaient une promesse de souffrance qui lui faisait craindre qu'il cherche un jour à passer à l'acte. La prochaine fois, elle aurait peut-être moins de chance.

Faythe l'avait humilié. Une brute gigantesque, vaincue par une *femme*. Ce qu'elle avait lu dans son esprit indiquait qu'il ne comptait pas en rester là. Cet homme était beaucoup moins tourné vers le pardon que vers la vengeance.

Alertée par des bruits de pas sur sa gauche, Faythe ramassa son épée, se leva et la pointa sur l'intrus dans un même mouvement. Encore nerveuse et vindicative à la suite de son premier vrai combat, elle découvrit, quand ses yeux se furent accoutumés à l'obscurité, Ferris qui lui souriait, les mains en l'air comme pour se rendre.

Elle abaissa Lumarias dans un soupir de soulagement contrarié. Après quoi, dans un accès de colère, elle le repoussa des deux mains. Le jeune homme tituba en arrière sous l'effet de la surprise.

« Sale connard ! siffla Faythe en veillant à ne pas parler trop fort. Tu nous as mis en danger ! Un type comme ça, il ne va sûrement pas accepter sa défaite en gentleman, Ferris !

— Hé là, du calme ! Tu oublies que personne n'a vu ton visage, Faythe. Pour tous ces gens, tu n'es qu'une ombre ! »

Faythe recula, convaincue par l'argument, et se détendit un tant soit peu, quoique toujours irritée par l'écho des sentiments de son adversaire. Sa faculté était une bénédiction et une malédiction à la fois – une malédiction, surtout, estimait-elle.

« Tu ne risques rien. Cesse de t'inquiéter, tu veux ? » insista posément Ferris.

Faythe acquiesça, toujours méfiante, et se rassit, craignant que ses jambes ne la soutiennent pas.

« Tiens. »

Ferris lui tendit un petit paquet : une bourse.

Faythe l'accepta et ouvrit des yeux tout ronds. La bourse était lourde. Elle en dénoua les cordons et fit tomber dans sa main quelques pièces. Elle blêmit en découvrant qu'elles étaient en argent. Pas de simples pièces en cuivre. Elle devinait déjà qu'il y avait là davantage que ce qu'elle gagnait en un mois chez Marie.

« Pour ta participation et ta victoire. Et ceci… » Ferris tira de sa poche une autre bourse en cuir marron, qu'il lui offrit également.

D'autres pièces en argent – et quelques-unes en or, constata Faythe, sidérée.

« Ta part sur les profits des paris. Moins ce que tu me devais pour ton costume, et mon pourcentage sur ce qu'il restait, bien entendu. »

Faythe scrutait l'argent, bouche bée. Il y en avait tant qu'elle ne savait quoi dire. Sa dette envers Ferris était déjà remboursée. Ce pécule était à elle, et rien qu'à elle.

« Tu es sûr de ne pas t'être trompé ? »

Ferris eut un petit rire.

« Tu t'es mieux débrouillée que ce que je pensais. Les clients ont misé à mort sur l'autre type pour être sûrs que ça leur rapporte. »

À ces mots, Faythe fit la moue, et son ventre se serra.

« Ils ne risquent pas d'être furieux et de vouloir s'en prendre à moi ? demanda-t-elle.

— Comme je disais, personne ne t'a reconnue. En plus, ils voient ça comme un sport. On gagne, on perd. Ils s'en remettront, et ça ne les dissuadera pas de parier, crois-moi. »

Ferris n'était pas du genre à ménager les autres ou à édulcorer la vérité – encore un trait de caractère que Faythe admirait quand les circonstances l'exigeaient. Comme en ce moment. Elle se détendit tandis qu'il ajoutait en fourrant ses mains dans ses poches :

« Continue comme ça, et d'ici peu on mènera grand train. »

La formule emplit Faythe de crainte.

« Tu veux que je recommence ? On a gagné plus qu'il n'en fallait, ce soir, s'empressa-t-elle d'observer.

— Et quand tu auras tout dépensé ? Auras-tu envie de retourner livrer des pâtisseries pour un salaire de misère ? »

À la façon qu'il eut de la toiser de la tête aux pieds, Faythe sut qu'il sous-entendait qu'elle était mal nourrie. Elle ne répondit pas.

« Un combat par semaine, et tu gardes ton boulot pour maintenir les apparences. Tu n'auras qu'à expliquer à ton chien de garde que tu as eu une augmentation ou une promotion. »

C'était tentant. Trop tentant. Elle pourrait se battre une fois par semaine et améliorer leur quotidien, à Jakon et elle. Quand elle envisagea les bénéfices que celui-ci en retirerait, ses réticences s'envolèrent. Après tout, elle n'avait tué personne ni commis de crime. Non – elle avait risqué sa vie, et gagné cette somme honnêtement, grâce à ses talents d'escrimeuse et de combattante.

Inspirant à fond, elle ne se laissa pas l'occasion de douter et déclara :

« D'accord. Je marche. »

Ferris esquissa un sourire sombre et, dans son regard, Faythe lut une certitude : elle venait de vendre son âme. Ce qui l'attendait, désormais, c'étaient les fosses des Enfers, et non la béatitude de l'Au-Delà.

Chapitre 27

Faythe tripotait l'espèce de boussole trouvée sur le banc de la forge où elle s'était installée. À sa droite, Marlowe était plongée dans la lecture d'un dictionnaire apparemment plus vieux que le roi. Elle avait traduit une moitié de l'étrange message découvert dans la montre.

Près de trois semaines s'étaient écoulées depuis sa première soirée à La Grotte, elle avait combattu deux autres fois dans l'intervalle, et devait y retourner le surlendemain. Faythe ne s'était jamais sentie aussi vivante, ni aussi sûre d'elle-même. Elle avait enfin trouvé un débouché à ses talents, et pouvait en faire profiter ses amis.

Jakon, Marlowe et elle avaient dîné plus d'une fois au Harbor Hall. Jakon avait cru à son histoire de surplus de travail ayant conduit Marie à lui confier l'étal, avec une augmentation. Comme il était sceptique les premiers temps, Faythe veilla à ne pas trop dépenser, de sorte à ne pas éveiller ses soupçons. Elle était par ailleurs sortie faire des emplettes avec Marlowe, et avait renouvelé sa garde-robe. Là encore, rien de trop coûteux, pour éviter que son colocataire découvre sa nouvelle – et peu orthodoxe – source de revenus.

Faythe n'avait plus eu de nouvelles de Nik depuis leur dernière entrevue dans les bois et, sans avoir l'audace de croire qu'il tenait suffisamment à elle pour lui rendre ne serait-ce qu'une courte visite dans son subconscient, elle ressentait l'absence du fae davantage qu'elle n'était prête à l'admettre. Avait-elle gâché leur amitié par l'hyperactivité de ses pensées et de ses émotions ? Nik estimait peut-être ne plus rien avoir à lui enseigner – d'autant qu'elle ne risquait désormais plus rien, et qu'il jugeait peut-être ces leçons superflues.

Elle avait été trop accaparée par ses combats pour penser à lui, mais à présent que le frisson et l'afflux d'adrénaline des combats diminuaient, son absence lui pesait.

« As-tu entendu les rumeurs concernant l'Ombre aux Yeux d'Or ? » La voix de Marlowe arracha Faythe à ses pensées. « Apparemment, c'est une espèce de fantôme qui hante la ville. »

Faythe eut un petit rire méprisant.

« Plutôt une espèce d'arrogante qui s'est laissée déborder », nuança-t-elle en souriant à Marlowe.

Celle-ci gloussa.

« C'est bien ce qu'il me semblait. » La forgeronne resta un moment silencieuse avant d'ajouter : « Sois prudente, Faythe. Des yeux comme les tiens, je n'en avais jamais vu de ma vie. À moins de te les bander, c'est la seule partie de ton corps que tu ne peux cacher, dans l'arène, et c'est celle qui te distingue le plus. Heureusement que Jakon n'écoute pas ce genre de ragots, autrement il t'aurait déjà démasquée. Par contre, des clients sont venus me parler de toi, s'enquérir de nouvelles armes pour t'affronter – donc voilà. »

Faythe se maudit intérieurement. Elle n'avait pas prévu que ses yeux puissent attirer l'attention, et s'était malgré tout efforcée de ne scruter personne trop longtemps. Mais à en juger par ce que Marlowe venait de lui révéler, ça n'avait pas été très efficace.

« Ne t'inquiète pas. Personne ne fait vraiment attention à moi dans la vie de tous les jours. Je ne vois pas qui pourrait faire le rapprochement. »

Elle assortit la remarque d'un sourire rassurant – du moins le sourire le plus rassurant qu'elle parvint à afficher tout en s'efforçant de se convaincre qu'elle ne risquait rien. Pour changer de sujet, elle demanda :

« Tout est en place, pour ce soir ? »

Les soucis de Marlowe s'envolèrent à la simple mention de l'anniversaire de Jakon.

« Tu penses ! Il ne se doute de rien ! J'ai hâte de voir sa tête. »

Elle était radieuse.

Faythe et elle avaient prévu une fête surprise au Harbor Hall, à laquelle elles avaient convié toutes leurs connaissances, certaines plus proches que d'autres. Faythe était censée retrouver Jakon à la hutte et l'emmener dîner, rien que tous les deux. Le jeune homme était loin de s'imaginer que Marlowe attendrait déjà au restaurant avec tout le monde.

Les gains de chaque combat demeuraient substantiels bien que Faythe soit la championne en titre. Elle avait ainsi pu privatiser le Harbor Hall et son personnel pour la soirée. Jakon ne soupçonnerait jamais une chose pareille. D'ordinaire, ils fêtaient leurs anniversaires dans un établissement plus modeste, et s'offraient un petit cadeau s'ils en avaient les moyens. Faythe prévoyait déjà de lui dire que Marlowe avait participé aux frais lorsqu'il ne manquerait pas de l'interroger sur ce point.

Jakon était parti travailler tôt, ce matin-là, si bien que Faythe n'avait pu lui offrir ses cadeaux. Elle lui avait acheté de nouvelles vestes, chemises et pantalons, ainsi qu'une nouvelle paire de bottes. Ce ne serait pas du luxe. Marlowe, elle, avait terminé l'épée, un modèle aussi parfait que Lumarias. Cette fille avait le souci du détail, c'était sa marque de fabrique. Jakon allait être gâté comme jamais par ces deux jeunes femmes qui trépignaient d'impatience depuis une semaine.

« Bon. Eh bien, je ferais mieux d'y aller. Je veux être rentrée avant Jakon. »

Ces mots dits, Faythe se leva.

Marlowe, elle, glapit, tout excitée, tandis que son amie la quittait.

Arrivée à la hutte, Faythe décida de profiter de l'avance qu'elle avait pour se préparer. Quelques jours plus tôt, Marlowe et elle s'étaient acheté des robes pour l'occasion. Dans la sienne, elle se sentait belle. Le corset blanc rehaussé de cristaux, retombant sur une jupe longue en mousseline de soie lilas, mettait en valeur les courbes qu'elle prenait de jour en jour, à force de mieux manger. Faythe n'aurait jamais cru pouvoir un jour porter une si belle tenue, et s'émerveillait encore de sa nouvelle garde-robe, dont elle goûtait la féminité.

Elle s'occupa ensuite de ses cheveux, qu'elle ramena en chignon tressé, laissant le reste onduler naturellement. Elle s'appliqua un léger trait de khôl pour accentuer l'éclat de ses yeux, et se poudra les joues afin de se les rosir. Quand elle eut terminé, elle entendit la porte qui s'ouvrait, et lâcha tout pour courir accueillir son ami.

Jakon se figea en la voyant ; elle se jeta à son cou. Il la saisit par la taille tandis qu'elle le serrait fort.

« Joyeux anniversaire, Jak ! » cria-t-elle.

Après qu'il l'eut reposée, elle s'écarta et découvrit qu'il l'observait, muet. Elle rougit.

« J'ai voulu faire un effort, pour ton anniversaire, expliqua-t-elle en se balançant d'un pied sur l'autre, nerveuse.

— Tu es… » Il laissa la phrase en suspens. Faythe savait qu'il n'y avait pas de désir dans ses yeux écarquillés, juste de l'admiration amicale. « Incroyable, compléta-t-il enfin, en se remettant du choc. Tu n'étais pas obligée de te donner tant de mal. Je vais devoir passer la soirée à repousser tous tes prétendants au regard lubrique.

— Ça m'étonnerait, souffla Faythe.

— Crois-moi, tous les regards vont être braqués sur toi. Ne bouge pas, je vais me changer. Sauf que, maintenant, je vais faire pitié, à côté de toi. »

Jakon se gratta la nuque, un rien gêné.

« Justement, à ce propos, j'ai un cadeau », annonça Faythe d'une voix traînante.

Sans attendre sa réponse, elle courut dans la chambre et en revint, radieuse, trois sacs en main.

Jakon la regardait, bouche bée, sans aller immédiatement s'intéresser aux sacs qu'elle posait sur la table de la cuisine en lui signifiant d'approcher.

« Faythe, je... Où as-tu trouvé de quoi payer tout ceci ? »

Elle avait anticipé la question, et leva les yeux au ciel.

« Je mettais déjà des sous de côté avant d'obtenir mon augmentation. Tu veux bien arrêter de stresser et les ouvrir ! »

Elle poussa carrément son ami vers la table, pour couper court à l'interrogatoire.

Jakon sortit chaque article un par un, prit le temps de les admirer. Faythe, elle, l'observait comme une gosse à Yule, un sourire aux lèvres comme si, elle aussi, les découvrait en même temps. Marlowe avait participé au choix, et Faythe devait bien admettre qu'à elles deux, elles avaient un goût irréprochable en matière de mode masculine.

« Mets donc la veste bleu roi, ce soir. Le reste, à toi de décider », dit-elle, sachant que la veste en question était assortie à la robe que Marlowe porterait à la fête.

Jakon ne savait manifestement quoi répondre, stupéfait par les habits qu'il passait en revue.

« C'est trop… déclara-t-il ensuite. Beaucoup trop. On pourra en retourner si jamais…

— Tu me gâches le plaisir, Jak, et je vais finir par mal le prendre », le coupa-t-elle avec un regard appuyé.

Jakon semblait vouloir protester davantage, mais il se ravisa : son amie lui faisait comprendre qu'elle n'hésiterait pas à lui botter le train s'il s'y essayait.

Alors, il lui sourit puis, dans un long soupir, il ajouta :

« Merci, Faythe. C'est largement plus que tout ce que j'aurais pu demander, merci. »

Elle l'enlaça de nouveau, avec un petit cri de joie.

« Et maintenant, va te changer. Je nous ai réservé la meilleure table, on va être en retard ! »

Elle rassembla les affaires et poussa Jakon dans la chambre avant de retourner l'attendre dans la cuisine, surexcitée. Elle ne tenait pas en place, tournait en rond en fredonnant tout bas pour se retenir de consulter sa montre – chose qu'elle avait déjà faite par deux fois depuis que Jakon était passé dans la chambre.

Quand il en ressortit, ce fut plus fort qu'elle, Faythe joignit les mains et se les plaqua sur la bouche pour réprimer un nouveau cri de joie. Jakon ressemblait à une œuvre d'art ; à tel point qu'elle faillit ne pas le reconnaître, dans ses beaux atours. Il portait un pantalon noir orné de clous d'argent sur les côtés, assortis aux boutons de sa veste bleu foncé. Sa chemise blanche, immaculée, lui seyait bien plus que ses anciennes. Enfin, ses nouvelles bottes de cuir noir complétaient le tableau.

« Et maintenant, qui est-ce qui va devoir repousser les regards lascifs des prétendantes… *et* des prétendants, peut-être ? » s'extasia Faythe.

Nerveux, Jakon tira sur les pans de sa veste avec un sourire plein d'appréhension.

« Ça ne fait pas un peu trop ? »

Faythe secoua la tête.

« Du tout. » Elle lui tendit le bras et demanda d'une voix chantante : « On y va ? »

Jakon émit un petit rire, puis la prit par le bras. Un sourire étira ses lèvres quand il contempla de nouveau son amie.

« Non, mais regarde-nous. On croirait qu'on vient de dévaliser les quartiers riches. »

Faythe gloussa avec une petite moue. Il ne croyait pas si bien dire.

Faythe sautillait presque dans les rues, tout excitée qu'elle était. Si Jakon le remarqua, il ne fit aucun commentaire tandis qu'ils évoquaient, pour lui sa journée, et pour elle ses activités récentes. Faythe se garda bien d'entrer dans *certains* détails.

Quand le Harbor Hall apparut devant eux, elle dut employer tout son self-control pour ne pas bondir. Aucune des tables qu'ils distinguaient par les fenêtres n'était occupée, et elle croisa les doigts pour que Jakon ne s'aperçoive de rien avant qu'ils n'aient pu entrer.

Elle le laissa passer premier. Il actionna la poignée, poussa le battant et…

« SURPRISE ! »

Jakon faillit renverser Faythe en se jetant en arrière, prêt à l'éloigner de toute menace. La jeune femme éclata de rire – à tel point qu'elle en eut les larmes aux yeux et se plia en deux. Jakon, sonné, regardait tour à tour Faythe et leurs amis assemblés.

Marlowe vint le prendre par la main et l'attirer dans la salle. Faythe leur emboîta le pas tandis que des luthistes se mettaient à jouer, et que la petite troupe noyait Jakon sous les « joyeux anniversaire ».

Rien que pour cet instant, Faythe ne regrettait pas tout le stress qu'elle avait subi. En fait, elle estimait que, si elle mourait sur-le-champ, elle serait heureuse que cette scène soit la dernière qu'elle voie de sa vie.

Très vite, la fête battait son plein. On avait écarté les tables afin de ménager un espace où danser et bavarder. À la lueur des bougies, Faythe admirait son travail : les décorations scintillantes offraient un contraste charmant avec les flammes ambrées.

La nourriture était délicieuse. Faythe en était déjà à son deuxième verre de vin – un vin qui, fort heureusement, était tout ce qu'il y avait de plus *humain* et normal – qui l'aidait à faire descendre des canapés tout en admirant les évolutions des danseurs.

« Tu es magnifique, ce soir, ma chère Faythe. »

La voix de Ferris couvrit la musique quand celui-ci vint la trouver, un verre à la main.

Faythe marmonna des remerciements, non sans remarquer qu'il était lui aussi sur son trente-et-un.

« Je vois que tu ne gâches pas un sou de ce que te rapporte ton dur labeur, déclara son complice en désignant du geste la salle du restaurant.

— Dur labeur, il faut le dire vite, sourit Faythe.

— Quand on te voit faire, ça semble si facile ; quel est ton secret ? lui demanda-t-il avec des yeux pétillants.

— Trouve-moi un adversaire digne de ce nom, veux-tu ? Ça devient lassant, fanfaronna Faythe en buvant une gorgée de vin.

— Les profits commencent à décliner. Les succès de l'Ombre aux Yeux d'Or ne surprennent plus personne, indiqua Ferris.

— Pas question que je me couche, si c'est ce que tu suggères.

— Jamais de la vie. Ce serait faire insulte à tes talents. » Il marqua une pause avant de déclarer : « Cela dit, on devrait te trouver un adversaire plus… exigeant. »

Faythe arqua un sourcil.

« Et tu as quelqu'un en tête ? »

Ferris hésita, comme si *lui-même* trouvait cette idée dangereuse. En soi, c'était très révélateur, mais rien n'aurait pu préparer Faythe à ce qui suivit.

« Penses-tu avoir des chances, contre un fae ? »

Faythe faillit s'étrangler, et ouvrit des yeux tout ronds.

« Tu veux que je me fasse tuer ? siffla-t-elle, ses paroles étouffées par la musique.

— Tu n'aurais qu'à la jouer fine. Rester sur la défensive jusqu'à ce qu'une ouverture se présente », proposa Ferris en toute simplicité.

Faythe le foudroya du regard, s'efforçant de ne rien montrer de son indignation, pour ne pas attirer l'attention.

« Si c'est aussi simple que ça, tu n'as qu'à essayer. »

Ferris lâcha un petit rire.

« Simple suggestion… et qui pourrait nous rapporter encore plus que ton premier combat. »

Pour absurde et irréaliste qu'ait été cette idée, Faythe l'envisagea tout de même. Elle n'avait aucune chance de vaincre un fae. Leur rapidité, à elle seule, les rangeait dans une catégorie hors d'atteinte des mortels – et de loin. Faythe avait tâté de l'escrime avec Nik, et celui-ci l'avait dominée sans effort. Parer les attaques d'un fae serait quasi impossible. À moins de…

Faythe se redressa et retint imperceptiblement son souffle.

À moins de posséder la faculté de voir à l'avance ses mouvements.

Les battements de son cœur accélérèrent à mesure qu'elle se figurait la chose. Elle l'avait réussie, une fois : elle avait touché la jambe de Nik avant que celui-ci n'ait pu s'écarter, car elle l'avait *vu* préparer la manœuvre. Ce serait risqué. Un risque *énorme*. Et si elle le prenait, elle en supporterait seule les conséquences. Car la probabilité était forte que sa mort, sous les coups d'un immortel, reste impunie, classée accidentelle ou autre. Surtout si elle commettait la folie de se porter *volontaire* pour le massacre.

Un frisson la parcourut. Elle jouait décidément un jeu très, très, dangereux.

« Ça marche », dit-elle de but en blanc. Ferris haussa les sourcils, surpris. « Mais pas tout de suite. Laisse-moi encore deux ou trois semaines… que je m'exerce. Il faudra que je sois fin prête », annonça Faythe avec toute la bravade qu'elle parvint à trouver.

De l'entraînement, il allait lui en falloir, oui – mais pas comme Ferris l'entendait. Elle n'avait « vu » un mouvement qu'une fois, par accident, et depuis cette séance avec Nik, elle n'avait plus vraiment puisé dans ses facultés conscientes pour mesurer ce dont elle était capable.

Ferris resta un moment à l'observer, un sourcil encore arqué, lui laissant une dernière chance de se dédire. Comme elle n'en démordait pas, il acquiesça – poignée de main fantôme pour sceller un marché mortel.

Le rythme de la musique ralentit et Faythe admira les couples en buvant et en se balançant au gré de la mélodie romantique. Son regard s'arrêta sur ses amis, et ce spectacle fit fondre son cœur. Leurs tenues étaient assorties à la perfection ; ensemble, ils incarnaient le ciel étoilé sur la piste de danse, le bleu foncé et les touches argentées créant de superbes constellations sur leur passage. Ils riaient, les yeux pétillants, Marlowe, les mains jointes derrière la nuque de Jakon qui la tenait par la taille.

Faythe savait qu'elle devait les laisser à leur intimité, mais, à les voir se dévorer du regard, elle éprouvait un pincement au cœur. Deux yeux vert émeraude brillèrent furtivement dans son esprit et, à son grand dam, Faythe sut exactement *qui* elle désirait en cet instant précis.

« Tu m'accordes cette danse ? »

La voix de Ferris l'arracha à ses pensées.

Elle se tourna vers lui ; il lui tendait la main. Ravie de pouvoir se changer les idées, elle accepta et se laissa entraîner sur la piste.

Après quelques minutes de silence, Ferris lui dit :

« Tu es époustouflante, Faythe. Dans l'arène aussi bien qu'en dehors. »

Son regard s'assombrit.

Un sourire badin étira les lèvres de Faythe.

« Dommage que je ne mêle pas les affaires et le plaisir. »

Ferris eut un petit rire.

« Dommage, en effet. »

Chapitre 28

La fête prit fin à une heure du matin, et les trois amis repartirent ensemble, tandis que le personnel s'occupait du ménage, comme convenu. Marlowe avait réservé une chambre pour Jakon et elle, à l'auberge de l'Est, de sorte qu'ils puissent passer la nuit rien que tous les deux, pour une fois, plutôt que chez son père, dans la petite maison située derrière la forge. Ils laissèrent Faythe à la hutte et lui souhaitèrent bonne nuit, non sans que celle-ci les taquine sur la suite de la soirée. Les jeunes amoureux rougirent, au grand amusement de Faythe.

Au lieu d'enfiler sa chemise de nuit, cette dernière passa un pantalon en cuir et une large chemise blanche, puis chaussa ses bottes. C'était peut-être idiot de sa part, mais, de toute la soirée, elle n'avait pas réussi à chasser de ses pensées un certain garde fae arrogant, agaçant, et d'une beauté irritante ; elle en avait assez d'attendre qu'il vienne la trouver – dans sa tête ou autrement.

Elle se coucha donc tout habillée, ferma les yeux et s'apprêta à sombrer dans les ténèbres. Après quoi, elle se réveilla dans la brume blanc et or de son esprit.

Les mains moites, le cœur emballé, Faythe avait les nerfs en pelote. La dernière fois qu'elle avait pénétré dans les nuages noirs et gris du subconscient de Nik, elle ignorait tout des pouvoirs qu'elle possédait – et elle ne savait pas à qui elle avait affaire. Tout cela avait bien changé, entre-temps. Comme si cet évènement s'était produit dans une autre vie.

Nik pouvait tout à fait la chasser d'une demi-pensée, ou lui interdire l'accès à son esprit. Il percevrait sa présence sitôt qu'elle tenterait de se projeter en lui, de même que Faythe percevait la sienne chaque fois qu'il lui rendait visite. Sans se laisser le temps d'hésiter, elle ferma les yeux et songea à Nik. Lorsqu'elle ressentit l'attraction et ne rencontra aucune muraille mentale, elle sut qu'elle avait réussi. Cela ne l'empêcha toutefois pas de rouvrir tout doucement un œil d'abord pour s'en assurer, alors qu'une part d'elle-même espérait revoir la brume dorée. À la place, elle se retrouva au milieu des volutes noires et grises, et n'aurait su dire si elle en éprouvait du soulagement ou de la peur.

Un bref moment plus tard, Nik parut. Faythe manqua tituber, subjuguée par son torse nu, ses mains nonchalamment fourrées dans son bas de pyjama. Les amples chemises blanches, qu'il portait d'ordinaire, laissaient deviner sa musculature, mais *là*…

Le spectacle de sa nudité embrasa les joues de Faythe. Elle ne trouvait plus ses mots et hurla en elle-même pour s'extirper de son esprit. De toute évidence, elle l'avait interrompu en plein sommeil.

« Je… je peux m'en aller si tu, euh… désolée, bredouilla-t-elle comme une idiote.

— Je comptais dormir d'une traite, mais je ne pouvais te refuser l'accès, Faythe. » Un sourire malicieux titilla les coins de ses lèvres, de voir la jeune humaine dans l'embarras. « Qu'est-ce qui t'amène ? »

Au moins avait-il retrouvé son insupportable impudence habituelle. Leur dernière entrevue, malaisante, n'avait pas jeté le trouble entre eux.

« Ça faisait un moment et… » Faythe laissa la phrase en suspens, ne sachant où conduisaient ses pensées.

« Je ne me savais pas autant désiré, glissa Nik.

— Alors, là, pas du tout », le moucha-t-elle d'instinct. Puis elle se ressaisit. « Enfin, ça aurait été sympa de passer prendre de mes nouvelles, tout ça.

— Pourquoi ? »

Faythe écarquilla les yeux, surprise de sa réaction.

« Pardon. Je croyais qu'on était amis, je me suis trompée. »

Elle s'apprêtait à repartir, comme si elle n'avait qu'à franchir une porte imaginaire, quand la brume s'enroula autour de sa taille et l'immobilisa. Son esprit lui-même était comme lesté. Elle ne pouvait plus se projeter où que ce soit.

Nik lui avait expliqué un jour que l'on pouvait se retrouver prisonnier de l'esprit d'un Noctiste. Qu'il valait donc mieux ne pas s'y risquer. Et la voilà qui était retenue contre sa volonté.

« Tu aurais aussi bien pu me rendre visite à tout moment, tu sais ? » dit-il tout bas.

Faythe se tourna vers lui. Toute la colère qu'elle prévoyait de déverser s'estompa à cette remarque. Il avait raison. Elle avait été aussi absente que lui, et ne s'en était même pas rendue compte, tout occupée qu'elle était à attendre qu'il fasse le premier pas, estimant qu'il ne voudrait plus la revoir après leur moment d'intimité dans les bois. Elle avait eu tout faux.

« Tu as raison. Je m'excuse. J'ai été… distraite », déclara-t-elle avec un sourire timide. Elle n'allait pas lui parler de La Grotte, pour s'épargner une leçon de morale sur les risques encourus et l'imprudence de sa conduite. Le même genre de leçon que Jakon lui aurait donnée. « Peux-tu me retrouver dans les bois ? »

Nik haussa un sourcil.

« Cette nuit ? Il est près de deux heures.

— S'il te plaît ? »

Le fae poussa un long soupir théâtral.

« D'accord. Vingt minutes », céda-t-il à contrecœur. Faythe sentit aussitôt la brume desserrer son étreinte, en même temps que la pression se relâchait sur son esprit. Nik lui adressa un sourire vaniteux. « Tu es libre. »

Faythe lui tira la langue, réaction gamine, puis entendit l'écho de son rire avant même d'avoir regagné son esprit. Sitôt qu'elle reprit conscience, elle se leva.

Elle arriva la première dans la clairière à la cascade, où elle prit une longue goulée d'air pur et frais. Elle s'assit ensuite au bord du lac et se mit à arracher des brins d'herbe tout en se laissant hypnotiser par les clapotis apaisants de l'eau.

Quelques minutes plus tard, des bruissements lui parvinrent des arbres, et une chevelure noire familière surmontant un visage orné de deux yeux verts perçants parut. Les traits de Faythe s'illuminèrent à la vue de Nik. Elle fut frappée de constater à quel point sa compagnie lui avait manqué, ces dernières semaines. Le voir en personne, plutôt que dans un esprit, c'était vraiment autre chose.

« Alors, qu'avais-tu de si urgent à me dire ? » demanda-t-il en guise de salutation.

Il s'assit à côté d'elle, les mains en appui derrière lui, et l'observa avec cet éternel sourire arrogant qu'elle aimait et détestait à la fois.

« En fait, j'espérais que tu m'aides à gérer… mes capacités conscientes », révéla-t-elle, sur ses gardes. Nik ne la quittait pas des yeux, intrigué, attendant qu'elle développe. « Je veux apprendre à mieux les contrôler – en situation de combat, surtout. »

Le silence se fit alors qu'elle guettait la suite de l'interrogatoire. Elle ne doutait pas qu'il la force à révéler son projet insensé d'affronter un fae dans l'arène.

« Je pourrais me porter volontaire comme cobaye », déclara Nik sur un ton désinvolte. Faythe répondit par un sourire. « Toutefois, si je t'ouvre mes barrières mentales, j'escompte que tu n'iras pas fouiner outre mesure », jugea-t-il bon d'ajouter, taquin.

Intriguée, Faythe fronça les sourcils.

« Comment ça marche, au juste ? Tes barrières. Je suis entrée dans les esprits de Jakon et de Marlowe comme dans du beurre. Sans rencontrer aucun mur. »

Elle grimaça légèrement d'avoir fait cet aveu.

« Tiens donc... ? s'étonna Nik. Et qu'as-tu ressenti ? Dans leur esprit, veux-je dire.

— Tu n'as pas répondu à ma question. »

La remarque fit glousser Nik.

« Je suis curieux, moi aussi, vois-tu ? Tu es un être tel qu'il n'en a jamais existé, ou pas depuis fort longtemps. » Comme Faythe ne réagissait pas, il leva les yeux au ciel. « Eux aussi possèdent des barrières – simplement, ils ne savent pas s'en servir. Pas parce qu'ils sont mortels. Moi-même, je suis un Noctiste, un puissant Noctiste, précisa-t-il sans arrogance. La maîtrise de l'esprit fait partie de mon être, et j'ai des siècles d'expérience. Je ne pense pas que tu parviendrais à franchir mes barrières, quand bien même tu essaierais. Nous sommes plus ou moins tous les mêmes. Face à un immortel plus faible, tu aurais peut-être une chance. Mais, fae ou humain, si on ne possède pas le même don que nous, on n'a pas l'instinct de protéger son esprit et, quand bien même, on ne saurait comment s'y prendre. Certains individus se sont entraînés spécifiquement pour contrer notre faculté, ils sont capables d'ériger des barrières mentales solides, mais ces gens-là ne courent pas les rues. »

Faythe fit « Hmm » en signe d'intérêt.

« T'es-tu déjà trouvé face à une barrière ? s'enquit-elle dans la foulée.

— Des quantités de fois, mais j'ai toujours su les abattre. »

Faythe en eut le frisson. Était-il réellement aussi fort, dans sa faculté ?

« Certaines auraient résisté face à un Noctiste moins puissant », tempéra-t-il. Là encore, il énonçait un fait, sans la moindre arrogance. « La manœuvre est risquée, cela dit. Si l'hôte découvre ta présence, cela peut le tuer. Son esprit, fragile, ne supporte pas la confusion causée par la présence consciente simultanée de deux essences ; il est rare que les victimes s'en remettent, mentalement. Pour nous aussi, la chose est dangereuse. Un Noctiste moins aguerri peut conserver des séquelles indéfiniment. Maintenir la séparation des deux esprits, et se retirer avant qu'ils ne se mélangent, réclame beaucoup de force. »

Faythe déglutit avec difficulté ; elle comprenait à présent pourquoi Nik craignait tant qu'elle se fasse repérer. Pas seulement pour son bien-être physique, mais aussi pour sa santé mentale.

« Quand j'étais dans ton esprit, tu disais pouvoir me sentir, rappela-t-elle en forme de question.

— L'autre face de ta capacité est différente, de ce point de vue là. Quand on Noctise, notre être mental tout entier est projeté dans un autre. Grâce à ton don de conscience, tu es complètement éveillée et dans ta propre tête en même temps. C'est fascinant. » conclut-il, émerveillé.

La chose fascinait moins Faythe qu'elle ne la laissait perplexe.

« À ta place, toutefois, je serais prudent, reprit Nik. Tu dois sans doute pouvoir te plonger aussi profondément que tu le souhaites dans l'esprit d'autrui sans causer de dommages, mais n'oublie pas que toute faculté a ses limites. Te concernant, je prendrais garde de ne pas trop entremêler mes sentiments et mes émotions à ceux de l'hôte, de crainte de me perdre dans le feu de l'action. Tu dois, en permanence, être en mesure de te séparer de lui. »

Un silence s'installa tandis que Faythe assimilait cette nouvelle information. Après quoi, elle reprit la parole.

« Je n'ai entendu que ce que je voulais apprendre... quand j'ai visité leurs esprits », révéla-t-elle tout bas. Elle semblait soudain trouver les brins d'herbe fort intéressants. « Je n'ai pas cherché à m'enfoncer davantage – je n'ai exploré que la surface. Les pensées qui étaient juste... là. Je n'avais aucun mal à les entendre. »

Nik émit un petit bruit de gorge, sa curiosité piquée.

Quitte à ne rien lui cacher, Faythe ajouta :

« Comme je te l'ai dit, j'ai aussi Noctisé dans l'esprit de Marlowe. »

Nik se redressa, son bras frôlant celui de la jeune femme, et il scruta son visage, guettant peut-être un signe de culpabilité ou de colère.

« Délibérément ? » demanda-t-il sans la brusquer.

Faythe grimaça, puis acquiesça.

« Bien », dit le fae en s'inclinant de nouveau en arrière. Faythe tourna vivement la tête vers lui ; il haussa les épaules. « Tu avais besoin de t'exercer. J'imagine que tout s'est déroulé comme prévu, sinon ce ne sont pas des brins d'herbe que tu arracherais, mais carrément un arbre. »

Faythe gloussa, ravie qu'il ne la juge pas ni ne la désapprouve. Auprès de lui, elle se surprit à éprouver du soulagement. Elle n'avait pas à cacher quoi que ce soit, et il ne portait jamais sur elle un regard de répugnance ou de haine. Il ne la craignait pas non plus, quant à ses éventuelles capacités.

« Bon, tâchons de faire des progrès, qu'on puisse vite rentrer se coucher », décida-t-il en se levant.

Ni l'un ni l'autre n'avait apporté son épée, mais Faythe n'avait pas besoin d'arme pour s'exercer à sonder l'esprit du fae, et anticiper ses mouvements. Elle se leva à son tour et le rejoignit. Nik semblait sur le point de se jeter sur elle. Et c'est ce qu'il fit. Faythe ne put réprimer un cri de surprise tant l'attaque fut rapide. Pliant les genoux, le fae la souleva sur son épaule.

Pas même essoufflée par la soudaineté du mouvement, Faythe était sidérée par sa délicatesse.

« Repose-moi ! » s'écria-t-elle.

Sous elle, Nik partit d'un rire caverneux puis, aussi vite qu'il l'avait soulevée, elle se retrouva sur ses jambes, prise d'un léger vertige.

« Désolé. Je croyais qu'on avait commencé. »

Faythe en resta bouche bée, avant de faire la moue. L'instant d'après, elle se mettait en position. Elle inspira à fond, riva son regard sur celui de l'immortel.

« Es-tu prête ? »

Elle entendit la question en lisière de l'esprit de Nik. Les coins de ses lèvres tressaillirent en réponse – et en signe de provocation.

« Donne tout ce que tu as », réclama-t-elle.

Nik lui renvoya un sourire malicieux.

Elle vit son intention – l'attaquer aux jambes une fois de plus – une fraction de seconde avant qu'il ne bouge, alors elle bondit sur la droite, l'esquivant de justesse. Nik pivota sur lui-même, se redressa, un petit rictus approbateur aux lèvres. Il ne perdit pas un instant, et la pensée de sa nouvelle attaque passa de son esprit à celui de Faythe, qui put encore l'éviter de peu.

Le cœur de la jeune humaine galopait sous le coup de la concentration nécessaire pour suivre son adversaire et réagir au bon moment. Elle vit la manœuvre suivante mais, trop lente, fut balayée par un coup de pied latéral. Nik la saisit par la taille avant qu'elle ne touche le sol, leurs visages tout proches lorsqu'il se redressa et, en un éclair, les sensations de leur précédent « quasi-baiser » lui revinrent.

Elles s'envolèrent sitôt qu'il la relâcha et recula. Faythe nota qu'il avait également effacé son sourire sarcastique.

Elle s'éclaircit la voix puis déclara :

« Il faut que je sois plus rapide. »

Elle haletait à présent – pas à cause des efforts physiques concédés, mais de la charge mentale.

Nik acquiesça.

« Essaie encore. »

Ils s'entraînèrent une heure de plus, et Faythe gagna en vitesse de réaction – un tout petit peu, à mesure que les pensées lui venaient plus naturellement. Il n'empêche, elle ne tenait pas longtemps.

Elle s'étendit dans l'herbe, vidée mentalement et physiquement. Nik s'assit près d'elle, imperturbable.

« Tu ne te fatigues donc jamais ? l'interrogea Faythe, irritée.

— Si, bien sûr. » Il lui adressa un petit sourire. « Mais bien moins facilement. »

Ils gardèrent le silence un long moment puis, quand Faythe eut repris son souffle, elle se redressa sur les coudes.

« On pourrait établir un programme, suggéra-t-elle. Se retrouver ici pour s'entraîner. Enfin, si tu le peux. »

Nik lui adressa un regard en biais. Il réfléchissait à la proposition.

« Je dois pouvoir consacrer quelques-unes de mes nuits à me rendre utile. Je suis d'une générosité proverbiale. »

Faythe lui donna une petite bourrade taquine, qui le fit toutefois à peine bouger – elle eut l'impression d'avoir touché un rocher légèrement molletonné.

Le silence qui les enveloppait fut rompu par un souffle puissant et animal, derrière elle. Faythe tourna la tête aussitôt, puis se leva d'un bond.

Le grand cerf blanc !

Sous le choc, elle mit un temps à pouvoir demander :

« Tu le vois aussi, hein ?

— Cette bête gigantesque ? Oui, Faythe, ne pas la voir serait difficile. »

Faythe ne releva pas le sarcasme, soulagée qu'elle était de ne pas halluciner.

« Sais-tu ce que c'est ? » s'enquit-elle à la place. Mais avant que Nik ne puisse user de sa dérision habituelle et répondre par l'évidence, elle précisa : « Enfin, ce qu'il veut ? »

Cette rencontre était d'une ressemblance troublante avec la précédente. Cette fois encore, l'animal tourna la tête comme pour lui signifier de le suivre.

« Cela me paraît clair. Tu ne penses pas ? »

Faythe retint la pique qu'elle voulait lui lancer, et se contenta d'un regard noir.

« L'avais-tu déjà vu ? »

Nik secoua la tête.

« Jamais. »

N'obtenant du fae aucun secours ni encouragement, Faythe décida de suivre le cerf, sans s'inquiéter que Nik en fasse autant. Comme l'autre fois, la bête la guida entre les arbres jusqu'au fameux temple dans la clairière, lui faisant signe de s'y diriger avant de disparaître à travers la double porte en pierre. Faythe savait que Nik l'avait suivie, et qu'il ne perdait rien de la rencontre, à quelques pas de distance, alors elle secoua la tête pour tenter de décrypter ce qu'elle venait de voir pour la seconde fois. Le cerf avait répété les mêmes mouvements à l'identique.

« C'était exactement comme la première fois, marmonna-t-elle, le front plissé de confusion.

— Tu veux dire que tu l'avais déjà vu ? » s'étonna Nik, qui la rejoignait.

Pour toute réponse, elle acquiesça, l'air ailleurs, avant de gravir les marches et d'aller appuyer ses deux mains contre un battant.

« Qu'est-ce que tu veux ? » interrogea-t-elle tout haut.

L'oreille collée à la pierre froide, elle cherchait à percevoir un bruit, n'importe lequel, de l'autre côté.

« Tu as besoin du Riscillius, Faythe. »

Celle-ci se recula, le souffle coupé.

« Tu as entendu ?

— Entendu quoi ? » demanda Nik, dans son dos.

Elle perdait peut-être la raison. Cela semblait être la seule explication logique. Ensuite, elle se hasarda à retourner épier contre la porte, et attendit.

Rien.

Soufflant de frustration, elle redescendit les marches puis se tourna pour inspecter le temple. La structure n'offrait aucun indice expliquant que le cerf l'ait fait venir là, et elle aurait voulu hurler son exaspération au temple qui lui faisait perdre son temps.

Ce devait être un pur hasard. L'animal aurait pu apparaître à n'importe qui. Il était peut-être prisonnier depuis des siècles d'une boucle magique que personne ne s'était donné la peine d'interrompre ; un message adressé à une personne morte depuis longtemps. Ces bois regorgeaient forcément de pièges et de mystères antiques.

Faythe eut le frisson. Elle ne tenait pas à s'attarder sur place pour les découvrir – ni à ce que ces pièges et mystères la découvrent, puisque c'était apparemment ainsi que les choses se passaient, par ici. Néanmoins, quand son regard se posa sur le symbole d'Aurialis gravé dans la porte, elle aurait juré le voir briller légèrement, comme pour l'inciter à s'aventurer de l'autre côté. Elle voulait plutôt se détourner de ce temple, jurer qu'elle ne suivrait plus jamais ce maudit cerf ; hélas, la part impulsive et impétueuse d'elle-même prit le pas sur son cerveau rationnel.

Un mot se mit à hanter son esprit sans qu'elle puisse le faire taire : le *Riscillius*. C'était forcément la clé pour entrer dans ce temple. Heureusement pour elle, Faythe connaissait une forgeronne qui saurait peut-être où le trouver.

Chapitre 29

En ce petit matin, il flottait dans l'air une fraîcheur tandis que Faythe partait travailler au marché. À une semaine à peine de l'équinoxe d'automne, la ville se parait déjà de bannières aux vives couleurs de la saison. Faythe resserra les pans de sa houppelande vert foncé, adressa un regard noir au soleil qui la narguait en ne lui offrant pas la moindre chaleur. Pour autant, elle n'en était pas moins soulagée que la touffeur estivale soit derrière eux.

Durant la semaine écoulée, elle avait passé une soirée sur deux à s'entraîner avec Nik – façon polie de dire « se retrouver par terre toutes les cinq minutes ». Elle progressait, néanmoins. Lentement. Elle avait bien conscience que son combat contre un fae approchait à grands pas. Dans quinze jours, lui avait récemment annoncé Ferris. Faythe avait alors réprimé la panique qui montait en elle, à l'idée qu'elle n'ait pas le temps de perfectionner ses capacités d'anticipation. Cela, elle ne pouvait toutefois pas en parler à son complice aux cheveux roux.

Arrivée devant l'étal de la boulangerie, elle lança un « bonjour » guilleret. Son sourire s'envola, hélas, devant le visage triste que lui renvoya Marie.

« Nous avons réfléchi, Faythe. » La patronne parlait à toute allure, nerveuse. « Je sais que tu nous aides depuis un bon bout de temps, mais nous n'avons plus les moyens de te conserver. Grace a accepté de s'occuper des livraisons, et nous pensons qu'elles vont ralentir avec la baisse des températures. »

Faythe était en train de se faire remercier. Un mois plus tôt, elle se serait peut-être abaissée à supplier Marie à genoux. Elle ne pouvait alors compter que sur le salaire, maigre et insuffisant, que celle-ci lui versait. Mais maintenant...

Un sourire chaleureux aux lèvres, elle répondit :

« Je comprends, Marie. Tu fais ce qui est le mieux pour ta famille, et je vous souhaite le meilleur, à toutes. »

Ce n'était évidemment pas la réaction à laquelle Marie s'attendait. Cette dernière en resta bouche bée. Après quoi, elle alla prendre Faythe par les mains.

« Tu es sûre que ça va aller, ma belle ? »

Faythe lui pressa les mains et hocha la tête.

Marie l'enlaça fort.

« Pourrais-tu effectuer une dernière livraison, s'il te plaît ? demanda-t-elle en retournant prendre une petite boîte derrière l'étal. Mme Green n'a plus commandé depuis quelque temps, mais si tu pouvais lui apporter ceci ? Ça m'embêterait qu'elle ait eu à se plaindre de sa dernière commande. »

Mme Green !

Faythe prit la boîte en fronçant les sourcils. Comment avait-elle pu ne rien remarquer, alors que Mme Green était une de ses clientes les plus régulières, et de celles qu'elle avait le plus de plaisir à livrer ? Tout à ses propres problèmes, elle n'avait pas vu le temps passer, et s'en voulait de son égoïsme.

Mais ensuite, un sentiment plus sombre s'abattit sur elle. La dernière fois qu'elle avait vu Mme Green…

Faythe hocha la tête et adressa un sourire timide à Marie avant de s'en aller. Elle marchait d'un bon pas, pressée d'arriver au moulin avant que ses craintes ne l'engloutissent.

Elle s'efforçait de se rassurer, se dire que son angoisse n'avait rien de rationnel, et qu'elle pousserait un soupir de soulagement sitôt qu'elle aviserait Mme Green, affairée comme toujours dans sa cuisine. Malgré tout, elle courait presque lorsqu'elle franchit le dernier coude du trajet, et que le grand bâtiment blanc cassé apparut.

Elle poussa la porte sans prendre la peine de toquer ou de s'annoncer.

Comme la voix enjouée de la maîtresse des lieux ne lui parvint pas immédiatement, elle sentit son ventre se nouer davantage encore. Faythe trouva la cuisine déserte. Elle appela en espérant qu'on lui réponde. Puis elle posa sa boîte sur la table et poursuivit les recherches, harcelée par une sensation inquiétante.

Tout était trop calme et figé.

Trop *silencieux*.

Un mouvement se fit entendre à l'extérieur, et Faythe se détendit un tant soit peu. Un employé ! Il saurait sûrement où trouver sa patronne.

Par la porte de derrière, elle repéra un vieil homme près du cabanon, occupé à moudre du grain. Elle accourut presque et lui lança tout à trac :

« Savez-vous où est Mme Green ? »

L'homme sursauta, alors Faythe marmonna des excuses.

« Tu n'es pas au courant ? » répondit l'employé.

À ces mots, Faythe blêmit.

« Au courant ? De quoi ? »

La mine grave, l'homme révéla :

« Elle a été emmenée au château il y a presque deux mois. Elle n'en est jamais revenue. »

Emmenée... Comme Reuben. Or Faythe avait assuré à Mme Green qu'elle n'avait rien à craindre.

Elle plaqua une main sur sa bouche grande ouverte et recula comme si cette nouvelle était un coup de poing. La douleur était similaire. Sa poitrine se comprima à lui faire mal, et l'air ambiant refusait d'emplir ses poumons comme il fallait.

L'homme marmonna autre chose encore, des condoléances qu'elle n'entendit que vaguement.

« Des gardes fae sont venus en pleine nuit. L'un d'entre eux avait la mine patibulaire, et une longue balafre sur la joue », se rappela-t-il.

Puis il se pencha. Non... c'était la vision de Faythe qui se déformait, menaçait de lui faire perdre l'équilibre en même temps que le visage en question lui revenait en mémoire. Le capitaine Varis. C'est lui qui était venu s'emparer de Mme Green. Celle-ci avait-elle été brutalisée comme le fils de l'aubergiste ?

Par les dieux !

Faythe sentit son ventre se tordre à mesure que la nausée montait en elle. C'était sa faute – elle avait dit à Mme Green qu'elle ne risquait rien du moment qu'elle n'était au courant de rien, et en plus elle avait promis à Reuben de veiller sur elle. Faythe dut battre des cils à toute vitesse pour repousser les vagues de vertige qui déferlaient en même temps que ses pensées tourbillonnaient. Elle ne savait que faire, que penser, ni comment réagir.

Pivotant sur ses talons, elle repartit.

Ses pieds martelaient le pavé, elle enfilait les rues au pas de course, évitait de justesse les passants. Sa houppelande volait derrière elle, sans que Faythe s'arrête un seul instant, pas même quand ses poumons et sa gorge s'embrasèrent, réclamant une pause. Elle gravit les collines, franchit les grands champs, jusqu'à l'apercevoir.

Occupé à son travail, Jakon leva les yeux puis se redressa carrément quand il vit son amie se précipiter vers lui. Il lâcha aussitôt sa pelle et alla à son avance.

Faythe se planta devant lui sans parvenir à prononcer un mot tant la fatigue l'accablait soudain. Elle pantelait et faillit vomir, mais Jakon la saisit par les épaules, le teint blême de la trouver dans un tel état.

« Faythe, qu'y a-t-il ? l'interrogea-t-il en panique. Qu'est-il arrivé ? »

Les yeux brûlants, son amie parvint à reprendre juste assez de souffle pour dire :

« Mme Green. Ils l'ont emmenée. »

Jakon laissa échapper un soupir – troublé, mais apparemment soulagé que la mauvaise nouvelle ne concerne ni Faythe ni Marlowe. Il enlaça Faythe comme si elle risquait de s'effondrer, et elle l'aurait fort bien pu s'il ne l'avait pas retenue alors qu'elle déversait sa peine contre son épaule.

Il attendit qu'elle ait fini de pleurer et se soit ressaisie avant de se dégager pour mieux la regarder.

« Raconte-moi. »

Tous deux allèrent s'asseoir sur des meules de foin, dans la grange, et Faythe répéta les vagues informations qu'elle détenait.

« Merde, cracha Jakon en sautant de sa meule. Quelle raison pouvaient-ils bien avoir ? »

Il se mit à faire les cent pas.

Faythe haussa légèrement les épaules.

« Elle en savait peut-être plus qu'elle ne laissait paraître, ou alors les fae sont plus cruels qu'on ne le pensait, et ils éliminent la famille entière de ceux qui les contrarient. »

Jakon débita un chapelet coloré de jurons et d'insultes pour exprimer précisément ce que lui inspiraient les fae – les gardes comme la noblesse. Faythe, elle, était trop vidée par sa douleur – sa *culpabilité* – pour abriter de la colère.

« C'est ma faute. J'aurais dû les convaincre tous les deux de partir, mais je… je lui ai dit qu'elle n'aurait rien à craindre. »

Jakon s'assit près d'elle, plaça une main sous son menton et orienta son visage de sorte qu'elle le regarde dans les yeux.

« Ce n'est *pas* ta faute, décréta-t-il d'un ton sans appel. Tu n'as pas sa mort sur la conscience, pas une seule seconde. »

Ni l'un ni l'autre n'envisageait que Mme Green soit encore en vie. Les fae ne prenaient pas de prisonniers humains. Néanmoins, Faythe eut un pincement au cœur d'entendre la chose formulée à voix haute.

Sa mort.

« Elle devait se douter qu'ils viendraient, et n'a pas voulu risquer de compromettre la fuite de Reuben. Il ne nous reste qu'à espérer qu'elle se soit sacrifiée dans l'intention de sauver son fils – et que ce n'ait pas été vain », ajouta Jakon avec une pointe d'incertitude qui n'échappa pas à Faythe.

S'ils avaient échoué – si Reuben n'avait pu rallier un lieu sûr –, alors leurs morts à tous deux seraient vaines.

Faythe ne pouvait s'attarder plus longtemps sur cette éventualité, au risque de s'effondrer complètement. Elle laissa donc Jakon terminer sa journée de travail, et regagna la hutte. Elle ne comptait pas lui révéler que Marie l'avait remerciée. Elle continuerait à faire semblant, pour justifier ses rentrées d'argent. Cela faisait un mensonge de plus, et elle se haïssait davantage chaque jour de devenir si habile en la matière.

Une fois rentrée, Faythe s'assit dans le plus grand silence, et lâcha la bride à son esprit. Ce fut à peine si elle s'aperçut du retour de Jakon, ou suivit la conversation décousue qu'il tenta de lancer pendant le repas. Sitôt qu'il fut endormi, et qu'il ronfla près d'elle, elle se leva, s'habilla en vitesse puis se rendit aux bois en courant. Elle repéra le garde fae qui lui tournait le dos à travers la ligne des arbres, mais il ne se tourna pas lorsqu'elle parut.

« Étais-tu au courant ? » l'interrogea-t-elle avec un calme glacial.

Sa rage bouillait sous la surface, mais elle refusait d'y laisser libre cours – pas avant qu'il n'ait avoué.

Nik pivota lentement sur lui-même, le visage indéchiffrable.

« Il va falloir développer un petit peu, Faythe. »

À ces mots, la jeune humaine sentit sa colère monter en flèche, puis couver.

« Mme Green – la mère de Reuben. Étais-tu au courant qu'elle avait été emmenée juste après que nous avons fait quitter le royaume à son fils ? »

Nik délibéra en silence ; Faythe serait bientôt à bout de patience.

« Oui. »

Elle avait beau s'y attendre, le coup n'en fut pas moins terrible.

« Et tu me l'as caché tout ce temps ?

— Je ne pensais pas que tu avais à le savoir. »

Faythe ferma les yeux, se concentra un moment sur sa respiration pour ne pas exploser.

« C'était mon ami, et je lui ai promis de veiller sur elle ! » enragea-t-elle.

Rouvrant les yeux, elle fixa Nik d'un regard incendiaire.

Le visage du fae s'allongea un peu, unique marque de regret qu'il devait afficher, mais ensuite il reprit une attitude neutre.

« Y as-tu été mêlé ? » le relança Faythe en se préparant au pire.

Elle n'aurait su dire comment elle réagirait s'il répondait « oui ».

« Non. Mais Varis a appris pour Reuben un jour avant moi, son plan était déjà en place. Quand ils ont découvert qu'il avait disparu, ils ont emmené sa mère à la place. Varis n'aime pas qu'on se moque de lui, alors il a prétendu avoir vu les mêmes actes de traîtrise dans l'esprit de la mère », expliqua Nik.

Faythe en eut la nausée. Elle ne l'avait jamais vu si détaché, si énigmatique. Elle ne demandait qu'à le croire – il n'avait aucune raison de mentir –, toutefois, c'était un fae, garde du roi par-dessus le marché ; elle aurait été bien sotte de l'estimer différent de ses compagnons, alors que tous étaient tenus par la même laisse. Sa colère devint une rage imprudente et elle n'eut pas le temps de se raisonner, qu'elle se concentra sur lui – sur son esprit – afin d'en extraire les renseignements par elle-même et d'en avoir le cœur net.

Elle se heurta à un mur noir, dur comme la pierre, comme elle s'y attendait, contre lequel elle jeta néanmoins toute sa force mentale pour l'abattre.

« Stop », gronda Nik, la voix grave en signe d'avertissement.

Faythe n'en fit rien, et poursuivit son effort jusqu'à avoir la sueur au front et la migraine. Les bois se fondirent en une masse floue tandis qu'elle luttait à pleine puissance contre l'obstacle. Son esprit était un bélier qui percutait celui du fae, encore et encore, alors qu'elle-même visualisait la destruction du mur qui lui donnerait libre accès aux pensées de Nik ; à ses *souvenirs*. Elle sentait que l'obstacle faiblissait, mais pas assez pour lui laisser le passage, loin de là.

« Arrête, Faythe. Immédiatement ! », aboya Nik, plus fort cette fois.

Comme elle n'obéissait toujours pas, il fut sur elle en un éclair. Faythe fit un vol plané, resta en apesanteur une fraction de seconde avant que son dos ne rencontre l'herbe fraîche.

Elle souffla fort en même temps que le contact mental se rompait, et elle redécouvrit son environnement. Nik était sur elle, un genou appuyé sur sa poitrine, lui tenant les mains au-dessus de la tête. Un éclair passa dans les yeux de l'humaine qui se débattait – hélas, l'immortel resserra l'étreinte et la frustration embrasa le regard de Faythe.

Elle jeta l'éponge, pressa les paupières pour retrouver son calme. Si par malheur elle croisait le regard de Nik, dans cette situation, elle savait qu'elle exploserait encore. Il lui donnait le sentiment d'être une rien du tout quand il usait ainsi de sa force, et elle le détestait pour cela.

« N'essaie plus jamais », réclama Nik d'une voix calme et menaçante.

À la suite de quoi la pression se relâcha, et il s'écarta.

Faythe resta un moment encore allongée, le temps de se ressaisir, de s'assurer qu'elle ne perdrait plus le contrôle – après quoi, elle se releva et se planta devant le fae.

« Je n'ai plus besoin de ton aide. Je vais me débrouiller seule », annonça-t-elle dans un sifflement glacial.

Sans attendre de réponse, elle quitta les bois.

Nik ne la suivit pas, et elle ne se retourna pas.

Chapitre 30

Assise à un établi, entourée de livres ouverts qu'elle n'avait aucune intention de lire, Faythe soupirait. En se réveillant, après son altercation avec Nik, elle avait immédiatement culpabilisé de s'être emportée. Certes, il méritait de subir une part de sa colère – il lui avait caché des renseignements dont il connaissait les tenants et les aboutissants –, mais pas au point qu'elle tente de s'infiltrer dans ses pensées.

Avec le recul, elle se réjouissait de n'être pas parvenue à briser ses barrières mentales. Nik avait paru furieux qu'elle ait essayé, et elle ne le lui reprochait pas. Son humeur maussade venait du sentiment qu'elle avait d'avoir perdu un ami. Pas seulement un ami avec lequel elle s'entraînait ; non, Faythe éprouvait une perte bien plus importante, car elle redoutait que Nik ne lui pardonne jamais.

Elle était venue à la forge en désespoir de cause : depuis qu'elle ne travaillait plus pour Marie, elle craignait de devenir folle si elle restait enfermée dans la hutte. Elle avait informé Marlowe de sa situation, et celle-ci s'était montrée plus qu'accueillante : elle avait même offert de l'initier à son métier.

Marlowe était assise sur un autre banc, toujours plongée dans le message mystérieux auquel Faythe avait depuis longtemps cessé de s'intéresser. La forgeronne, elle, était fascinée et passait une bonne part de son temps à essayer de le décrypter.

« Je crois que c'est bon ! » s'exclama-t-elle soudain. Faythe sursauta, tant un silence profond s'était installé autour d'elles. « Enfin, je bute encore sur certains mots, mais j'ai compris l'essentiel. »

Pivotant sur elle-même, elle fit signe à Faythe de la rejoindre.

Ravie de la distraction, cette dernière s'exécuta.

« C'est formulé comme un poème, avec des strophes qui riment, mais le tout n'a pas grand sens. »

Marlowe montrait la feuille sur laquelle elle avait noté sa traduction.

Faythe la saisit en fronçant les sourcils, puis lut :

Trois étaient autrefois les Esprits du Royaume ;
Parfaite osmose entre mort, âme et vie.
Ensemble, de leur premier jour à leur dernière nuit,
Elles assuraient l'équilibre du monde des hommes.

La première guide la lumière.
Son temple, érigé au cœur d'un bois,
Ne s'ouvrira qu'au premier signe d'effroi.
Une peur comme clé ; sans elle, rien n'espère.

La deuxième dompte le noir de la nuit.
Son temple gît en un mystérieux dédale
Aux couloirs faits de ténèbres sans égales.
Le sang comme clé en chassera l'ennemi.

La dernière lie les âmes entre elles.
Son temple, parmi les nuages, est élevé.
De goules et de dangers, son sentier est semé.
Un lien comme clé, pour qui touchera le ciel.

Un pouvoir immense aux mains de chacune,
Qui, une fois réunies, ne forment plus qu'une ;
Le Riscillus ouvre les portes pour retrouver
Les pièces, et défaire ce qui fut fait.

Faythe écarquilla les yeux lorsqu'elle finit de lire, puis reposa la feuille en désignant un mot, le corps transpercé par une lance de glace.

« Sais-tu ce que c'est ? »

Marlowe plissa les paupières.

« Riscillius ? Moi aussi, je me pose la question. »

Sur ce, elle se leva et retourna auprès de ses livres.

Faythe tremblait d'angoisse, mais serrait les poings pour n'en rien montrer. Ce ne devait être qu'une coïncidence, si ce mot ressemblait à celui entendu à la porte du temple. Le désordre régnait dans ses pensées quand son esprit entreprit d'emboîter les pièces qui concordaient.

Le poème était une énigme et traitait des Esprits. Faythe savait que le temple découvert dans les bois devait être celui de la « lumière », évoqué par le texte. L'endroit correspondait. Les bois avaient exigé qu'elle révèle sa peur la plus sombre, et, l'ayant obtenue, l'avaient laissée passer. Nik avait déclaré que le symbole gravé dans la porte – le cercle traversé par trois lignes – était celui d'Aurialis, Esprit de la Vie et Déesse du Soleil.

La tête lui tournait, alors elle dut s'asseoir à la place laissée libre par Marlowe. La raison en était cette question terrible : que venait faire un artéfact aussi ancien dans la montre de poche de sa mère ?

Cette dernière l'avait-elle su ?

Faythe se secoua à cette seule idée. Non – sa mère ne pouvait être au courant ; pas plus qu'elle n'avait pénétré dans les bois.

« Il en est fait mention dans ce volume sur les vieilles reliques et autres, indiqua Marlowe en parcourant ledit ouvrage. Un "cillius" est une espèce de pierre ou de verre, et "riscus" signifie plus ou moins "regarder" ou "voir". »

Elle leva les yeux vers Faythe, comme si celle-ci allait y voir plus clair.

Pour seule réponse, la jeune femme haussa les épaules et s'efforça de rester la plus impassible possible, afin de ne pas trahir son ignorance.

« C'est juste un vieux poème romantique sur les Esprits », affirma-t-elle d'un ton empreint d'indifférence.

Elle ne pouvait parler du temple à Marlowe sans risquer qu'elle découvre d'autres choses.

Tant qu'elle-même n'y comprendrait rien, c'était de toute façon sans intérêt ; elle n'avait toujours aucun moyen d'entrer dans ce temple. Sans compter que rien ne garantissait que le Riscillius, quel qu'il soit, se trouvait à High Farrow.

« J'ai lu des choses au sujet des Temples des Grands Esprits. Là, ce sont sûrement leurs emplacements, raisonna Marlowe en revenant examiner sa traduction.

— Va savoir s'ils sont encore debout ? » dit Faythe d'une voix traînante.

Elle feignait l'ennui alors que le tourbillon de ses pensées l'ébranlait jusqu'au cœur.

« Apparemment, ce sont les seuls endroits où on puisse entrer en contact avec les Esprits », poursuivit malgré tout la forgeronne.

Faythe lâcha un petit rire moqueur.

« Tu crois à ces choses-là, toi ?

— Rien ne t'oblige à être aussi pessimiste tout le temps, tu sais ?

— Je préfère être *réaliste*. »

Marlowe leva les yeux au ciel, son front se plissa légèrement.

« Je me demande ce que ce poème fabriquait dans ta montre. »

Faythe se leva.

« Ce n'est probablement qu'une vieille histoire oubliée, qu'un de mes ancêtres aura écrite. »

La forgeronne ne parut pas convaincue, mais elle n'en dit pas plus.

« Es-tu prête pour ton combat de ce soir ? » s'enquit-elle à la place.

Ravie de pouvoir changer de sujet, Faythe répondit avec un sourire fier :

« Comme toujours. »

Son amie lui renvoya elle aussi un sourire, mais le sien était pâle, et Faythe en éprouva une once de culpabilité. Elle savait qu'il lui en coûtait encore plus qu'à elle-même de cacher ce secret à Jakon. Nonobstant, elle lui rendait service en occupant celui-ci les soirs où Faythe se battait – d'ordinaire, en l'invitant à passer la nuit chez elle.

« Je n'ai pas encore perdu, déclara Faythe en posant une main sur l'épaule de Marlowe. Et merci de… d'occuper Jakon. »

Elle avait prononcé ces mots sur un ton suggestif, pour détendre l'atmosphère.

Marlowe retint son souffle, ses joues s'empourprèrent. Faythe gloussa malicieusement avant de contourner son amie pour s'en aller.

« À ce soir ! » fredonna-t-elle en ressortant de la forge.

Chapitre 31

Le soir même, Marlowe entrait dans la hutte sans frapper – habitude prise depuis quelque temps, sur l'insistance de Faythe et Jakon – et adressait un grand sourire à Faythe tout en se servant une part de la tourte que celle-ci avait entamée.

« Gardez de la place. Ce soir c'est spectacle – il y aura plein d'étals de nourriture », dit Jakon en sortant de la chambre, où il était allé se changer.

Faythe jura à part. Elle avait complètement oublié ce rituel annuel, sur la place du marché. Une petite dose de divertissement avant le bal en plein air de l'équinoxe d'automne à la fin de la semaine ; une tradition que Jakon et Faythe ne manquaient jamais d'honorer. Faythe en raffolait, et Jakon le savait bien. Sauf que, cette année, elle avait prévu autre chose. Une activité autrement moins recommandable.

Faythe implora du regard Marlowe de l'aider, mais celle-ci lui fit comprendre qu'elle ne pouvait rien pour elle.

« Je, euh… J'avais complètement oublié. Je suis un peu patraque. Vous devriez peut-être y aller sans moi ? » suggéra-t-elle, pathétique, incapable de trouver une excuse plus convaincante.

Marlowe hocha la tête en signe de soutien, mais Jakon, lui, fronça les sourcils.

« Ça ne t'a jamais empêchée de venir », l'accusa-t-il.

Faythe se creusa les méninges, en pure perte. Jakon ne croirait jamais qu'elle était trop malade pour sortir, alors elle se composa un sourire timide.

« Tu as raison. Je dois pouvoir tenir une heure. »

Son ami se détendit ; Marlowe, elle, dissimula son inquiétude sous un large sourire.

« Je vais me changer », annonça Faythe.

Une fois dans la chambre, elle jura encore en se dévêtant. Il lui faudrait une excuse pour s'éclipser, mais en attendant...

Elle enfila sa tenue de combat et ses bottes avant de passer par-dessus une robe rouge foncé. L'ensemble la grossissait un peu, mais pas au point que Jakon le remarque, surtout si elle couvrait le tout de sa cape noire.

La porte de la chambre s'ouvrit en grinçant, et Faythe bondit, avant de se détendre sitôt que la tête de Marlowe parut dans l'embrasure.

« Qu'est-ce que tu fabriques ? chuchota la forgeronne.

— Je vais devoir vous laisser en avance », lui expliqua Faythe en soulevant sa robe pour montrer ce qu'elle portait en dessous.

Marlowe lui renvoya un sourire approbateur.

« Tu peux le convaincre de sortir sans m'attendre ? J'ai besoin d'une minute pour rassembler le reste. »

Marlowe acquiesça.

« Bonne chance », marmonna-t-elle avant de refermer la porte.

Faythe entendit ses amis discuter dans la cuisine alors qu'elle-même allait se faire une tresse dans la salle de bains. Elle croisait les doigts pour que Jakon ne trouve rien à redire à ce choix capillaire. D'ordinaire, elle réservait la tresse aux séances d'escrime ou aux journées torrides.

Quand le cliquetis de la porte d'entrée retentit, signalant le départ des amoureux, elle enfila sa cape et prit ses affaires sans perdre une seconde.

Faythe parcourut à la hâte les rues de Farrowhold, sa capuche sur la tête. La ville était toujours animée pendant la fête, et la jeune femme dut se frayer un chemin entre les petits groupes pour rejoindre la place. Elle dissimulait son matériel de combat sous sa cape, mais personne ne lui prêta la moindre attention.

Elle fit un détour par une ruelle qu'elle savait tranquille et s'engouffra dans Crow's Lane après s'être assurée que la voie était libre. Sur place, elle trouva une vieille caisse en bois sous laquelle elle cacha ses affaires. Elle en ajouta quelques autres par-dessus pour faire bonne mesure – non qu'elle s'attende à ce que quiconque s'aventure dans les parages. Enfin, satisfaite, elle repartit par où elle était arrivée et se fondit dans le flot des passants.

Arrivée à la place du marché, elle la trouva bondée. Une scène avait été installée à l'autre bout. Des enfants se massaient contre tandis que les adultes restaient en retrait. Faythe se demandait comment elle allait repérer ses amis dans la foule, et se maudit de ne pas avoir anticipé la chose.

Quand soudain, une idée lui vint. Elle tourna au coin de la rue. Jamais elle n'avait essayé de grimper sur le toit en robe, mais elle portait son costume en dessous. Alors elle releva sa robe et parvint à escalader la gouttière, comme à son habitude. Une fois sur le toit, elle se coucha à plat ventre de sorte à ne pas être repérée. C'était leur cachette, à Jakon et elle, et Faythe tenait à ce qu'elle reste secrète.

Elle ne mit pas longtemps à localiser les tourtereaux : une tête blonde et une seconde avec des mèches brunes en bataille, chacun un gobelet à la main, en bordure de la foule. Faythe descendit les rejoindre. Se frayant un chemin à travers l'assistance, elle les salua vivement pour couvrir la clameur.

« On n'était pas sûrs que tu nous trouves. Jakon s'apprêtait à repartir te chercher, révéla Marlowe.

— J'ai mes petits trucs, répondit Faythe en adressant un sourire à Jakon, dont le regard se porta aussitôt vers le toit comme s'il allait l'y apercevoir.

— J'ai bien tort de douter de toi », estima-t-il en secouant la tête.

Marlowe tendit un gobelet à Faythe.

« C'est du vin », précisa-t-elle avec dans la voix comme une mise en garde.

Faythe comprit qu'elle lui rappelait de ne pas trop boire avant son autre activité de la soirée.

Elle acquiesça, reconnaissante du conseil, accepta la boisson sans, toutefois, y tremper les lèvres.

Les lumières qui formaient une canopée au-dessus de la place s'éteignirent, et la foule réagit en redoublant de ferveur et d'attention. Faythe consulta sa montre. Elle avait le temps d'assister à une performance au moins.

Le rideau s'écarta et une dame vêtue d'une magnifique robe de bal apparut, auprès d'une grande harpe. Les spectateurs en furent ébahis, tout comme Faythe. La musicienne salua, puis s'assit devant le bel instrument. Ses doigts jouèrent une mélodie qui transperça les corps, frappant Faythe en plein cœur. Le monde entier disparut autour d'elle jusqu'à ce qu'elle plonge dans une fascination pure. La femme se mit alors à chanter et un agréable frisson la chavira. Les paroles évoquaient les Esprits – leur naissance et leur fonction – et, bien que Faythe ne croie pas à ces choses-là, elle but ce texte, charmée par sa force poétique et sa grâce. Les doigts de l'artiste pinçaient les cordes avec une éloquence folle, la musique s'élevant jusqu'aux étoiles et au-delà, dans un tempo accéléré. Son corps ondulait à chaque note, telle une vague dans la tempête, tant elle mettait son cœur et son âme dans la musique.

Elle ralentit ensuite, et Faythe aurait juré qu'elle la regardait droit dans les yeux lorsqu'elle interpréta le dernier couplet :

Un jour renaîtra l'héritière des âmes,
Leur sort entre ses mains.
Bagues d'or, esprit que rien n'entame,
Elle sauvera la vie des humains.

Un tumulte soudain arracha Faythe à sa transe hypnotique. Elle se tourna vers Marlowe, qui applaudissait, radieuse, avec tout le monde. Quand elle s'intéressa de nouveau à l'artiste, celle-ci s'était relevée et saluait la foule avant de quitter la scène, sans adresser un regard dans leur direction.

Faythe, elle, en conserva un sentiment étrange et troublant. Sentiment qu'elle chassa avant de consulter sa montre de poche et de constater qu'elle allait être en retard si elle ne partait pas tout de suite. Profitant du fait que personne ne l'observait, elle vida son gobelet par terre pour faire croire qu'elle l'avait bu et se tourna vers ses amis :

« Je me sens un peu patraque. Le vin, sûrement », grimaça-t-elle.

Jakon plissa le front.

« On n'a qu'à rentrer…

— Rôô, mais moi j'aimerais rester, intervint Marlowe. C'est tellement rare, que j'assiste à ce genre de spectacles. Ça va aller, Faythe, pas vrai ?

— Tout à fait, assura l'intéressée. Restez donc. Ça ne sert à rien qu'on rentre tous se morfondre. Profitez de la soirée. »

Le front de Jakon se plissa davantage encore. Faythe sentait qu'il avait envie de protester, mais au regard triste que lui adressa Marlowe, il céda dans un soupir.

« D'accord. Bon, à plus tard, alors », conclut-il un peu à contrecœur.

Faythe les enlaça tous deux en vitesse avant de quitter les lieux. Elle eut bientôt regagné Crow's Lane, où elle avisa Ferris, nonchalamment adossé au mur, qui l'attendait comme d'habitude.

« Un peu trop habillée, peut-être ? » fit observer le jeune homme.

Faythe ne daigna pas répondre. À la place, elle entreprit de retirer les caisses pour récupérer ses affaires. N'ayant pas à se soucier que Ferris se tourne puisqu'elle était déjà prête, elle dénoua le col de sa robe et la laissa tomber par terre. Son complice ne broncha pas, toutefois elle le sentit déçu de ne pas la trouver en petite tenue en pleine rue.

Il ne lui fallut pas longtemps pour fixer son épée dans son dos, passer sa capuche et masquer son visage sous son écharpe – l'Ombre aux Yeux d'Or, comme on la surnommait désormais. Elle dissimula sa robe au même endroit que son équipement tantôt. Puis, comme le temps pressait, ils entrèrent dans l'établissement sans adresser la parole à quiconque.

Ils rallièrent La Grotte à l'instant où le maître de cérémonie annonçait le vainqueur du dernier combat. À l'entrée de la fosse, Ferris ôta sa cape à Faythe – c'était devenu leur routine – et, quand les noms des prochains combattants retentirent, la jeune humaine s'avança dans l'arène en se plongeant dans un calme meurtrier. Lorsqu'elle pénétra dans le grand cercle, elle était prête. Le public semblait grossir à chacune de ses apparitions, mais elle ne se laissait jamais déconcentrer.

Quand son adversaire parut, Faythe dut masquer sa surprise. L'homme était beaucoup moins grand que ceux auxquels elle était habituée : il ne la dépassait que de cinq centimètres environ. Toute autre personne en aurait peut-être été soulagée, mais pas Faythe : elle le considérait comme le plus coriace qu'elle ait eu à affronter. Sa propre taille ne lui conférerait pas un grand avantage, cette fois-ci. Mieux valait partir du principe qu'il serait aussi vif qu'elle. Cela dit, elle estimait soutenir la comparaison en matière de force – plus ou moins. Elle ne demandait pas davantage.

Le maître de cérémonie annonça le début du combat, et les deux adversaires se tournèrent autour en se scrutant. Comme Faythe l'avait anticipé, l'homme était rapide. Elle évita plusieurs de ses assauts, hélas il était également intelligent et se mit à prédire ses mouvements.

Faythe voulut feinter à droite pour attaquer à gauche, mais l'homme la vit venir, et la malheureuse sentit un coude s'enfoncer dans son flanc, lui coupant le souffle. Elle tituba en arrière et n'eut pas le temps de se ressaisir que son adversaire lui asséna un coup de pied au ventre. Elle effectua un vol plané et atterrit sèchement par terre.

La douleur fut comme un coup de poignard, mais Faythe parvint à s'écarter en roulant sur elle-même juste avant que l'homme n'abatte sa lame, et se releva dans la foulée. Pour la première fois de sa carrière, elle trouvait à qui parler en termes de furtivité.

Leurs lames s'entrechoquèrent en une symphonie stridente, au gré des coups. Ils étaient au centre de la fosse quand l'homme parvint à repousser Faythe d'un coup d'épée. Une fraction de seconde plus tard, un éclair d'acier passa devant les yeux de la jeune femme, qui pivota sur elle-même – pas assez vite, malheureusement. Elle sentit une brûlure en haut de son bras, où la lame avait tranché.

Bouche bée, elle recula sans perdre de vue son adversaire. Elle était en train de perdre.

Championne en titre, elle s'était laissée aller ; elle avait sombré dans l'arrogance. La flamme de la passion s'était réduite à des charbons tièdes. Vaincre des brutes ne représentait pas un défi à ses yeux. Mais au vu de la situation, quelque chose s'éveilla en elle, et elle fut projetée en lisière de l'esprit de son adversaire. Elle n'avait qu'à observer ; toutefois, elle ne devait pas y plonger trop profondément, de crainte, sinon, de ne pas être assez dans le présent pour se battre.

Les mouvements de l'homme lui parvinrent. Elle les para comme jamais elle n'avait paré avant, glissant telle une volute de fumée hors d'atteinte. C'était aussi simple que de respirer, quand elle s'abandonnait aux instincts de son esprit, et elle se déplaçait avec une vivacité gracieuse, évitant les assauts et assénant ses coups – tout en veillant à ne pas en faire trop pour ne pas éveiller les soupçons. Cela dit, personne ne pouvait se douter de l'avantage qu'elle possédait.

Faythe avait déjà tailladé son adversaire à plusieurs reprises, dans le seul but d'exciter les spectateurs et de satisfaire leur soif de sang. Elle laissa un sourire poindre jusqu'à ses yeux, sous son masque, afin de provoquer sa victime. Gagné par la frustration, l'homme oublia toute stratégie pour se lancer dans une série d'attaques aussi frénétiques que molles. Jusqu'à ce que Faythe s'en lasse, esquive un dernier coup, et le balaie d'un coup de pied. Un quart de seconde plus tard, elle se tenait au-dessus de lui, l'épée pointée sur sa poitrine, prête à l'embrocher.

La foule rugit tandis que l'homme bouillait de rage – réaction étrangement familière à Faythe. Celle-ci effectua quatre ou cinq révérences hautaines, continua de camper son personnage pour le plus grand plaisir de l'assistance, avant de se diriger vers la sortie d'une démarche assurée, un sourire triomphant aux lèvres.

Chapitre 32

Faythe attendait dans Crow's Lane le retour de Ferris. Son bras la picotait et elle saignait encore un peu tandis qu'elle examinait sa blessure en se demandant comment elle allait l'expliquer à Jakon. Les bleus qui devaient déjà se dessiner sur ses flancs seraient beaucoup plus faciles à dissimuler.

Ferris siffla tout bas.

« À un moment, j'ai bien cru que tu allais perdre.

— Et moi donc, grommela Faythe.

— Hélas, tu as retourné la situation. »

Ferris tendit deux bourses – un peu plus légères d'une semaine à l'autre, mais d'un contenu toujours généreux.

Faythe les lui arracha avant de se couvrir de sa cape.

« Comment te sens-tu ? » l'interrogea son complice.

Elle lui renvoya un regard vide, ne releva même pas la question superflue.

« Je vais avoir besoin de plus de temps avant d'affronter le fae. Je n'aurai aucune chance si je suis un tant soit peu affaiblie. Deux semaines de plus. »

Ferris allait pour protester, mais, au regard qu'elle lui décocha, il comprit qu'elle se retirerait de l'affaire s'il refusait de décaler le combat. Il acquiesça.

« Ça fait déjà beaucoup parler. La Grotte sera pleine à craquer. »

Pas très encourageante, comme information. Faythe ramassa sa robe et s'apprêtait à s'en aller, quand Ferris la saisit par le bras.

« Même si tu perds, on se fera un beau pactole. Ne stresse pas trop. »

Faythe hocha légèrement la tête en signe de remerciement, alors il la relâcha.

Sur ce, la championne se fondit dans les ombres et rentra chez elle.

Faythe s'attendait à ce que Jakon et Marlowe soient encore aux spectacles, ou bien chez la forgeronne, quand elle poussa la porte de la hutte. Quelle ne fut pas sa surprise de les trouver assis à la table de la cuisine. Elle se figea sur le seuil, bouche bée. Jakon se leva, un masque de rage et de déception au visage. Marlowe fixait Faythe, mal à l'aise, le visage plissé par une moue comme pour s'excuser.

« Je suis désolée, Faythe. Il a flairé l'entourloupe. Je n'ai pas eu d'autre choix que de tout avouer », s'empressa d'avouer Marlowe, implorant en silence le pardon de son amie.

Celle-ci se tourna vers Jakon et déglutit. Elle attendait les reproches.

« Depuis quand ? » demanda-t-il tout bas.

Elle aurait préféré qu'il crie, ne serait-ce que pour ne pas avoir à lire le chagrin sur ses traits.

« Je... Jakon, je m'excuse. On avait besoin d'argent et je... et j'assure », bredouilla-t-elle, incapable de justifier ses cachotteries.

Jakon eut un rire amer. Tout juste arrivait-il à la regarder en face.

« Il faut le croire, si tu me mens depuis aussi longtemps que je le pense. » Adressant un sourire glacial à Marlowe, il ajouta : « Que *vous* me mentez. »

La forgeronne se recroquevilla sur elle-même, et Faythe s'interposa entre Jakon et elle.

« C'est après moi que tu es en colère, pas après elle. Je l'ai obligée à garder le secret. Tu ne m'aurais jamais autorisée à me battre. »

Le regard de Jakon se riva de nouveau sur elle.

« Je n'ai pas à t'*autoriser* quoi que ce soit, mais de là à me *mentir* ? Et embarquer Marlowe là-dedans ? Elle avait pour mission de faire distraction, c'est bien ça ? C'est franchement minable de ta part, Faythe. »

Le coup porta, mais Faythe se ressaisit très vite.

« Marie m'a remerciée, je ne savais pas quoi faire d'autre. Je voulais gagner ma vie en exploitant mon vrai talent. Tu le méprises peut-être, mais je me suis vraiment bien débrouillée. »

Elle ne précisa toutefois pas que les premiers combats avaient eu lieu bien avant qu'elle ne perde son travail.

Au même instant, Jakon remarqua son bras.

« C'est ça, oui », ironisa-t-il.

Faythe remonta sa cape pour cacher sa manche déchirée, puis elle fixa son ami d'un œil noir.

« C'est la première fois que j'ai ne serait-ce qu'une égratignure, espèce d'idiot. »

Ils restèrent un long moment à se toiser, dans une tension palpable.

« S'il vous plaît, vous pourriez arrêter de vous disputer ? » demanda doucement Marlowe, derrière eux.

Ce fut Faythe qui céda la première. Elle poussa un soupir, prit une mine penaude.

« Écoute, Jak, je suis désolée de t'avoir menti. Mais dès que Ferris a abordé le sujet, tu as explosé. C'est mon choix, rien ne t'oblige à l'apprécier, mais je voudrais que tu l'acceptes. »

Le dégoût et la déception ne quittaient pas les traits de Jakon, qui soufflait, incrédule. Il gratifia Marlowe du même regard avant de tourner les talons et de se retirer dans la chambre sans un mot de plus.

Marlowe avait les larmes aux yeux. À cette vue, Faythe sentit ses épaules se voûter. Tout cela était sa faute. C'était elle qui avait causé cette friction et cette défiance dans leur petit groupe.

« Marlowe, je m'en veux tellement... commença-t-elle.

— J'ai choisi de t'aider. Ce n'est pas ta faute, la coupa son amie avec un sourire chétif qui brisa le cœur de Faythe.

— Non. Il était égoïste et stupide de ma part de penser qu'on pouvait garder ce secret éternellement. Je n'ai pas tenu compte de votre relation, et j'en suis navrée. »

La jeune forgeronne se leva et fit signe à Faythe de prendre sa place. Cette dernière s'exécuta, après quoi Marlowe lui ôta sa cape, puis attendit qu'elle baisse la fermeture à glissière afin d'examiner sa blessure. Le cœur de Faythe se brisa encore. Elle ne méritait pas sa tendresse – pas maintenant.

La jeune femme dénuda son bras en grimaçant, tandis que Marlowe emplissait une petite bassine d'eau et s'armait d'un torchon. Après quoi, elle se mit au travail, nettoyant en silence le bras de Faythe avec une affectueuse douceur, tandis que la blessée serrait les dents.

« Il a eu des soupçons dès que tu es repartie, murmura Marlowe. Il disait que tu ne raterais ces spectacles pour rien au monde, et ça lui a rappelé d'autres fois où ton comportement l'avait intrigué. Je n'ai pas pu le faire changer d'avis quand il a décidé de rentrer, et puis comme tu n'étais pas là... J'ai tout déballé. Je suis tellement désolée, Faythe. Aucune excuse ne m'est venue. »

Elle reniflait entre deux sanglots.

Faythe posa une main sur celle qui lavait sa blessure, et Marlowe la fixa de ses yeux embués.

« C'est ma faute et c'est après moi qu'il en a. Tu n'as strictement rien à te reprocher. Je me dis parfois que je ne mérite pas de t'avoir comme amie. » Elle sourit à son tour, essuya une larme sur la joue de porcelaine de son infirmière. « Ça lui passera vite, assura-t-elle tout bas pour apaiser ses peurs autant que celles de Marlowe.

— Peut-être, mais je crains qu'on ait brisé quelque chose qui ne se réparera pas facilement. »

Faythe le savait aussi bien qu'elle. Il allait falloir du temps avant que Jakon ne leur refasse confiance, et son ventre se noua à cette pensée. D'autant que, si un secret venait d'être éventé, il en restait un autre, encore plus terrible, qu'elle leur cachait à tous deux.

Son travail terminé, Marlowe s'assit en face de Faythe.

« On verra bien demain, déclara cette dernière. Ce n'est pas ce soir qu'on réglera quoi que ce soit. »

Marlowe hocha la tête et se leva.

« Je ferais mieux de rentrer.

— Je t'accompagne, décida Faythe en l'imitant. Si ça ne t'ennuie pas ? »

Le sourire de la forgeronne lui suffit comme réponse. Faythe referma son costume et passa sa cape. Marlowe enfila sa houppelande, puis toutes deux sortirent sans dire au revoir. Jakon se douterait qu'elles étaient parties chez sa bien-aimée, et leur saurait gré de le laisser seul. Le dernier regard qu'il leur avait adressé suggérait qu'il ne supportait plus leur présence pour le moment.

Le cœur lourd, Faythe donna le bras à Marlowe, après quoi toutes deux enfilèrent les rues froides et obscures, dans un silence lugubre.

Chapitre 33

« *L*e *marteau,* Faythe ? »

La voix de Marlowe tira Faythe de sa rêverie. Elle tourna les yeux vers son amie qui attendait sa réaction, une petite dague posée sur une enclume.

« Désolée », marmonna-t-elle en prenant l'outil demandé et le lui passant.

Marlowe saisit le marteau sans le regarder, et s'apprêtait à l'abattre sur la lame quand soudain elle retint son geste, examina l'instrument en soupirant.

« Je sais qu'on a toutes les deux la tête ailleurs, mais le cuir va avoir du mal à travailler l'acier. »

Elle alla récupérer le *bon* outil par elle-même cette fois. Cela valait sans doute mieux. Faythe n'avait rien retenu de ce qu'elle avait tenté de lui apprendre du métier.

Marlowe l'hébergeait, lui prêtait ses habits et l'invitait à la forge pour lui changer les idées. L'une comme l'autre souffraient, et avaient du mal à ne serait-ce que papoter normalement. Faythe avait décidé de laisser respirer Jakon et d'attendre qu'il vienne la trouver – *les* trouver. Néanmoins, trois jours s'étaient écoulés depuis qu'il avait découvert ses activités nocturnes et, à chaque jour qui passait, son cœur se fissurait un peu plus.

Le bal de l'équinoxe d'automne était prévu pour ce soir-là, sur la colline. Faythe était incapable du moindre enthousiasme et avait même envisagé de ne pas s'y rendre, pour la première fois de sa vie. L'évènement ressemblait à celui de l'été, avec feux de joie, musique et toutes sortes d'étals, à ceci près que la plupart des participants portaient des masques ou se déguisaient en animaux pour remercier les Esprits des bonnes récoltes qui leur permettraient de tenir tout l'hiver. Faythe et Marlowe avaient acheté leurs tenues la semaine précédente.

« On lui laisse combien de temps ? » s'interrogea tout haut Faythe.

Marlowe interrompit son travail, tourna vers elle un regard peiné.

« Autant qu'il faudra », suggéra-t-elle.

Cela n'atténua en rien la crainte de Faythe qu'il ne lui pardonne jamais – pas entièrement. Elle lui avait menti pendant plus d'un mois et avait creusé un fossé entre Marlowe et lui. Elle se faisait l'effet d'être un monstre d'égoïsme et s'étonnait que Marlowe ne la déteste pas elle aussi. Ce serait mérité, elle l'accepterait même, le cas échéant. Mais elle éprouvait aussi une gratitude folle envers la forgeronne, qui était restée à son côté. Marlowe était son ultime rempart contre l'autodestruction. Elle avait déjà repoussé Nik à deux reprises, mais l'absence de Jakon créait un vide plus profond.

Faythe descendit de l'établi sur lequel elle s'était perchée et vagabonda dans la forge, pressée de trouver de quoi se changer les idées. Elle rejoignit la table sur laquelle Marlowe avait posé sa traduction du poème, ainsi qu'une pile de vieux ouvrages, comme si elle avait tenté d'en creuser le sens. Elle avisa des mots griffonnés en marge du poème, et d'autres, entourés dans le texte. Curieuse, elle saisit la feuille. En regard du premier vers, Marlowe avait noté les noms des trois Esprits :

Aurialis, Dakodas, Marvellas.

Deux lignes étaient notées à côté de la deuxième strophe.

Fenstead : Forêts d'Argent ?
High Farrow : Bois Éternels ?

Faythe se figea en comprenant qu'il devait s'agir du bois que Nik et elle fréquentaient. Elle ne croyait toutefois pas que son amie ait eu en tête de visiter ce véritable cauchemar vivant. Personne ne s'y risquait.

Elle adressa un coup d'œil en direction de Marlowe, toujours concentrée sur son travail. Non – cette jeune femme était la grâce incarnée, pure et délicate. Elle ne l'imaginait même pas poser un pied dans un endroit pareil, et endurer les horreurs qu'elle-même avait subies. Elle lut ensuite les mots inscrits à côté de la deuxième strophe.

Dalrune : Monts Mortus ?
Rhyenelle : Îles Niltain ?

L'idée qu'un autre de ces temples soit aussi proche que les montagnes bordant le territoire de Dalrune la mit mal à l'aise. Néanmoins, ce n'étaient que de vieux bâtiments de pierre inutiles. Du moins, Faythe s'en était-elle convaincue pour ne pas perdre la tête quand elle songeait à sa découverte du Temple de la Lumière et aux phénomènes magiques susceptibles d'entourer les autres.

Concernant l'emplacement du temple évoqué par la troisième strophe, une seule conclusion semblait s'imposer :

Lakelaria : Grottes Célestes.

Faythe éprouva un soupçon de soulagement. Celui-là au moins, elle ne risquait pas de tomber dessus. D'autant que tout ceci n'était que spéculations de la part de Marlowe ; sa soif de connaissances et son amour pour les merveilles du passé qui entraient en jeu. Un *jeu* – pour elle, oui, c'était bien cela.

Un mot entouré dans la dernière strophe fit bondir le cœur de Faythe. Juste à côté, Marlowe avait écrit :

Le Riscillius – le Miroir ?

Était-ce sa nouvelle traduction du terme ? Pourquoi ne lui en avait-elle pas fait part ? Faythe avait peut-être feint l'indifférence avec un peu trop de brio.

« Tu n'as pas chômé », commenta-t-elle en agitant la feuille.

Marlowe leva les yeux et haussa les épaules.

« Simple passe-temps. Je trouve ça intéressant. »

Elle n'en dit pas plus. *Étrange,* songea Faythe. Son amie était d'ordinaire enthousiaste à l'idée de partager ses découvertes, ou de se lancer dans des digressions.

Elle n'insista pas car la forgeronne s'était déjà remise à l'ouvrage, abattant son marteau avec un peu plus de frustration chaque fois.

Le reste de la journée passa avec une lenteur exaspérante. Les deux jeunes femmes quittaient la forge quand soudain elles se figèrent en découvrant une silhouette devant elles.

« Mesdames, je viens vous escorter au bal de l'équinoxe », déclara Jakon avec un sourire penaud, tout en tripotant son masque noir.

Faythe étouffa un petit cri et courut se jeter à son cou, sans s'inquiéter de savoir s'il l'accepterait. Toutes ses craintes s'envolèrent quand il l'enlaça. Elle ne portait plus le poids du monde sur ses épaules.

« Je m'en veux tellement », bredouilla-t-elle.

Jakon la relâcha, la couvant d'un regard triste.

« Ça ne signifie pas que tout est pardonné… pas encore. »

Elle acquiesça – elle comprenait qu'il lui faudrait du temps pour regagner sa confiance, mais cela ne diminuait en rien sa joie de le revoir. Il lui avait manqué davantage qu'elle ne l'imaginait.

Jakon tourna la tête vers Marlowe, qui était restée près du rideau de partition, alors Faythe se recula. Il se dirigea vers sa bien-aimée, s'arrêta à moins d'un mètre.

« Je suis désolé, Marlowe. Je comprends que tu cherchais seulement à être une bonne amie pour Faythe, et je ne peux pas te le reprocher. »

Il lui jeta un coup d'œil – parce qu'il aurait fait de même si elle le lui avait demandé. Faythe fit la grimace. Il lui en coûtait d'avoir créé de la distance entre eux, et jura de ne plus se servir de l'un ou l'autre ainsi.

Marlowe répondit en serrant Jakon de toutes ses forces, et Faythe déborda aussitôt de soulagement. Ils avaient retrouvé une forme de normalité, quoiqu'elle-même ait encore du chemin à faire pour reconquérir Jakon.

Elle décida en cet instant que plus jamais ses secrets ne les éloigneraient les uns des autres. Elle trouverait le moyen de leur révéler ses capacités, aussi impossibles qu'elles soient, et elle prierait pour que ses amis l'acceptent telle qu'elle demeurait – plutôt que de voir en elle l'arme qu'elle pouvait devenir.

Chapitre 34

Faythe lissait les plis de sa jupe, anxieuse, en attendant que Marlowe et Jakon la rejoignent, afin qu'ils puissent aller ensemble assister aux célébrations.

Ses deux amis étaient retournés chez Marlowe pour que celle-ci se change, puisque Jakon, lui, était déjà en tenue. Faythe avait pour sa part regagné la hutte et portait à présent sa robe blanche. Le corset était rehaussé par une texture duveteuse assortie à son masque. Elle avait choisi d'évoquer un cygne, ce soir, et s'était tressée les cheveux sur les côtés de la tête, avant d'ajouter des broches à plumes pour mieux figurer encore l'animal. Elle tripotait son masque lorsque une idée lui vint soudain à l'esprit, à laquelle son cœur s'emballa.

Nik allait-il assister au bal ?

Il avait été de service lors de l'équinoxe d'été, elle s'imaginait donc qu'il avait de bonnes chances de l'être encore ce soir. La fête attirant même des marchands étrangers, les rues étaient noires de monde. Si bien que ce genre de grands évènements mobilisaient plus de fae qu'à l'accoutumée en prévision d'éventuels débordements.

À cette pensée, Faythe avait hâte de se mettre en route. Elle faisait les cent pas pour calmer son angoisse. La dernière fois qu'elle avait vu le garde fae, ils ne s'étaient pas quittés en bons termes. C'était le moins qu'on pouvait dire. Elle avait tenté de s'introduire de force dans ses pensées, et avait pratiquement décrété ne plus jamais vouloir le revoir.

Faythe songeait à se racheter depuis cette fameuse soirée, mais n'osait plus s'immiscer dans son esprit la nuit. Les célébrations fourniraient l'occasion parfaite de tomber *accidentellement* sur Nik, et de s'excuser auprès de lui en espérant qu'il la pardonne – une habitude qu'elle semblait prendre avec ses proches.

Elle ne se formaliserait pas s'il estimait qu'elle était allée trop loin et refusait de lui adresser désormais la parole. Néanmoins, cette éventualité lui faisait comme un coup de poignard en plein cœur – et elle la maudissait.

La porte s'ouvrit et Faythe bondit d'excitation à la vue de ses amis. Marlowe était à couper le souffle dans sa robe bleu roi et turquoise assortie à son masque. Elle avait choisi de s'inspirer du paon et rayonnait littéralement. Jakon, lui, était presque tout de noir vêtu. Son masque effilé formait une légère pointe au niveau du nez. Un corbeau. Simple mais, là encore, l'élégance incarnée.

« On est beaux comme des astres ! » s'exclama Marlowe en admirant tour à tour ses amis.

Faythe esquissa un sourire et la prit par le bras pour s'engager dans les rues bondées de Farrowhold. Des rires et des discussions flottaient dans l'air, ainsi que les senteurs des feux de joie et de toutes les victuailles mises en vente. Ils s'arrêtèrent acheter des chocolats et du vin avant d'entamer l'ascension de la colline sur laquelle se tenaient les célébrations.

Dans la pénombre de cette nuit d'automne, la colline brillait, les immenses pieux enflammés par la passion et la fureur teintaient le ciel de nuances orange et jaunes. Les badauds passaient d'un feu à l'autre, certains jetant leurs propres statuettes en bois ou bandes d'étoffe dans les flammes, assorties d'une prière aux Esprits.

Chemin faisant, Faythe avait discrètement épié la foule pour y repérer un certain garde fae. En vain pour l'instant, si bien qu'elle commençait à croire que ses efforts étaient futiles tant humains et fae étaient nombreux ce soir. Cela dit, ces derniers sortaient du lot, étant les seuls à ne pas être masqués, et à porter l'uniforme.

Les trois amis se rapprochèrent d'un grand cercle de spectateurs qui observaient, fascinés, les performances intrépides des cracheurs de feu.

« Je me suis toujours demandé comment ils s'y prenaient », commenta Marlowe.

Faythe fit « Hmm, hmm ». Elle regarda le spectacle un moment encore avant de ressentir de nouveau le besoin de reprendre ses recherches. Les masques bigarrés étaient partout. Des couples qui dansaient, des enfants qui jouaient, des femmes qui bavardaient, et tout à coup…

Elle retint son souffle quand son regard croisa deux yeux vert émeraude qu'elle connaissait bien.

Nik portait un masque noir et avait remonté la capuche de sa houppelande, mais l'erreur n'était pas permise : c'était bien lui qui scrutait Faythe, légèrement en retrait des spectateurs, sur sa gauche. Il inclina la tête, lui signifiant de le suivre, puis s'éloigna de l'attroupement.

Faythe se tourna vers ses amis, encore absorbés par le spectacle. Jakon enlaçait Marlowe par la taille.

« Je vais me chercher à boire. Vous voulez quelque chose ? leur demanda-t-elle.

— Non, c'est bon, répondit Marlowe, se désintéressant un instant des cracheurs de feu. Tu nous retrouves ici ensuite ? »

Faythe acquiesça puis, sans hésiter, se fraya un chemin dans la foule. Quand elle fut dans un espace plus dégagé, elle inspecta alentour, sans plus apercevoir Nik.

« Sur la colline. »

À sa voix, qu'elle entendait dans sa tête, elle sut qu'il était proche et qu'il la regardait pour pouvoir projeter sa pensée. Quelques secondes lui suffirent pour le repérer, au sommet de la colline. Une fois certain que la jeune femme l'avait vu, le fae reprit son chemin vers les bois. Elle pressa le pas afin de le rattraper, zigzaguant entre les corps, évitant les enfants qui déboulaient sur sa route. Nik et elle continuèrent ainsi jusqu'à ce que la clameur s'estompe et qu'ils se retrouvent seuls.

Le fae s'arrêta en lisière des arbres, adossé à un tronc, ses bras nonchalamment croisés.

« Tu m'as l'air bien pressée de retrouver quelqu'un, ce soir », dit-il en guise de salutation quand Faythe arriva à sa hauteur.

La jeune humaine eut un rire méprisant.

« Tu te flattes, là », répliqua-t-elle, les joues embrasées, ce qui lui valut un sourire entendu. Pour changer de sujet au plus vite, elle demanda : « Tu n'es pas de service, ce soir ? »

La tenue décontractée du fae, sous sa houppelande, ne lui avait pas échappé. Nik ne prévoyait pas de s'attarder.

Il ne répondit pas sur-le-champ. Son regard effleurait Faythe.

« Non, pas ce soir », confirma-t-il enfin.

Les lèvres pincées, Faythe était près de se défausser, quand tout à coup elle bredouilla :

« Excuse-moi. » Au regard étonné que ça lui valut, elle ajouta : « J'ai essayé de pénétrer dans ton esprit et j'ai franchi une ligne. Donc, excuse-moi. »

Elle avait prononcé la dernière phrase en ajustant son masque, sous lequel elle transpirait.

Nik éclata de rire et Faythe en resta bête.

« Ça ne t'a pas trop empêchée de dormir, j'espère ? s'enquit-il pour la taquiner.

— Pas du tout ! Je me disais juste qu'il serait poli que je te présente mes excuses, connard. »

Elle repartait déjà, quand la voix du fae l'arrêta.

« Attends. »

Elle se figea, lui tournant toujours le dos.

« Tu as tenté de franchir une ligne, certes, mais tu as échoué. Je comprends ce qui t'y a poussée, mais je te le promets Faythe, je n'ai en rien été mêlé à la mort de cette femme, et je l'aurais empêchée si je l'avais pu », affirma-t-il avec la plus grande sincérité.

Faythe pivota doucement sur elle-même. Elle qui pensait être la seule à devoir présenter ses excuses ce soir, elle ne put cacher sa surprise face à la tournure des évènements. Le visage de Nik était tout aussi révélateur. Le fae était bel et bien navré. Et dire que tout ce temps, elle s'était torturée pour ce qu'*elle* avait fait et qu'elle allait devoir expier.

« Tu es différent Nik, tu n'es pas comme les autres, dit-elle tout bas.

— Je n'irais peut-être pas jusque-là, tempéra l'intéressé avec une petite moue.

— Moi, si. »

Il l'observait avec une intensité qui fit prendre le galop à son cœur.

À tel point que Faythe détourna le regard et dut s'éclaircir la voix.

« Que viens-tu faire ici, alors ? »

Ce fut la première diversion qui lui vint à l'esprit.

« N'ai-je pas le droit de profiter des célébrations comme tout le monde ? »

Faythe préféra ne pas relever que sa tenue décontractée, à l'exception du masque, suggérait qu'il n'était pas un fêtard comme les autres.

« Si tu as fait tout ce chemin pour me présenter tes excuses, tu peux me considérer flattée. »

Le regard de Nik dansait sous son masque.

« C'est peut-être cela. » Il marqua une pause, observa de nouveau Faythe avec une lenteur délibérée et, les Esprits soient *maudits*, cela suscita toutes sortes de pensées scandaleuses à la jeune femme. « Ou alors je suis simplement venu voir quels beaux spectacles la ville extérieure avait à offrir. »

Faythe ne se déroba pas face à son regard, elle leva au contraire le menton.

« Et comment les trouves-tu comparés à ceux de ta belle Cité intérieure ? »

Le sourire du fae s'étira, un éclair passa dans ses yeux. Il se redressa et s'approcha d'elle au point qu'elle n'aurait eu qu'un pas à faire pour combler la distance entre leurs corps. Il pencha la tête, son souffle chaud diffusant des ondes de désir le long du dos de Faythe, qui la pénétrèrent jusqu'au cœur.

« Je crois que je préfère de loin ce que je vois ici », déclara Nik. Chaque mot vibrait avec délice sur la peau de Faythe qui retint son souffle lorsqu'elle sentit les doigts du fae effleurer les plumes de son corset, se glisser entre ses seins pour s'arrêter à son nombril. « Parfait », marmonna-t-il dans un souffle.

Faythe ignorait à quoi il faisait référence – et elle s'en moquait, alors que les lèvres de Nik jouaient sous son oreille. Le murmure d'un baiser attendait là, et elle mourait d'envie que le contact se fasse, faute de quoi elle craignait de s'effondrer.

Mais soudain, il se recula avec un sourire malicieux.

L'hébétude de Faythe devait se lire sur son visage. Nik fourra les mains dans ses poches, amusé, tout en la regardant essayer de mettre de l'ordre dans ses idées et de calmer les battements frénétiques de son cœur.

« Tes amis doivent se demander où tu es passée », dit-il, innocent.

Faythe ouvrit la bouche pour répliquer, hélas, rien ne sortit. Le seul mot qu'elle parvint à prononcer fut « Connard ». Sur ce, elle tourna les talons et redescendit la colline, suivie par l'écho du rire de Nik.

Elle s'arrêta à l'étal d'un marchand de vin et s'offrit un gobelet avant de retrouver ses amis. Jakon et Marlowe observaient toujours les cracheurs de feu, mais en retrait de la foule à présent, et ils rigolaient entre eux. Faythe hésitait presque à interrompre ce moment de joie insouciante.

Néanmoins, elle les rejoignit en toute hâte.

« Désolée, il y avait la queue », expliqua-t-elle, le souffle court.

Si l'excuse était fausse, son halètement n'avait rien de simulé.

« Tu n'as pas loupé grand-chose. On s'apprêtait à aller voir les magiciens », annonça Marlowe, le visage radieux.

Faythe leva les yeux au ciel.

« Tu sais que ce n'est pas de la vraie magie, hein ? » lui dit-elle pour la taquiner.

Seuls les fae possédaient de la magie, et encore celle-ci se limitait-elle à une seule forme. Les « magiciens » dont parlait la forgeronne n'étaient que d'habiles prestidigitateurs humains.

« Ne fais pas ta rabat-joie », grommela Marlowe en la prenant par le bras et l'entraînant dans cette direction malgré tout.

Les trois amis profitèrent une heure encore des célébrations, flânant çà et là, visitant différents étals jusqu'à se lasser de tant de flamboyance. Ils ôtèrent leurs masques en quittant les lieux, et Faythe gémit de plaisir quand l'air frais passa sur son visage moite.

Les rues étaient plus calmes, sur le chemin du retour. Ils s'apprêtaient à franchir le dernier virage avant la hutte quand quatre silhouettes apparurent, telles d'immenses ombres. Faythe n'eut pas le temps de réagir que le plus grand de ces personnages l'empoigna par le bras et la traîna dans une ruelle obscure. Il lui plaqua son autre main sur la bouche et, à sa grande horreur, la jeune femme vit une autre brute saisir Marlowe tandis que les deux dernières tentaient de maîtriser Jakon.

Quand ils furent tous dans la ruelle, à l'abri des regards, Faythe se retrouva projetée contre le mur. Le choc se propagea le long de sa colonne vertébrale, et le coup à sa tête fit danser des étoiles devant ses yeux. Lorsque sa vision redevint nette, elle reconnut leurs quatre agresseurs. À sa terreur absolue, il s'agissait des hommes qu'elle avait battus à La Grotte. Ils avaient réussi à la démasquer et venaient se venger de l'humiliation et du déshonneur qu'elle leur avait fait subir. Et ses amis allaient eux aussi en pâtir.

L'homme que Faythe avait terrassé le premier soir était celui qui la maintenait.

« Tu pensais qu'on ne te retrouverait jamais, *Ombre aux Yeux d'Or* ? » lui cracha-t-il au visage, son haleine putride.

Elle n'avait pas d'armes sur elle, ce soir – pas plus que Jakon et Marlowe – et elle ne voyait pas comment se sortir de cette situation. Du moins, pas avec ses compagnons. Ces monstres allaient pouvoir la tuer sans que personne les en empêche. Ce n'était toutefois pas pour elle-même qu'elle tremblait.

« Vous n'en avez qu'après moi. Relâchez-les », réclama-t-elle, les dents serrées.

Marlowe pleurait, presque hystérique entre les mains de la deuxième victime de Faythe. Quant à Jakon, il se débattait avec tant de vigueur que les deux autres durent le frapper à plusieurs reprises pour le calmer. Il saignait de la lèvre et avait une coupure au-dessus de la paupière.

Faythe vit rouge.

« Ça fait encore plus mal de découvrir la *fille* qui vous a battus sous le masque, pas vrai ? » provoqua-t-elle les quatre hommes pour détourner leur attention de ses amis. « J'ai pris un plaisir immense à vous mettre à terre. » S'adressant plus particulièrement à son tourmenteur, elle partit d'un rire méprisant : « Tu ne te remets toujours pas que je t'aie exposé pour ce que tu es vraiment : un lâche. »

Le visage déformé par une rage inhumaine, le colosse la plaqua de nouveau contre le mur avant de lui enfoncer son poing dans le ventre. Le souffle coupé, Faythe n'eut pas le temps de se plier en deux, qu'il la saisit par la gorge et serra fort.

« On fait moins la fière, maintenant, ricana-t-il. Tu n'es rien sans ton épée et tes tours de passe-passe. »

Faythe lui griffait les bras à mesure qu'il l'étranglait. Sa gorge la brûlait, des battements sourds emplissaient ses oreilles. Elle n'entendait presque plus les efforts de Jakon, mais tout à coup Marlowe poussa un cri glaçant qui la mit en panique.

Elle était à la merci de son agresseur. Elle allait mourir dans cette ruelle, d'ici quelques minutes. Elle avait causé la perte de ses amis…

Brusquement, l'air s'engouffra dans sa gorge et elle crachota tandis qu'une force arrachait la brute. Faythe s'écroula à quatre pattes, pantelante. Elle attendit quelques secondes, le temps que le tournis lui passe et que sa vision redevienne nette, avant de lever les yeux et de découvrir un fae qu'elle connaissait bien, et qui neutralisait le dernier brigand. Les quatre hommes gisaient inconscients – ou morts – dans la ruelle.

Faythe n'aurait su dire comment Nik avait pu les rejoindre, ou même la retrouver au bon moment. Les cris hystériques de Marlowe résonnaient en elle et, quand elle se tourna dans sa direction, elle vit la forgeronne penchée sur Jakon.

L'instant d'après, elle avisa la dague qui ressortait du ventre de son ami, et le monde s'arrêta.

Elle resta ainsi une seconde, les yeux écarquillés d'horreur, puis se releva comme elle put avant de s'effondrer à genoux près de Jakon, sous le choc. Le jeune homme avait le souffle très faible et laborieuse, pourtant il demeurait conscient et, quand son regard croisa celui de Faythe, elle n'y lut qu'une peur aveugle. Incapable du moindre mot, du moindre geste, elle ne savait pas non plus quoi faire.

Ce fut Nik qui finit par prendre la parole.

« Il ne faut pas le laisser là. Habitez-vous loin d'ici ? »

Il s'exprimait avec le calme d'un guerrier s'adressant à ses camarades sur le champ de bataille.

Faythe parvint tout juste à faire non de la tête.

Des mains rêches la prirent par les bras et la firent se lever. Elle s'apprêtait à protester et à s'écrouler de nouveau auprès de Jakon, mais Nik passait déjà un bras sous le dos du jeune homme et l'aidait à se mettre debout.

« Ne retire surtout pas la lame », ordonna-t-il.

Jakon se tenait le ventre, où la dague entrait jusqu'à la garde. Paralysée par l'émotion, Faythe ne pouvait que scruter la plaie, tandis que Marlowe sombrait dans une hystérie muette.

« Faythe, nous devons y aller, *maintenant* », gronda Nik.

Ces paroles la tirèrent de sa transe. Ils devaient agir vite, autrement Jakon allait mourir. Chaque seconde comptait. Faythe hocha la tête et courut s'assurer que la voie était libre. Elle fit ensuite signe à ses amis de la suivre hors de la ruelle. Nik portait Jakon, une main autour de sa taille et l'autre tenant fermement le bras du blessé passé au-dessus de son épaule, mais celui-ci était si pâle et inerte que Faythe faillit s'évanouir. Elle devait absolument se calmer – au moins jusqu'à ce qu'ils aient regagné la hutte et puissent s'occuper de la blessure.

Par bonheur, ils ne croisèrent pas âme qui vive dans les rues. Sitôt la porte franchie, Nik allongea Jakon sur la table de la cuisine et Marlowe se mit aussitôt en quête de torchons et d'une bassine d'eau.

Faythe déchira la chemise du blessé sans réfléchir, pour mieux voir la blessure. Elle recula aussitôt. Tout ce sang. Beaucoup trop. Une terreur aveugle consumait la jeune femme. Son ami n'avait plus longtemps à vivre s'ils n'endiguaient pas l'hémorragie. Et quand bien même, il leur faudrait ensuite prier les Esprits que la dague n'ait pas touché d'organe vital. Se tournant vers Nik, elle n'eut pas à visiter son esprit pour savoir qu'il pensait la même chose qu'elle : l'affaire était très mal engagée.

Marlowe la rejoignit et appliqua des torchons autour de la lame avant de saisir le manche. Quand Nik la prit par le poignet, le regard qu'elle lui lança aurait pu le tuer.

« L'hémorragie sera hors de contrôle dès que tu retireras la dague, expliqua le fae.

— On ne peut quand même pas la laisser dans son ventre ! » s'écria la forgeronne.

Jakon était bien trop calme. Faythe l'observa. Il était si pâle qu'on l'aurait cru mort s'il n'avait battu des paupières. Il gémit de douleur.

« Tu ne vas pas mourir ce soir, Jakon Kilnight. Tu m'entends ? » prononça Faythe d'une voix ferme.

Comme son ami ne réagissait pas, sa panique monta d'un cran. Elle interrogea Nik du regard, guettant ses directives, comme s'il allait savoir quoi faire – hélas, celui-ci avait la mine grave. Il savait qu'aucun mortel ne se relevait d'une blessure pareille. Faythe lut le verdict sur ses traits, et une cassure s'opéra en elle.

« Fais quelque chose !

— Faythe, je... »

Nik n'acheva pas la phrase qu'elle devinait.

Il n'y avait rien à faire.

Au même instant, une lueur d'espoir jaillit d'un souvenir fugace. Faythe ouvrit de grands yeux et releva la tête. Se tournant vers Marlowe, elle lui dit :

« Écoute-moi. Maintiens-le en vie. Empêche-le de s'endormir et contiens le saignement autant que possible jusqu'à mon retour. »

Elle avait parlé avec calme et maîtrise.

Marlowe acquiesça dans un sanglot et appliqua d'autres torchons encore sur la blessure. Sans perdre une seule seconde, Faythe vida les placards derrière elle, en jeta le contenu jusqu'à trouver ce qu'elle cherchait.

« Qu'est-ce que tu fabriques ? » l'interrogea Nik.

Elle ne releva pas la question, chaque seconde comptait. Elle prit une petite fiole et se rua hors de la hutte sans un mot. Elle se moquait bien que sa robe blanche soit à présent maculée de taches cramoisies, ou que les passants prennent peur à sa vue. Elle releva ses jupes à mi-cuisses et courut aussi vite que ses jambes le lui permirent, le feu dans ses poumons se volatilisant sous l'effet de la concentration.

Faythe suivait un itinéraire où elle savait qu'elle avait le moins de risques de croiser des fêtards. Elle gravit la colline et ne s'arrêta pas même en atteignant les bois. Les branches lui zébraient les chevilles au passage, mais elle ne sentait rien. Quand la cascade apparut, Faythe poussa un soupir de soulagement et s'écroula à genoux, au bord de l'eau.

Elle prenait un risque énorme qui pouvait lui coûter ses derniers instants auprès de son meilleur ami, mais elle devait absolument essayer – quand bien même les paroles de Nik la hantaient encore.

« On prétend qu'ils guérissent n'importe quelle blessure ou maladie, mais je n'ai pour ma part jamais réussi à en capturer. »

Faythe pria tous les Esprits et les dieux du royaume, promit de les vénérer jusqu'à la fin de sa misérable vie tout en débouchant sa fiole et la plongeant dans le lac. Quand elle la ressortit, elle ne contenait que de l'eau glacée… pas un seul yucolite luisant. Elle essaya une deuxième puis une troisième fois, sans plus de succès.

« *Pitié !* » cria-t-elle au ciel.

Elle se mit à sangloter et retenta sa chance, mais les créatures se moquaient d'elle en filant chaque fois.

« *Faythe.* »

Une voix de femme, tel l'écho d'une ombre, retentit autour d'elle. Faythe pivota sur ses hanches et découvrit le grand cerf blanc. Au lieu de succomber à la peur, elle gémit de frustration. Elle n'avait pas besoin d'une visite débile au temple ; il lui fallait des yucolites.

Mais cette fois-ci, le cerf ne lui fit pas signe de le suivre, il approcha – à tel point que Faythe se leva, de crainte d'être piétinée.

« *Qu'est-ce qui t'amène ?* »

L'animal parut prononcer cette question quand elle plongea son regard dans le sien. Elle battit des cils puis, de désespoir, répondit :

« C'est mon ami – il est en train de mourir. J'ai besoin de… de ces créatures. »

Du doigt, elle désignait les globes brillants du lac.

« *On ne peut prendre sans donner, Faythe.*

— Je donnerai tout ce que vous réclamerez.

— *Attention à ce que tu dis.*

— Je vous en *supplie* ! » s'exaspéra-t-elle. Elle n'avait pas de temps à consacrer à ce petit jeu.

« *Tu devras rapporter ce qui a été dérobé ici,* annonça le cerf. *Et qui se trouve au sein du palais de High Farrow. La ruine du Temple de la Lumière.* »

Si la situation n'avait été si urgente, Faythe aurait ri tant la tâche était impossible.

« D'accord.

— *Si tu échoues, ton âme appartiendra à mes bois pour toute l'éternité.*

— J'ai dit d'accord ! »

À chaque seconde qui passait, la mort de Jakon se rapprochait.

« Alors c'est entendu. »

Faythe manqua s'étouffer quand elle se sentit tiraillée de l'intérieur – une chaîne qui l'ancrait en ce lieu et resterait en place jusqu'à ce qu'elle respecte sa part du marché.

Sans attendre, elle se remit à genoux et plongea pour la énième fois sa fiole dans le lac. Quand elle l'en ressortit, un gémissement soulagé lui échappa à la vue des dizaines de yucolites qui flottaient à l'intérieur.

« Merci. »

Elle se releva et repartit en courant par où elle était arrivée. Au moment où elle atteignit les arbres, il lui sembla entendre vaguement…

« Nous nous reverrons sous peu, Héritière de Marvellas. »

Chapitre 35

Faythe déboula dans la hutte, manquant dégonder la porte au passage. Elle haletait d'avoir fait si vite l'aller-retour, mais elle ne prêta aucune attention à sa gorge en feu quand elle se précipita auprès de Jakon. Celui-ci respirait encore – à peine, mais cela suffisait.

« Tu en as pêché ? » s'étonna Nik.

Faythe ne releva pas la question.

« À mon signal, tu retires la dague…, ordonna-t-elle à Marlowe qui hocha la tête entre deux sanglots et empoigna l'arme. Nik, prépare-toi à comprimer avec un torchon. »

Sans un mot, le fae se tint prêt à endiguer le saignement.

Faythe sentit une main faible autour de son poignet, et son regard croisa celui, épuisé, de Jakon. Elle y lut de la souffrance mais devait rester forte. Son ami avait besoin d'elle.

Elle lui saisit le visage à deux mains, se pencha et lui dit :

« Tu vas t'en remettre, mais ça va te faire mal. »

Jakon parvint à acquiescer légèrement, après quoi sa tête retomba, inerte, ses yeux se fermèrent et ses doigts lâchèrent prise.

Un grand froid envahit Faythe.

« Marlowe, maintenant ! »

À son crédit, la forgeronne n'hésita pas une seule seconde, et Nik était à son poste, prêt à faire pression dès que le sang jaillirait. Faythe déboucha la fiole et, d'un geste aussi précis que sa main tremblante le lui permit, versa le liquide sur la plaie ouverte.

Aussitôt, les yucolites formèrent un sceau brillant sur la blessure. Le saignement diminua fortement, sans cesser tout à fait, tandis que la magie lumineuse soignait Jakon.

Faythe, Nik et Marlowe se reculèrent, admiratifs, mais soudain Faythe se pencha pour examiner le visage de son ami. Elle chercha son pouls et se recroquevilla, horrifiée, en ne parvenant pas à le trouver. Marlowe se remit à sangloter, s'effondra contre un placard, tandis que Faythe restait pétrifiée.

« Patience », murmura Nik.

Faythe capta son regard, comme s'il allait l'apaiser – et cela fonctionna. Les ondes de réconfort qui émanaient du fae adoucirent les contours de la panique qu'elle éprouvait. Elles la détendirent au point qu'elle put retourner auprès de Jakon. Elle prit sa main molle, lui caressa les cheveux, en attendant, torturée d'angoisse, qu'il inspire.

Les secondes semblaient durer des heures, Faythe se concentrait de son mieux sur l'esprit du blessé pour tenter d'en ouvrir les portes, le convaincre de revenir parmi les vivants.

« Tu ne peux pas m'abandonner, Jakon. Je n'y survivrai pas », prononça-t-elle dans l'esprit vide du jeune homme.

Des larmes muettes roulèrent sur ses joues en l'absence de réponse. L'esprit de Jakon était sombre et creux. Elle avait réagi trop tard et allait à présent payer le prix ultime. Sa pire crainte se réalisait : non seulement elle ne pouvait protéger ceux qu'elle aimait, mais, c'était aussi elle qui les mettait en danger de mort.

Au moment où elle allait sombrer dans un puits sans fond de culpabilité et de douleur, elle perçut l'écho d'une voix faible.

« Je ne t'abandonnerai jamais, Faythe. »

Elle retint son souffle – la réponse mentale de Jakon avait été si douce qu'elle crut l'avoir imaginée dans son désespoir. Mais ensuite, la poitrine de son ami s'anima légèrement. Faythe poussa un soupir de soulagement.

Marlowe la rejoignit aussitôt.

« Les Esprits soient loués », sanglota-t-elle.

Après quelques secondes de plus, passées dans une certaine tension, Jakon grogna. Ses yeux s'entrouvrirent. Il battit des cils puis se tourna vers Faythe, qui émit un petit cri.

« Tu ne te débarrasseras pas de moi aussi facilement, dit-il en lui pressant légèrement la main.

— Il faut croire », répondit la jeune femme avec un petit sourire.

Elle céda la place à Marlowe qui attendait derrière elle. La blessure profonde que Jakon avait au ventre brillait toujours, et Faythe se demandait combien de temps les yucolites allaient mettre à la guérir – si tant est qu'elles le puissent.

Elle se passa les mains sur la figure et put enfin respirer sereinement. Nik se tenait devant elle et la tentation fut trop forte : elle s'effondra contre lui et l'enlaça par la taille. Il la serra fort en retour. Faythe ferma les yeux, se laissant aller à un réconfort silencieux tandis que les évènements et la réalité la rattrapaient.

Aucun des trois amis ne serait ressorti vivant de la ruelle si Nik n'était pas intervenu. Il avait éliminé leurs quatre agresseurs en moins d'une minute. Sans lui, Faythe et Marlowe n'auraient pas réussi non plus à transporter Jakon jusqu'à la hutte. Nik était le sol sous leurs pieds, leur source d'apaisement, au moment où cela comptait le plus.

« Merci. »

Faythe projeta ce mot en direction du fae, en espérant qu'il l'entende à travers ses murs.

« Tu n'as pas à me remercier, Faythe. C'est toi qui l'as sauvé.

— C'est aussi ma faute s'il a failli mourir. »

Quelque chose en elle se brisa à l'évocation de la vérité. Tout ceci était sa faute.

Nik la saisit par les épaules, l'écartant de sorte qu'elle puisse le regarder en face.

« On va faire un tour ? »

Faythe jeta un coup d'œil à ses amis. Marlowe caressait tendrement les cheveux de Jakon qui s'endormait. En proie à un retour de panique, elle s'assura que la poitrine du blessé se gonflait toujours.

Elle alla ensuite passer un bras autour de la taille de Marlowe, en marque de réconfort.

« Je n'en ai pas pour longtemps », dit-elle tout bas.

La forgeronne la regarda, puis se pencha de nouveau sur Jakon, et hocha la tête.

Faythe prit le temps d'examiner sa robe. La vue des taches du sang de Jakon lui retourna le ventre. Elle s'excusa pour aller se changer en vitesse, après quoi elle passa se laver les mains – c'était un minimum. Le bain complet devrait attendre.

Le temps de revêtir sa cape noire, et elle quitta la hutte non sans s'être inquiétée une dernière fois de Jakon. Le voyant entre de bonnes mains et toujours soigné par les yucolites, elle sortit dans la nuit à la suite de Nik.

Tous deux parcoururent en silence quelques rues jusqu'à s'engager dans une ruelle étroite et mal éclairée.

Nik s'arrêta alors et se planta devant Faythe. Comme il ne prenait pas la parole, ce fut elle qui demanda :

« Comment as-tu fait pour me retrouver, tout à l'heure ? »

Ce n'était pas une accusation, toutefois il ne lui avait pas échappé qu'il savait souvent où et quand la trouver et s'en expliquait rarement. Certes, il assistait au bal de l'équinoxe, mais c'était une coïncidence trop grande qu'il soit passé devant cette ruelle au moment opportun, alors qu'ils s'étaient quittés de très longues minutes auparavant.

Nik resta quelques instants à délibérer en silence, le front plissé.

« Je t'ai à l'œil depuis ton premier combat dans La Grotte », révéla-t-il enfin.

Faythe en resta bouche bée. Elle s'apprêtait à lui demander comment il était au courant, mais il poursuivait déjà :

« J'ai visité l'esprit de ce sale animal le premier soir. J'ai vu la façon qu'il avait de te regarder, et mes soupçons étaient justifiés. Jamais il n'aurait passé l'éponge. »

Faythe garda le silence – de stupéfaction ou d'admiration, elle n'aurait su trancher.

« Plus tu affrontais d'hommes... *Par les dieux*, Faythe, tu ne faisais que grossir son armée à chaque fois. Il ne savait pas qui tu étais – pas vraiment. J'ignore encore comment il l'a découvert. Les autres n'étaient pas plus avancés et je les pistais au cas où ils l'apprendraient. »

Faythe n'en croyait pas ses oreilles. Tout ce temps, Nik l'avait protégée sans qu'elle s'en aperçoive. Obnubilée par l'argent et les victoires, elle n'avait pas vu le danger se dresser devant elle – un danger qui avait fini par s'abattre aussi sur ses amis.

« Pourquoi ? », parvint-elle à demander.

Elle n'avait rien fait pour mériter une telle attention. Ses amis, Nik – tout le monde souffrait par sa faute, et sa plus grande peur devenait réalité. Elle ne pouvait protéger personne. Au contraire, elle ne réussissait qu'à faire pleuvoir le danger sur eux.

Nik se rapprocha d'elle et elle essuya avec colère la larme qui s'égarait sur sa joue. Elle serra les dents. Elle ne voulait plus pleurer, et elle sentait sa rage et sa culpabilité remonter à la surface, toujours aussi destructrices. Comme s'il le percevait, Nik lui leva tendrement le menton de ses doigts, la forçant à le regarder dans les yeux.

« Ce n'est pas ta faute, Faythe. C'était un acte de pure méchanceté, perpétré par des hommes qui n'ont pas d'autre raison de vivre. Tu les as battus à la régulière. Non sans panache, soit dit en passant. »

Il agrémenta la remarque d'un petit sourire, comme pour lui remonter le moral et, bon sang, il y avait de quoi l'aimer.

Ils restèrent un moment à s'observer sans un mot, puis Nik la relâcha. Elle faillit gémir de ne plus sentir sa peau contre la sienne, toutefois il ne recula pas.

« Tu as visité mon esprit assez souvent comme cela. Il n'est que justice que tu me laisses entrer dans le tien, juste une fois », affirma-t-il doucement, sans brusquer Faythe.

Le cœur de celle-ci fit un bond.

« Je pense que... »

Elle jura intérieurement. Puis elle maudit le monde, les Esprits, et tout ce qui rendait leur union impossible.

« Au diable les conséquences. »

Elle se dressa sur la pointe des pieds, glissant ses mains derrière la nuque du fae. Aussitôt, leurs bouches se trouvèrent et les étoiles s'éveillèrent, chassant la nuit qui avait commencé à s'abattre sur elle.

Les mains de Nik lui caressaient la taille en réponse, laissant des traînées de feu sur leur passage. Faythe s'apprêtait à se dégager de l'étreinte, elle n'avait après tout besoin que d'un seul baiser pour savoir que ses sentiments étaient partagés, mais il l'enserra davantage, l'attirant contre son corps, comme s'il avait deviné son intention. Faythe ne trouva rien à y redire.

Au contraire, elle se pressa contre lui, les reins cambrés, mue par l'impression que jamais elle ne pourrait être assez près de lui. La passion – la rage presque – guidait leurs lèvres, et Faythe mit dans ce baiser tous les élans, tous les désirs qui s'accumulaient depuis leur première rencontre. Ses doigts jouaient avec les cheveux noirs soyeux de Nik et savouraient une sensation divine. Elle ne sentait que trop les mains du fae qui exploraient sa taille et son dos, déclenchant en elle des ondes de désir.

Faythe ne s'aperçut qu'ils avaient bougé que lorsque son dos rencontra la fraîcheur d'un mur. Cette fois, ce fut Nik qui se pressa contre elle, la prenant en étau entre deux forces rassurantes. Ses mains délaissèrent sa taille pour entourer son visage, et Faythe gémit sous la tendresse affectueuse du geste.

Mais soudain, à l'instant où elle pensait succomber à l'extase, Nik se recula. Elle en pleura presque. Il ne s'éloigna pas toutefois, restant le front appuyé contre le sien et, pour la première fois, il parut à peu près aussi essoufflé qu'elle.

La jeune femme eut un petit rire, alors il se redressa pour sonder son regard.

« Dois-je demander ce qui t'amuse ? »

Les yeux de Faythe pétillaient de plaisir.

« Il n'en faut pas tant que ça, finalement, pour te faire perdre ton souffle. »

Nik rit à son tour et Faythe sentit des palpitations. Elle ne l'avait jamais vu aussi *heureux*. Un petit phare s'éclaira au milieu de toutes ses émotions négatives. La certitude qu'elle pouvait le rendre heureux – voilà qui serait peut-être son salut.

Chapitre 36

Jakon avait encore le teint pâle et la peau moite, mais il respirait à un rythme régulier que Faythe suivait, assise près de lui. Marlowe nettoyait délicatement la blessure qui brillait encore de la magie des yucolites. Elle n'avait pas interrogé Faythe à leur sujet, et celle-ci n'aurait probablement pas su quoi répondre, ni expliquer l'apparition inattendue d'un sauveur en la personne d'un garde fae.

Nik l'avait laissée une heure plus tôt. Il n'avait aucune raison d'être présent lorsque Jakon s'éveillerait, et Faythe n'était pas prête à parler de lui à ses amis.

Quand le blessé remua, elle se leva d'un bond et inspecta son visage. Jakon tourna la tête, sans force, et souleva les paupières. Il battit des cils et voulut s'asseoir mais Faythe l'en empêcha.

« Pas encore », dit-elle tout bas.

Jakon l'interrogea du regard, le front plissé. Il lui fallut un temps pour réaliser, mais Faythe comprit que les évènements de la nuit l'avaient enfin rattrapé lorsqu'il écarquilla les yeux, horrifié.

« Vous êtes blessées ? »

Sa voix était rauque. Il examina Faythe, puis Marlowe.

« Non, mais… toi oui, Jak. Je m'en veux tellement. »

Elle avait les lèvres qui tremblotaient.

Jakon se redressa sur les coudes malgré les protestations de son amie, et découvrit la ligne lumineuse qui barrait son abdomen. Il n'y avait plus de sang et la cicatrisation était presque achevée alors que les yucolites s'éteignaient peu à peu.

« Comment ? »

Jakon ne put demander davantage.

« Je t'expliquerai tout », assura Faythe.

Il le faudrait bien. La perspective l'effrayait au plus haut point, mais elle était décidée à bannir les secrets au sein de leur petit groupe. Elle trouverait un moyen d'accepter leur jugement, quoi qu'ils pensent de ce qu'elle était et de ce qu'elle leur cachait depuis des mois, car ses amis méritaient de connaître la vérité. Elle les avait mis en danger avec ses secrets, et préférerait affronter une éternité de solitude plutôt que de les voir risquer de nouveau leur vie dans la toile de ses mensonges.

« Tu peux bouger ? Je crois qu'on devrait tous essayer de dormir », estima-t-elle, épuisée mentalement et physiquement.

Jakon acquiesça, alors Faythe et Marlowe l'aidèrent à regagner la chambre et se coucher.

Faythe prêta des affaires de nuit à Marlowe quand celle-ci décréta qu'elle ne partirait pas tant que Jakon ne serait pas remis. Toutes deux partagèrent un lit à côté du blessé, et Faythe s'abandonna à l'oubli du sommeil, sachant que ses amis et elle-même n'avaient plus rien à craindre.

Faythe se tenait dans la brume blanc et or de son esprit, où elle passait en revue ses souvenirs de son plus vieil et meilleur ami. L'idée d'avoir failli le perdre l'avait hantée à l'approche du sommeil, suscitant en elle le besoin immédiat de retrouver le confort de sa présence.

Souvenirs heureux. Faythe sourit, et rit même, en revoyant certaines de leurs gamineries. Mais, très vite, son cœur se serra de les voir tous deux si innocents, si détachés du reste du monde. Ils ne vivaient peut-être pas dans le luxe et avaient du mal à se nourrir, mais leur enfance avait été merveilleuse, la plus insouciante et joyeuse qui soit.

Elle sentit Nik se manifester délicatement en lisière de son esprit et le laissa entrer aussitôt. Elle ne se tourna toutefois pas vers lui, mais continua de regarder les souvenirs défiler telle une pellicule.

« Je peux m'en aller, proposa-t-il avec tact. Je passais juste m'assurer que tu allais bien. »

Faythe lui adressa un sourire reconnaissant par-dessus son épaule, puis lui tendit la main, l'invitant à approcher. Nik s'exécuta et vint se placer derrière elle, une main contre ses reins. Le contact, même dans son esprit, apaisa toutes ses souffrances.

« Il est presque entièrement guéri. C'est un miracle, déclara-t-elle en se tournant vers son ami fae.

— Tu as l'air heureuse avec lui », observa Nik qui, lui aussi, regardait les souvenirs.

Faythe perçut comme une question dans cette phrase. Tout le monde se l'était posée à un moment ou un autre : pourquoi Jakon et elle n'avaient-ils jamais été en couple ?

« On l'était… On l'est toujours », corrigea-t-elle. La main de Nik se crispa légèrement. Elle s'en rendit compte mais poursuivit : « Je l'aime, mais pas de la façon que tout le monde pense. Il n'est pas mon amant. Ni un simple ami, ou un frère… Je ne peux l'expliquer. » Pivotant sur elle-même, elle plaqua ses mains sur la poitrine du fae. « Mais je tiens à ce que tu saches que je n'ai jamais ressenti *cela* pour lui. »

Puis elle effleura sa bouche de la sienne. Nik répondit en l'attirant délicatement à lui, tout contre lui. Le baiser fut bref, mais bienvenu.

Quand ils se dégagèrent, le fae avait les yeux qui scintillaient. Il sourit à Faythe et elle sentit son cœur palpiter. Auprès de lui, elle était bien. Elle s'en voulait de s'être privée de ce bonheur. Ils sauraient trouver un moyen, garder le secret s'il le fallait, ne se rencontrer que dans leurs esprits ou dans les bois si nécessaire, car chaque instant passé en sa compagnie vaudrait mieux que son absence.

Nik se pencha et l'embrassa à nouveau, plus fort cette fois, comme pour confirmer ses pensées.

Faythe poussa un soupir de contentement puis se retourna vers ses souvenirs au moment où le décor changeait.

Un souvenir bien plus récent : le jour du solstice d'été, Jakon venait de rentrer du travail et s'apprêtait à lui offrir l'épée qu'elle baptiserait Lumarias. Elle perçut l'exaltation de sa voix quand il lui présenta la chose qu'elle désirait le plus – son bien le plus cher désormais. Faythe examinait l'épée tandis que Jakon en détaillait la fabrication. Elle sourit en se rappelant qu'elle ne connaissait pas encore le brillant esprit qui avait forgé cette lame, et dont elle allait devenir si proche.

« La pierre était offerte. Apparemment, elle s'appelle le Miroir. Elle est très ancienne, et est censée porter bonheur, ce genre de choses. »

Faythe retint son souffle. Elle avait dû se tromper. Elle se repassa le souvenir, convaincue que son esprit avait mélangé deux souvenirs. Sauf que non, elle l'entendit encore, distinctement :

« Le Miroir. »

Elle se figea et Nik le remarqua.

« Qu'y a-t-il ? »

Comment avait-elle pu ne pas faire le lien plus tôt ? Si Marlowe avait traduit le terme correctement, il en découlait que le Riscillius nécessaire pour ouvrir le temple…

Faythe inspecta la lame de son souvenir et s'étonna de ne jamais avoir prêté attention aux marques gravées sur la garde : trois symboles similaires, alignés verticalement. Seul un observateur attentif pouvait les déceler tant ils se confondaient avec la teinte du métal, mais sitôt qu'elle les vit, un frisson glacé la traversa : celui du haut était la marque d'Aurialis.

Qu'est-ce qui avait pu pousser la forgeronne à graver ces symboles ? Faythe connaissait le plaisir coupable que son amie prenait à étudier les Esprits et autres mythes, mais à quoi bon l'intégrer à son travail ?

Elle sentait la crainte monter en elle à la vue de ce maudit symbole. Elle s'en voulait d'avoir été si lente à faire le rapprochement. Le Riscillius était-il réellement serti dans son épée depuis le début ? Son ventre se noua. Il devait plus probablement s'agir d'une réplique proposée par un marchand pour augmenter le prix d'une vente. Un simple caillou dépourvu de la moindre propriété.

Il n'y avait qu'un moyen d'en être sûr. Pour autant… Faythe tenait-elle vraiment à découvrir ce que recelait le temple ? Ce n'était peut-être pas sans raison si l'entrée en était scellée et ne pouvait s'ouvrir que grâce à une pierre très ancienne et bien spécifique. Elle risquait de réveiller une chose endormie depuis des siècles.

« Qu'y a-t-il, Faythe ? » la pressa Nik.

Elle se tourna vers lui.

« Rien du tout », assura-t-elle d'une voix douce alors que son esprit tournoyait sur lui-même. Si un danger était tapi derrière la double porte du temple, autant éviter d'y exposer autrui. « Je vais aller dormir un peu, je crois. La nuit a été folle. »

Nik lui adressa un sourire entendu, puis lui caressa la joue du dos de la main. Ses doigts se calèrent sous son menton et inclinèrent sa tête pour un dernier baiser. Jamais Faythe ne se lasserait de la sensation que cela lui procurait ni de la lumière qui se diffusait en elle dans ces moments-là.

« À très vite », conclut Nik en s'éloignant.

Elle répondit par un hochement de tête, puis le regarda s'estomper dans les volutes de brume dorée avant de disparaître entièrement.

Lorsqu'elle ne sentit plus sa présence, elle se força à se réveiller.

Chapitre 37

Faythe rouvrit les yeux et s'habitua à la pénombre de la petite chambre. Elle n'avait pas besoin de regarder pour savoir que Jakon dormait : elle entendait le bruit familier de ses ronflements légers. D'un mouvement délicat, elle tourna la tête vers son amie allongée à côté d'elle – et qui dormait elle aussi à poings fermés.

Elle se leva lentement, sortit de la chambre sur la pointe des pieds, en évitant les lattes qui grinçaient. Dans la pièce principale, toujours à pas de loup et en maîtrisant sa respiration, elle enfila sa houppelande et s'empara de Lumarias. Après quoi, elle se fondit dans la nuit, tout exaltée à l'idée de partir à l'aventure.

Oubliant toute logique, elle parcourut les rues sombres puis gravit la colline menant aux Bois Éternels. Si elle détenait réellement la clé de cette porte, le *Riscilllius*, depuis tout ce temps…

Ce n'est peut-être qu'un vulgaire caillou. Et alors je pourrai passer à autre chose.

Mais la partie obscure et téméraire d'elle-même espérait que le Miroir permettant d'accéder au temple soit bel et bien en sa possession. Ses doigts se resserrèrent autour de la poignée de son épée sous l'afflux d'adrénaline qui l'envahissait à l'approche de la clairière.

Faythe s'arrêta sitôt sortie des bois, et son cœur hoqueta lorsqu'elle avisa, incrédule, l'endroit. Le grand cerf blanc attendait, comme s'il savait ce qu'elle avait en tête. Elle ne se laissa pas perturber par cette possibilité et reprit sa route, suivit l'animal pour la troisième et – espérait-elle – dernière fois. De deux choses l'une, ou bien elle allait découvrir ce que cette créature tenait tant à lui montrer, ou bien elle se laissait sottement entraîner vers la Faucheuse incarnée, qui la conduirait à une mort certaine de l'autre côté de la porte, prête à réclamer son âme encore liée à cette maudite forêt.

La clairière menant au temple s'ouvrit devant elle, et le sang de Faythe battait dans ses tympans tandis qu'elle regardait le cerf franchir les marches et disparaître une fois de plus derrière la porte. Cette fois-ci, croyant peut-être détenir la clé permettant de le suivre, elle dégaina son épée puis s'avança à pas lents. Le cri de l'acier sortant du fourreau éveilla ses sens, braquant son attention sur les pensées rationnelles qui la mettaient en garde contre l'opération périlleuse qu'elle s'apprêtait à entreprendre.

Un seul problème subsistait, mais de taille : comment utiliser le Riscillius ?

Faythe scruta la poignée de Lumarias. La porte du temple ne comportait pas de serrure apparente et, quand bien même, la simple idée d'abîmer le chef-d'œuvre de Marlowe pour ôter cette pierre la peinait. Son épée était davantage qu'une simple clé. On pouvait trouver étrange qu'elle soit liée à un objet, toutefois son attachement envers Lumarias était fort.

Parvenue sur le portique, Faythe appuya la pierre sertie dans l'épée contre la porte, sous tous les angles, tâta la surface rêche à la recherche d'éventuelles marques pouvant indiquer l'emplacement prévu pour le Riscillius. Rien ne se révéla, et les frustrations de Faythe redoublèrent.

À quoi bon me conduire jusqu'ici sans m'offrir d'indice pour entrer ?

Prise d'un accès d'angoisse, elle gronda fort et écrasa la paume de sa main contre le battant. Sans autre résultat qu'une sensation de brûlure sur sa peau et une douleur qui lui remonta jusqu'au coude. Elle pressa son front contre la porte de pierre froide et s'apprêtait à hurler son désespoir quand une voix douce et féminine la fit se retourner.

« C'est une lentille. »

Lorsque le regard de Faythe se porta sur cette tête blonde familière, elle resta bouche bée de trouver Marlowe au pied des marches. D'abord incapable d'articuler un mot, elle battit des cils à plusieurs reprises pour s'assurer qu'il ne s'agissait pas d'une illusion créée par les Bois Éternels.

À la suite de quoi, tout ce qu'elle put répondre fut un « Quoi ? » chuchoté, tant elle peinait encore à croire que son amie était bel et bien là.

Marlowe désigna du menton l'épée que Faythe tenait à la main.

« Le Riscillius – le Miroir. Le terme signifie aussi “voir ce qui n'est pas là”. C'est une lentille censée ouvrir le temple. »

Sa voix n'était pas celle qu'elle lui connaissait, et ses traits étaient contrastés. Une expression qui détonnait sur le visage d'ordinaire lumineux de la forgeronne.

Mais ensuite, ses paroles prirent tout leur sens dans la tête de Faythe qui, à son tour, posa le regard sur Lumarias.

« Qu'est-ce qui te fait dire ça ? » demanda-t-elle d'une voix tremblotante.

Marlowe ne répondit pas immédiatement. À la place, elle grimpa les quelques marches qui la séparaient de Faythe et tendit la main. Son amie lui céda son épée, trop abasourdie pour s'y opposer ou réclamer une explication. La forgeronne la gratifia d'un petit sourire – dont Faythe retira une once de soulagement, au moins – avant de présenter le pommeau de l'arme devant son œil.

Sans un mot, Faythe la vit ensuite sortir quelque chose de sa poche. Un bâton de craie.

« Je l'ai vue… en rêve », murmura Marlowe. Elle s'approcha du battant et se mit à tracer des lignes régulières d'un côté. « Tu ne m'aurais pas crue avant, et il ne m'appartenait pas non plus de te le dire. » Elle dessinait toujours, sans croiser le regard de Faythe, mais en continuant d'exprimer ses pensées à voix haute. « Il fallait que tu le devines par toi-même. Tout est régi par un ordre. Si on brouille cet ordre, on risque de déséquilibrer tout le reste. La moindre modification du cours des évènements… peut altérer le destin du monde. »

Faythe sentait son cœur marteler sa poitrine. C'était bien la voix de Marlowe qui lui parlait, et pourtant ses paroles l'ébranlaient jusqu'au creux de ses os, si bien qu'elle n'aurait su dire si elles provenaient uniquement de son amie.

« Tu m'as suivie ? »

En guise de réponse, la forgeronne lui adressa un sourire dont Faythe n'était pas certaine de décrypter le sens. Marlowe porta de nouveau la pierre à son œil avant de changer de côté et de poursuivre son délicat travail sur l'autre partie de la pierre grise. Après quoi, elle rendit son épée à Faythe.

Cette dernière se hasarda à regarder à travers le Miroir et retint son souffle en découvrant que les lignes tracées à la craie blanche brillaient de reflets dorés.

« Le temple est protégé par un sortilège d'amnésie, expliqua son amie. Dans quelques minutes, tu auras oublié les symboles permettant d'ouvrir la porte. Tu devras utiliser le Riscillius chaque fois que tu souhaiteras entrer, car les symboles s'effaceront sitôt que la porte se refermera. »

Marlowe savait-elle tout cela depuis le début ?

Faythe l'observait d'un œil nouveau, entre admiration et déception qu'elle lui ait caché toutes ces choses en dépit de leur amitié. Elle décida toutefois qu'elle n'était pas en droit de lui en vouloir, puisqu'elle-même lui dissimulait un secret terrible.

Une autre pensée lui vint alors, qui la figea.

Marlowe était-elle également au courant de ses facultés ?

Par quel miracle ? Elle ne pouvait les avoir découvertes dans un livre – du moins pas en relation avec Faythe. Ce raisonnement n'apaisa en rien son angoisse pour autant. Faythe était une anomalie qui n'avait pas sa place en ce monde ; une *humaine* dotée d'un don inexplicable…

La jeune femme blonde effacée, amoureuse des livres, serait-elle de ses semblables ?

Faythe tremblait, incapable de maîtriser les pensées folles qui lui suggéraient les conclusions les plus farfelues. Le savoir de Marlowe paraissait trop vaste, trop *parfait*, et elle détenait toujours toutes les réponses, comme si elle savait exactement à quel moment elles seraient utiles. Faythe ne pouvait, hélas, se résoudre à l'interroger ou l'accuser de but en blanc. Avant qu'elle n'ait fini de sombrer dans une frénésie d'explications possibles, Marlowe acheva son travail et se recula. Faythe l'imita, pressée de découvrir la suite. Au terme de quelques instants d'un silence assourdissant, la porte grinça très fort et pivota de quelques degrés vers l'intérieur.

Faythe en resta sidérée. Proprement sidérée. Immobile, bouche bée, elle n'arrivait pas à détacher son regard de la bande obscure qui donnait dans le temple. Ses mains se mirent à trembler violemment, et elle empoigna Lumarias si fort qu'elle en eut mal.

Comme aucun danger ne se présentait, Faythe interrogea du regard Marlowe. Cette dernière lui répondit par un sourire enthousiaste.

« En route ? »

Sans attendre que Faythe lui emboîte le pas, elle plaqua ses deux mains contre le battant.

Faythe la regarda forcer une seconde, encore sous le choc de ce qui venait de se produire, puis alla lui prêter main-forte. Ensemble, les deux jeunes femmes poussèrent la lourde porte. La lumière du dehors illumina l'intérieur du temple. Marlowe y pénétra la première, sans trembler ni hésiter, tandis que Faythe, prudente, scrutait les moindres détails de l'espace avant de s'y engager. Elle tenait toujours son épée en garde.

Mais ce ne fut pas du tout ce à quoi elle s'attendait. Il n'y avait ni rangées de bancs ni rien qui trahisse un lieu de culte. Au contraire, la grande salle était vide. La première chose qui attira son regard fut le symbole gravé dans le sol – la marque d'Aurialis, identique à celle sur la porte. Celui-ci devint le point de convergence de l'endroit, tout scintillant d'or dans la lumière qui entrait par une ouverture du plafond permettant à un soleil éternel de tracer un cercle parfait.

Aux murs s'alignaient des alcôves renfermant chacune divers ouvrages et artéfacts. Marlowe se sentit soudain comme chez elle dans cette véritable mine de savoir – elle feuilletait déjà un épais volume. Une ride profonde barrait la peau parfaite de son front. Heureusement, son audace – oser toucher à des objets oubliés de longue date – ne déclencha aucune menace.

En dépit de l'état d'abandon dans lequel le temple se trouvait, Faythe n'eut pas les poumons emplis de poussière ni les narines brûlées par la pourriture humide de la pierre. L'air était, à sa grande surprise, pur et lumineux. Elle inspira profondément afin de calmer son cœur emballé et prit le temps d'admirer la beauté des lieux, rassurée sur l'absence de créatures maléfiques ou de pièges mortels. Encore que la seconde éventualité l'incitait à rester prudente. Rien n'était sûr dans une vieille construction magique.

Avisant un podium derrière le cercle de lumière, Faythe s'en approcha lentement. À l'instant où elle foula le blason d'Aurialis, Marlowe s'écria :

« Attends ! »

Faythe se figea aussitôt, brandit Lumarias dans un élan de peur. Mais ce faisant, elle s'étonna de voir un rayon lumineux jaillir du pommeau – du *Riscillius*. Marlowe, elle aussi, l'observait avec de grands yeux – signe qu'elle ne détenait pas les réponses dans le cas présent. Faythe suivit du regard le rayon qui ne pointait rien d'autre que le mur de pierre grise situé près de la sortie. Quand elle déplaçait son épée, il suivait le mouvement.

Et tout à coup, elle la vit.

Juste au-dessus de la porte, une sculpture en relief qui avait la forme d'un œil. À l'intérieur... une pierre identique à la sienne.

Faythe n'eut pas besoin d'interroger son amie pour conclure à l'évidence. Sans trop réfléchir, elle se cala sur ses jambes et empoigna Lumarias à deux mains, lame pointée vers le sol. Le rayon vacilla légèrement, alors elle resserra sa poigne pour cesser de trembler. Elle n'adressa plus un regard à Marlowe, et celle-ci ne chercha plus à l'arrêter quand elle dirigea la lumière vers le cristal serti dans l'œil de pierre. Faythe se concentrait sur ses battements cardiaques, oublia toute réserve et, à l'instant où la lumière parvint à destination...

Une blancheur aveuglante envahit l'espace.

Marlowe n'était plus à ses côtés, car elle-même se trouvait à présent enchâssée dans un voile impénétrable, de la lumière blanche la plus brillante. Elle baissa les mains, mais pas la garde et pivota sur elle-même à la recherche des murs de pierre qui étaient là un instant auparavant. Un coup d'œil au sol suffit à lui confirmer qu'elle se trouvait toujours dans le temple – à son grand soulagement. Le symbole d'Aurialis demeurait sous ses pieds et dégageait à présent une vive clarté.

Faythe appela Marlowe. Hélas, le prénom ne fit que résonner contre les murs fantômes, et son sentiment de panique monta en flèche. Elle s'apprêtait à tâter le voile blanc quand une voix retentit.

« Bonjour, Faythe. »

L'intéressée se tourna et se trouva face à une grande femme mince. Sauf qu'elle n'était pas tout à fait là. Sa silhouette, légèrement opaque, brillait sur les bords. Néanmoins, Faythe eut le souffle coupé par cette beauté éthérée. Ses cheveux raides avaient la blancheur de la lune et encadraient son visage effilé. Un bandeau argenté ornait le haut de son front et elle portait une ample robe blanche à volants.

La gorge soudain sèche, Faythe parvint tout de même à prononcer :

« Qui êtes-vous ?

— Mon nom est Aurialis. Ton peuple m'appelle Esprit de la Vie et Déesse du Soleil. » Sa voix était comme une mélodie.

Faythe blêmit. Elle était convaincue de n'avoir face à elle rien d'autre qu'une illusion déclenchée par les pierres.

« Le temps presse, poursuivit tout bas Aurialis. Le voile ne peut être ouvert que quelques minutes à la fois.

— Comment connaissez-vous mon prénom ?

— Je t'observe, ainsi que tes compagnons, depuis longtemps. Rien n'arrive par hasard, il n'y a pas de coïncidences. Ta destinée t'a conduite ici, tu dois écouter tes instincts et ton entourage, ils te guideront. »

Faythe secoua la tête.

« Je crois que vous faites erreur… »

Mais son objection fut interrompue par l'Esprit.

« Non, Héritière de Marvellas. Tu es très exactement là où tu es censée être.

— Pourquoi m'appelez-vous comme ça ? »

Ce n'était pas la première fois qu'elle entendait la formule dans ces bois.

« Parce que c'est ce que tu es, enfant aux yeux d'or. Ton pouvoir est ce que cette terre attendait depuis bien longtemps. »

Faythe plissa les yeux.

« Que savez-vous de mon *pouvoir* ?

— Chez les fae, les individus qui possèdent des capacités spirituelles forment une lignée bénie par Marvellas, l'Esprit des Âmes, au temps où elle œuvrait en votre monde. À cette époque, ses descendants directs humains ont également hérité de son don, sous des versions puissantes », expliqua Aurialis sans que le ton de sa voix ou l'expression de son visage varient.

Les yeux de l'Esprit étaient du bleu le plus clair, presque blancs, et leur vue fascinait ceux, dorés, de Faythe.

Cette dernière aurait pu rire de l'absurdité de ce récit, mais cela lui parut déplacé. Alors elle réprima son élan et demanda :

« Ma mère ?

— Elle aussi descendait de Marvellas. Elle pensait être l'élue, celle qui accomplirait la prophétie. Hélas, elle ne possédait pas le même pouvoir que toi, Faythe. Je t'attends depuis des siècles. »

Faythe eut la nausée. Sa mère avait été au courant de tout cela ? De la montre, du temple, des pouvoirs ?

« Est-ce qu'elle savait pour… moi ? voulut-elle clarifier sans être sûre de pouvoir supporter la réponse.

— Oui. Elle a essayé de prendre ta place, mais c'était sans espoir. »

Faythe inspira vivement.

« Elle est venue ici ?

— Elle avait eu vent d'une prophétie – celle qui prétendait que la progéniture d'un descendant direct de Marvellas, via la lignée bénie, posséderait en son sang assez de pouvoir pour manier la Ruine Tripartite et débarrasser l'Ungardia du mal qui y croît. Elle est venue me trouver quand elle a su qu'elle était enceinte de toi. »

Faythe avait la migraine à tenter d'assimiler cette nouvelle révélation.

« Mon père ? s'enquit-elle dans un faible soupir.

— Il appartenait à la lignée bénie. »

Cela ne fit que confirmer une autre nouvelle, et le monde s'écroula sur Faythe. Son père était un Noctiste – et un fae.

« Je pense que vous vous trompez. Ce n'est pas poss…

— Je n'ai plus beaucoup de temps, Faythe. Je n'ai pas d'autre moyen de te parler directement pour l'instant, mais je peux toujours communiquer avec ton monde. Ce n'est pas un hasard si tu es venue à moi ce soir. J'ai œuvré, à travers ton amie, pour te guider jusqu'ici quand le moment a été le bon. »

La lumière se fit dans l'esprit de Faythe.

« Marlowe ? »

L'Esprit releva le menton, et Faythe se prépara à ce qu'elle allait lui annoncer.

« Marlowe est un oracle. Elle possède le don de prescience grâce aux Esprits. Elle est ton savoir. »

Le mot tourna en boucle dans la tête de Faythe, la fit chanceler. *Oracle.* Pour elle, ces choses-là n'existaient pas – pas dans ce royaume, et encore moins sous la forme d'une inoffensive et si agréable *humaine*. N'y avait-il donc plus de légendes ? Tous les mythes provenaient-ils de quelque vérité déformée ? Faythe elle-même, par sa simple existence, défiait les probabilités, tout comme Marlowe…

Par les dieux du ciel.

« Marlowe a serti le Riscillius dans ton épée sous mon influence, révéla encore Aurialis. Il y a longtemps de cela, ta mère a vendu la pierre après que je lui ai annoncé ce que te réservait la destinée. Elle escomptait que tu ne me trouves jamais. Ce qu'elle ignorait, c'était que le Miroir allait attendre patiemment à la forge jusqu'au jour où une jeune femme la trouverait dans l'atelier de son père. Une jeune femme curieuse, dont le chemin croiserait le tien, et avec qui tu forgerais un lien solide. Lorsque tu as découvert ton pouvoir, le temps était venu de mettre en branle tout le reste. La fabrication de ton épée n'a pas fait se rencontrer tes deux amis. »

Faythe en resta bête. Jakon aussi était mêlé à cette affaire ? Cela ne pouvait être vrai...

« Leurs chemins s'étaient déjà croisés et, en gage d'amitié, Marlowe a proposé à Jakon un prix qui lui permettrait d'acheter cette arme. Lumarias – *la Clé*. L'oracle lui-même ignore l'étendue de son pouvoir, mais le temps aidant, elle comprendra. Tout comme toi, Faythe. »

Le sol se déroba sous la jeune femme. Elle tomba à genoux, lâcha son épée, persuadée de s'évanouir si elle restait debout. Ses pensées résonnaient plus fort que n'importe quelle parole ; la tornade d'émotions engendrée par les révélations concernant son amie et elle-même menaçait de la briser entièrement.

« Je ne suis personne, murmura-t-elle.

— Tu es le dernier espoir.

— Espoir de quoi ? »

La question était sortie avec plus d'agressivité qu'elle n'avait voulu.

Impassible, l'Esprit déclara :

« Tu as beaucoup à découvrir, mais tu es sur la bonne voie. Tu t'es déjà liée d'amitié avec le savoir, le courage et la sagesse... Résilience, force, lumière et ombre te trouveront sous peu et, alliées à ton pouvoir, t'aideront à réparer le monde. »

Aurialis s'estompait déjà, alors Faythe se releva d'un bond.

« Attendez ! Vous me laissez avec plus de questions que de réponses.

— Nous n'avons plus le temps, mais nous nous reverrons bientôt. Les pierres ont besoin de vingt-huit soleils pour se recharger et acquérir la force de transpercer le voile. N'aie crainte, Faythe, mais prends garde aux yeux incolores. »

Sur ces dernières paroles, l'Esprit Aurialis disparut entièrement.

Faythe demeura quelques instants encore dans le cercle de lumière jusqu'à ce que, brusquement, celui-ci se volatilise et qu'elle doive ciller rapidement pour accoutumer sa vision. Son regard croisa ensuite celui, bleu océan, de Marlowe, et les deux jeunes femmes restèrent à s'observer en silence, sidérées.

La forgeronne, timide rat de bibliothèque, son amie la plus proche… *un oracle*. Faythe ignorait ce que Marlowe savait déjà sur son statut d'oracle, mais le moment était venu de lui révéler ses propres secrets.

Et surtout de découvrir ce que la forgeronne savait déjà.

Chapitre 38

Alors qu'elles s'asseyaient sur les marches en pierre du temple, aucune des deux jeunes femmes ne parlait. Faythe s'inspirait de la sérénité des bois pour mettre de l'ordre dans ses pensées, ne sachant par où attaquer cette tempête de questions et d'explications. Le silence lui permit également d'apaiser les émotions virulentes qui menaçaient de la faire exploser. Cela dit, elle craignait que son calme s'envole une fois que la conversation, inévitable, déverserait son lot de dures vérités et de réponses inconcevables.

Le temple s'était refermé. Les marques tracées par Marlowe avaient bel et bien disparu de la pierre comme de leur mémoire.

Tout ce temps, son amie avait entretenu elle aussi une incompréhensible faculté… Mais ce qui dominait chez Faythe, c'était la culpabilité d'avoir été trop consumée par ses propres problèmes pour s'apercevoir que Marlowe souffrait elle aussi en silence, inconsciente de ce que son savoir et son don de prescience signifiaient réellement.

La forgeronne se hasarda la première à prendre la parole.

« Tu as vu Aurialis, n'est-ce pas ? »

C'était une déclaration plutôt qu'une question ; Faythe n'eut pas à lui confirmer ce qu'elle savait déjà. Les yeux bleus de Marlowe sondèrent ceux dorés de Faythe, qui ne se déroba pas face à leur intensité.

« Tu savais que je viendrais ici ce soir. »

Faythe présentait la chose comme une certitude.

À ces mots, Marlowe détourna le regard et se tordit les mains, d'angoisse. Faythe, elle, s'efforçait toujours de ralentir son cœur, qui avait accéléré dans l'attente de la conversation difficile.

« Je savais beaucoup de choses, commença à voix basse la forgeronne. Certaines que je ne m'explique pas. J'ai des visions – dans mes rêves la plupart du temps, mais parfois aussi la journée. Dans certains cas, je n'en comprends le sens qu'une fois que les évènements les mettent en contexte, et alors je sais précisément à quoi m'attendre. »

Son visage se plissa sous la concentration, elle s'efforçait de verbaliser ce qu'elle ne saisissait pas encore vraiment.

« Sais-tu ce que tu es ? » l'interrogea Faythe dans un murmure à peine audible.

Son amie se tourna vers elle et secoua la tête, impuissante. L'éclat de terreur que Faythe vit passer dans son regard lui brisa le cœur. Elle détenait la réponse à la question qui taraudait la forgeronne. Aurialis la lui avait fournie, et elle se réjouissait de pouvoir la soulager de la sensation la plus terrifiante de toutes…

Celle de ne pas se connaître soi-même.

Une sensation qui lui avait été par trop familière. Elle-même avait trouvé apaisement et conseil en la personne d'un garde fae. En la personne de Nik.

Elle prit son amie par la main, et les épaules de celle-ci se détendirent un tant soit peu tandis qu'un sourire faible éclairait son visage.

« Ton savoir dépasse de loin les livres que tu lis. » Faythe laissa échapper un petit rire admiratif – elle voyait Marlowe sous un jour entièrement nouveau. « Tu possèdes un don, et je n'en reviens pas de ce que je m'apprête à te dire, mais Aurialis m'a révélé… » Elle inspira à fond et la main de la forgeronne se crispa dans la sienne, son regard s'agrandissant légèrement. « Elle m'a révélé… que tu es un oracle, Marlowe. Aussi fou que cela puisse paraître, cela ne me surprend pas – te concernant. »

Son amie resta dans un silence abasourdi. Bouche bée, elle évitait le regard de Faythe tout en méditant cette nouvelle. Elle ne semblait ni horrifiée, ni apeurée, ni inquiète. Plutôt… *satisfaite*. Faythe voyait presque les rouages de son cerveau tourner à mesure que Marlowe recomposait le puzzle de ses visions. Elle ne pouvait qu'imaginer la frustration que devait éprouver son amie à voir tant de choses, à *savoir* tant de choses, sans parvenir à en deviner la signification.

La forgeronne finit par prendre une longue inspiration par le nez, tout en se redressant. Son visage s'illumina sous l'effet du sentiment de *libération* que lui causait la révélation de son don, du *but* qu'elle pouvait désormais y associer.

« Je pense qu'une part de moi-même a toujours su que j'étais différente, mais je refusais d'y croire. J'ai lu toutes sortes de choses – mythes, légendes, histoires – sans jamais me douter qu'elles pouvaient s'appliquer à *moi*. Je suis juste… Je suis juste…

— Incroyable », compléta pour elle Faythe, toute rayonnante d'admiration.

Marlowe afficha un sourire timide, mais très vite son front se plissa de tristesse.

« Je n'ai pas été entièrement honnête avec toi, Faythe. J'ai su ce qu'était le Riscillius dès l'instant où j'ai traduit son nom, le Miroir. Et j'ai su précisément où il se trouvait. Je l'ai *serti* dans ton épée sans toutefois savoir à l'époque à quoi il servirait. Je ne savais rien sur *toi.* »

Elle tripotait les plis de sa tunique, toujours incapable de regarder son amie dans les yeux.

Faythe, elle, buvait ses paroles en silence.

« Et puis, après ta visite à la forge, les visions sont devenues plus fréquentes. Mais elles se présentaient sous la forme d'énigmes. » Marlowe désigna d'un mouvement de tête Lumarias posée sur une marche. « J'ai gravé les marques des trois Esprits dans cette épée avant même de savoir qu'elle te reviendrait. Ensuite, quand on s'est rencontrées… Je ne peux l'expliquer, Faythe, mais j'ai su qu'il était important que tu découvres l'univers des Esprits. Que tu y *croies*.

— Pourquoi ne m'en as-tu rien dit ? »

Faythe ne put dissimuler la souffrance dans sa voix, qui se brisa légèrement.

Un éclair de douleur passa dans les yeux de Marlowe.

« Mon rôle n'était pas de te révéler quoi que ce soit, seulement de te guider. Comme je disais, tout est régi par un ordre, et des destins bien plus importants que les nôtres sont en jeu. Tout ce que je peux faire, c'est interpréter les visions et orienter untel ou unetelle dans la bonne direction. Je m'excuse de t'avoir menti. Je m'excuse de t'avoir caché tout ce que je savais, mais j'espère que tu pourras me pardonner… et me faire confiance. »

Dans l'attente d'un rejet éventuel, la main de la forgeronne se raidit dans celle de Faythe.

Cette dernière ressentit le besoin de la lui presser pour la rassurer et la consoler, sans toutefois affirmer que *rien* ne pourrait l'obliger à lui tourner le dos. Quelque chose brûlait dans sa poitrine, qu'elle devait d'abord faire sortir.

« Es-tu au courant… pour… pour mes… ?

— Tes facultés ? » clarifia Marlowe. Faythe recula, les yeux tout ronds, sous le choc. Avant qu'elle n'ait pu dire quoi que ce soit, la forgeronne enchaîna : « Pas depuis le début. Pas depuis très longtemps, en fait. Un beau jour, je me suis sentie contrainte de lire un très vieux texte évoquant les prophéties et les capacités mythiques. C'était fascinant, mais je n'y ai pas accordé grande importance. Et puis, quelques jours plus tard, tu es venue à la forge... tu m'as interrogée sur la seule question que je n'arrivais pas à chasser de mon esprit : le pouvoir *supérieur* des Noctistes. Ça a été le déclic. Au gré de mes lectures, j'avais découvert les Héritiers de Marvellas – les *enfants aux yeux d'or*. Des humains dotés d'un talent unique : le contrôle de l'esprit, conscient et inconscient. » Le regard de Marlowe scintillait d'incrédulité et Faythe se balançait nerveusement d'un pied sur l'autre. « *Par les Esprits*, Faythe. Au début, je n'y ai pas cru. J'ai encore du mal à l'assimiler. Tu es un miracle. »

L'intéressée rougit et dut détourner le regard.

« Au moins, je ne suis pas la seule. Je savais que tu raffolais des livres et des merveilles, Marlowe, mais de là à ce que tu sois carrément un *oracle* ? C'est un tantinet excessif, tu ne trouves pas ? »

La forgeronne éclata de rire – un rire à la fois authentique et humble qui retira le poids qui menaçait d'étouffer Faythe si l'atmosphère demeurait aussi grave. Le large sourire qui barrait le visage de Marlowe l'emplit de joie, et elle comprit que les mots n'étaient pas nécessaires pour savoir qu'elles s'acceptaient l'une l'autre ; leurs âmes avaient fusionné. Faythe le voyait plus clairement que jamais. Leurs existences défiaient les probabilités. Quel soulagement que Marlowe soit déjà au courant de ses capacités. Faythe n'avait plus la sensation d'être un accident de la nature. Elle trouverait le moyen d'en parler à Jakon également – ainsi que de celles de Marlowe. Après tout ce qu'il avait subi, tout ce qu'il avait sacrifié pour leur amitié, il méritait de savoir.

Une ultime question agitait cependant son esprit, qu'elle réprimait à s'en faire mal. Faythe ignorait si elle supporterait la réponse, ou même si elle *voulait* la connaître. Hélas, la seule personne, autre que Aurialis, capable de la lui donner, était Marlowe, grâce à son don.

Dans le silence qui s'installa, Faythe cessa de lutter et demanda :

« Sais-tu qui est mon père ? »

Marlowe lui adressa un regard sombre. Faythe entendait le sang battre dans ses oreilles, comme pour bloquer la réponse. Quand son amie lui fit signe que non, son ventre se serra. Faythe n'aurait su dire ce qui était le plus accablant : la déception ou le soulagement. Une part d'elle-même brûlait de découvrir son véritable héritage ; son héritage *fae*. Mais une part bien plus importante préférait profiter encore un peu de cette ignorance.

Marlowe reprit la parole.

« Je l'ignore, mais je pense sincèrement qu'il n'est pas encore temps que tu l'apprennes. Tu dois faire confiance à l'ordre. »

Qu'il aille se faire voir, ce fichu ordre !

Brusquement, Faythe se laissa déborder par sa colère. Quelle torture de savoir qu'elle n'avait pas la main sur son existence. Elle était peut-être une Héritière de Marvellas – quoi qu'il faille entendre par là –, mais elle se sentait également connectée à un autre Esprit : Aurialis. Elle s'était liée aux racines mêmes de ces bois en voulant à tout prix pêcher des yucolites afin de sauver son ami. Ça avait été un piège, et elle se sentait désormais tiraillée entre deux êtres tout-puissants.

« Je vais devoir pénétrer dans le château », annonça Faythe d'un ton lugubre.

Marlowe plissa le front.

Faythe releva le menton, tout en détermination, et porta son regard à travers les bois scintillants. Quoique sensible à la beauté des lieux, elle comptait bien libérer son âme de sa prison.

« J'ai passé un marché pour pouvoir pêcher les yucolites qui ont sauvé Jakon. Je dois rapporter la ruine d'Aurialis à son temple… or, elle se trouve dans le château. » Hésitante, elle adressa un regard à Marlowe, qui ne parut en rien surprise par ce téméraire projet. Rassurée par sa réaction, elle devina aussitôt : « Mais tu le savais déjà, pas vrai ? »

Son amie esquissa un sourire penaud.

« Je savais que ta route te conduirait à la demeure royale. C'est tout. »

Faythe eut un petit rire. Marlowe aurait toujours un pas d'avance sur Jakon et elle, occupée à résoudre des conflits qui n'avaient pas encore éclaté.

« Nous connaissons toutes les deux une personne assez sournoise pour savoir comment y entrer. Une personne qui, justement, travaille pour des notables qui traficotent avec les fae ? »

Une lumière s'éclaira dans l'esprit de Faythe qui, lentement, détourna la tête et grommela à contrecœur :

« Ferris Archer. »

« Ma copine est un quoi ? Et ma meilleure amie… *Dieux du ciel.* »

Révéler la vérité à un Jakon encore convalescent n'était peut-être pas la meilleure idée du monde. Attablé face aux deux jeunes femmes, il avait le teint plus pâle encore que lorsqu'il agonisait. Il avait toutefois insisté pour savoir, et Faythe et Marlowe avaient préféré ne pas retarder l'inévitable.

Faythe se comprimait la cuisse à se faire mal tant elle angoissait. Le choc de la double révélation empêchait de décrypter les émotions de Jakon. Faythe avait l'impression de se tenir au bord d'une falaise, guettant la confirmation qu'il la voyait toujours du même œil, qu'il ne la haïssait pas de lui avoir fait des cachotteries, et qu'il ne craignait pas la personne qu'elle était réellement.

Il était égoïste de sa part de ne penser qu'à elle-même en cet instant, mais le don de Marlowe était bien moins intrusif et meurtrier que celui qui résidait sous sa peau.

« Donc, tu as vécu tout ce temps sans savoir ce que tu étais ? » l'interrogea enfin Jakon en braquant son regard sur elle.

Faythe supposa que, en plus du don de Marlowe, il lui était encore plus difficile de croire que la femme avec qui il avait vécu dix ans possédait une faculté aussi fatale. Elle ne pouvait qu'imaginer le choc que cela représentait. Cela dit, Jakon demeurait curieux et elle constata avec soulagement qu'il ne manifestait ni dégoût ni horreur vis-à-vis d'elle.

Penaude, elle fit oui de la tête.

« Je te laisse imaginer ma réaction quand Nik m'a tout expliqué. Cela n'avait aucun sens, et en même temps… si. »

Jakon remua sur sa chaise, affecta une mine défensive, et Faythe sut précisément ce qui l'avait froissé avant même qu'il ne parle.

« Et donc, toi et ce *garde fae*… »

Il laissa la phrase en suspens, sur une note méfiante.

Faythe poussa un soupir.

« Il s'appelle Nik. Je n'avais pas prévu qu'il y aurait quelque chose entre nous, mais c'est le cas. » Son regard se fit implorant. « Je sais que cela ne te plaît pas, mais c'est mon choix. »

Les traits de Jakon s'adoucirent, il acquiesça.

« Il n'y a que ton bonheur qui compte, Faythe. Mais je te préviens, fae ou pas… je lui botterai le train s'il te fait du mal. »

La jeune femme réprima un rire en imaginant le duel improbable. Elle ne doutait pas que Nik en sorte victorieux, mais le courage et la détermination de Jakon en feraient au moins un bon divertissement.

« As-tu jamais... enfin, lu dans mes pensées ? » demanda Jakon avec une petite grimace d'affliction.

Le visage de Faythe s'assombrit.

« Une fois, admit-elle en se rappelant le jour où elle avait épié ses pensées *et* celles de Marlowe. Il y a quelques semaines de ça, j'étais rentrée tard... Tu m'as traitée d'égoïste, Jak – je voulais juste savoir si tu le pensais vraiment. » Un voile de tristesse passa sur son visage. « Mais plus jamais depuis. Je ne le ferai jamais sans ta permission, c'est promis. »

Jakon et Marlowe exprimèrent leur gratitude par un signe de tête, dont Faythe s'estimait indigne.

« Tu possèdes donc le contrôle absolu ? Tu ne te contentes pas de débouler dans un esprit et d'y entendre des choses au passage ? s'enquit encore le jeune homme.

— Je n'entends que les pensées projetées avec assez de force, quand la personne ne se rend pas compte de cette puissance. Mais en général, je suis obligée de... pénétrer dans l'esprit. »

Cette simple idée la fit grimacer.

Elle évoqua ensuite les barrières mentales, raconta que Nik lui avait appris à protéger son esprit – d'elle-même, mais surtout des autres Noctistes. Elle avait du mal à trouver les bons mots pour décrire sa faculté et dut admettre ne pas encore maîtriser tous les aspects.

Comme Jakon et Marlowe ne la relançaient pas, Faythe se leva.

« J'ai un truc à faire, annonça-t-elle en récupérant sa houppelande.

— On t'accompagne », réagit Jakon du tac au tac.

Mais lorsqu'il voulut se lever, il se tint le ventre en grimaçant.

Faythe le réprimanda du regard.

« Ça m'étonnerait, dit-elle avant de sourire à Marlowe. Je crois que vous avez pas mal de choses à vous dire. »

La forgeronne acquiesça, ravie qu'elle lui donne l'occasion d'expliquer ce qu'elle savait de son don. Elle se tourna vers

Jakon. Ses traits s'adoucirent en même temps qu'il comprit qu'ils avaient besoin de passer du temps seuls, en couple.

« Où vas-tu ? » s'inquiéta-t-il malgré tout.

Et il avait amplement raison de se faire du souci, le traumatisme de l'embuscade étant encore frais. Nik avait assuré s'être occupé de leurs agresseurs, mais Faythe n'avait pas eu le courage de lui demander ce qu'il entendait par là. Elle l'avait répété à Jakon. Toutefois, si les rôles avaient été inversés, elle aussi aurait été folle d'inquiétude.

« Je ne veux plus vous mettre en danger. Je vais dire à Ferris que j'arrête. »

Chapitre 39

Arrivée sur le perron de la grande maison blanche, Faythe toqua avec assurance, puis fit un pas en arrière. À son grand soulagement, la tignasse rousse de Ferris apparut ensuite et son ami lui sourit.

« Comment se passent les préparatifs pour le grand match de cette fin de semaine ? » demanda-t-il en guise de salutation.

Faythe ne partageait pas son enthousiasme sombre.

« J'arrête, Ferris. »

Le visage de son complice se décomposa instantanément, et il sortit la rejoindre, refermant derrière lui.

« Comment ça, *tu arrêtes* ? » siffla-t-il.

Faythe ne se déroba pas face à son changement de ton.

« C'est pourtant clair. »

Elle s'apprêtait à tourner les talons, mais il la saisit par le coude. Elle tourna la tête et émit un léger grondement.

« Tu ne peux pas te défausser maintenant – pas sur ce coup-là », décréta Ferris avec une once d'agitation dont Faythe s'alarma.

Depuis toutes les années qu'elle le connaissait, elle ne l'avait jamais vu trembler devant quoi que ce soit. Mais là, dans ses yeux, c'était bien la crainte qu'elle lisait.

« Qu'as-tu manigancé, Ferris ? » demanda-t-elle calmement, alors que son cœur s'emballait déjà.

Le jeune homme se passa une main dans ses cheveux drus et se mit à faire les cent pas.

« Je n'ai *manigancé* rien d'autre que ce dont on était convenus, se défendit-il. Le fae, par contre, il t'attend, et si tu nous fais faux bond, ce sera pour ma pomme.

— Tu n'as qu'à dire que je ne suis plus intéressée.

— Tu es sourde ou quoi ? » Ferris se planta devant Faythe, la mine grave. « Ce n'est plus une question d'argent ou de gloire. Si tu ne viens pas, il a dit qu'il me *tuerait*. »

Faythe blêmit.

« Il bluffe pour nous faire peur…

— Non, Faythe. Il était on ne peut plus sérieux. C'est un fae, tu sais que ça ne lui attirera aucun ennui. »

L'horreur recouvrait Faythe tel un drap de glace.

« Je me suis fait agresser hier soir, Ferris. Un des monstres que j'avais battus a poignardé Jakon, il a failli *mourir* ! Tu comprends ? Je ne veux plus le mettre en danger pour du *divertissement*. »

Elle s'efforçait de parler bas pour ne pas alerter les occupants de la maison.

Ce fut au tour de Ferris de pâlir.

« Je… je ne savais pas… »

Faythe secoua la tête, incrédule, et fit mine de s'en aller.

« Tu n'es pas obligée de gagner ! Contente-toi d'esquiver jusqu'à ce qu'il t'oblige à te soumettre », proposa encore Ferris, de désespoir.

Faythe lâcha un petit rire sans humour.

« Rien que ça ? Et s'il décide qu'il a envie de me *tuer* ? »

Elle lui aurait bien crié sa rage à la figure – cette idée folle d'affronter un fae venait de lui, après tout – mais, à sa grande frustration, elle s'aperçut qu'elle n'en était pas capable. Cette situation était autant sa faute que celle de Ferris, car elle avait eu la naïveté d'accepter.

« Je veillerai à ce qu'il y ait des hommes sur place pour intervenir », dit encore Ferris, quoique conscient que cela n'était pas d'une grande consolation.

Faythe lui rit presque au visage tant l'offre était futile. Si un fae le souhaitait, elle serait morte avant qu'un autre humain n'ait pu esquisser un seul geste. Ferris lui forçait la main. Ou bien elle risquait sa vie, ou bien elle le condamnait. Elle ne portait pas spécialement ce garçon dans son cœur, mais il restait un ami, et elle n'allait pas permettre qu'on lui fasse du mal.

« Si je meurs dans La Grotte en te sauvant la peau, crois-moi qu'on se verra dans les fosses des Enfers après que Jakon t'aura chopé.

— À qui le dis-tu… », marmonna Ferris.

Faythe n'avait pas encore prévu de lui demander de l'aider pour franchir le rempart de la Cité intérieure. Il est vrai qu'elle voulait attendre encore un peu, craignant l'ampleur et la dangerosité de la tâche qui l'attendait. Mais c'était l'occasion rêvée – la seule, peut-être – de faire de lui son débiteur.

« J'aurai besoin de quelque chose en retour », annonça-t-elle.

Ferris arqua un sourcil et croisa les bras – il attendait la suite.

« Quoi que ce soit, j'accepte. »

Faythe souffla longuement, ferma les yeux un moment, n'osant trop croire qu'elle s'apprêtait à faire une requête aussi insensée.

« Je veux pénétrer dans la Cité intérieure… et ensuite dans le château », dit-elle très vite.

Comme Ferris ne réagissait pas, elle entrouvrit un œil pour décrypter son expression. Celle-ci ne variait pas : le jeune homme réfléchissait, impassible.

« Quand ? » demanda-t-il enfin.

Soulagée qu'il ne lui reproche pas l'inconscience de son projet, elle se redressa.

« Bientôt », répondit-elle.

D'abord, il faudrait survivre au combat contre le fae, et elle ne pouvait se laisser distraire par la perspective de sa mission insensée.

À moins que je meure dans La Grotte. Dans ce cas, Aurialis pourra tourmenter mon âme avec le souvenir de mon échec pour toute l'éternité.

« Bon, alors écoute-moi attentivement. Ce ne sera pas une partie de plaisir. »

Rien n'était jamais une partie de plaisir. Mais ça ne l'avait jamais empêchée d'essayer. Elle écouta donc les instructions de Ferris tout en s'efforçant de calmer son cœur qui était près d'exploser à ce stade.

Chapitre 40

« Alors là, il n'en est pas *question* ! »

Faythe avait beau s'attendre à ce que Jakon explose quand elle lui annoncerait son intention d'affronter un fae, la violence de sa réaction la fit grimacer.

« L'autre a menacé de le tuer – je dois au moins tenter ma chance », argumenta-t-elle.

Son ami avait le regard furieux, et elle-même aurait menti si elle avait prétendu que la perspective ne l'effrayait pas un peu.

« Mieux vaut lui que toi, gronda Jakon.

— Je ne compte pas chercher à gagner. Je n'aurai qu'à éviter les attaques et laisser le fae me battre – en toute sécurité », s'empressa d'ajouter Faythe.

Jakon eut un petit rire.

« Tu sais te battre, Faythe, je te le concède, mais tu ne seras jamais assez rapide face à un *fae* !

— Tu as raison – aucun mortel n'est assez rapide contre eux. Mais tu oublies que je possède d'autres… avantages. »

La jeune femme accompagna la remarque d'un sourire malicieux. Jakon saisit l'allusion, mais secoua néanmoins la tête.

« Il n'empêche. »

Faythe lui expliqua s'être entraînée avec Nik à percevoir les manœuvres de ses adversaires à l'avance, et avoir réussi, dans une certaine mesure, à anticiper celles du fae aux yeux verts. À sa grande surprise, Jakon eut l'air impressionné et sa colère alla jusqu'à retomber – un tant soit peu.

« L'espèce de *salaud*. Je te jure que si je le revois...

— Tu ne feras rien du tout, décréta Faythe. J'ai donné mon accord. Si j'arrive à me sortir de ce combat, je te promets de ne plus recommencer. »

Elle soutint le regard de Jakon, dans lequel elle vit qu'il luttait contre l'envie de protester. Il céda toutefois, à contrecœur, en acquiesçant.

Marlowe était rentrée dormir chez elle après que Jakon lui avait assuré cent fois être presque remis et ne pas avoir besoin qu'on le dorlote. Tous deux avaient aplani les choses entre eux, et c'était une immense consolation pour Faythe que de savoir que rien n'avait changé dans leur couple en dépit du fait que Marlowe était un oracle. Jakon avait toujours eu un cœur en or, et elle s'en voulait d'avoir douté de sa réaction face à leurs pouvoirs, à l'une ou à l'autre.

Faythe fut également soulagée lorsque la forgeronne accepta, non sans hésitation, de retourner chez elle. Son lit était beaucoup trop petit pour que toutes deux y dorment confortablement – elle avait eu la nuque raide toute la journée à la suite de la nuit dernière. À côté de cela, elle vivait comme une libération le fait de pouvoir évoquer avec Jakon son projet de retrouver Nik. Elle n'aurait désormais plus à sortir en douce, pourtant le fae avait insisté pour qu'ils se voient après minuit. Elle ne lui en avait pas demandé la raison, mais ne supportait pas le malaise qui la gagnait : il ne lui disait pas tout de ce qu'on attendait de lui au sein de la Garde royale. Le sujet restait tabou.

Faythe chassa très vite tout soupçon. Nik ne lui avait donné aucune raison de sombrer dans la paranoïa ou la défiance envers lui. Elle ravala ses sentiments de prudence et les mit sur le compte de la nervosité liée à ce qui était en train de naître entre eux. Et qu'elle ne comprenait pas encore entièrement.

Jakon alla se coucher après lui avoir longuement enjoint de rester sur ses gardes, allant jusqu'à menacer Nik au cas où il lui arriverait malheur. Faythe avait levé les yeux au ciel – son côté surprotecteur lui faisait vraiment dire n'importe quoi. C'était là une conséquence irritante des aveux qu'elle lui avait faits.

Faythe l'envia quand elle l'entendit ronfler depuis la cuisine où elle se préparait à sortir. Elle était épuisée mentalement, excédée par le pilonnage émotionnel que lui avaient valu sa confession à Jakon et sa confrontation avec Ferris. Le tout venant s'ajouter à la masse d'informations révélées par un Esprit qu'elle avait toujours pris pour un mythe. Faythe s'étonnait de ne pas avoir perdu la tête, et avait hâte de s'offrir un long sommeil réparateur.

Elle avait néanmoins encore plus hâte – sensation grisante – de voir Nik. Elle repoussa tous ses soucis au fond de son esprit. Elle devait trouver le moyen de lui demander s'il accepterait de lui accorder des séances d'entraînement tous les soirs de cette semaine. Il ne lui restait que cinq nuits avant son combat contre le fae dans La Grotte, et ce ne serait pas de trop pour apprendre à se connecter à ses capacités, chaque seconde à s'entraîner étant à prendre si elle voulait avoir une chance de ne pas se faire anéantir. Elle espérait simplement ne pas avoir à expliquer à Nik pourquoi elle tenait tant à s'exercer. Elle craignait que sa réaction soit autrement pire que celle de Jakon.

Quand sa montre indiqua minuit, elle sortit de la hutte sans bruit pour ne pas réveiller son ami, et s'enfonça dans les rues, ombre parmi les ombres. Une fois dans les bois, elle repéra la silhouette de Nik, de dos, et son cœur fit un bond. Le fae se retourna lorsqu'elle pénétra dans la clairière, et le sourire qu'il lui adressa suffit à lui couper le souffle. Il vint à son avance et tous deux s'arrêtèrent quand ils furent à portée l'un de l'autre.

« Comment vont tes amis ? demanda d'une voix douce le fae aux yeux vert émeraude scintillants.

— Je n'ai pas trop envie de parler d'eux pour le moment », répondit Faythe en franchissant les quelques centimètres qui séparaient leurs corps.

Elle passa ses mains sur la nuque de Nik et se dressa sur la pointe des pieds pour l'embrasser. Elle ne se lasserait jamais de cette sensation ; être près de lui la projetait dans un autre monde, dégagé de toute peur, de toute inquiétude – un délice. Nik lui rendit son baiser avec fougue et Faythe sentit le même désir en lui.

Quand ils se séparèrent, ni l'un ni l'autre ne recula. Nik caressait la joue de Faythe qui se laissait aller contre ses doigts.

« J'attendais cela depuis un bon moment », marmonna le fae d'un ton doux.

La jeune humaine plongea son regard dans le sien pour lui confirmer qu'elle aussi éprouvait ce désir depuis longtemps. Elle déposa un baiser sur la paume de sa main puis, brusquement, s'arracha à son étreinte. Elle gloussa, amusée de sa mine indignée.

« Je ne demanderais pas mieux que de continuer toute la nuit, mais j'ai besoin de ton aide. »

Nik ne répondit pas, se contentant de croiser les bras et de pencher la tête pour réclamer la suite.

Faythe se balança d'un pied sur l'autre, nerveuse.

« J'ai besoin de travailler mes capacités mentales en combat. Tu veux bien jouer encore les cobayes ? »

Le garde fae arqua un sourcil.

« Nous devrions sans doute pouvoir consacrer deux ou trois soirées à...

— Toutes les soirées ? » pressa Faythe. Une moue se dessina sur les traits de Nik et la jeune femme se maudit intérieurement. « Tu sais, plus vite je maîtriserai celles que je possède déjà, plus vite je pourrai en explorer d'autres. »

Elle sut que la manœuvre avait échoué quand les yeux de Nik se plissèrent d'une fraction de centimètre.

« Pourquoi tiens-tu autant à t'exercer en combat ? » s'enquit-il sur un ton accusateur.

Faythe se maudit encore et se creusa les méninges, mais aucune réponse valable ne lui vint, qui n'impliquait pas de révéler sa folle mission.

Nik fronça les sourcils face au silence qui s'installait.

« Que ne me dis-tu pas ? »

La peine se lut dans son regard à l'idée qu'elle tente de lui cacher quelque chose.

Faythe poussa un soupir de défaite.

« Tu promets de ne pas te mettre en colère ? »

Nik lui fit comprendre d'un regard qu'il ne pouvait pas le garantir.

« *Promets-le* », répéta Faythe, implorante.

Pour toute réponse, le fae hocha légèrement la tête et elle le fusilla du regard. À la suite de quoi Faythe inspira à fond, puis raconta le marché conclu avec Ferris et ce qui l'empêchait de se défausser. Quand elle eut terminé, elle leva un œil timide vers Nik. Le visage de celui-ci était un masque de rage sombre et contenue qui ébranla Faythe bien davantage que la crise de Jakon.

« Tu n'iras *pas* te battre, décréta Nik d'une voix qui aurait fait fuir la plupart des hommes.

— Tu n'as pas entendu ? Je n'ai pas le choix… »

Nik se planta devant elle en un quart de seconde, ses yeux d'un vert bien plus foncé que tantôt. Ils transperçaient littéralement Faythe.

« Je ne pense pas que tu mesures bien ce à quoi tu t'es engagée. Tu as signé ton arrêt de mort, Faythe. Que tu gagnes ou non.

— Je peux le faire », assura l'accusée, gagnée à son tour par la colère.

Elle en avait plus qu'assez que tout le monde pense savoir ce qui était bon pour elle, et ce dont elle était capable. Assez d'être traitée comme une *fillette* délicate qu'il fallait protéger.

Un éclair passa dans les yeux de Nik.

« Les fae n'y vont pas de main morte. Ils ne capitulent pas – en particulier face à des *humains*. Ton adversaire n'hésitera pas à te tuer, et toi, tu t'offres à lui sur un plateau d'argent. »

Il s'éloigna, bouillant de rage.

« Si tu refuses de m'aider, je me débrouillerai seule. Mais tu ne pourras pas m'empêcher de me battre. »

Nik pivota aussitôt sur lui-même, la mine noire face à cette provocation. Tous deux se toisèrent un moment, et ni l'un ni l'autre ne baissa les yeux, jusqu'à ce que Nik inspire sèchement et se passe une main sur la figure.

« Ton héroïsme n'a rien d'admirable, c'est de la folie », affirma-t-il. Comme Faythe ne réagissait pas, il soupira. « Si tu n'arrives pas à me battre d'ici ton combat, je me moque d'avoir à te ligoter à un arbre – tu n'iras pas. »

Un compromis, estima Faythe, et un défi.

Elle se redressa, un sourire aux lèvres.

« Ça marche. »

Le visage de Nik s'assombrit, et Faythe sut qu'il se retenait de rompre leur accord et de s'assurer qu'elle ne remette jamais plus les pieds à La Grotte. Elle l'en savait capable, ne serait-ce que par sa force brute ; ce fut un petit soulagement qu'il accepte de lui donner au moins une chance de faire ses preuves.

« Ton fameux ami n'est rien à mes yeux, mais toi… »

Nik laissa la phrase en suspens, incapable de l'achever. Il n'avait toutefois pas à ajouter quoi que ce soit, son visage exprimait sa crainte face à ce qui attendait Faythe à La Grotte. Comparée à lui, elle était aussi fragile qu'un insecte.

Elle vint se poster devant lui, posa une main contre sa joue.

« Je sais. »

Elle n'en dit pas plus, et Nik se détendit sous son contact. Faythe l'embrassa, une fois, comme pour promettre qu'elle sortirait vivante de La Grotte. Promesse qui ne dépendait pas entièrement d'elle, elle le savait bien, mais que pouvait-elle dire pour apaiser l'inquiétude de Nik ?

Elle se dégagea, fit quelques pas. Puis dégainant son épée, elle se retourna, un sourire provocateur aux lèvres.

« On commence ? »

Nik accepta de mauvaise grâce. Il tira son arme de son fourreau et se mit en position.

Faythe riva son regard sur le sien.

« Et comme d'habitude, donne tout ce que tu as. »

Chapitre 41

« Tu fais semblant ou quoi ? »

Faythe venait d'esquiver une énième botte affreusement rapide de Nik. Sans avoir le temps de réagir, elle vit sa manœuvre suivante et bondit de côté avant qu'il ne puisse la balayer. Elle aurait bien râlé, mais le moment était mal choisi pour écouter ses piques. Nik s'en servait pour faire diversion, et Faythe avait mis un certain temps à apprendre à ne plus l'entendre.

« Honnêtement, tu ferais mieux de renoncer », déclara Nik d'une voix lente et lasse, mais en aucun cas essoufflée.

Pour autant, il n'arrêta pas de se battre ni ne ralentit l'allure, forçant son adversaire à parer un déluge brutal de coups.

En sueur, Faythe ne l'avait pas quitté des yeux une seule seconde, mobilisant toute sa concentration pour voir à l'avance la prochaine manœuvre. Cette séance était la dernière avant le grand soir, et elle avait fait des progrès. De gros progrès. Néanmoins, cela représentait une charge physique et mentale colossale, et elle devait ensuite profiter du moindre répit pour sombrer dans un sommeil réparateur.

Les pensées lui venaient plus vite, elle arrivait désormais à esquiver les attaques plus rondement. Maintenir le contact visuel n'était pas nécessaire pour demeurer dans l'esprit du fae, mais l'information lui parvenait beaucoup plus vite ainsi. Nik ne lui avait donné accès qu'à ses pensées immédiates. Elle n'osait s'aventurer davantage, tout en sachant qu'il se protégerait si elle s'y hasardait.

Personne n'aimait voir ses pensées intimes envahies, et ce n'était pas ainsi qu'elle entendait en apprendre plus sur lui.

Après quelques esquives et échanges supplémentaires, elle pivota sur elle-même et réussit à lui pointer sa lame dans le dos. Elle lâcha un rire victorieux, essoufflée, et abaissa son épée. Hélas, au même instant, Nik se retourna et la fit tomber à la renverse. Il se plaça toutefois sous elle, si bien qu'elle heurta son corps au lieu du sol. Cela ne valut guère mieux ; le fae était presque aussi solide que le roc et, acte chevaleresque ou non, Faythe en eut le souffle coupé.

Nik rit aux éclats de lui voir la mine renfrognée. Après quoi elle roula sur elle-même et s'allongea par terre.

« Tu ne retires pas ton esprit du sien une seule seconde, pas même quand le combat est terminé. Tu restes concentrée jusqu'à ce que tu sois ressortie de la fosse, ordonna ensuite Nik d'une voix grave. Et même si tu penses pouvoir gagner, ne gagne pas. Cela ne ferait que te coller une cible encore plus grosse dans le dos. »

Il s'appuya sur un coude et se pencha à moitié sur Faythe. Il sonda son regard et la jeune humaine culpabilisa de lui trouver la mine affligée.

Elle lui caressa le visage.

« Ça va aller, Nik », lui affirma-t-elle avec toute l'assurance qu'elle put.

Il lui était difficile de rassurer ses proches alors qu'elle-même était assaillie de peurs et de doutes concernant son futur affrontement. Toutefois, elle se composait un masque de bravoure et de résilience à l'attention de ses amis et de Nik.

Celui-ci se pencha encore, ses lèvres effleurèrent celles de Faythe. Ce fut d'abord lent et tendre, mais elle sentit ensuite sa langue l'inviter à approfondir ce baiser. Elle ouvrit la bouche et il n'hésita pas à faire monter la température entre eux.

Ils avaient eu toutes les peines du monde à se contenir, ces derniers jours. Ils avaient passé toutes les nuits ensemble, pourtant Faythe réprimait la force du désir qui palpitait en elle en sa présence. Elle ne pouvait se permettre de trop se distraire de sa tâche.

Mais en cette veille de combat, et sans l'assurance d'en ressortir vivante, elle mourait d'envie d'être proche de lui, de lui montrer combien il comptait pour elle.

Elle passa ses mains dans ses cheveux, savourant leur texture soyeuse entre ses doigts, puis cambra les reins pour se rapprocher encore. Nik se plaça au-dessus d'elle, entre ses cuisses, mais alors que son corps se pressait contre le sien, il ne pesait absolument rien. Une chaleur se diffusa sur la peau de Faythe, éveillant tous ses sens, toutes ses envies, tandis que les mains du fae exploraient sa taille et son ventre nus où sa chemise s'était relevée, laissant des traînées de feu dans le sillage de ses doigts. Une part d'elle-même réclamait qu'il s'aventure plus haut – ou plus bas. Elle retira ses mains de la chevelure du fae pour mieux épouser les contours puissants de son dos et, à son grand plaisir, elle s'aperçut que sa chemise à lui aussi était sortie de son pantalon. Quand ses doigts effleurèrent la peau incroyablement lisse de sa taille, il se crispa légèrement et ce mouvement suffit à déchaîner le désir en Faythe.

Nik rompit leur baiser. Faythe allait protester mais les lèvres de son compagnon se plaquèrent sur son cou, alors elle inspira vivement et inclina la tête en arrière comme une invitation. Elle sentit qu'il souriait contre sa gorge tout en se rapprochant de son torse. La sensation provoqua en Faythe de nouvelles ondes de plaisir.

« Nik », souffla-t-elle.

Le fae se raidit en l'entendant, et il lui adressa un regard dans lequel la faim et le désir se mêlaient.

Faythe haletait, mais cette courte pause lui suffit pour reprendre ses esprits. Elle se recroquevilla légèrement en mesurant ce que son esprit embrumé de désir attendait de lui, ici même, sur le sol de ces bois.

Nik dut lire l'hésitation dans son regard car il lui adressa un sourire entendu. Un dernier baiser sur sa bouche, puis il se rallongea auprès d'elle.

« Je ne veux pas aller trop vite », admit Faythe, le feu aux joues.

Nik lui écarta une mèche de la figure, puis se pencha pour l'embrasser de nouveau et, quand ensuite il parla, son souffle caressa le cou de Faythe.

« Nous pouvons prendre tout le temps que nous voulons. »

Il déposa un ultime baiser à la naissance de son épaule, et il n'en aurait pas fallu davantage pour la faire flancher, s'il ne s'était levé aussitôt, la laissant hébétée et frustrée.

« Tu t'es assez reposée », lui dit-il.

La jeune femme maugréa, sans bouger pour autant.

« On s'entraîne depuis des heures ! râla-t-elle.

— Et une de plus t'évitera peut-être de ressortir de La Grotte avec un bras en moins. »

Les lèvres de Faythe s'étirèrent. Elle s'apprêtait à répliquer quand des mains rêches saisirent les siennes et la forcèrent à se remettre debout. Elle ne l'avait même pas entendu approcher et la soudaineté du mouvement lui donna le tournis. Nik, lui, se contentait d'afficher un sourire malicieux.

« Pauvre connard », grommela-t-elle en plissant les paupières.

En réponse, Nik sourit plus largement et lui tendit son épée. Faythe la prit à contrecœur, et il ne lui laissa pas même le temps de se mettre en garde qu'il la repoussa par une série d'attaques brutales dont l'écho d'acier résonna dans toute la clairière.

Nik ne ménagea pas ses efforts durant l'heure qui suivit, et Faythe se trouva plus épuisée encore qu'au terme de leurs séances précédentes. Elle savait que c'était leur dernière occasion de travailler avant le combat, et que Nik compensait en lui présentant tout ce qu'elle aurait mis des mois à assimiler normalement. Elle n'avait pas atteint la perfection, et le fae avait encore réussi à la « tuer » à plusieurs reprises, ce qui avait tendance à le dissuader de laisser Faythe mener à bien son projet. Néanmoins, elle avait réussi à prendre le dessus quatre ou cinq fois – du moins, à l'esquiver assez longtemps pour pouvoir céder en toute sécurité.

Comme Nik l'avait dit, il n'était de toute façon pas question qu'elle gagne, autrement elle y laisserait la vie.

« Je ne pourrai pas venir demain soir », annonça-t-il.

Faythe sentit son ventre se nouer.

« Pourquoi ? »

Ils n'en avaient jamais discuté, mais Nik avait assisté en secret à tous ses précédents combats, aussi la jeune femme éprouvait-elle de la déception d'apprendre qu'il ne serait pas là pour le plus important de tous. Ne serait-ce que parce qu'il serait sans doute le seul capable de prendre sa défense si la situation dégénérait.

Un conflit d'émotions passa furtivement sur les traits de Nik, mais disparut quand il se pencha vers Faythe.

« Je ne suis pas censé quitter l'enceinte de la cité. Si d'autres fae assistent au combat… Je ne peux pas me permettre d'être repéré. »

Faythe croisa les bras.

« Ce ne serait pas la première fois que tu quitterais la cité. Au solstice d'été, tu effectuais une patrouille », rappela-t-elle.

Ce jour-là semblait s'être déroulé dans une autre vie. Tant de choses avaient changé depuis. *Elle-même* avait changé. Sa vie n'avait plus rien à voir avec celle de la jeune fille qui dansait autour des feux de joie. Elle n'aurait su dire si cela la rendait triste ou heureuse. Sa vie d'avant était sûre – insouciante, même –, mais elle était aussi un mensonge qui l'avait empêchée de découvrir qui elle était réellement.

« Ça a été… une exception », révéla d'une voix prudente Nik.

Faythe comprit qu'il lui cachait quelque chose et voulut le presser. Cela venait peut-être du stress précédant le combat, ou de la colère qu'il l'abandonne face au danger, toujours est-il qu'elle s'aperçut qu'elle ne savait vraiment pas grand-chose sur ce garde avec qui elle passait tellement de temps et qu'elle avait appris à aimer.

« Que fais-tu, au juste, derrière le rempart, Nik ? »

Une ombre voila le visage de ce dernier si vite que Faythe aurait pu ne pas la remarquer. Il ne répondit pas.

La jeune femme eut un rire sans humour.

« Mais bien sûr. Tu ne peux pas le confier à une humble *humaine*. »

Elle rengaina son épée, ramassa sa houppelande et la passa sur ses épaules. Nik la retint par le coude.

« Ne pars pas comme ça », l'implora-t-il avec une mine désolée.

Faythe pivota sur elle-même. Le regard du fae était une supplique, mais elle était trop en colère pour compatir à son sort. Il savait tout d'elle et refusait de s'ouvrir. Le roi lui interdisait peut-être de parler des affaires qui l'occupaient dans la cité ou au château ; il n'empêche, Faythe souffrait de ce manque de confiance. Elle n'irait pourtant répéter à personne ce qu'il lui dirait.

« Je dois me reposer si je veux être forte demain. Je te ferai savoir comment ça s'est passé – ou pas, vu que cela ne semble pas t'intéresser. »

Elle savait que c'était un coup bas. Nik avait été à cran toute la semaine, et avait dû se retenir de lui interdire purement et simplement de se rendre à La Grotte. Elle n'avait toutefois pu endiguer sa méchanceté.

Nik resserra légèrement sa poigne.

« Je ne serai pas là, mais j'ai veillé à ce que d'autres gardes y soient. Ton adversaire n'aura pas le temps de te blesser grièvement, encore moins de te tuer, sans que ces gardes aient reçu l'ordre d'intervenir. »

Il avait parlé d'une voix basse et grave.

Faythe plissa le front.

« Qui leur aura donné cet ordre ? »

La mâchoire de Nik tressaillit.

« Disons juste que j'ai de l'influence », déclara-t-il sur un ton qui indiqua à Faythe que la conversation était terminée.

Celle-ci eut la sagesse de ne pas insister, se contentant d'acquiescer.

Les traits du fae s'adoucirent alors, il soupira, tourna Faythe face à lui et l'attira contre son corps. La jeune femme lui passa les bras autour de la taille, humant son odeur réconfortante quand il lui enlaça les épaules et appuya son menton sur son crâne. Il n'en fallut pas plus pour faire fondre tous ses sentiments négatifs.

« Tu comptes énormément pour moi, Faythe. Je ne laisserai personne te faire de mal », lui confia Nik d'une voix si basse que les paroles tiraillèrent le cœur de l'humaine.

Elle le regarda dans les yeux.

« Tu comptes énormément pour moi aussi, Nik. »

Une main sous son menton, l'immortel l'embrassa une dernière fois.

Chapitre 42

Le jour déclina pour accueillir le crépuscule et Faythe regarda les tons roses et orange se diffuser dans le ciel depuis le toit. Un spectacle serein qui la distrayait presque du combat de sa vie qui allait débuter dans quelques heures à peine.

Elle porta son regard au loin, au-delà du port et de la ligne, immobile, de l'horizon où l'eau scintillait avec assurance sous les derniers rayons du soleil couchant. L'air était pur et les rues en contrebas silencieuses tandis que la ville attendait que le crépuscule chasse les ultimes lueurs du jour.

Faythe portait déjà sa tenue noire que Marlowe avait raccommodée le lendemain de son dernier passage dans La Grotte. Une brise fraîche gonflait légèrement sa houppelande, sans qu'elle-même sente le froid. Elle avait dit à Jakon avoir besoin d'un moment de solitude, et était montée sur ce toit dans l'espoir que la tranquillité ambiante apaise ses nerfs. Ce fut le cas dans une certaine mesure, tandis que Faythe repensait à tout ce qu'elle avait appris avec Nik et à l'assurance que celui-ci lui avait donnée que le combat ne dégénérerait pas grâce à ses amis de la garde.

Depuis qu'elle avait réussi à se calmer, elle se réjouissait que Nik n'assiste pas au combat. Elle allait probablement recevoir une correction et elle savait, d'expérience, combien il était dur de voir souffrir un proche. Si la situation avait été inversée... *Par les dieux*, elle ne lui serait pas d'un grand secours, mais elle *tenterait* assurément d'intervenir. Contre un humain, contre un fae, contre ces maudits Esprits si nécessaire – elle se battrait pour ceux qu'elle aimait.

Faythe souffla une dernière fois, longuement, avant de redescendre du toit.

« Tu es *sûre* d'avoir tout ce dont tu auras besoin ? » s'inquiéta Jakon pour la troisième fois.

Faythe roula les yeux au ciel et vérifia à grands gestes théâtraux. Cela dit, à l'exception de sa tenue, elle ne portait que Lumarias dans son fourreau dorsal.

« Armée et prête », confirma-t-elle avec un salut militaire pour détendre l'atmosphère.

Son ami angoissait un peu plus à chaque minute qui passait, et menaçait sérieusement le calme que Faythe avait réussi à retrouver au cours des dernières heures.

Jakon s'apprêtait à la réprimander quand Marlowe entra dans la hutte. Faythe avait tenté en vain de les dissuader d'assister au combat. Ferris devait venir les conduire à la salle, tandis que Faythe s'y rendrait seule peu après. Elle ne voulait pas qu'on la voie avec eux en tant que l'« Ombre aux Yeux d'Or », au cas où un observateur attentif ferait le rapprochement.

« Je t'ai préparé ceci », déclara Marlowe en tendant un objet à Faythe.

Cette dernière retira l'étoffe qui recouvrait le présent, et retint son souffle en découvrant une magnifique dague ornée de pierres précieuses.

« Un porte-bonheur », ajouta la forgeronne avec une ébauche de sourire.

Cette gentillesse émut profondément Faythe, qui accepta la dague et la contempla un moment avant d'enlacer son amie.

« Je l'adore. Merci. Ça me touche », dit-elle en toute sincérité.

Ce soir, elle allait avoir sur elle un souvenir de ses deux amis, et ce symbole à lui seul alluma en elle un nouveau brasier de force et de détermination.

Un instant plus tard, des coups légers à la porte annoncèrent l'arrivée de Ferris. Faythe adressa un regard à ses amis, puis se redressa avec tout son courage – pour apaiser leur crainte davantage que comme une marque d'assurance authentique.

« Finissons-en, d'accord ? »

Les deux colosses qui gardaient l'entrée de La Grotte n'hésitèrent pas une seconde à ouvrir l'épaisse porte en fer lorsque Faythe approcha, dissimulée sous sa capuche et son masque. Elle non plus ne s'autorisa pas à tressaillir en découvrant la foule qui s'étirait jusqu'à l'entrée et qui s'écarta sur son passage.

La salle – si tant est que l'endroit mérite ce nom – était pleine à craquer et, bien qu'elle se donne du mal pour l'ignorer, Faythe aurait menti si elle avait prétendu que cela ne l'angoissait pas. Elle était habituée aux publics nombreux, mais *là*...

Elle se faufila entre les spectateurs tel un spectre noir. Les gens s'interrogeaient du regard et échangeaient des murmures en la voyant, mais elle n'avait d'yeux que pour l'entrée de la fosse. Elle ne repéra pas ses amis dans la foule et ne voulut pas donner l'impression de chercher qui que ce soit.

Quand elle fut de l'autre côté de l'arène, elle trouva Ferris qui l'attendait en se rongeant les ongles tout en scrutant les balcons. Il se détendit visiblement, comme s'il craignait jusque-là qu'elle se défausse.

« Comment te sens-tu ? » l'interrogea-t-il.

Faythe lui renvoya un regard glacial, ne daigna même pas répondre à une question si ridicule.

Ferris tiqua, puis acquiesça – message reçu.

« Bon, il ne devrait pas tarder à être prêt, maintenant que tu es là », s'empressa-t-il d'ajouter en lui prenant sa houppelande, comme d'habitude.

Elle aurait dû le prévoir, mais bizarrement, elle s'agaçait de savoir que son adversaire était déjà sur place et qu'il l'attendait. Elle n'osa pas chercher la présence de fae dans la foule. Dans la masse des humains, il ne lui avait pas échappé que quelques oreilles pointues se distinguaient au premier rang du balcon. Les humains préféraient se tenir à l'écart.

« Un dernier combat, Faythe. Et merci, du fond du cœur. Tu es la personne la plus courageuse que je connaisse », dit Ferris en lui posant une main sur l'épaule.

S'il n'y avait pas eu tous ces regards braqués sur elle, Faythe l'aurait bien enlacé, ce débile, ne serait-ce que pour s'offrir un dernier réconfort avant de descendre dans la fosse, mais aussi de le remercier pour son compliment.

« Vous allez assister au combat de la décennie ! » proclama le maître de cérémonie, en contrebas.

Faythe se raidit et Ferris le remarqua. Les deux mains sur ses épaules à présent, il la força à ne regarder que lui.

« Ce sera vite terminé. Il ne va pas trop t'amocher. J'ai repéré des gardes fae, en bas. »

Faythe se tassa un peu sur elle-même, de soulagement. Non qu'elle ait douté de la parole de Nik, mais il était rassurant de savoir que les gardes seraient tout près d'elle, et qu'ils étaient déjà en position.

« Merci d'accueillir la célèbre Ombre aux Yeux d'Or ! »

Un rugissement suivit l'annonce, et Faythe respira lentement pour ralentir ses battements cardiaques, comme avant chaque combat. Ferris marmonna un bref « Bonne chance » tandis qu'elle se dirigeait vers l'escalier de pierre menant à la fosse aux lions.

Elle descendit les marches avec une lenteur délibérée, laissa les cris de la foule s'estomper puis les bloqua complètement au fur et à mesure de ses pas. Elle se plongeait dans le puits de calme qui lui permettrait de se concentrer uniquement sur sa cible et son épée. Faythe invoqua les enseignements de Nik, le courage de Jakon et l'assurance de Marlowe, puis elle raviva les braises de sa propre détermination. Elle ferma les yeux, calmant son cœur afin que ses mains cessent de trembler. Arrivée au pied de l'escalier, elle les rouvrit, incarnant pour la dernière fois l'Ombre aux Yeux d'Or…

Elle n'adressa pas un regard à la foule, de peur d'en être troublée, surtout si elle avisait ses amis et lisait l'angoisse sur leurs visages. Au lieu de quoi elle contempla le décor à la fois épouvantable et familier des murs maculés de sang, et de l'entrée par laquelle son adversaire allait arriver.

Le maître de cérémonie se tenait au centre de la fosse, l'air moins tranquille qu'à l'accoutumée. Faythe mit cela sur le compte de la présence des trois gardes postés à intervalles réguliers autour de l'arène qui, tous, avaient l'air de s'ennuyer, mais conservaient le dos droit et la main sur la poignée de leur épée, comme de juste. Elle déglutit avec difficulté pour humecter sa gorge sèche. Son adversaire était-il aussi dangereux que cela ? Elle connaissait la rapidité et la force des fae, mais ce déploiement lui parut un peu excessif pour un seul individu.

« Et maintenant, le challenger. » La voix du maître de cérémonie hésita une fraction de seconde, alors que l'homme se dirigeait déjà vers la fosse. « Le capitaine Varis, de la Garde royale ! »

Tout se figea autour de Faythe à l'instant où elle entendit ces mots. Elle se tassa sur elle-même, envahie par une horreur froide, tandis que le capitaine apparaissait, son regard rivé sur elle, un masque de cruauté sarcastique au visage. Sa cicatrice luisait sous les lumières de la fosse, lui donnant un air d'autant plus terrifiant.

Faythe dut se souvenir de respirer. Elle ne pouvait perdre son courage dès maintenant, ou bien le duel serait fini avant même d'avoir commencé.

Puis elle se rappela un point sur lequel Nik l'avait mise en garde concernant le capitaine. Et ce souvenir faillit la perdre…

C'est également un des Noctistes les plus talentueux du roi. Ne le sous-estime jamais.

La recommandation diffusa une onde de crainte glacée dans le dos de la jeune femme, menaçant de lui faire perdre son sang-froid. Tous ses entraînements n'auraient servi à rien si ce fae possédait des barrières mentales comme celles de Nik. Son unique avantage, c'était son don, la seule chose qui lui permettrait de tenir ne serait-ce qu'une minute dans la fosse. Sans cela…

Faythe n'autorisa pas cette pensée à mettre à sac ses émotions.

Ce n'était pas l'humiliation qu'elle craignait, mais le regard du capitaine qui indiquait que le fae n'allait pas abréger le combat. Non – il voulait la faire souffrir, et personne ne l'en empêcherait puisque ce n'était pas interdit par le règlement. Celui-ci ne protégeait Faythe que d'une brutalité excessive et d'un coup mortel, toutefois, elle savait que le fae allait jouer finement, faire en sorte qu'aucun de ses coups ne soit critiquable.

Le maître de cérémonie réclama que les combattants dégainent leurs armes et se mettent en garde. Le temps pressait et, tout en sortant Lumarias de son fourreau, Faythe soutenait le regard noir de Varis et s'immisçait délicatement dans son esprit, au cas où il percevrait sa présence.

Elle faillit ployer sous la panique quand elle se heurta ici aussi à un mur noir, mais tout à coup…

Des fissures !

Contrairement à la muraille de Nik, celle du capitaine était striée de minces ouvertures. Faythe ne pouvait que voir une infime marque de miséricorde des Esprits dans le fait que Varis n'avait pas renforcé ses boucliers mentaux pendant la journée – parce qu'il ne s'attendait pas à devoir se protéger contre une adversaire comme elle. Léger soulagement, car elle aurait deux fois plus de mal à apercevoir ses mouvements à travers ces lézardes.

Le maître de cérémonie s'était déjà retiré dans l'escalier, que le capitaine s'avançait vers Faythe avec un sourire carnassier. Intérieurement, la jeune femme était secouée de spasmes violents, telle une faible proie, mais en façade, elle incarnait toujours la combattante qu'il lui faudrait être pour ressortir vivante de la fosse.

Varis se mit à lui tourner autour, épée en garde, tandis qu'elle se concentrait entièrement sur lui et imitait ses mouvements. Avant même que le signal du départ ne soit donné, elle vit son intention de frapper et esquiva de justesse le coup d'épée. Varis ne comptait pas attendre d'invitation formelle.

Un éclair passa dans le regard du fae face à cette vivacité inattendue, et puis très vite, il recommença son manège. Faythe le suivait. Elle voyait ses mouvements, mais pas aussi vite que ceux de Nik quand il ne lui opposait aucune barrière. Elle allait devoir s'en contenter – du moins le temps de faire le spectacle, et de pouvoir capituler.

L'attaque suivante lui parvint en une fraction de seconde et elle mit sa lame en opposition au tout dernier instant. La gorge nouée par la peur, elle serra les dents, siffla sous l'effort, mit tout son poids dans la manœuvre. Hélas, Varis était trop fort et la concentration de Faythe vacilla. Le fae la repoussa sèchement et, dans la foulée, profita du fait qu'elle titubait pour lui asséner un coup de poing au visage.

La douleur irradia la mâchoire de Faythe. Elle s'écroula. Sa vision s'obscurcit un instant, avant qu'elle ne se relève sur des jambes flageolantes. Le goût du cuivre emplit sa bouche. Du sang. Se penchant en avant, Faythe abaissa son écharpe pour cracher. Puis elle rajusta ce masque et redressa la tête pour faire face à son adversaire. Elle éprouvait une rage incommensurable qui menaçait de la plonger dans une imprudence aveugle, alors qu'elle devait se concentrer sur la furtivité. Elle prit de courtes inspirations lentes afin de se ressaisir.

Les yeux du capitaine, entièrement noirs, pétillaient d'un plaisir sadique à la vue du sang. Faythe redressa les épaules et riva son regard sur le sien.

Le fae se jeta dans une série d'assauts qu'elle esquiva en dansant autour de la fosse, sans plus contrer son épée. Sa tête l'élançait à force de rester concentrée sur l'esprit du capitaine et, quand elle se relâcha un tant soit peu, elle se retrouva de nouveau à terre, étalée par un direct au ventre.

À quatre pattes, le souffle coupé, elle n'eut pas le temps de se remettre que Varis lui donna un coup de pied au même endroit. Une douleur insoutenable. Faythe fut rejetée sur le dos, sa tête rebondissant contre le sol en pierre. Elle n'y arriverait pas – elle ne pouvait lutter contre cette bête démente. Sa colère se dissipa et fit place au désespoir. Faythe aurait voulu se dissoudre dans le sol. Était-elle sous l'eau ? Les rugissements du public semblaient distants… déformés, les lumières floues et tamisées.

Pardon, Jak. Pardon, Marlowe. Pardon, Nik. J'ai essayé.

« Debout », cracha la voix sadique.

C'était au-dessus de ses forces. Elle était prête à succomber aux ténèbres qui offraient de la soulager de la douleur et de l'échec. Elle voulait dormir, s'éloigner du chaos rugissant de la foule et des coups qui meurtrissaient son abdomen et sa tête. Mais soudain, des mains rudes l'empoignèrent, la forcèrent à se lever et à plonger son regard dans deux trous noirs sans fond.

« Tu appelles ça un combat ? J'ai dit, *debout* ! » gronda le capitaine.

Il la lâcha ensuite et, bien que surprise, Faythe tituba à reculons sans s'écrouler toutefois, son épée toujours fermement en main. Elle contempla son arme.

Lumarias. La Clé. Je ne reculerai pas.

Elle cilla à plusieurs reprises, et sa vision redevint nette. Elle devait persévérer. Son corps protesta lorsqu'elle se redressa et fixa de nouveau le capitaine.

Oubliant la douleur, elle se remit à parer ses attaques en tenant son épée à deux mains, le chant des lames d'acier s'entrechoquant tranchait le brouhaha du public au-dessus de leurs têtes. Faythe veillait à ce que les contacts ne durent pas assez longtemps pour que Varis puisse user de sa force contre elle.

Mais quand la lame du fae s'abattit sur sa jambe, diffusant une onde de feu dans sa cuisse, elle fut contrainte de battre en retraite. Le capitaine la suivait toujours avec une langueur de prédateur, se régalant de la souffrance qu'il s'amusait à lui infliger. Il ne lui laissa pas beaucoup de temps pour se remettre, leurs épées se heurtèrent à nouveau. Faythe était rapide – hélas Varis l'était plus encore et sa résistance ne diminuait jamais d'un iota, alors que celle de la jeune humaine n'allait plus tarder à être épuisée. Le fae lui enfonça son coude dans les côtes. Il s'en fallut d'une seconde à peine qu'elle l'esquive. Le souffle coupé, elle resta malgré tout debout.

S'ensuivit une série de parades au terme desquelles elle ne parvint pas à anticiper la manœuvre suivante : le poing du fae s'écrasa sur sa main, lui arrachant Lumarias. Dans la foulée, Varis se jeta sur elle – prêt à donner le coup de grâce. Les gardes envoyés par Nik eux-mêmes ne seraient pas assez rapides pour l'intercepter.

Le temps ralentit tandis que Faythe regardait s'élever au-dessus de sa tête cette lame qui était une promesse de mort.

Mais l'image de l'intention du fae lui parvint un instant avant qu'il n'agisse. Faythe en profita pour faire un pas dans sa direction, tout en dégainant la dague offerte par Marlowe.

Un silence absolu s'abattit alors.

Varis se figea, son épée à quelques centimètres du cou de Faythe… qui elle-même lui pointait sa dague sous le menton.

Défaite mutuelle.

Le public en resta sans voix.

Faythe avait le souffle irrégulier, le pouls erratique. Elle soutenait le regard, fou, du capitaine dont les narines s'évasaient. Le combat était censé être terminé, mais elle vit une digue céder en lui.

À cette distance, elle n'eut aucune chance de réagir quand il la saisit par le poignet, si fort qu'elle lâcha sa dague. Lui-même laissa tomber son épée pour mieux enserrer le cou de la jeune femme, la soulever sur la pointe des pieds et se pencher sur elle.

« Tu penses que j'ignore qui tu es, *gamine* ? » lui siffla-t-il à l'oreille.

Faythe étouffait dans l'étau de ses mains qui lui comprimaient la trachée.

« Capitaine Varis, le combat est terminé », entendit-elle déclarer un des gardes qui s'avançaient.

Elle essayait de griffer ses mains qui ne se desserraient pas malgré le rappel à l'ordre. Varis n'aurait qu'un effort minimal à faire pour lui broyer la gorge en un instant.

« Qui a envoyé ces hommes après toi, à ton avis ? Pauvre sotte. Tu peux dissimuler tout ce que tu veux, hormis tes yeux et ta maudite épée, cracha le capitaine. Il n'y a que les imbéciles pour croire qu'une faible et pathétique *humaine* puisse battre un homme, et encore moins un *fae*.

— *Capitaine Varis !* » la voix du garde retentit comme un dernier avertissement.

Faythe étouffait, un voile noir envahissait son champ de vision.

« Tu caches quelque chose, *Faythe*, et je compte bien découvrir quoi. Tu as commis la plus grosse erreur de ta misérable vie ce soir. » Varis la repoussa sèchement et elle s'écroula en haletant sous son masque. Le fae s'accroupit, ramassa son épée, puis se rapprocha d'elle. « Nous nous reverrons bientôt, Faythe, mais peut-être pas comme tu le penses. »

Il avait prononcé ces paroles sur un ton de sarcasme taquin avant de quitter la fosse.

La jeune femme resta un moment à quatre pattes, le temps de reprendre son souffle, mais lorsqu'elle eut recouvré ses esprits, son sang se glaça.

Qu'avait-elle fait ?

Chapitre 43

« Il sait. »

Tels furent les premiers mots que Faythe prononça, près d'une heure après que ses amis et elle furent rentrés à la hutte. Jusque-là, la panique qui la consumait l'avait empêchée de parler. Jakon, lui, n'avait cessé de faire les cent pas dans la cuisine, cherchant à lui soutirer des informations tandis que la jeune femme restait assise, en sous-vêtements, et que Marlowe s'occupait de ses blessures.

Tout juste percevait-elle la douleur quand son amie nettoyait puis pansait l'entaille profonde qu'elle avait à la cuisse, ou lui bandait ses côtes contusionnées. Elle savait qu'elle allait avoir une grosse ecchymose à la joue, et que sa lèvre fendue allait enfler. Rien de tout cela n'avait d'importance cela dit, car elle ne tarderait pas à être arrêtée puis exécutée.

« Ou du moins, il saura dès que je m'endormirai », ajouta-t-elle tout bas, encore sous le choc.

C'était ce que sous-entendaient les dernières paroles du capitaine : *« Peut-être pas comme tu le penses. »* Elles tournaient en boucle dans son esprit, l'emplissant d'une terreur froide.

« Quelqu'un pourrait m'expliquer ? Tout est terminé – qu'est-ce que vous avez à stresser comme ça ? » demanda Ferris, debout dans un coin de la pièce.

Faythe avait oublié qu'il était rentré avec eux pour s'assurer qu'elle n'avait rien et lui donner sa part des gains. Elle n'en voulait pas. Elle préférait rendre l'argent et ne plus jamais avoir à remettre un pied dans cette grotte. Depuis sa première visite, elle n'avait fait que s'enfoncer lentement et inexorablement vers la mort.

Elle n'eut pas le temps de répondre que Jakon se figea, les yeux rivés sur Ferris avec une rage inhumaine. En deux grands pas, il alla le plaquer contre le mur.

« Espèce de petite *merde*. Tout est ta faute ! gronda-t-il, furieux, le visage collé au sien.

— Jak », marmonna Faythe.

Il ne répondit pas, continuant de scruter Ferris comme s'il hésitait à le frapper.

« *Jakon* », répéta-t-elle comme une mise en garde.

Alors, à contrecœur, Jakon relâcha Ferris, non sans le pousser contre le mur, et alla rejoindre Faythe.

« Comment ça, “il sait” ? » demanda-t-il.

Il ne décolérait pas, mais ce n'était pas après Faythe qu'il en avait.

Celle-ci inspira lentement.

« Il sait que je cache quelque chose, et il a l'intention de découvrir quoi. »

Elle tremblait comme si la fraîcheur ambiante ne lui parvenait que maintenant.

Marlowe lui passa une couverture sur les épaules, et Faythe lui sourit. La forgeronne prit ensuite la chaise libre à côté de son amie, satisfaite d'avoir traité de son mieux ses blessures. Jakon jura – et pas qu'une fois. Faythe le regardait cogiter, chercher une solution. Il lui en coûtait, mais elle refusait d'entraîner ses amis dans ses problèmes.

Tout à coup, une idée lui vint.

« Je… j'ai une potion, déclara-t-elle. Nik me l'a donnée à l'époque où j'essayais de maîtriser mes facultés. Elle atténue mes capacités dans mon sommeil et me protège aussi des… intrus. » Elle grimaça, incapable de prononcer le nom du capitaine sans voir en pensées l'immonde cicatrice et la cruauté qui barraient son visage. Ce serait une solution temporaire. Il ne lui restait de la potion que pour deux nuits au mieux, et Nik avait dit qu'il pouvait y avoir des conséquences fatales à un usage prolongé. « Elle me fera deux jours au moins. »

Elle ne pouvait se résoudre à songer à la suite.

« Et après ? », la pressa Jakon.

Faythe savait ce qu'il lui faudrait faire pour assurer sa sécurité et celle de ses amis. À la simple idée de se cacher dans un tonneau comme Reuben, son ventre se crispa, et elle dut se prendre la tête à deux mains et se concentrer un moment sur sa respiration. Elle n'avait jamais quitté High Farrow. Or, elle allait devoir abandonner le royaume et, pire encore, ses amis. Ce qui l'affligeait le plus, c'est qu'elle n'aurait jamais la possibilité de trancher le lien qui unissait les Bois Éternels à son âme. De ce côté-là aussi, elle avait échoué, et le marché conclu avec Aurialis allait demeurer pour toujours en suspens. Jamais elle ne retrouverait ses amis dans l'Au-Delà. C'était une véritable torture mentale.

« Je suis désolée de vous avoir embarqués là-dedans », murmura-t-elle.

Marlowe passa un bras autour de ses épaules et l'attira à elle.

« On va trouver une solution ensemble, assura-t-elle d'une voix calme et apaisante.

— Je me répète, quelqu'un pourrait m'expliquer ? » réclama Ferris.

Jakon pivota vers lui, et Ferris se mit à juste titre sur la défensive, mais le premier en resta là. Si les regards pouvaient tuer, Ferris aurait déjà été réduit en cendres.

Ne voyant aucune raison de garder le secret plus longtemps, Faythe révéla, de mauvaise grâce, les bases du problème à Ferris, de sorte qu'il saisisse l'urgence et comprenne ce qui causait l'épaisse tension qui flottait dans la pièce. Elle en éprouva une sensation à la fois étrange, mais aussi libératrice, de pouvoir évoquer la chose aussi librement.

« Tu déconnes, répliqua Ferris quand Faythe lui dévoila ses capacités. Prouve-le. »

La jeune femme lui renvoya un regard mauvais.

« Je n'ai pas à te prouver quoi que ce soit, connard. »

Ferris plissa les yeux, son visage prit une mine pensive.

« Bon, si ce que tu dis est vrai, nous devons te faire quitter le royaume. »

Jakon se tourna aussitôt vers Faythe.

« Je t'accompagne. »

L'intéressée fit non de la tête.

« Hors de question. C'est mon problème, ça ne concerne que moi.

— Tu ne l'affronteras pas seule. Nous t'accompagnons tous », décréta d'une voix douce Marlowe.

Faythe tourna la tête vers elle et se dégagea de son étreinte.

« Alors là, même pas en…

— Tu ne décideras pas à notre place, la coupa la forgeronne. Nous sommes tout autant impliqués que toi, que ça te plaise ou non. »

Elle avait parlé d'une voix ferme – un ton auquel Faythe n'était pas habituée de sa part. Mieux valait toutefois ne pas discuter avec un oracle connecté aux Esprits.

« Je peux vous organiser un transport, vous ne risquerez rien, intervint Ferris avant que Faythe n'ait pu ajouter quoi que ce soit. Je peux vous faire passer à Rhyenelle. Vous n'êtes pas des traîtres. Vous aurez peut-être une chance d'y être acceptés comme citoyens. Marlowe connaît déjà un métier qui sera utile sur place, Jakon est fermier. Quant à toi, Faythe, tu n'auras qu'à… manier un peu ton épée, ils te trouveront probablement un emploi. »

La jeune femme se retint de le moucher car sa proposition était pile ce dont elle avait besoin ; néanmoins, son cœur se serra à l'idée d'embarquer ses amis.

« Je ne peux pas vous demander de renoncer aux vies que vous menez ici », dit-elle sur un ton implorant.

Les traits de Jakon s'adoucirent et le jeune homme vint s'asseoir face à elle, la prit par les mains.

« Tu n'as pas à demander quoi que ce soit. Où que tu ailles, j'irai. »

Marlowe acquiesça vigoureusement.

Tous deux étaient prêts à sacrifier tout ce qu'ils avaient construit ici pour la suivre sur la route de l'incertitude, une dette que Faythe allait passer le reste de sa vie – courte ou longue – à rembourser.

« Ce sera dans deux jours, reprit Ferris. Ceci devrait suffire, en plus du reste de tes gains, pour le voyage et l'installation. »

Ces mots dits, il alla déposer une lourde bourse sur la table, en veillant bien à ne pas trop approcher de Jakon qui le foudroyait toujours du regard.

Faythe comprit qu'il lui cédait sa part des gains de la soirée.

Elle allait protester mais, au regard qu'il lui adressa, elle sut que ce serait peine perdue.

« Tu l'as amplement mérité. » Ferris l'observa un moment, d'un œil curieux, puis lâcha un petit rire. « Qui l'eût cru ? Faythe, une télépathe… »

Celle-ci afficha un sourire penaud auquel il répondit par un rictus triste.

« Quel gâchis ! Et je m'excuse pour le rôle que j'y ai joué. »

Faythe lui adressa un petit signe de tête – elle le comprenait, et le pardonnait. Ferris acquiesça à son tour, puis se dirigea vers la porte.

« Retrouvez-moi à la Forêt de l'Ouest après-demain, à la tombée de la nuit », conclut-il en sortant.

Quand la porte se fut refermée derrière lui, les autres restèrent seuls dans un silence grave.

Quelques instants plus tard, on toqua à la porte, et tous trois s'interrogèrent du regard.

« Si c'est encore lui, cette fois je n'hésiterai pas à l'étrangler », marmonna Jakon en allant ouvrir.

Faythe fit des yeux tout ronds quand une grande silhouette vêtue d'une houppelande entra. La carrure imposante de Nik écrasait davantage encore la modeste hutte.

Comme ils se regardaient tous sans oser prendre la parole, Marlowe se leva et dit :

« Tu veux bien me raccompagner, Jakon ? »

Faythe l'aurait volontiers enlacée pour cette intervention.

C'est qu'elle ne pensait pas réussir à expliquer les évènements de la soirée – en particulier leurs conséquences pour Nik et elle – en présence de ses deux amis. Elle ne s'aperçut qu'en cet instant qu'elle ne reverrait jamais plus ce garde fae, et son cœur vola en éclats.

Jakon lui fit un signe de tête : il comprenait qu'elle avait besoin d'intimité pour lui dire au revoir ; Marlowe et lui sortirent sans un mot de plus.

Quand elle entendit le cliquetis de la serrure, Faythe se leva et alla rejoindre Nik, qui restait figé. La mâchoire crispée, il scrutait en silence le visage de la jeune femme, ses blessures. Elle se blottit dans la couverture pour mieux masquer ses côtes, mais ses cuisses restaient nues, et l'une portait un bandage à travers lequel filtrait du sang.

« Je voulais m'assurer que tu n'avais rien, dit Nik d'une voix si basse, dans un effort de contenir sa colère, que Faythe en eut le cœur noué.

— C'était le capitaine Varis », révéla-t-elle tout de go, incapable de retarder l'annonce inévitable de son départ.

Un éclair de rage, tel qu'elle n'en avait jamais vu, passa dans les yeux de Nik qui se redressa.

« Et tu l'as laissé gagner, n'est-ce pas ? » demanda-t-il d'une voix acérée.

Faythe grimaça de lui voir la mine si sombre.

« Plus ou moins, concéda-t-elle en constatant que les poings du fae tremblotaient. Il s'apprêtait à me tuer – je l'ai *vu*. Aucun de tes gardes n'aurait été assez rapide pour l'arrêter. Le match s'est soldé par une défaite mutuelle. »

Dans un rire sans humour, Nik se passa une main sur la figure. Pour éviter qu'il lui reproche son inconscience, Faythe ajouta :

« Ça n'a pas été une coïncidence. Il savait qui j'étais, et il sait que je cache quelque chose. » Elle n'eut pas à en dire davantage pour que le visage de Nik se rembrunisse et que la rage se change en horreur – il avait compris. La suite, elle la prononça dans un murmure étranglé. « Je dois m'en aller, Nik. »

Les larmes lui montaient à voir le fae souffrir, et elle dut ciller très fort pour les chasser.

Nik franchit les quelques pas qui les séparaient et enserra délicatement son visage entre ses mains, en prenant soin de ménager sa joue endolorie.

« Je vais m'en occuper », affirma-t-il.

Mais Faythe voyait bien que sa détermination vacillait. La situation échappait à son contrôle cette fois-ci.

Elle secoua la tête.

« Je pars pour Rhyenelle après-demain. Jakon et Marlowe m'accompagneront. »

Il pressa son front contre le sien.

« Faythe », souffla-t-il sans parvenir à articuler autre chose.

Tous deux savaient que c'était sa seule chance d'échapper à son sort.

Elle laissa tomber la couverture pour enrouler ses bras autour du cou de Nik, et celui-ci pressa son corps contre le sien. Ses larmes silencieuses coulèrent. Ce n'était pas juste. Ils allaient être arrachés l'un à l'autre à cause d'une espèce de monstre assoiffé de domination et de violence. Elle se laissa aller à croire qu'elle aurait pu vivre quelque chose avec Nik. Une relation compliquée et peu orthodoxe certes, mais elle l'aurait acceptée, ainsi que les risques, pour avoir une chance d'être avec lui.

Les mains du fae se promenaient sur sa taille nue, en dessous des bandages, et ce contact apaisa un court instant son cœur meurtri. Quand elle se dégagea pour le regarder dans les yeux, elle suivit du bout des doigts les contours de son visage. Le long de sa mâchoire, son nez, puis sa bouche, cherchant à en mémoriser les moindres détails puisqu'elle devait ne plus jamais le revoir.

Elle se rapprocha ensuite, l'embrassa avec fougue, et il lui répondit avec une tendresse déchirante. Son corps s'embrasait là où les mains du fae – si délicates pour ne pas effleurer ses blessures – exploraient sa peau nue. Mais Faythe ne voulait pas de délicatesse, et elle se moquait bien que son corps proteste quand elle se pressa contre celui de Nik. Un cri étouffé lui échappa et l'immortel fléchit les jambes, joignant les mains sous les cuisses de Faythe pour la soulever, de sorte qu'elle n'ait plus à se hisser sur la pointe des pieds pour l'embrasser. Elle enroula ses jambes autour de sa taille et crut exploser en découvrant Nik sous ce nouvel angle, qui lui offrait meilleur accès à sa bouche. Les mains de son compagnon sur ses cuisses la rendaient folle de désir. Elle le voulait – tout entier –, pourtant elle savait qu'en cédant à cette impulsion désespérée, elle ne ferait que rendre leur séparation encore plus déchirante.

Avant que la chaleur ne monte trop, le baiser ralentit, se faisant d'une tendresse dévastatrice. Les lèvres de Nik quittèrent les siennes pour son cou – avec douceur plutôt que fougue. Il semblait savourer l'odeur de sa peau et son contact. Puis il la déposa sans heurt, la contempla tout en caressant sa joue contusionnée.

« Tu vas me manquer », chuchota Faythe, craignant, si elle parlait trop fort, que sa voix la trahisse.

Nik esquissa un sourire peiné.

« Il n'y aura jamais d'autre toi, Faythe. Humaine, fae, bien née, roturière… Il n'y aura jamais plus d'âme comme la tienne. »

Elle savait que le commentaire ne concernait en rien leur relation, et ces mots la brisèrent et la rapiécèrent en même temps. Ne sachant que répondre, elle se contenta de se presser contre lui, une fois de plus – la fraîcheur de la hutte lui apparut avec plus de netteté à mesure que la chaleur de Nik l'enveloppait dans un cocon de sécurité.

Ils s'enlacèrent pour la dernière fois. Ni l'un ni l'autre n'avait la force de prononcer un adieu formel alors, dans un ultime baiser prolongé, Nik s'en alla sans se retourner.

Faythe se décomposa à l'instant où la porte se referma derrière lui.

Chapitre 44

Ils passèrent la journée suivante à faire des provisions pour le voyage. Rien que le nécessaire – le reste, ils pourraient l'acheter en chemin et une fois qu'ils seraient en sécurité à Rhyenelle.

Jakon avait été à cran tout le jour, vérifiant et revérifiant les préparatifs, passant en revue les détails de leur plan plus de quatre fois déjà. Faythe souffrait de le voir se mettre dans un état pareil, hélas, elle ne pouvait rien faire pour le persuader de changer d'avis.

Marlowe, elle, était restée chez elle à réunir tout ce dont elle aurait besoin, et profiter une dernière fois de la compagnie de son père. Faythe souffrait tout particulièrement du fait que Marlowe ait à abandonner sa *famille,* mais à l'instar de Jakon, la forgeronne insistait pour les suivre.

Faythe passa la journée entière dans le silence, rongée par le désespoir à la pensée de tout ce qu'elle allait laisser derrière elle – de *qui* elle allait laisser. Elle ne reverrait plus Nik, ni dans son esprit ni dans celui du fae avant de partir, car la potion avait fait effet la nuit précédente et l'avait plongée dans un sommeil noir, pas même zébré par un éclair de brume dorée. Le produit agirait cette nuit encore.

Jakon l'avait laissée à sa mélancolie, estimant qu'elle ne lui serait de toute façon pas d'un grand secours pour les préparatifs. La jeune femme était restée assise dans son lit tout le jour ou presque, à réfléchir à sa vie à High Farrow qui touchait à sa fin.

Elle contemplait par la petite lucarne de la chambre le crépuscule qui tombait quand Jakon la rejoignit enfin. La voyant, il poussa un soupir affligé.

« Tu as toujours rêvé d'aventures. Essaie de voir les choses du bon côté », lui conseilla-t-il avec un sourire réconfortant.

Faythe n'eut même pas la force d'étirer les lèvres. Il avait raison : un nouveau départ s'offrait à eux, l'occasion de découvrir d'autres régions de l'Ungardia. Qui sait ce qui les attendait à Rhyenelle ? Un quotidien simple et banal, espérait-elle, sans plus de rapports avec les Esprits et les capitaines fae sadiques.

Elle frémit au souvenir de sa rencontre avec Aurialis. Jamais elle ne reverrait la Déesse. Quoi que celle-ci ait pu attendre d'elle, elle allait devoir se tourner vers quelqu'un d'autre, et les questions que Faythe se posait sur son héritage risquaient de rester à jamais sans réponse.

Elle prit la fiole de potion sur la table de nuit, pressée d'en finir avec sa dernière nuit et d'entamer le voyage, le lendemain, à l'aube naissante.

Des coups violents à la porte la firent sursauter et elle manqua renverser la fiole.

Jakon sortit de la chambre, le front plissé. Faythe se leva d'un bond alors que les coups frénétiques continuaient et que son cœur s'emballait. Elle saisit son ami par le coude.

« C'est peut-être lui », murmura-t-elle, en proie à une panique froide.

Elle n'eut pas à prononcer de nom pour que Jakon comprenne qu'elle parlait du capitaine Varis. Il ouvrit des yeux tout ronds à cette possibilité, fouilla du regard la hutte pour y trouver une parade, mais l'un comme l'autre savaient que la seule issue était la porte de devant.

Faythe s'apprêtait à se tapir dans un coin, quand une voix retentit dehors.

« C'est moi, Jakon, *s'il te plaît* ! »

Faythe la reconnut sans toutefois pouvoir y associer un visage. Jakon, en revanche, écarquilla les yeux apeuré, et courut ouvrir. Dalton parut et Jakon scruta aussitôt la rue derrière lui avant de lui signifier d'entrer.

« Où est Marlowe ? », embraya-t-il.

Dalton haletait. Il n'était d'ordinaire pas dans la meilleure condition physique qui soit et semblait avoir plus ou moins couru depuis la forge – à l'autre bout de la ville. Faythe se mit à trembler.

« Elle… ils sont… venus et… »

L'homme arrivait à peine à prononcer les mots.

Jakon le saisit par le col pour le forcer à se tenir droit.

« Où est-elle, Dalton ? », le pressa-t-il.

Faythe n'avait jamais entendu pareille terreur dans la voix de son ami et elle manqua défaillir.

Lorsque Dalton parvint enfin à reprendre son souffle, ce qu'il déclara anéantit Faythe.

« Les gardes l'ont emmenée, pour trahison apparemment, mais elle n'aurait jamais… »

Jakon le lâcha et se recula, horrifié. Il se tourna vers Faythe.

« C'est un message, dit celle-ci d'une voix étranglée. Il n'a pas pu me trouver en Noctisant, alors il s'en est pris à elle. » La conclusion, elle la prononça dans un souffle terrifié. « Il l'a emmenée parce qu'il savait que ça me ferait plus de mal que s'il s'en prenait physiquement à moi. »

Cette certitude la mortifia. Elle observait tour à tour les deux hommes, ne sachant que faire. Le capitaine Varis avait dû emmener Marlowe là où finissaient tous ceux qui attendaient de passer en jugement : à la prison du château. Elle refusait l'idée qu'il soit impossible de sauver son amie, et elle savait précisément comment franchir le rempart pour aller plaider sa cause.

Ferris lui avait indiqué un chemin sûr. Les gardes n'y patrouillaient jamais. Un labyrinthe secret situé sous la Cité intérieure. Le rouquin n'était pas le plus recommandable des compagnons, mais Faythe louait les Esprits pour son intervention. Le chemin en question permettait à une poignée d'initiés de faire entrer des produits discutables et interdits dans la Cité intérieure, au nez et à la barbe du roi.

Faythe tourna les talons et passa dans la chambre sans un mot de plus. Tout se figea autour d'elle tandis qu'elle s'immergeait dans un calme froid et calculateur. Elle jeta un bref regard à son lit vide et songea à contacter Nik. En tant que membre de la Garde royale, il pouvait au moins s'assurer que Marlowe reste en vie le temps qu'elle-même infiltre le château et obtienne audience auprès du roi pour le supplier de la relâcher. Hélas, elle n'avait aucun moyen de plonger rapidement dans un sommeil qui activerait sa faculté de Noctisme, et rien ne garantissait non plus que Nik dormait. La nuit n'était pas encore très avancée. Chaque minute était trop précieuse, elle ne pouvait prendre le moindre risque.

Non. Elle n'avait pas le temps d'essayer de le contacter par l'esprit. La rage qui la consumait était une tempête de feu et de glace sous sa peau. Si c'était *elle* que le capitaine voulait, il allait être servi.

Et ma dague ne s'arrêtera pas devant sa gorge si on me laisse une seconde chance.

Elle se dévêtit puis enfila rapidement sa tenue de combat qui lui procurerait la meilleure liberté de mouvement. Elle tenta de s'insensibiliser aux séquelles du combat brutal de la veille, mais ses côtes et sa cuisse lui firent serrer les dents. Elle sentit la présence de Jakon dans son dos, sans toutefois lui accorder la moindre attention. Elle fut changée et coiffée en un temps record.

« Qu'est-ce que tu fabriques ? » l'interrogea son ami.

Faythe fixa en un tournemain Lumarias à sa hanche, sa dague dans un fourreau, puis sortit d'un pas décidé.

« Je vais la libérer. »

Elle enfilait sa houppelande et sa capuche quand Jakon la saisit par le coude. Elle faillit montrer les dents. Toute gentillesse et compassion l'avaient quittée quelques minutes auparavant.

« Et comment comptes-tu t'y prendre, au juste ? siffla Jakon.

— Il existe un passage secret – un souterrain. Je te demanderais bien de rester ici mais tu n'en feras rien, alors ne me ralentis pas. »

Elle se dégagea et n'attendit ni qu'il réponde, ni qu'il s'équipe.

Faythe regagna la pièce principale, s'arrêtant tout juste le temps de poser une main sur l'épaule de Dalton.

« Rentrez. Nous allons la ramener, c'est promis », déclara-t-elle avec assurance, alors que ses doutes menaçaient son calme de façade.

Après quoi, elle sortit, bien décidée à marcher droit dans le piège que le capitaine lui avait tendu, et à le faire tomber avec elle.

Chapitre 45

Les vagues se fracassaient contre les rochers auxquels Faythe et Jakon se raccrochaient de toutes leurs forces. L'entrée des tunnels, à l'écart des quartiers résidentiels, se situait en bordure du royaume, près de la Mer Noire démontée.

Il existait un autre accès, bien plus facile que l'itinéraire que Faythe avait choisi et qui mettait leurs vies en péril. Mais lorsque, en l'empruntant, ils s'étaient arrêtés pour inspecter le sentier indiqué par Ferris, Faythe avait repéré des fae et ils avaient dû battre en retraite. Ce n'étaient pas des gardes en uniforme ; ils ressemblaient aux nouvelles recrues au sujet desquelles Ferris l'avait mise en garde.

La seule autre option avait donc été d'escalader la falaise abrupte et immense du littoral. En toute autre circonstance, Faythe aurait refusé catégoriquement, mais la vie de Marlowe étant en jeu, elle ne réfléchissait plus de façon rationnelle.

Malgré ses gants, ses doigts étaient au supplice pour se cramponner aux reliefs de la paroi. Faythe rampa ensuite, prudemment, sur une partie relativement plate. La manœuvre était d'autant plus difficile qu'elle était blessée, mais le vent glacial atténuait un peu les élancements dans sa poitrine. À maintes reprises, sa main ou son pied glissèrent sur les rochers humides et visqueux, et chaque fois, son cœur fit un bond. Seule l'adrénaline lui permettait de progresser. Permettre qu'un faux pas la plonge dans les eaux monstrueuses de la mer serait une façon tragique et humiliante de perdre la vie.

Faythe passa enfin les bras au sommet de la falaise et parvint à inspecter l'entrée du tunnel.

La voie est libre ! Les Esprits soient loués.

En effet, aucun fae n'osait s'attarder à l'entrée de la grotte. Elle baissa la tête en proie à une panique soudaine, mais la releva sitôt qu'elle eut aperçu Jakon – en sécurité, autant qu'il pouvait l'être alors que les vagues s'écrasaient toujours plus haut, comme pour l'arracher à la paroi. À cette idée, Faythe frissonna violemment.

Jakon la rejoignit et s'arrêta lui aussi pour examiner les lieux.

« Par les Enfers, comment as-tu découvert un endroit pareil ? » grommela-t-il, sa voix à peine audible entre les hurlements du vent et les rugissements de la mer.

Sachant que le nom de Ferris ne ferait que déclencher le courroux de son ami, Faythe ne répondit pas. À la place, elle s'aida de ses quatre membres pour s'allonger sur la terre ferme. Jakon l'imita et tous deux restèrent ainsi, le cœur emballé maintenant que, à moitié exposés, ils couraient un plus grand risque de se faire prendre. La végétation les dissimulait encore, mais l'automne était passé par là : les cachettes étaient dénudées.

Faythe rampa jusqu'à parvenir en lisière des buissons. N'apercevant aucun fae, elle s'autorisa un court répit.

Une torche fixée à l'extérieur de la grotte diffusait une lumière bleu vif et non ambrée. Faythe n'avait pas le temps d'admirer cette merveille de magie, elle se contenta d'y voir le signe que le labyrinthe était bien en service cette nuit.

Jakon et elle allaient devoir être sur leurs gardes.

Elle s'accroupit, tous ses sens en alerte maximale, avant de se redresser complètement. Le vide noir que dessinait l'entrée de la grotte la terrifiait. Tout comme l'inconnu qui les y attendait. Elle n'avait pas d'autre plan de l'endroit que la vague description que Ferris lui en avait faite. Elle croisait les doigts pour ne pas oublier les indications au moment crucial.

Faythe sentit une main lui effleurer le bas du dos et sursauta de peur, déjà prête à empoigner Lumarias. Son regard se posa sur Jakon. Elle grimaça, marmonnant des excuses quand il retira sa main.

« Es-tu sûre de vouloir le faire ? » s'inquiéta-t-il.

Faythe savait qu'il ne la jugerait pas si elle se défaussait. En fait, il en éprouverait sans doute du soulagement. Ce projet était vraiment hasardeux.

« Je n'ai pas le choix », murmura-t-elle.

C'était après elle que le capitaine en avait, alors elle n'allait sûrement pas permettre que Marlowe laisse sa vie dans une bataille qui ne la concernait pas.

Jakon esquissa un sourire, il comprenait. Le voyant en proie à la peine et l'incertitude, elle ne put s'empêcher de tomber dans ses bras. Il la serra fort et elle profita de l'étreinte pour étouffer la peur et l'inquiétude, en même temps qu'elle absorbait son courage farouche en prévision du chemin périlleux qui les attendait.

Quand ils se dégagèrent l'un de l'autre, ils échangèrent un dernier regard plein de conviction. À la suite de quoi ils se tournèrent vers l'entrée de la grotte et s'y dirigèrent d'un pas assuré.

Jakon emprunta la torche – bien vu de sa part, car ils allaient avoir du mal à se diriger dans le noir. À l'intérieur, en l'absence du vent cinglant, Faythe n'entendait plus que deux bruits : les battements de son cœur et les crissements de leurs bottes. La flamme bleue elle-même n'émettait pas le moindre crépitement. Cela permit à Faythe d'être à l'affût de n'importe quel autre son.

Une minute durant, ils empruntèrent une longue ligne droite, et Faythe eut la sensation que les parois se refermaient sur eux à mesure que le passage s'étrécissait. Elle haletait presque, l'endroit réveillant sa peur des lieux confinés. Elle serra les poings pour penser à autre chose.

Au bout d'une autre ligne droite harassante, ils parvinrent à une intersection. Charge à Faythe de se rappeler les instructions de Ferris. Hélas, dans le tourbillon de ses pensées et de ses émotions, les indications s'emberlificotèrent.

« Je crois que c'est par là », dit-elle d'une voix chevrotante en désignant le chemin de droite.

Elle n'allait pas avouer à Jakon qu'elle n'en était pas entièrement sûre et se fiait plutôt à son instinct.

Son ami ne parut pas enclin à objecter, ce qui ne fit que l'accabler de culpabilité face à la confiance aveugle qu'il lui accordait pour les diriger dans ce dédale de roche et de boue.

Pourvu qu'on ne croise pas de monstres dont Ferris aurait omis de parler…

Un frisson plus fort que les autres parcourut son échine. Jakon s'engagea le premier et, après avoir inspiré à fond pour chasser ses doutes, elle lui emboîta le pas. Elle progressait à son côté, presque collée à lui, comme si les ombres risquaient de le lui arracher – ou de l'arracher à lui. Égoïstement, elle se réjouissait de la présence de son ami ; la peur aurait fort bien pu la consumer si elle avait tenté l'aventure seule.

Ils progressèrent quelques minutes pénibles encore, après quoi Faythe devina que la prestigieuse Cité intérieure devait se trouver au-dessus d'eux. Elle s'efforça de ne pas s'appesantir sur cette information angoissante. Ils parvinrent à deux nouvelles intersections. Chaque fois, Faythe choisit la route sur un coup de tête, sans se laisser le temps de débattre intérieurement. Toutefois, ce ne fut pas son ouïe aux aguets qui l'avertit la première, ce fut sa vue quand elle avisa une faible lueur au loin.

Une sortie ?

Son espoir ne dura guère quand la lumière grossit, révélant une quatrième intersection au bout du passage. Faythe agrippa le bras de Jakon et tous deux s'arrêtèrent transis d'horreur.

Ils n'étaient plus seuls.

Jakon se tourna vers elle et ses yeux écarquillés furent la dernière chose qu'elle vit avant qu'il ne lâche la torche et tente d'éteindre la flamme bleue. Hélas, il eut beau y jeter de la terre, le feu brûlait toujours.

Le pouls de Faythe s'emballa lorsqu'elle perçut des voix qui grossissaient à chaque instant. La flamme bleue avait été invoquée par magie ; rien de plus logique qu'elle ne puisse être éteinte que par magie aussi. Agrippant Jakon plus fort encore, elle l'entraîna dans les ombres, à l'écart de la torche.

Les fae étaient trop proches pour qu'ils puissent s'éloigner significativement sans faire de bruit. Ils allaient devoir tenter une embuscade en espérant jouir de l'effet de surprise. Faythe demeurait immobile, adossée au mur glacial comme si la roche allait l'engloutir et lui épargner la confrontation imminente. Elle libéra Lumarias – sans brusquerie, sans bruit. Jakon, lui, se tenait contre la paroi d'en face.

Les voix étaient plus fortes à présent. Les deux humains allaient devoir tirer profit de leur attaque coordonnée. Cela dit, s'ils avaient affaire à des fae, Faythe doutait que n'importe quelle arme, attaque ou position puisse leur être salutaire.

Elle ne se laissa toutefois pas démonter. Jakon et elle n'avaient pas le droit d'échouer – encore moins avant d'avoir rallié les rues de la cité.

Elle tourna la tête pour voir grossir les ombres des arrivants, leurs corps déformés tels des spectres emplissaient cette partie de l'intersection. Incapable d'ajuster sa respiration au rythme effréné de son cœur, Faythe avait le tournis sous le poids du danger.

Et soudain, les ombres prirent corps quand les silhouettes franchirent le coude du tunnel. Chacun tenait une torche à la flamme ambrée. Sitôt que leurs visages s'illuminèrent, le premier détail que Faythe identifia la fit presque soupirer de stupeur et de soulagement.

Des humains !

« Le sale connard prétentieux ! Nous forcer à venir jusqu'ici et ne pas se montrer ! » s'écria un petit homme maigre.

Faythe se l'était déjà réservé puisqu'il cheminait de son côté.

L'autre, un peu plus grand et musclé par comparaison, grommela son assentiment.

« On ferait mieux de se trouver quelqu'un d'autre pour les transactions dans la cité. Le Seigneur Hellias est peut-être compromis », ajouta-t-il d'un ton bourru.

Faythe darda un regard à Jakon, à peine visible sous le manteau des ténèbres, et celui-ci acquiesça. Ils n'avaient pas besoin de parler pour confirmer leur plan d'action en cet instant. En dix années d'amitié, ils avaient mis au point une forme de communication quasi télépathique.

« Bizarre », grommela le petit maigre en fronçant les sourcils quand il découvrit la torche abandonnée qui brûlait encore à quelques mètres de là où Faythe et Jakon se tenaient prêts à frapper.

Le laissant inspecter la chose, son compagnon eut la sagesse de dégainer son épée avant de fouiller du regard les environs – mais dans sa folie, il s'avança vers eux.

Encore un peu...

Il n'eut pas le temps de distinguer leurs silhouettes contre les murs que Jakon se jeta sur lui. Faythe en fut réduite à espérer que son ami l'emporte tandis qu'elle courait affronter l'autre, encore accroupi. Elle lui asséna un coup de pied en pleine poitrine. L'homme fit un vol plané et atterrit les bras en croix, à la fois sidéré et terrifié. Faythe se plaça immédiatement au-dessus de lui, l'épée pointée sur son cœur.

Elle pantelait, évacuait la tension accumulée. Les cris de l'acier ajoutaient de l'angoisse aux ténèbres, mais Faythe ne pouvait détourner son regard de son adversaire pour s'assurer que Jakon dominait le sien.

Il y eut un fracas de métal contre la roche. *L'un d'eux est désarmé.* Son cœur tonna à l'idée que ce soit Jakon. Mais aussitôt elle entendit des bruits de pas.

Allez, Jak…

Enfin, le choc d'un corps heurtant le sol. Elle se figea.

Pitié, pitié, pitié…

Quand une silhouette apparut dans un coin de son champ de vision, elle ne se cacha pas pour pousser un soupir de soulagement en reconnaissant le visage de son ami.

Jakon lui adressa un petit sourire.

« Tu doutais vraiment de moi ? » demanda-t-il en feignant de se vexer.

Faythe lui renvoya un regard noir avant que tous deux ne reportent leur attention sur l'homme qui les fixait d'un œil apeuré.

« Quel chemin conduit au château ? » l'interrogea sans ménagement Faythe.

L'espèce de fouine eut un petit rire qui embrasa la colère de la jeune femme. Elle pressa la pointe de Lumarias contre sa poitrine – l'homme siffla en se renfonçant par terre.

« *Quel chemin ?* » insista Faythe, les dents serrées.

L'autre plissa les paupières, ses narines se dilatèrent. Elle leva les coudes pour exercer plus de pression sur sa lame.

« Le gauche ! s'empressa de répondre l'homme avant que l'acier ne transperce sa peau. Prenez à gauche, puis deux fois à droite. Vous trouverez une échelle menant à une salle d'évacuation. Elle-même donne sur une ruelle à deux pas du portail du château. Ensuite, à vous de vous débrouiller. »

La réponse obtenue, et désireuse de ne pas perdre une minute de plus, Faythe se tourna vers Jakon. Celui-ci acquiesça – elle sut ce qu'il s'apprêtait à faire. Il leva le pied et elle se tourna pour s'épargner un spectacle barbare. Mais le craquement écœurant qui retentit quand Jakon assomma sa victime la fit malgré tout grimacer.

Elle ne regarda toujours pas le malheureux quand elle se redressa puis se remit en route, ramassant au passage leur torche immortelle.

Jakon et elle pressèrent le pas, désormais sûrs de leur itinéraire et craignant que les hommes qu'ils avaient abandonnés dans les entrailles sombres et glacées de la terre ne soient pas les seuls à s'y être aventurés. Ils parcoururent les boyaux suivants tels deux rats.

L'homme n'avait pas menti et Faythe avisa avec un soulagement manifeste le cercle lumineux dans le plafond. Sans laisser à Jakon la possibilité de jouer les chevaliers exaspérants et d'insister pour grimper le premier, elle le dépassa d'un mouvement subtil, saisit un barreau de l'échelle, et entreprit l'escalade. Elle l'entendit maronner mais ne releva pas ses protestations. Arrivée au sommet, elle poussa des deux mains contre l'épaisse plaque métallique, força pour la soulever de quelques centimètres afin d'inspecter les environs.

Il faisait moins sombre qu'elle ne l'avait cru. En fait, le sol de pierre grise scintillait. Elle s'aida de l'épaule pour soulever un peu plus la plaque. Et soudain ce poids s'envola comme par enchantement.

La stupeur et l'horreur n'eurent pas le temps de s'installer en elle que, dans un même mouvement éclair, une lumière aveuglante l'enveloppa et elle fut projetée hors du tunnel. Ou plutôt hissée à l'air libre avec une vivacité immortelle. Sidérée,

Faythe mit une seconde de plus qu'elle n'aurait dû à reprendre ses marques, et le sol se déroba alors sous ses pieds à la vue des quatre gardes fae qui l'encerclaient. Elle s'était fait rouler.

Le sale rat d'égout… Quel menteur !

« Tiens, tiens, fit un des gardes avec un petit sourire. Cette nuit devient très intéressante. »

Le temps de découvrir son nouvel environnement, et la colère que lui inspirait le misérable rat d'égout qui l'avait trompée se changea en peur glaciale. Devant elle, au bout de la longue allée s'étirant dans le jardin situé derrière le portail en fer, elle apercevait, fascinée et horrifiée à la fois, l'immense et imposant château de pierre blanche. Elle s'était fiée naïvement aux instructions d'un fourbe pleutre qui l'avait conduite droit aux loups qui gardaient l'enceinte du château.

« Tu n'es pas la première à tenter d'entrer illégalement dans la cité, par contre tu es la plus stupide », commenta un autre fae.

Elle n'avait pas la force de répondre, ni par des mots ni par une mimique. Elle ne pouvait que capituler, incrédule et sonnée : c'en était fini. Elle s'était fait prendre et allait être conduite…

Au château !

Là où justement elle voulait se rendre. Les vrais imbéciles, c'étaient les gardes qui allaient l'y escorter.

Mais ensuite, dans un accès de panique, Faythe se rappela qu'elle n'était pas venue seule.

Elle n'osa jeter un coup d'œil dans le trou noir dont on l'avait extraite, de crainte d'éveiller les soupçons des fae. Jakon était malin – il avait dû voir ce qui lui était arrivé et ne commettrait pas la folie de s'exposer à son tour. Il n'avait aucune raison valable de se condamner au même sort ; au contraire, il devait rester caché et trouver un autre moyen d'entrer dans la cité, ou de ressortir des tunnels. Faythe doutait toutefois qu'il cherche à repartir. Jakon n'allait pas l'abandonner, ni Marlowe qui croupissait toujours dans une geôle royale.

Par bonheur, il ne gravit pas l'échelle et, après avoir inspecté la salle d'évacuation pour la forme, les gardes fae parurent satisfaits – ils replacèrent la plaque.

Faythe ne lutta pas quand l'un d'eux vint la prendre par le bras. Elle se mit en marche lorsqu'il l'entraîna, sans même afficher une moue de défiance. Plus elle paraîtrait faible, moins ils la considéreraient comme une menace. Non qu'ils la considéreraient comme telle si elle résistait. Néanmoins, la manœuvre fonctionna. On lui permit de marcher seule et à son rythme.

Le portail du château s'ouvrit à leur approche et Faythe nota qu'un seul garde continua de l'escorter, les trois autres reprenant leur poste.

Serait-ce si difficile de fausser compagnie à un garde ?

Elle ne pensait pas que ce serait un jeu d'enfant non plus, mais elle se creusait les méninges pour trouver le moyen de s'échapper une fois à l'intérieur du château. Le fae la fit pénétrer par l'entrée principale, et Faythe eut le sentiment d'être une intruse sur ces marches d'un blanc étincelant face aux grandes portes en fer qui s'ouvrirent à leur approche.

En des circonstances plus favorables, elle aurait pris le temps d'admirer ce hall grandiose, inondé de lumière. Tout brillait ici, par contraste avec la nuit noire du dehors. Faythe dut cligner des yeux pour en chasser les picotements.

Le garde l'entraînait dans un océan de blanc et de bleu roi, au gré de longs et larges couloirs. Le blason de High Farrow – un griffon – ornait les tapisseries, et d'élégantes sculptures jalonnaient l'espace. Faythe secoua la tête et se concentra. Elle ne devait surtout pas se laisser distraire par ce merveilleux décor. À tout moment, elle allait sans doute quitter cette beauté pour les fosses lugubres des donjons.

Une autre silhouette apparut au détour d'un virage.

Une fae !

Faythe dut se retenir de la dévisager. Elle n'en avait que très rarement vu dans la ville extérieure, l'endroit étant trop terne et crasseux pour attirer ces élégants personnages à la beauté immortelle. Celle qui cheminait vers elle possédait toutes ces qualités – et bien plus encore. Elle était mince, avait un teint brun pâle riche et une posture parfaite. Elle semblait presque flotter vers eux. Les volants de sa robe tournoyaient dans le courant d'air, derrière elle. Tout à coup, la fae riva son regard sur Faythe qui faillit tressaillir. Mais ce n'était pas la peur qui frappait la jeune femme, c'était l'adrénaline.

Elle adressa un rapide coup d'œil au garde, qui ne protégeait pas l'espace entre elle et la fae. Certes, il avait une main sur la poignée de son épée, mais il marchait à plus d'un mètre de Faythe, estimant qu'une simple humaine n'avait aucune chance de lui échapper. L'imbécile. Elle avait sa rapidité pour elle et un plan qui ne nécessitait pas beaucoup de place.

Qui sait, elle avait peut-être perdu la raison à tant vouloir sauver son amie. Faythe saisit discrètement la dague cachée sous sa houppelande, la dégaina sans bruit. Puis elle se prépara, cala sa respiration sur son allure afin que ses mains cessent de trembler. Elle n'allait avoir qu'un instant pour agir, une seule chance, et aucune marge d'erreur.

Quand la fae fut à sa portée, Faythe bondit, pivota sur elle-même et se planta derrière elle. Haletante, elle faisait à présent face au garde qui scrutait d'un œil noir et furieux non pas son visage, mais la dague qu'elle pointait contre la gorge de sa captive.

Chapitre 46

« Je réclame une audience auprès du roi. »

Faythe avait parlé d'une voix calme, assurée. Elle se tenait derrière la fae, un bras autour de ses épaules, sa dague pressée contre sa gorge, prête à la lui trancher d'un seul geste si le garde tentait quoi que ce soit. L'immortelle, à son crédit, ne gémit pas ni ne trembla.

Le garde évalua la situation, épée en main, le regard dardant partout comme au combat. Arrivant à la conclusion qu'il ne la prendrait pas de vitesse, il hocha la tête.

Faythe ne montra rien du soulagement qu'elle éprouva.

Elle savait qu'elle avait franchi un point de non-retour en menaçant une fae, au sein du *château* qui plus est. Elle venait de signer son arrêt de mort, mais c'était également sa seule chance d'accéder à la salle du trône afin de plaider pour son amie. Un plan boiteux, un fol espoir, mais c'était tout ce qu'elle avait pu échafauder dans le feu de l'action alors que chaque écho de l'horloge fantôme lui faisait craindre d'arriver trop tard. Ses facultés de logique et de raisonnement l'avaient abandonnée depuis belle lurette.

« Par ici », dit le garde – sans colère ni inquiétude, au grand déplaisir de Faythe.

Celle-ci savait toutefois que, si elle relâchait tant soit peu son attention, il la désarmerait et la maîtriserait sans qu'elle ait pu réagir. Aussi se concentra-t-elle sur son environnement, tout en suivant le garde qui la conduisait à sa perte.

Ils parcoururent un court dédale de couloirs et de vestibules lumineux. Faythe ne relâchait pas la pression sur la fae. L'oreille et l'œil aux aguets, elle redoutait qu'un autre garde surgisse au détour d'un virage. Le secteur était toutefois désert et Faythe remercia les Esprits de cette modeste miséricorde. Faute de quoi, elle aurait risqué de perdre son otage avant d'avoir pu arriver à destination.

Très vite, une immense double porte parut au bout d'un couloir, et le cœur de Faythe se changea en bête sauvage déchaînée dans sa poitrine. Ce n'était certes pas le meilleur moyen d'attirer l'attention du roi, et elle en fut réduite à espérer que son otage ait suffisamment de valeur à ses yeux pour qu'il accepte de l'écouter.

Les deux gardes en faction devant la porte dégainèrent leur épée sitôt qu'ils l'aperçurent. Leur collègue leva la main et ils abaissèrent légèrement leurs lames, sans toutefois se mettre au repos.

« Ouvrez la porte », ordonna le garde.

Les deux autres toisèrent Faythe, évaluèrent la possibilité de sauver la fae et d'empêcher l'humaine d'accéder à la salle du trône. De mauvaise grâce, ils saisirent une poignée chacun et ouvrirent la porte.

« Vous, d'abord », réclama Faythe.

Elle n'était pas sotte au point de tourner le dos à ces gardes.

Ceux-ci obéirent et, une fois qu'ils eurent tous franchi la porte, elle se permit un court répit, le temps de respirer à fond et de calmer ses nerfs avant de les suivre. Elle n'avait qu'un seul objectif – libérer Marlowe –, après quoi elle accepterait le sort qu'on lui infligerait. Elle se sacrifierait avec joie si cela signifiait que ses amis étaient hors de danger.

Elle s'arrêta un instant sur le pas de la porte, scruta autour d'elle au cas où les gardes prévoiraient de lui sauter dessus sitôt qu'elle entrerait.

La salle du trône était telle qu'elle l'avait imaginée ou presque. Cela dit, Faythe ne s'était jamais sentie aussi *minuscule* dans une pièce. Deux colonnades parallèles en occupaient les longueurs, soutenant un balcon qui faisait le tour de l'espace. Un chandelier, véritable chef-d'œuvre de cristal, illuminait le blason royal peint au centre du sol de marbre blanc. Au-delà de ce blason, sur une longue estrade, se dressaient trois trônes : celui du milieu, le plus grand, était rehaussé d'une étoffe bleu roi festonnée d'or ; les deux autres étaient ornés d'argent.

Faythe avisa ensuite un groupe de fae réunis au bout de l'estrade. Et dont les regards étaient désormais braqués sur elle.

Repérant les gardes toujours prêts à frapper de l'autre côté de la porte, elle leur signifia de s'éloigner. Ceux-ci hésitèrent un instant, s'interrogèrent du regard comme pour définir une stratégie. Faythe pressa un peu plus sa dague et la fae siffla. Elle se serait bien excusée – la malheureuse n'était qu'une victime collatérale –, mais la manœuvre eut l'effet escompté : les trois gardes pénétrèrent plus avant dans la salle, sans la quitter des yeux.

Faythe ne manqua pas d'en remarquer quatre autres, sous les balcons, deux de chaque côté. Le sifflement des lames résonna quand ils dégainèrent leurs armes, à la vue du danger qui avait infiltré leur château.

Faythe aurait volontiers ri de l'absurdité de la situation : sept gardes et une poignée d'autres fae à la merci d'une jeune humaine. Les bardes eux-mêmes n'arriveraient jamais à rendre la chose crédible dans leurs chansons.

« Qu'est-ce donc ? » tonna une voix à l'autre bout de la salle.

Ce fut alors qu'elle le vit. Le doute n'était pas permis tant le personnage dominait l'endroit de son attitude et de sa stature seules : Sa Majesté Orlon Silvergriff de High Farrow. En plus de la couronne en or qui ornait ses courts cheveux noirs, il portait le blason royal sur une courte pèlerine bleu profond par-dessus une impeccable veste noire à boutons dorés. C'était le plus grand de tous les fae présents et, si elle avait dû comparer avec un humain, Faythe lui aurait donné une quarantaine d'années au bas mot.

Elle s'efforça de conserver son assurance quand le monarque fondit sur elle, outré de ce dérangement. Elle tremblait toutefois légèrement face à sa présence intimidante. Si sa respiration était régulière, son cœur, lui, battait un rythme erratique.

« Je m'excuse pour cette comédie, Votre Majesté, commença Faythe, surprise que les mots parviennent à franchir sa gorge asséchée. Mais je souhaite que vous m'accordiez une audience. Vos gardes ont emprisonné à tort une jeune femme cette nuit. »

Le roi la fixait d'un regard noir de colère. Faythe n'aurait su dire ce qui le faisait enrager le plus : le fait qu'elle ait pris une otage qui comptait à ses yeux, ou le fait qu'une jeune humaine ait pu parvenir jusqu'à la salle du trône.

« Je te ferai décapiter pour ton insolence, *humaine* ! » Le roi avait craché ce dernier mot. « Gardes ! Saisissez-la !

— Pas avant que vous ayez entendu ce que j'ai à dire. Je lui aurai tranché la gorge avant que vos gardes aient pu m'en empêcher », prévint Faythe.

Elle vit les rouages de son cerveau tourner : le roi parvenait à la même conclusion. La fae qu'elle avait capturée devait être un personnage suffisamment important pour qu'on ne veuille risquer sa vie. Faythe riva son regard à celui du roi – des yeux du noir le plus pur, et dont elle n'avait vu les semblables qu'une seule fois, chez le capitaine Varis. Celui-ci n'était toutefois pas présent et elle en éprouva un léger soulagement.

Le roi bouillait en silence, mais il la laissa poursuivre.

« Elle s'appelle Marlowe Connay. C'est la fille du forgeron et elle a été arrêtée à tort ce soir. Je veux que vous la libériez. »

Elle s'exprimait avec bien plus de calme qu'elle n'en ressentait.

Le roi partit d'un rire hautain.

« Tu n'as aucune exigence à formuler, petite. »

Faythe appuya sa dague jusqu'à inciser la gorge de la fae et en tirer quelques gouttes de sang. Elle entendit les gardes s'agiter, mais le roi leur imposa le calme d'un geste. Il braqua sur elle un regard assassin.

« Faites venir la personne », ordonna-t-il avec un flegme implacable.

Faythe, qui gardait à l'œil tous les immortels présents, nota que l'un d'eux filait par une porte latérale.

« Tu as commis une grave erreur, ce soir, lui dit le roi.

— Je voulais simplement que vous m'entendiez et que vous la libériez – après ça, j'accepterai mon châtiment. »

Un rire sombre lui répondit.

« Je ne marchande pas avec mes sujets humains.

— C'est moi que votre Capitaine de la Garde veut. Il n'a emmené mon amie que pour m'obliger à venir », révéla-t-elle dans l'espoir d'entraîner Varis dans son naufrage.

Le roi arqua un sourcil.

« Tiens donc ? L'accusation est culottée.

— C'est la vérité. »

Orlon plissa les paupières un instant pour mieux sonder Faythe. Ce regard la mit mal à l'aise, mais elle ne se déroba pas.

« Où est mon capitaine ? » demanda le roi à ses gardes, sans rien laisser paraître.

Deux d'entre eux hésitèrent, un autre quitta la salle du trône – Faythe estima qu'il partait chercher le capitaine Varis. Elle ne devait surtout pas montrer sa peur. Pas tant qu'elle n'aurait pas accompli ce pour quoi elle s'était aventurée si imprudemment jusqu'ici.

Un tumulte parvint de la porte latérale par laquelle le premier garde s'était éclipsé et, quand deux autres la franchirent, Faythe dut employer toutes ses forces pour ne pas lâcher son otage, horrifiée comme elle était. Elle cherchait encore à se concentrer quand soudain le garde fit entrer Marlowe dans la salle… suivie de près par Jakon.

« J'ai réclamé une personne et tu reviens avec deux. Intéressant, dit le roi en se tournant vers les humains.

— Celui-ci a été appréhendé dans la cité alors qu'il tentait de franchir les grilles du château », expliqua le garde.

Faythe félicita intérieurement son ami d'être arrivé si près du but alors que leur plan avait volé en éclats. Mais quand son regard se posa sur la forgeronne, ce fut son cœur qui se brisa. Marlowe avait pleuré toutes les larmes de son corps – Faythe le voyait aux traînées qui zébraient son visage si parfait d'ordinaire, et à ses yeux rougis et bouffis. Marlowe avait les cheveux ébouriffés et ce détail en plus du reste provoqua la colère de Faythe : son amie semblait apparemment avoir subi de mauvais traitements.

Jakon, lui, était comme une bête sauvage, il se débattait entre les deux fae qui le maîtrisaient. Son courage ne faiblissait pas malgré la supériorité écrasante de ses adversaires.

Le roi se tourna vers Faythe.

« Un autre de tes amis, je présume ? »

L'intéressée ne répondit pas, et un sourire cruel étira les lèvres du monarque.

« Deux pour le prix d'un, cela ne me semble pas très équitable, qu'en penses-tu ? demanda-t-il d'un ton railleur.

— Ils n'ont rien fait de mal, s'emporta Faythe.

— Il ne t'appartient pas d'en décider. »

Au même instant, une porte s'ouvrit au fond de la salle et le capitaine Varis entra en se pavanant, force obscure sur le passage de laquelle chacun se tassa un peu. Faythe, elle, ne broncha même pas lorsqu'il riva son regard sur elle avec son éternel éclat carnassier. Le capitaine se posta devant le roi et lui fit la révérence.

« Connaissez-vous cette femme ? » l'interrogea Orlon.

Le regard de Varis passa brièvement sur Faythe.

« Celle-ci en particulier ? Non, Votre Majesté », répondit-il en haussant les épaules.

Les narines de Faythe se dilatèrent.

« Il *ment*.

— Dites-moi Capitaine, comment cette jeune humaine a-t-elle pu échapper à la vigilance de vos gardes et capturer ma pupille ? »

Le roi s'exprimait avec calme.

Le capitaine Varis, lui, se tenait droit, les mains jointes dans le dos.

« Je vais manifestement devoir procéder à des coupes et à des remplacements. »

Autour de lui, les gardes se balançaient d'un pied sur l'autre, mal à l'aise ; le roi les balaya du regard.

C'était la *pupille* d'Orlon que Faythe menaçait de sa dague ? À certains égards, cette fae était comme une fille pour lui.

Le roi, parcourant toujours des yeux la salle du trône, lui répondit d'un simple « Hmm ».

« Que tout le monde sorte, hormis les gardes », ordonna-t-il ensuite.

En un instant, tous les immortels qui se tenaient derrière lui, et avec qui il s'entretenait avant d'être interrompu, se retirèrent promptement, et les gardes se repositionnèrent.

« Et qu'on m'amène mon fils. Qu'il voie ce dont les humains sont capables quand on leur laisse la bride sur le cou, et quel châtiment s'impose. Je crains que son cœur se soit par trop adouci, à leur endroit.

— Vous allez les relâcher. Moi seule ai commis un crime », déclara Faythe.

Droite sur ses jambes, elle désigna d'un mouvement de tête ses amis qui, eux, avaient la sagesse de garder le silence. Jakon avait même cessé de lutter.

Le roi redressa les épaules.

« Capitaine Varis, de quoi cette femme est-elle accusée ? s'enquit-il en pointant un doigt vers Marlowe sans toutefois la regarder.

— De trahison, Votre Majesté. J'en ai été témoin », répondit Varis, les yeux luisants d'un plaisir sadique.

Faythe sentit son ventre se nouer. Il pouvait raconter ce qu'il voulait, ses paroles à elle n'auraient aucun poids contre les siennes. Varis était un des plus puissants Noctistes du roi, son conseiller de confiance, ainsi que le Capitaine de la Garde royale. Faythe avait perdu d'avance.

« *Sale menteur !* » cracha Jakon.

Faythe ne put réprimer une grimace lorsqu'un des gardes lui asséna un coup au ventre qui le mit à genoux. Son collègue frappa ensuite Jakon au visage et Faythe faillit se jeter sur les deux fae.

Le capitaine eut un petit rictus amusé qui ne fit qu'embraser sa colère.

« Sondez son esprit », réclama-t-elle tout à trac. Elle savait que la requête était déplacée. Mais tout ce qu'elle avait entrepris ce soir-là était déplacé, de toute façon. « Vous avez d'autres Noctistes à votre service. »

Le roi tourna vivement la tête vers elle.

« Quelle audace », commenta-t-il en s'approchant tandis que Faythe ajustait la lame de sa dague. Orlon s'arrêta à deux pas d'elle. « Le capitaine Varis est un Noctiste talentueux, il m'a toujours servi loyalement. Toi, tu n'es qu'une sotte humaine qui, par désespoir, est prête à dire n'importe quoi pour sauver ses amis. » Il inclina la tête, curieux. « Néanmoins, j'admire la bravoure et la finesse qui t'ont conduite jusqu'à moi. Il serait regrettable de te tuer. Un vrai gâchis.

— Vous ne pouvez exécuter qui que ce soit sur la parole d'un seul fae. »

Le roi plissa les yeux.

« Tu oublies à qui tu t'adresses, *petite*. » Son regard s'orienta ensuite vers la porte par laquelle Faythe était entrée ; un sourire satisfait se dessina sur son visage. « Ah, mon fils, je me réjouis que tu puisses te joindre à nous. »

Faythe s'apprêtait à se tourner vers le prince, au cas où celui-ci tenterait quoi que ce soit. Mais à la place, elle resserra l'étreinte sur son otage et adressa un bref coup d'œil à ses amis qui blêmirent et ouvrirent des yeux tout ronds en découvrant le nouveau venu. Voyant cela, Faythe sentit sa panique monter et se prépara au pire.

Quand elle perçut la présence du prince à son côté, le temps ralentit. Le fae vint se poster devant elle.

Faythe n'entendait plus rien, ne ressentait plus rien, ne voyait plus rien d'autre que lui.

Le prince s'aperçut qu'elle relâchait l'étau sur la pupille, alors il fit un signe discret aux gardes que Faythe n'avait même pas vus se glisser dans son dos. En quelques mouvements rapides, elle fut désarmée et maîtrisée, son otage conduite en lieu sûr.

Faythe ne lutta pas, ne se débattit pas. Tout ce qu'elle put faire, ce fut scruter, encore et encore, figée sur place, sous le choc. Son cœur se brisa et un vertige s'empara d'elle face au regard inexpressif que lui renvoyait… Nik.

Chapitre 47

« Bien joué, Nikalias. »

La voix du roi était faible mais, quand Faythe l'entendit, quand elle comprit de qui il parlait, sa décision fut prise. Les gardes lui maintenaient mollement les bras car ils ne la considéraient plus comme une menace. Aussi rapide qu'un fae dans la rage aveugle qui l'animait, elle dégaina son épée et se jeta sur le prince.

Elle n'eut pas fait un pas qu'on la plaqua au sol. Son visage heurta le marbre froid, son épée lui échappa en même temps qu'un poids s'abattit sur son dos. Sa vision s'obscurcit sous la force du choc subi par son crâne, et ses côtes déjà blessées l'élancèrent avec une puissance redoublée.

La jeune femme chancela lorsque les fae la forcèrent à se relever ; elle cilla lentement, le temps que le vertige passe. Son regard croisa ensuite des yeux vert émeraude qu'elle connaissait bien et elle s'effondra intérieurement.

Lui restait neutre, son visage ne laissait rien paraître du tendre et gentil fae qu'elle avait appris à connaître – à aimer, même. Celui qui la regardait à présent ne dégageait aucune chaleur, ne semblait pas la reconnaître. Elle découvrit, incrédule, la couronne argentée qu'il portait.

Il s'était moqué d'elle et elle avait été assez bête pour tomber dans le piège.

Prévoyait-il depuis le début de découvrir toute l'étendue de ses capacités, puis de l'offrir à son père tel un trophée ? L'hypothèse se tenait. Il la poussait toujours à dépasser ses limites, il était toujours curieux d'en savoir plus. Et elle s'était ouverte à lui comme une pauvre *gamine* naïve. Elle aurait dû se fier à ses instincts. Aux yeux des fae, elle n'était qu'une marchandise et elle s'était rendue d'elle-même à l'abattoir.

Son chagrin fut bientôt éclipsé par une fureur froide. Elle voulait le faire souffrir.

« Cette comédie commence à me lasser. Qu'on me les amène tous les trois », ordonna le roi en regagnant l'estrade.

Nik pivota sur lui-même et lui emboîta le pas. Faythe fut entraînée sans ménagement.

Orlon grimpa sur l'estrade, mais ne prit pas place sur son trône. Nik resta au pied de la plateforme, dos à son père, sans plus croiser le regard de Faythe cette fois.

Les gardes forcèrent la jeune humaine à s'agenouiller devant le roi, encadrée par ses amis. Elle ne leur adressa pas un regard, de peur de ne pas s'en remettre. Les yeux rivés sur le sol de marbre blanc, elle cherchait le moyen de leur sauver la vie.

« Quel est ton nom, petite ? » demanda Orlon.

Elle ne dit rien – acte de défiance que le roi n'apprécia guère. Un instant plus tard, un garde l'empoignait par la nuque, la forçant à regarder son interlocuteur en face. Elle serra les dents pour ne pas donner à ces fae la satisfaction de la voir souffrir. Elle jeta un bref coup d'œil vers la gauche où elle avisa les yeux noirs du capitaine Varis. Elle l'aurait volontiers démembré pour l'expression d'amusement et de triomphe qu'il affichait.

Il avait obtenu ce qu'il voulait et plus encore : la voir tomber avec ceux qui lui étaient les plus précieux.

« Je ne le redemanderai pas », prévint le roi.

Comme Faythe ne desserrait pas les mâchoires, il fit signe au capitaine qui, un sourire mauvais aux lèvres, dégaina son épée et se dirigea vers Marlowe.

Faythe écarquilla les yeux, horrifiée.

« Faythe ! s'écria-t-elle avant de tourner la tête vers le roi. Je m'appelle Faythe, siffla-t-elle entre ses dents.

— Résister n'est pas faire acte de bravoure, Faythe, mais de stupidité. »

Elle ravala sa réplique, comprenant que toute discussion avec le roi de High Farrow ne pouvait que mal se terminer. Elle arrivait à court d'options.

« Je vous en supplie, implora-t-elle. Par pitié, épargnez mes amis. Ils n'ont rien fait de mal. »

Elle n'avait aucune autre issue. Ils ne pouvaient pas lutter et, quand bien même ils réussiraient par miracle à s'échapper, ils n'iraient pas bien loin avant que le roi ne les retrouve et ne les fasse exécuter sur-le-champ.

« Et moi qui pensais que tu ne t'abaisserais pas à supplier, commenta le monarque. Je suis un peu déçu. » Il observa un moment les trois humains, réfléchit, puis poussa un soupir de compassion feinte. « Je crains que vos actes ne puissent rester impunis. Tes complices et toi avez été reconnus coupables de vous être infiltrés armés dans le château, dans l'intention d'y perpétrer un crime contre la couronne. Pour vos actes de trahison, je vous condamne à mort – tous les trois. »

D'un regard, il signifia au capitaine de prendre le relais.

Faythe sentit le sol trembler sous ses pieds tandis qu'elle regardait Varis s'avancer vers Marlowe, avec dans les yeux la lueur jouissive du bourreau.

« *Ne la touchez pas !* » cria Jakon d'une voix de bête.

Faythe l'entendit se débattre mais n'osa pas le regarder. Elle restait pétrifiée d'horreur, les yeux rivés sur la bête sombre dont chaque pas était une promesse de mort.

« Pitié ! *Pitié !* » cria-t-elle de désespoir en se tournant vers le roi.

Mais ses yeux non plus n'exprimaient aucune pitié. Alors elle se tourna vers Nik. Lui pouvait arrêter tout ceci, lui pouvait parler à son père et sauver son amie.

Il ne la regardait pas. Il scrutait le capitaine, avec au visage une expression indéchiffrable. Sa mâchoire tressaillait, pourtant il n'esquissa aucun mouvement, ne prononça aucune parole alors que la mort de Marlowe se rapprochait.

La forgeronne était à présent hystérique entre les deux gardes qui la maintenaient par les bras et la mettaient en position pour être décapitée. Une mort brutale et sale, à laquelle Faythe serait forcée d'assister ; un châtiment supplémentaire pour avoir ridiculisé les gardes du roi et capturé sa pupille.

Elle n'entendait plus les sanglots, elle n'entendait plus rien alors qu'elle cherchait du regard une solution, n'importe laquelle. Ses yeux dorés se posèrent sur le capitaine qui brandit son épée. Elle tremblait de tout son corps, engourdie, frigorifiée, un bourdonnement strident au creux des oreilles. Quand le regard de Varis croisa le sien, un sourire cruel pointa au coin de ses lèvres. Il voulait jouir de sa réaction à l'instant précis où il donnerait la mort à son amie.

L'acier brilla dans la lumière du chandelier quand Varis s'apprêta à l'abattre d'un coup net. Et lorsque le mouvement s'amorça, les yeux fixés à ceux du monstre, Faythe hurla.

Chapitre 48

Faythe se heurta au mur noir graisseux de l'esprit du capitaine et le pulvérisa. Elle entendit le fae étouffer légèrement lorsque, d'instinct, elle prit le contrôle et que les mains de Varis immobilisèrent son épée au-dessus de la tête de Marlowe.

« Capitaine », insista le roi en le voyant interrompre l'exécution.

Faythe n'aurait su dire comment, mais dans un accès de terreur et de désespoir, elle avait pris possession de la partie de son esprit qui commandait les mouvements. Avec la même facilité que si elle s'adressait à son propre corps, elle lui ordonna de reculer et de lâcher son arme. Elle voyait Varis résister physiquement, lutter contre son influence, et puis, à son corps défendant, ses pieds se déplacèrent et un fracas métallique résonna dans la salle du trône.

« Expliquez-vous ! éructa de rage le roi.

— Je... ne puis... » tenta de répondre le capitaine, mais Faythe contrôlait également sa parole.

Il scrutait la jeune humaine, incrédule, et un voile de *peur* passa sur son visage. Faythe, elle, esquissa un sourire sournois, auquel Varis comprit que c'était *elle* qui était dans sa tête. Il ouvrit des yeux tout ronds.

« Vous avez commis la plus grosse erreur de votre *misérable existence quand vous avez décidé de vous en prendre à mon amie »*, prononça-t-elle dans l'esprit du capitaine, qui tomba à genoux.

La voix du roi tonna de nouveau.

« Capitaine Varis, relevez-vous immédiatement ! »

Mais l'intéressé ne pouvait détourner son regard de Faythe, quand bien même il l'aurait voulu. Elle le forçait. Tout dans son esprit lui semblait mal. Tant de méchanceté et de haine dans ses pensées. Il savourait la douleur, sa colère contamina Faythe. Il voulait la tuer – cette pensée dominait les autres – et elle-même s'aperçut qu'elle pouvait profiter de son avantage pour *le* tuer. Elle n'aurait qu'à briser son esprit, ou lui ordonner de se tordre le cou. Avec la rage et la soif de violence qu'il lui communiquait, Faythe devait mobiliser toutes ses forces pour ne pas se laisser aller, ne pas oublier qui elle était. Elle se ferait un plaisir de débarrasser le monde d'un être aussi maléfique sans la moindre hésitation, mais la part logique de son esprit l'emporta et elle sut qu'elle ne s'attirerait pas les faveurs du roi si elle tuait son capitaine.

Toutefois, elle pouvait au moins le tourmenter un peu.

Alors, elle puisa dans ses peurs les plus profondes et transforma ses monstres intérieurs en une vision frappante. Varis se mit à crier de terreur, se démener comme un fou pour repousser des ennemis qui n'étaient visibles que pour lui.

Les gardes s'agitèrent, perplexes, prêts à frapper la menace fantôme.

« Assez ! Emparez-vous de la fille ! »

Faythe sentit des mains rêches la soulever par les épaules, mais elle demeura concentrée sur le capitaine autant qu'elle put, savourant sa peur comme lui-même avait savouré les siennes – jusqu'à ce que d'autres mains l'empoignent par le menton et que ses yeux rencontrent les gouffres noirs de ceux du roi. Elle entendit le capitaine reprendre son souffle. Le lien avec son esprit était rompu, Faythe avait regagné le sien et son environnement lui revint avec la plus grande clarté.

« Quelle est cette supercherie ? » demanda le roi en la relâchant sans ménagement et se reculant. Il chancelait, toutefois. Il plissa les yeux ; elle releva le menton. « *Toi* ? fit-il, incrédule. Impossible. »

Faythe n'avait eu d'autre choix que de dévoiler ses capacités pour sauver Marlowe, et elle comptait bien maîtriser les esprits de toutes les personnes présentes si nécessaire. Elle adressa un bref coup d'œil à Nik et découvrit qu'il l'observait, sans toutefois manifester de réaction à sa manœuvre.

La jeune humaine garda le silence mais ne se déroba pas à son regard – le sien s'embrasa, en revanche.

« C'est vrai. »

Pour la première fois depuis qu'il était entré dans la salle du trône, Nik prenait la parole.

Au son de sa voix, le cœur de Faythe se brisa et sa colère s'envenima. Le grand moment était arrivé : il allait révéler tout ce qu'il avait appris sur elle et causer sa perte. Elle le fixait d'un œil noir, mais Nik se tourna soudain vers le roi – son *père*. Cette idée demeurait inconcevable pour Faythe.

« Je l'observe depuis quelque temps, je l'étudiais afin de la conduire devant vous. Elle est plus douée que moi-même ou n'importe quel autre Noctiste, Votre Majesté. Elle est capable de pénétrer l'esprit conscient », déclara Nik d'une voix aussi neutre que s'il faisait un compte rendu de bataille.

Faythe en eut la nausée. Elle ne supportait pas son visage car elle n'y voyait que des mois de mensonges et de duplicité. Ses sentiments à elle avaient été on ne peut plus authentiques, alors que ce fae cherchait juste à lui tendre un piège. Elle préféra s'intéresser au roi dont les yeux s'écarquillèrent un peu de confusion.

Orlon s'avança d'un pas prudent, toisa Faythe qui en éprouva l'horrible sensation d'être mise à nu.

« Quelle soirée intéressante, décidément, commenta le roi avec un rire dépourvu de véritable humour. Une humaine dont les capacités surpassent les tiennes, dis-tu ? » Il adressa un rapide coup d'œil à Nik, qui ne répondit rien. « Et tes amis ?

— Il n'y a que moi, s'empressa d'affirmer Faythe.

— Qu'as-tu appris d'autre, Nikalias ? »

Faythe ferma les yeux un instant pour se préparer à la suite.

Nik inclina la tête sur la droite.

« Faythe Aklin. Mère – humaine, décédée. Père – inconnu. Elle mène une vie simple à Farrowhold, mais possède des talents d'escrimeuse assez impressionnants. Pas d'antécédents criminels ou violents. Sa faculté constitue une anomalie dont rien n'indique l'origine. »

Il parlait d'une voix suave, factuelle.

Faythe trouva en elle le courage de lever les yeux et découvrit qu'il la scrutait déjà. La colère et le chagrin se disputaient la première place de ses émotions, mais au final, ce fut la douleur qui l'emporta. Nik ne manifestait pas le moindre signe de bonté ni de remords. Il parlait d'elle comme d'une trouvaille rare – un objet –, dont il résumait brièvement l'existence au roi.

Elle secoua la tête, incrédule, et tourna les yeux vers Orlon.

« Vous savez tout à présent, dit-elle d'une voix calme avant de se redresser avec assurance. Mes amis n'ont pris aucune part active dans tout ceci, je me suis servie d'eux via ma faculté. Ils n'étaient que des spectateurs inconscients de mon projet. Ils sont innocents. »

Le roi arqua un sourcil, surpris de cette confession.

« Et quel était ton plan, au juste ?

— Venger ma mère. Vous l'avez fait exécuter. »

Le mensonge roula sans difficulté sur sa langue.

« Faythe, non… »

La voix de Jakon retentit derrière elle, et Faythe ne parvint qu'au prix d'un énorme effort à ne pas se tourner vers lui quand elle l'entendit se débattre avec les gardes.

« Leurs esprits ne leur appartiennent pas entièrement, reprit-elle sans relever l'intervention de son ami.

— Cela m'a tout l'air d'être la tentative désespérée d'une petite sotte cherchant à sauver ses amis. »

Les narines de Faythe se dilatèrent.

« Je crois que nous avons tous pu mesurer l'étendue de mes capacités. »

Elle adressa un sourire mauvais au capitaine, dont le visage se déforma en un rictus de fureur sauvage.

Le roi se tourna vers lui.

« En effet », prononça-t-il d'un ton alangui. Il remonta sur l'estrade et s'assit enfin sur son trône. Un bras sur un accoudoir, il soutint son menton puissant et anguleux le temps de réfléchir au sort de Faythe. « Qu'allons-nous faire de toi ? Nous ne saurons pas ce dont tu es capable tant que nous n'aurons pas procédé à des tests ni ne t'aurons soumise à un entraînement rigoureux… » Il se tourna de nouveau vers le capitaine Varis, qui avait repris son sang-froid et attendait l'ordre d'exécuter Faythe. « Tu es puissante, c'est une certitude puisque tu as mis à genoux un fae et joué avec son esprit. » Le capitaine tiqua, humilié. « Tu constitues une menace pour nous tous.

— Vous pouvez faire de moi ce qu'il vous plaira, du moment que vous relâchez mes amis. »

Le roi eut un petit rire.

« Quelle noblesse ! » Il inspira profondément, comme s'il se lassait de la situation. « Conduisez-les tous en cellule. Isolez Faythe », ordonna-t-il en faisant le geste de chasser une mouche.

Faythe en aurait presque pleuré, sa défaite était actée. Orlon refusait de l'écouter, ils allaient mourir tous les trois dans ce château. Elle ne lutta pas lorsque ses amis furent emmenés *manu militari*. Elle se hasarda à regarder une dernière fois Nik, mais celui-ci l'ignora. *Sale lâche !* Elle lui aurait bien crié ces mots, hélas, la fatigue étouffait sa colère. Elle avait échoué et ses amis allaient le payer de leur vie. Elle n'avait plus aucune carte à jouer, plus aucune grâce à attendre. Elle sombra dans un puits de désolation où elle laissa son espoir se réduire à néant.

Chapitre 49

Tout glacé d'inquiétude, le prince suivait du regard Faythe et ses amis, sans rien en montrer. Son père ne devait sous aucun prétexte découvrir le lien qui l'unissait à Faythe ni ses activités des derniers mois. *Par les dieux,* si Orlon apprenait ce qu'elle représentait pour lui, il la tuerait sur-le-champ. Éprouver de la sympathie et de la compassion pour les humains était une chose, mais être *amoureux* d'une humaine…

Non, le roi ne devait jamais l'apprendre. Autrement, il ferait exécuter Faythe rien que pour lui donner, à lui, une leçon.

Son esprit ne s'était pas encore remis du spectacle de tantôt : Faythe qui menaçait Tauria d'une dague. Il avait dû mobiliser toute sa retenue pour ne pas s'emparer d'elle et l'emmener loin de son père. Quoi qu'il lui en coûte d'avoir lu sur le visage de Faythe le sentiment d'avoir été trahie, il avait dû manœuvrer avec finesse pour éviter que tous deux se retrouvent impliqués. Il ne pouvait désormais qu'espérer que Faythe ne trahisse pas qu'elle le connaissait.

Ce rôle-là, elle ne l'avait joué que trop bien, et Nik savait que la colère et le dégoût qu'elle avait manifestés n'étaient pas feints. Il n'y avait eu ni amitié ni amour dans ses yeux quand son regard le transperçait, et il lui avait fallu se retenir de la regarder, faute de quoi son visage l'aurait implorée de ne pas le juger avant qu'il n'ait pu s'expliquer.

« Dis-moi ce que tu sais d'autre au sujet de cette… *Faythe* », lui ordonna son père sitôt qu'ils furent seuls.

Nik haussa les épaules avec nonchalance.

« Ses pouvoirs sont importants, vous avez pu le constater. Mais j'estime qu'elle ne les exploite pas entièrement.

— Penses-tu que je devrais l'éliminer avant qu'elle ne devienne une menace ? »

C'était un test – son père ne manquait jamais de le consulter sur les sujets sensibles, telles les exécutions. Il prétendait que son fils n'avait pas le cœur assez endurci pour devenir un jour le souverain de High Farrow.

« Oui. Le royaume n'a que faire d'une traîtresse aussi déséquilibrée. » Ces paroles lui brûlaient la gorge comme de l'acide quand il songeait à la personne à qui elles s'appliquaient. Cela dit, son père n'appréciait pas qu'on le contredise ni qu'on fasse preuve de mollesse. Après avoir laissé sa bonne réponse faire effet, il reprit. « En même temps… elle pourrait se révéler utile, comme *arme*. »

Le roi haussa un sourcil, surpris.

« Ah ? »

Nik enchaîna très vite, autrement il risquait de ne plus oser formuler le sort terrible qu'il comptait proposer pour Faythe.

« Vous l'avez dit vous-même, le Noctisme possède des *limites*. Faythe, non. Une brève incursion dans un esprit conscient lui suffit à savoir, instantanément, tout ce qui l'intéresse. Elle est puissante. Si nous la formions, elle pourrait mettre vos ennemis à genoux. Mieux encore, personne ne soupçonnerait son existence, d'autant que c'est une *humaine*. »

Ces mots dits, il grimpa sur l'estrade, d'où il toisa son père, assis sur son trône.

Nik savait que Faythe détesterait ce projet, qu'elle préférerait mourir plutôt que de servir ainsi le roi, envahir les pensées des gens à leur insu, quand bien même cela lui vaudrait d'avoir la vie sauve. Toutefois, Nik comptait qu'elle songe à d'autres vies que la sienne pour accepter.

« J'admire ta sagesse, mon fils », commenta Orlon.

Nik vit qu'il prenait en considération sa suggestion.

« Pour ma part, j'aime beaucoup le cran dont elle fait preuve. »

La voix de Tauria retentit dans la salle. Elle pressait une petite étoffe contre sa gorge, là où Faythe l'avait fait saigner ; la plaie serait vite refermée.

Nik arqua un sourcil et réprima un sourire ironique.

« Quoi ? fit Tauria. Il n'est pas courant de rencontrer une humaine possédant une telle fougue. »

Son regard scintillait de malice.

Nik s'étonna de ne pas avoir senti plus tôt que Faythe et Tauria possédaient la même volonté d'acier ; toutefois, il craignait les conséquences cataclysmiques que pourrait avoir leur rencontre. Du moins, sans que l'une tienne l'autre en otage.

« Je vais y réfléchir, affirma le roi. Et pour ce qui est des deux autres ? »

Nik se retourna vers lui.

« Il serait malavisé de les tuer. Faythe ne sera pas votre alliée si vous éliminez ses amis, or, vous n'obtiendrez rien d'elle par la force.

— Si cet acte de trahison reste impuni, nous mettons le royaume en danger et nous passons pour des faibles.

— Je ne crois pas qu'il y ait eu trahison, Votre Majesté. Lorsque j'observais Faythe, je suivais aussi ses amis au cas où ils détiendraient des informations, et je n'ai rien vu de suspect. »

C'était un petit mensonge, mais si Marlowe ou Jakon devaient mourir dans ce château… *Par les dieux*, Faythe invoquerait contre eux toute la puissance des Enfers. Et si lui-même ne s'était certes pas immiscé dans la tête de Marlowe, il savait que Varis avait menti pour pouvoir s'en prendre à Faythe.

Il décida qu'il lui faudrait s'occuper de lui.

« Tu dis que le capitaine Varis a menti. Quelles raisons aurait-il eu de le faire ? l'interrogea justement le roi.

— Des rumeurs circulent dans les villes humaines, au sujet de ses activités *louches*. Peut-être tient-il rancune à autrui, et Faythe en est une victime collatérale. »

Le roi grommela à part, puis se leva.

« Je vais réfléchir à ta proposition. Offrir un poste élevé à une criminelle – une *humaine*… Voilà qui serait sans précédent. »

Nik priait les Esprits pour que l'utilité de Faythe lui fasse oublier son effronterie, car dans le cas contraire… Il préférait ne pas y penser.

Chapitre 50

Faythe était assise sur le sol humide et froid de sa cellule, adossée au mur tout aussi glacial. Elle aurait remarqué la morsure de la pierre si elle avait été en mesure de ressentir quoi que ce soit. Les fae lui avaient pris ses armes, et même sa houppelande, avant de l'enchaîner au fond de sa cellule comme s'ils craignaient, en lui laissant sa liberté de mouvement, qu'elle s'immisce dans l'esprit de ceux qui passeraient un peu trop près des barreaux.

Cette pensée lui remonta un tout petit peu le moral. De puissants fae qui la craignaient… Elle n'aurait su dire si elle serait capable de réitérer la performance – prendre le contrôle d'une âme, comme avec Varis. Elle avait agi par pur instinct, mue par le désespoir, et n'en gardait aucun souvenir qui l'aiderait à recommencer.

Le fer lui rongeait les poignets. Sa peau était déjà rougie et enflée après qu'elle avait essayé, en vain, de se dégager. Une fuite gouttait non loin d'elle, unique bruit à tromper le silence depuis un moment, si bien que Faythe n'avait aucune idée des heures qui avaient pu s'écouler. On l'avait arrachée à ses amis sitôt qu'ils avaient été conduits dans cette partie du château. Elle ignorait où ils avaient été emmenés, elle-même était seule dans ce quartier de cellules sombres et désertes qui empestaient la négligence et la mort.

Jakon avait lutté vaillamment, mais ce n'avait été qu'une perte d'énergie. Marlowe, elle, s'était contentée de pleurer, alors que Faythe était trop brisée pour faire quoi que ce soit, hormis assister impuissante à leur séparation. Elle n'était même pas sûre qu'ils soient encore en vie – ils avaient fort bien pu être exécutés à l'instant où elle n'avait plus été là pour les protéger. Elle s'allongea donc, dans une solitude à peine troublée par le cliquetis de ses chaînes, et dormit afin d'échapper, un temps, à la peine et au chagrin qui l'écrasaient.

Quand elle se réveilla, ce fut à cause du grincement strident d'une porte qui s'ouvrait et des crissements de bottes sur le gravier. Faythe se redressa, toute groggy encore, et appuya sa tête contre le mur en repliant ses jambes.

Le capitaine Varis apparut et Faythe laissa échapper un rire – toute peur à l'égard de ce fae envolée. Voyant un éclair de rage passer dans ses yeux, elle rit plus fort encore jusqu'à se tenir les côtes, alors que la cellule renvoyait l'écho sinistre de ses éclats. Le souvenir de l'impuissance qu'elle avait lue sur son visage, et de l'avoir vu se débattre sous l'effet de la terreur, la fit entrer dans un état de quasi-délire. Il n'y avait toutefois aucun humour là-dedans, elle jouissait simplement de le mettre en colère. Si elle vivait ses derniers jours – ses dernières heures –, elle n'avait plus d'autre raison de vivre. Il lui avait tout pris.

Le capitaine frappa des deux mains contre les barreaux, dans un fracas métallique qui transperça les gloussements de Faythe. Elle se calma peu à peu, sans perdre son large sourire.

À sa grande surprise, il restait à l'extérieur de la cellule, il n'entrait pas pour la rosser comme il semblait mourir d'envie de le faire.

« Tu ne t'immisceras pas si facilement dans mon esprit la prochaine fois, siffla-t-il.

— Approchez donc, on verra bien ? » lui renvoya Faythe avec un regard de défi.

Les narines du capitaine se dilatèrent. Elle voyait qu'il pesait le pour et le contre. L'obscurité l'empêchait ne serait-ce que d'*essayer* d'établir la connexion initiale avec son esprit, de là où elle se tenait. Dans la salle du trône, quand elle avait rivé son regard sur celui de Varis, elle avait perçu toutes ses sensations, et le souvenir de cet esprit si maléfique lui donnait encore la nausée. Entremêler ses pensées et ses sentiments à ceux du capitaine était un pari osé. Si elle s'y enfonçait trop, elle risquait de se perdre entièrement et de commettre des actes irréparables.

« Comment as-tu réussi à tromper tant de monde dans cette grotte… ? Il n'est que justice que ta sottise et ton arrogance t'aient conduite jusqu'ici. Dire que tu pensais pouvoir me battre.

— Si je ne m'abuse, vous ne m'avez pas vaincue non plus. Vous n'êtes pas si fort que vous le pensiez, apparemment.

— Je n'aurais pas eu à forcer beaucoup pour te broyer la gorge.

— Je pressais ma dague contre la vôtre. Mais si ça vous aide à dormir, de voir ça comme une victoire, je vous en prie. »

Elle cherchait uniquement à le faire sortir de ses gonds pour qu'il franchisse les barreaux et lui fournisse une seconde chance de le tuer. Cette fois-ci, elle n'avait aucune raison de se retenir, le roi avait déjà prononcé son verdict.

« J'ai vu vos peurs les plus sombres, Varis. Vous n'êtes qu'un mouton sous une peau de loup. Vous n'avez plus à faire semblant. Ce doit être exténuant. »

Elle vit avec délice les doigts du fae comprimer encore plus les barreaux. Varis ne se retenait qu'au prix d'un effort colossal de les desceller et d'entrer la tuer à mains nues. Il se contrôlait davantage qu'elle ne le pensait, car après avoir pris le temps de se calmer, il releva le menton et déclara :

« Ta vie sera brève, petite. Je veillerai à ce que ce soit moi qui l'achève. Vois ça comme un cadeau d'adieu… comme celui que j'ai offert à tes amis. »

La température chuta brusquement et Faythe se jeta sur le capitaine. Les chaînes lui mordirent les poignets, mais elle serra les dents. Elle forçait, grondait, cherchait à pénétrer dans son esprit, hélas, il était trop loin et ses yeux noirs se distinguaient à peine dans l'obscurité lugubre.

« Je vais vous *tuer* », promit-elle.

Cette fois, ce fut le rire du fae qui emplit le silence, alors que Faythe tirait encore sur sa chaîne.

« Tu aurais sans doute dû le faire quand tu en avais l'occasion », répliqua Varis d'une voix guillerette en s'éloignant.

La porte du quartier s'ouvrit et, quand elle claqua ensuite, les vibrations ne rencontrèrent plus que la solitude.

Faythe s'écroula, ses larmes coulèrent. Tous ceux qu'elle aimait étaient morts par sa faute. Cela avait commencé par sa mère et se terminait par Marlowe et Jakon. La douleur était si écrasante qu'elle hurla, laissant sa souffrance ricocher contre les murs de pierre et la cage de fer. Quand les fae allaient venir pour elle, ils trouveraient à qui parler. Elle comptait bien les faire souffrir autant qu'elle souffrait, quoi qu'il en coûte. Et le prince héritier serait sa cible.

Elle ne sut à quel moment elle s'était rendormie. Il aurait pu s'écouler des jours entiers sans qu'elle s'en rende compte, confinée comme elle était dans cette fosse noire et paisible. Elle ne supportait pas de rester longtemps dans son propre esprit ; elle ne tenait pas à invoquer les images de ses amis, de peur de trouver le moyen de mettre un terme à ses souffrances. Elle allait connaître la mort, mais pas avant d'avoir accompli quelque chose dans ses derniers instants de vie. Pas avant d'avoir pu infliger son châtiment au roi de High Farrow.

« Prends garde aux yeux incolores. »

Aurialis avait-elle su que ce jour viendrait ? Avait-elle cherché à la mettre en garde contre le piège dans lequel elle était naïvement tombée ? D'abord avec le capitaine Varis, et maintenant avec le *roi*. Tous deux avaient les mêmes yeux noirs obsédants.

Faythe chassa le souvenir de l'Esprit de la Vie, maudit même Aurialis pour ce qui était arrivé à ses amis. Elle se força à se rasseoir, endolorie d'avoir dormi sur un sol en pierre car les fae ne lui avaient pas fourni de paille ou d'autre forme de matelas. Elle resta assise, sans vigueur, les mains sur ses jambes tendues. Le goutte-à-goutte de la fuite l'aidait à ne pas sombrer dans la folie – il agissait comme le métronome de ses pensées. Elle aurait dû se montrer plus fine, elle aurait dû forcer Jakon à rester chez eux de sorte que l'un d'entre eux au moins soit sauf. Cette mission avait été une folie depuis le départ.

La porte du quartier se rouvrit et Faythe appuya sa tête contre le mur en maugréant. Elle était trop épuisée émotionnellement pour subir à nouveau les insultes et provocations du capitaine Varis.

Ce ne fut toutefois pas le monstre aux yeux noirs qu'elle vit apparaître. Le nouveau démon avait cette fois des yeux d'un vert frappant et il arborait un masque de duplicité habile.

Deux gardes se tenaient derrière le prince. Sans quitter Faythe des yeux, il leur ordonna : « Laissez-nous. » Les gardes hésitèrent puis finirent par se retirer, de mauvaise grâce, commettant l'erreur insensée de laisser Faythe seule avec la cible de sa vengeance.

Elle redressa la tête pour mieux le regarder.

« Une visite du prince héritier de High Farrow en personne. Je devrais en être honorée, prononça-t-elle d'une voix traînante.

— Faythe, je...

— Tu n'as pas le droit de m'appeler comme ça. Ni autrement. Je ne suis rien pour toi, et tu n'es rien pour moi. »

Elle aurait juré voir les yeux de Nik luire d'un éclat de tristesse. Encore un jeu. Sauf que cette fois-ci, elle ne serait pas dupe. Elle l'entendit jouer avec un trousseau de clés un instant avant qu'il n'ouvre la porte. L'imbécile. À la suite de quoi il entra dans la cellule mais resta à bonne distance. S'il approchait davantage, elle emploierait toutes ses forces pour tenter d'abattre son *fichu* mur, puis réduire Nik en charpie.

« J'étais obligé de lui dire, autrement il t'aurait fait exécuter sur-le-champ », déclara-t-il tout bas.

Faythe eut un rire dénué d'humour.

« Tu t'en moques, ne fais pas semblant. » Elle riva son regard sur le sien – trop éloigné encore, dans l'obscurité. « Je dois te reconnaître quelque chose cela dit : tu as joué ton rôle à la perfection. Ou alors, c'est moi qui suis simplement plus bête que je ne le pensais. »

Il s'avança encore, d'un pas.

« Je ne faisais pas semblant, Faythe. Jamais avec toi. »

Elle l'ignora.

« J'espère au moins avoir satisfait ta *curiosité* quant aux humains. Dis-moi un peu, sommes-nous aussi *fragiles* que tu le croyais ? »

Nik tiqua, touché.

Faythe haussa les épaules avec nonchalance.

« Quel dommage que tu n'aies pu goûter au festin... » Elle fit claquer sa langue. « Cela aurait peut-être retardé tes conclusions. »

Il fit un petit pas de plus et cela suffit. À l'instant où Faythe perçut son esprit, elle se projeta de toutes ses forces contre le mur noir et vit Nik grimacer. Le mur se lézardait, alors elle ressaya plus fort. Nik ne battit pas en retraite, encore que cela ne lui aurait demandé que quelques secondes. Au lieu de quoi il s'approcha et, une fois face à elle, s'accroupit.

« Je vais te laisser entrer. Pour que tu voies que tout était bien réel », dit-il d'une voix si douce que c'en était un crève-cœur.

À le voir si proche, et à entendre sa voix si tendre, Faythe eut les larmes aux yeux – des souvenirs plus heureux lui revenaient. Hélas, ce n'étaient que des mensonges et des sentiments désenchantés. Elle resta concentrée.

La résistance cessa quand Nik lui autorisa l'accès à son esprit, dans lequel elle pénétra aussitôt. Des fragments de pensées et de sentiments vinrent à elle, qu'elle repoussa pour s'enfoncer jusqu'à trouver la partie qu'elle recherchait.

Nik s'étouffa.

« Faythe… »

Elle ordonnait à ses poumons de ne plus respirer ; un cri étranglé échappa au prince fae. Elle le força à s'agenouiller sur la pierre dure, puis en fit de même devant lui.

Les yeux écarquillés, Nik tentait désespérément de respirer. Elle enserra son visage à deux mains. Ses larmes coulaient, mais elle-même ne produisait aucun bruit tandis qu'elle regardait le prince étouffer. Il n'allait pas tarder à suffoquer et, en souvenir de ce qui lui avait paru si réel – les jours passés ensemble, les baisers échangés –, elle allait le soutenir jusqu'à ce que toute lumière ait quitté ses yeux. Elle-même souffrait physiquement, tremblait de tout son corps, malgré tout elle pouvait le tuer. Pour Marlowe, pour Jakon, pour le rôle qu'il avait joué dans leurs morts, et pour punir le roi. Elle pouvait le faire.

Nik l'empoigna par les bras alors qu'elle le sentait décliner, quand soudain un message franchit les murs qu'elle avait dressés autour d'elle dans l'esprit du fae.

« Ils sont en vie. »

Faythe inspira vivement, et son bouclier mental vacilla. Nik lui montra une image de ses amis dans une cellule, blottis l'un contre l'autre, frigorifiés, apeurés, mais... vivants.

« Qu'est-ce qui me prouve que cela ne date pas de plusieurs jours ? »

Elle n'allait pas le laisser respirer, pas encore – pas tant qu'il pouvait la chasser de son esprit à la seconde où elle perdrait le contrôle.

« Tu dois me faire confiance.

— Trouve mieux. »

Tous les sentiments de Nik furent alors projetés sur Faythe en même temps, elle revivait des souvenirs familiers depuis un autre point de vue. Tout ce qu'ils avaient vu ensemble ; chaque instant partagé – il n'avait pas simulé. Les émotions du prince la ravagèrent telle une tempête qui la fit sangloter. Pas de soulagement ou de bonheur. Non, de tristesse et de frustration. Cela changeait tout, et, en même temps, cela ne changeait rien.

L'emprise de Nik sur ses bras faiblit, ses mains retombèrent tandis que son esprit sombrait dans le noir...

Faythe laissa tomber son corps.

Chapitre 51

Faythe se rassit, adossée au mur de la cellule, les genoux contre la poitrine, les yeux rivés sur la silhouette de Nik étendu immobile devant elle. Quoique inconscient, il respirait toujours. Un court instant plus tard, il revint à lui et, encore sonné, se rassit à son tour.

Il gémit.

« Je suppose que je l'avais mérité. »

Sa voix était rauque.

Faythe, elle, demeurait impassible.

« Je n'en ai pas encore fini avec toi. »

Nik prit une mine dépitée puis il se leva et s'épousseta. Faythe, qui le contemplait, fut frappée par l'évidence – elle se serait giflée. Le prince Nikalias Silvergriff de High Farrow. Certes, il portait des tenues décontractées lorsqu'ils se voyaient, mais sa prestance, sa grâce, sa réserve… Cela sautait aux yeux depuis le début. Elle avait juste été trop aveuglée par ses propres problèmes pour le *regarder* comme il fallait. Autrement, elle aurait compris plus tôt.

« Je suis navré, Faythe – sincèrement. Je n'ai jamais eu l'intention de te tromper en ne te révélant pas qui j'étais. Rien n'aurait été pareil si tu avais su. Tu n'aurais jamais eu assez confiance en moi pour me permettre de t'aider. »

Faythe faillit rire face à l'ironie de la situation.

« Et je suis censée te faire confiance maintenant ? Une confiance érigée sur un mensonge est toujours condamnée à s'écrouler.

— Tu m'as pris pour un garde qui patrouillait pendant la fête du solstice… c'était la couverture parfaite. Je n'ai jamais menti, simplement j'ai dissimulé ma véritable identité et mon véritable rang.

— Tu joues sur les mots. »

Elle l'avait vue dans son esprit – la vérité qu'il ne pouvait lui cacher, les sentiments qu'il éprouvait pour elle. Le réconfort qu'elle en retirait n'effaçait hélas pas le fait que, pour eux, plus rien ne serait comme avant.

« Qui je suis – cela ne change rien.

— Ça change tout.

— Mais pas ce que j'éprouve pour toi. »

Faythe sentit son cœur se fendre et dut détourner le regard.

« Il ne pourra jamais rien y avoir entre nous. Il n'y a jamais rien eu. Le garde dont je suis tombée amoureuse… n'existait pas réellement. »

Nik s'apprêtait à répondre mais le grincement de la porte l'interrompit. Les deux gardes qui entrèrent portèrent la main à leur épée sitôt qu'ils virent la cellule ouverte et leur prince en danger.

Faythe leva les yeux au ciel.

Un des gardes s'éclaircit la voix.

« Sa Majesté requiert votre présence dans la salle du trône, Votre Altesse. Nous venons escorter la prisonnière. »

Faythe ne s'habituerait jamais à ce qu'on donne à Nik un titre aussi éloigné de l'image qu'elle se faisait de lui.

L'intéressé soupira, le regard toujours posé sur Faythe. Les paroles qu'il n'avait pu lui dire allaient demeurer muettes, à tout jamais peut-être si c'était bien la mort qui attendait à présent Faythe. Elle était prête. Si Nik n'avait pas menti, Marlowe et Jakon étaient encore en vie. Il restait de l'espoir et elle comptait faire tout ce qui était en son pouvoir pour s'assurer qu'ils repartent libres du château.

Nik lui adressa un ultime regard empli de désir avant de quitter la cellule et de disparaître entièrement à la vue de la jeune humaine.

Les gardes pénétrèrent prudemment. Faythe affichait un sourire sournois qui les fit tiquer, tous deux prenant grand soin d'éviter son regard. Au moins pouvait-elle s'amuser du malaise qu'elle provoquait chez eux.

Par bonheur, ils lui retirèrent ses chaînes et elle put frotter ses poignets endoloris, déjà striés d'épaisses rougeurs. Les gardes la tenaient fermement chacun par un bras, de sorte qu'elle ne puisse tenter la moindre manœuvre rapide. Faythe ne prévoyait de toute façon pas de lutter ou se débattre. Pour avoir une chance de faire libérer ses amis, elle allait devoir employer pour seules armes ses mots.

Les fae l'entraînèrent dans des couloirs désormais familiers. Elle s'était efforcée d'en repérer le plus de détails possible lors de ses précédents passages. Tous ou presque se ressemblaient, et elle savait qu'elle n'aurait guère de chances d'y retrouver son chemin facilement – voire de s'y retrouver tout court. Elle jeta des coups d'œil aux gardes qui n'osaient pas soutenir son regard, ce qui la fit sourire à elle-même. Ils croisèrent quelques collègues, et elle en entendit d'autres encore se joindre au cortège.

Faythe devait l'admettre, elle était un peu flattée que le roi voie en elle une menace justifiant une telle escorte. Lorsqu'ils approchèrent de la salle du trône, les gardes en faction ouvrirent promptement la double porte. Ceux qui encadraient Faythe ne ralentirent même pas l'allure.

À l'intérieur, elle avisa le roi sur son trône, sa pupille installée à sa droite, Nik à sa gauche. Elle s'autorisa un bref regard en direction du prince qui lui renvoya une froide impassibilité. Faythe en déduisit qu'il devait cacher à son père qu'il la connaissait si *bien*.

Elle s'intéressa ensuite à la pupille et en fut sidérée – elle découvrait pour la première fois la fae qu'elle avait prise en otage. Celle-ci avait le teint d'un brun doré brillant et de longs cheveux foncés qui retombaient dans son dos telle une cascade soyeuse, élégamment arrangés en demi-tresses afin de mettre en évidence ses oreilles pointues, rehaussées de traits d'or. Elle adoptait une posture parfaite, dans son ample robe vert profond qui lui donnait l'apparence d'une souveraine. Mais ce qui stupéfia le plus Faythe, ce fut le sourire lumineux et enthousiaste qu'elle lui adressait. Pas exactement la réaction à laquelle elle s'attendait d'une personne qu'elle avait menacée de sa dague.

Enfin, son regard s'arrêta sur le roi qui la détaillait d'un œil prudent et calculateur. Peut-être cherchait-il le meilleur moyen d'exploiter la mort de la jeune humaine qui avait mis à genoux un fae et pris en otage une autre.

Les gardes s'immobilisèrent à quelques pas du trône et firent la révérence. Faythe, elle, resta droite. Orlon plissa les yeux, irrité par ce manque de respect. Elle sentit des mains dans son dos qui voulaient la forcer à s'incliner, mais le monarque leva la main et la manœuvre cessa – les gardes s'écartèrent sans trop s'éloigner toutefois.

« Il semble que ton existence n'ait pas de précédent, *Faythe*, déclara le roi. Et je redoute ce dont tu pourrais être capable si… on n'y prenait garde. » C'en était fini : il allait prononcer son arrêt de mort. Elle redressa les épaules, s'apprêtait à plaider la cause de ses amis jusqu'à son dernier souffle, mais Orlon reprit la parole. « C'est pourquoi, sur le conseil avisé de mon fils, j'ai décidé que tu pourrais m'être utile ici même, au château. »

Faythe crut avoir mal entendu. Elle darda un regard accusateur en direction de Nik qui ne trahit aucune émotion.

« Écoute-le. »

Elle capta le message en périphérie de l'esprit de Nik. Elle aurait volontiers répondu par une moue renfrognée, mais à la place, elle se tourna à contrecœur vers le roi.

« Vous n'êtes pas sérieux », dit-elle.

Le roi serra la mâchoire de l'entendre s'adresser à lui de façon si informelle.

« Oh, je t'assure que je suis on ne peut plus sérieux. Je vais épargner ta vie, fermer les yeux sur tes actes de trahison, et toi, en échange, tu passeras le restant de tes jours à mon service en tant que maître-espionne. Tu vivras toutefois sous la fausse identité d'une émissaire auprès des humains en présence d'éventuels… invités. »

Faythe mit un temps à assimiler ces paroles et être sûre d'avoir bien entendu. Elle partit ensuite d'un rire sourd. Elle promena son regard sur l'assemblée, mais personne ne partageait son amusement face à cette idée ô combien absurde. Son rire hoqueta quand elle ne découvrit que des visages sérieux et comprit qu'il ne s'agissait pas d'une plaisanterie. Elle mesura alors pleinement ce qu'on lui demandait. Non, pas ce qu'on lui demandait, ce qu'on lui *ordonnait*, sous la menace de finir exécutée en cas de rejet. Mais de là à devenir la *maître-espionne* du roi…

« Je refuse. »

Un éclair de rage fusa dans les yeux d'Orlon.

« Je t'offre une dernière chance – dans ma *grande* générosité – et tu as l'audace de la décliner ? »

La voix du roi avait baissé d'une octave.

Faythe s'efforçait de ne pas se laisser déstabiliser par son ton sinistre.

« Je ne ferai pas vos sales besognes. Si vous n'avez pas confiance en votre entourage, Votre Majesté, je vous suggère de chercher conseil ailleurs. »

Les narines d'Orlon se gonflèrent et il se dressa d'un bond. Un mouvement si soudain que Faythe tressaillit, sans toutefois battre en retraite quand le roi descendit de l'estrade et se planta devant elle, la couvrant de son ombre car il la dépassait de trente centimètres.

« Tu préfères mourir ? Misérable et pathétique humaine, cracha-t-il. Je n'ai peut-être pas été assez clair. »

D'une main, il fit signe à un garde. L'instant d'après, Faythe entendit un tumulte sur sa droite.

Elle tourna la tête et une vague de soulagement déferla en elle : ses amis étaient là, vivants. Secoués, mais *vivants*.

« Ce n'était pas une requête », précisa le roi en désignant Jakon et Marlowe.

L'acier brilla et siffla dans la salle du trône quand les gardes qui escortaient ces derniers dégainèrent leurs armes, prêts à frapper dès qu'ils en recevraient l'ordre.

« Attendez ! cria Faythe. Je – j'accepte. *Pitié*. Si vous les laissez partir, je ferai tout ce que vous demandez. Sans résistance. »

Elle se tourna vers ses amis et son cœur se brisa de nouveau. Jakon paraissait faible et épuisé, mais au moins son regard conservait sa fougue. Comment allait-elle les convaincre de la pardonner ?

Le roi émit un rire méprisant.

« Les humains… ce que vous pouvez être faibles ! » Il regagna l'estrade. « Je me réjouis que nous soyons parvenus à un accord. Tes amis seront libres de s'en aller ce soir. Toi, en revanche, tu resteras. »

Faythe se tassa sur elle-même, écrasée par le soulagement. Jakon et Marlowe allaient vivre, rentrer chez eux, être ensemble. C'était tout ce qui comptait. Elle s'était enchaînée aux Enfers pour l'obtenir, mais elle se disait que telle avait toujours été sa destination.

« Tout ce que je demande, c'est de pouvoir leur dire au revoir. *S'il vous plaît* », implora-t-elle.

Le roi prit le temps de la réflexion. Puis, comme pour s'éviter une discussion ou une nouvelle scène de la part de Faythe s'il refusait, il lui permit, d'un geste mou de la main, de rejoindre ses amis.

La jeune femme s'empressa de franchir les quelques mètres qui la séparaient d'eux, et les gardes s'écartèrent quand elle prit Jakon et Marlowe dans une même étreinte. Tous trois restèrent un moment ainsi, en silence, soulagés qu'aucun d'entre eux ne soit condamné à mort. Faythe se dégagea ensuite, ne sachant trop combien de précieuses minutes le roi allait avoir la clémence de leur octroyer avant de lui arracher de nouveau ses amis.

« Je m'en veux tellement. Je sais que vous ne pourrez jamais me pardonner, mais…

— Il n'y a rien à pardonner, souffla Marlowe. Je te remercie d'être venue à mon secours. Je ne l'oublierai jamais.

— Que leur as-tu promis, Faythe ? Je ne repartirai pas sans toi, gronda Jakon.

— Je ne risque rien. Au moins, ils ont décidé de me garder en vie. Ils ont l'air de croire que je pourrai leur être utile. » Elle cacha sous un petit rire la révulsion que lui inspirait ce que les fae attendaient d'elle. « Vous devez partir et me promettre de veiller l'un sur l'autre. Ce ne sont pas des adieux – loin de là. Je trouverai très vite le moyen de vous revoir. »

Sa gorge la brûlait, une boule l'obstruait, la gênait pour parler d'une voix posée, sans s'effondrer complètement.

Jakon l'attira à lui, les bras crispés comme s'il s'apprêtait à défier les probabilités qui jouaient contre eux, et s'enfuir avec elle.

« Un mot. Tu n'auras qu'à me faire parvenir un mot, et j'abattrai ce fichu rempart pour te faire sortir d'ici », marmonna-t-il, le visage enfoui dans la chevelure de Faythe.

Par les dieux – elle savait qu'il le ferait. Quitte à y laisser la vie.

« Je ne risque rien », répéta-t-elle.

Quand Jakon la relâcha, Marlowe l'enlaça aussitôt, à lui briser les os. Et ce qu'elle lui murmura à l'oreille lui donna le frisson.

« C'est le bon chemin, Faythe. »

Cette dernière aurait pu s'écrouler sous le million de pensées qui l'assaillirent en même temps. Marlowe avait-elle su que le capitaine s'en prendrait à elle ? Avait-elle simplement tenu son rôle, tout en connaissant à l'avance le résultat ?

Faythe n'eut pas le temps de l'interroger, son amie la devança par des réponses sibyllines.

« Rien n'est certain. Le destin peut évoluer. Le bien ne triomphe pas nécessairement. Mais tu es sur le bon chemin, celui qui mène au commencement de la fin. »

Faythe n'entendit que des énigmes, néanmoins elle comprit qu'elle ne pouvait questionner l'oracle, au risque sinon de modifier bien plus que sa propre vie, apparemment. Les Esprits œuvraient à travers elle. Le savoir était à la fois une bénédiction et une malédiction pour la forgeronne. Elle possédait le pouvoir de guider la lumière, mais était accablée par le fardeau de connaître les ténèbres à l'avance, sans pouvoir modifier en rien le cours des évènements. Il ne pouvait y avoir de victoire sans souffrance ni de compassion sans douleur.

Faythe enserra davantage Marlowe.

« Il ne m'a pas l'air si bon que ça, ce chemin », lui confia-t-elle en songeant au rôle maléfique qu'elle aurait à jouer pour le roi.

Les deux jeunes femmes se séparèrent, et Faythe maudit la larme qui coula alors sur sa joue. Marlowe l'essuya, un sourire triste aux lèvres.

« Il suffit ! Qu'on les raccompagne au rempart ! », ordonna le roi d'une voix forte.

Faythe s'empressa de saisir le pendentif qu'elle portait sous son costume. Elle tira fort, le mince cordon cassa, et elle plaqua la pierre dans la main de Marlowe en la fixant du regard.

« Elle fait bel et bien effet. »

La forgeronne ouvrit des yeux tout ronds quand elle entendit la voix de son amie dans son esprit. Elle adressa un bref coup d'œil au pendentif, puis acquiesça. Faythe laissa échapper un sanglot quand les gardes lui arrachèrent Marlowe.

« Veillez l'un sur l'autre », insista-t-elle encore tandis que les fae emmenaient ses amis.

Chaque pas qui les éloignait l'enfonçait un peu plus dans le désespoir, jusqu'à ce que tous deux aient franchi une porte latérale en bois. Faythe se serait écroulée sur place si elle avait pu oublier la présence de tous ces fae derrière elle. Alors, elle essuya bien vite ses larmes, se redressa, et réserva sa tristesse pour le moment où elle pourrait enfin être seule.

Chapitre 52

Après que Jakon et Marlowe furent partis, un garde s'approcha de Faythe, qui le fixa du regard. Celui-ci détourna aussitôt les yeux. Ces fae-là apprenaient vite leurs leçons.

Faythe entendit un mouvement dans son dos et, se retournant, elle vit le roi et sa pupille s'avancer. Elle se redressa, nerveuse, face à ces silhouettes sombres.

Orlon s'adressa à elle d'une voix grave et menaçante.

« Que ce soit clair entre nous, petite. Au moindre mauvais tour, si tu cherches à nous attaquer ou à t'enfuir, je veillerai personnellement à ce que tu connaisses une mort lente et douloureuse. »

Faythe ravala la boule que ces paroles lui mirent dans la gorge.

Le roi reprit ensuite d'une voix plus enjouée qui égaya un peu l'atmosphère glaciale.

« Dame Tauria va te trouver des appartements en rapport avec ta condition. Des excuses s'imposent, me semble-t-il, suite à tes précédentes frasques. »

D'une main molle, il désignait sa pupille qui observait Faythe avec, aux lèvres, un sourire tendre.

En toute honnêteté, la jeune femme devait s'avouer davantage angoissée par Tauria que par le roi. La fae prévoyait-elle de se venger sitôt qu'elles seraient seules ?

Tauria s'avança d'une allure gracieuse et lui marmonna de la suivre. Faythe obéit sans même un regard pour Nik, resté sur l'estrade.

Six gardes les accompagnaient, et Faythe se retint de souffler, exaspérée qu'elle était par cette escorte trop excessive. Ce n'était pas comme si elle était capable de contrôler les esprits de plus d'une personne à la fois – du moins n'avait-elle jamais tenté l'expérience, et elle supposait donc que les fae étaient tout aussi ignorants qu'elle de l'étendue de ses pouvoirs.

On la conduisit à travers un dédale de couloirs tous identiques et ni Tauria ni Faythe ne prenaient la parole. La splendeur immaculée du palais était plus intimidante qu'accueillante, et Faythe ressentait atrocement le contraste avec son humble hutte. Cet endroit allait-il devenir sa nouvelle *maison* ? Elle avait été choquée d'apprendre qu'on allait ne serait-ce que lui octroyer des appartements : elle s'était attendue à passer le reste de ses jours en cellule, puisque le roi ne la portait visiblement pas dans son cœur. Or, elle allait être intégrée à son conseil, de rares initiés la connaîtraient comme maître-espionne, les étrangers comme émissaire auprès des humains. Elle savait que ce titre n'avait jamais existé dans l'histoire de High Farrow – ni d'aucun autre royaume, probablement. Les fae se moquaient bien des affaires et des vies des humains.

Jakon et Marlowe – c'était pour eux qu'elle allait se soumettre à ce sort. Cette pensée avait beau lui nouer le ventre, c'était la garantie de leur sécurité, car Faythe ne doutait pas qu'Orlon les fasse, eux aussi, exécuter si elle refusait sa proposition ou ne filait pas droit.

La petite troupe s'engagea dans un nouveau couloir large et lumineux ressemblant en tous points au précédent – à l'exception des tableaux, nota Faythe.

« On a parfois l'impression d'être pris dans une boucle sans fin, les premiers temps, mais tu apprendras vite à repérer les différences », lui assura Tauria en remarquant que Faythe scrutait le décor.

La jeune humaine riva son regard sur celui, marron profond, de la fae.

« Je m'excuse… pour l'autre fois. Je voulais simplement que le roi m'écoute », dit-elle, penaude.

Tauria haussa les épaules comme pour chasser ses remords.

« Moi aussi, je voulais qu'il t'écoute. » Un sourire entendu étira les commissures de ses lèvres et Faythe arqua les sourcils. La pupille s'arrêta devant une grande porte en bois. « Voici qui devrait convenir. »

Elle poussa le battant et entra la première.

Faythe hésita un instant avant de la suivre, escortée par quatre gardes. Les deux autres restèrent à l'extérieur.

Sitôt entrée, elle se figea, le souffle coupé. Cette chambre aurait pu accueillir leur modeste hutte tout entière. Un lit aux dimensions exagérées attirait le regard, contre un mur. Elle fit quelques pas, admirant la décoration. Elle repéra une armoire qui n'attendait plus que ses habits, et une salle de bains privative équipée d'une baignoire. Une autre porte, sur sa droite, donnait dans une petite salle à manger.

Par les dieux, elle n'avait jamais connu un tel luxe, et c'était là qu'elle allait vivre désormais.

« Un peu ostentatoire, je sais, mais je ne doute pas que tu y seras à l'aise. »

Le regard de Tauria pétillait d'amusement face à l'ébahissement de Faythe. Mais elle se dirigea ensuite vers l'immense double porte en verre qui ouvrait sur un balcon aux murets de pierre, sur lequel elle s'engagea.

Faythe comprit l'invitation muette à la suivre – elles allaient pouvoir discuter à l'abri des oreilles des gardes.

La nuit était tombée et le ciel dégagé offrait une vue imprenable sur la voûte étoilée, ainsi que la pleine lune qui les baignait de sa lumière fabuleuse. Tauria plaqua ses deux mains sur la balustrade en pierre, Faythe la rejoignit. Le paysage qui se déroulait en contrebas était à couper le souffle. La Cité intérieure tout entière scintillait comme s'il avait plu des étoiles.

« Magnifique, n'est-ce pas ? » commenta la fae.

Faythe ne répondit pas. À la place, elle demanda :

« Pourquoi êtes-vous bonne envers moi ? »

Ce n'était pas une accusation ni une forme d'ingratitude, mais Faythe ne s'était pas attendue à être si chaleureusement reçue par une fae – encore moins une fae qu'elle avait menacée de sa dague.

Tauria se tourna vers elle, le clair de lune donnant à ses iris une teinte noisette vif.

« Quelle raison aurais-je de ne pas l'être ? » répliqua-t-elle. Comme Faythe ne répondait toujours pas, n'éprouvant pas le besoin de souligner l'évidence, Tauria poussa un soupir affligé. « Nous ne sommes pas tous les monstres sans cœur, ennemis des humains, que tes semblables ont tendance à voir en nous, Faythe. Avec le temps, j'espère que tu t'en rendras compte. »

L'intéressée grimaça légèrement.

« J'ai du mal à croire que *vos* semblables puissent avoir la moindre considération pour nous, quand vous vivez dans un tel luxe alors que nombre d'entre nous souffrent dans les villes, de l'autre côté du rempart. »

D'un mouvement de tête, elle désignait l'endroit en question.

Tauria resta un moment silencieuse, à méditer sur ses paroles.

« Nous sommes nombreux à souhaiter que cela change. »

Faythe regarda un court instant la pointe délicate de ses oreilles, qui les distinguait l'une de l'autre. Elle s'imaginait à quoi ressembleraient des relations amicales entre leurs deux espèces, des rapports d'égalité plutôt qu'une coexistence séparée. À sa grande stupeur, elle reconnut dans la voix de Tauria les mêmes paroles et la même sagesse qu'exprimait Nik. Cela lui réchauffa le cœur et le lui brisa en même temps.

« Pensez-vous que ce soit possible ? » s'enquit-elle tout bas.

La pupille lui adressa un sourire franc.

« Lorsque le prince Nikalias montera sur le trône, je pense qu'une nouvelle ère s'ouvrira pour les citoyens de High Farrow – les citoyens des deux races. »

Tauria parlait de Nik avec une admiration tout affectueuse qui conduisit Faythe à se demander ce qu'il avait pu y avoir entre eux.

Toutes deux restèrent plongées dans leurs pensées, Faythe essayant de s'imaginer les humains et les fae cohabitant dans l'étincelante Cité intérieure. Un sourire d'espoir se dessina sur son visage.

Tauria souffla longuement.

« Je vais te laisser découvrir tes appartements. » Elle se dirigea vers la porte vitrée. « J'enverrai une domestique garnir ta garde-robe, tu disposeras d'un uniforme pour toutes les convocations que t'adressera le roi. » Elle toisa Faythe qui dansait d'un pied sur l'autre. « Tu n'as qu'à prendre un bain et te rafraîchir. Je vais te faire porter des vêtements propres et un repas chaud. »

Sur ce, Tauria repassa dans la chambre.

« Merci », lui lança Faythe.

La pupille s'arrêta le temps de lui adresser un regard pardessus son épaule. Elle hocha la tête et esquissa un sourire.

Faythe apprécia de retrouver la solitude quand les gardes sortirent à leur tour. Elle resta sur le balcon, laissant la brise vivifiante l'envelopper tandis qu'elle réfléchissait au tour nouveau que venait de prendre son destin. Elle porta son regard par-delà l'océan de lumières, par-dessus les flots que formaient les toits, et se rappela une chose : son corps avait beau être enchaîné dans ce château, son esprit demeurerait libre et intact.

Comme convenu, quelques minutes plus tard, on toqua discrètement à la porte. Lorsque Faythe alla ouvrir, deux jeunes femmes apportaient des vêtements propres et un plateau-repas. Son ventre gargouilla et l'élança – elle se demanda soudain à quand remontait son dernier repas.

Elle fit entrer les domestiques, et attaqua aussitôt le dîner avant même d'envisager de prendre un bain.

« Y a-t-il autre chose que nous pourrions vous apporter ? » l'interrogea timidement une servante.

Faythe leva les yeux vers elle avec un sourire reconnaissant. Sa collègue et elle étaient des humaines, et Faythe en éprouvait un réconfort bienvenu.

« Non. C'est parfait, merci. »

Les deux femmes parurent un rien décontenancées par sa réponse chaleureuse. Faythe fut peinée de songer au traitement que les fae devaient leur réserver d'ordinaire. Elles firent une petite révérence et allèrent pour se retirer.

« Attendez, les retint Faythe. Comment vous appelez-vous ? »

Les servantes s'interrogèrent d'abord du regard, sans répondre.

« Moi, c'est Élise, et elle Ingrid. Nous serons vos servantes personnelles, Dame Faythe. »

Faythe manqua s'étouffer.

« Je vous en prie, appelez-moi Faythe. *Juste* Faythe. »

Élise acquiesça.

Faythe n'avait pas prévu qu'on lui affecterait du personnel et elle l'aurait volontiers refusé, mais elle devait par ailleurs admettre qu'un peu de compagnie humaine l'aiderait à ne pas devenir folle dans ce château.

« Souhaitez-vous que nous vous aidions à prendre votre bain et à vous changer pour la nuit ? » s'enquit Ingrid.

Faythe secoua la tête.

« Non. Encore merci, Élise, Ingrid. »

Ces dernières s'en allèrent et Faythe dévora tout ce qu'elles lui avaient apporté : ragoût, pain, fromage, raisin et vin. Le repas était succulent et elle ne put réprimer un sentiment de culpabilité en dînant alors que ceux qu'elle aimait vivaient dans la misère, par comparaison. Au moins savait-elle que Jakon allait profiter de ses gains à La Grotte. Marlowe et lui allaient être à l'aise quelque temps.

Elle se leva ensuite de table en s'étirant et passa dans la chambre.

Pour ce soir, Élise et Ingrid avaient prévu une chemise de nuit en soie courte et une robe de chambre fine ; pour le lendemain, une robe somptueuse. Elle était censée se fondre dans la cour comme une *dame*, de sorte que les fae s'habituent à sa présence quand viendraient les tâches importantes. Ils pouvaient la parer de leurs plus beaux atours, mais ils n'arriveraient jamais à dissimuler son héritage humain, et elle était certaine de ne jamais se sentir réellement chez elle parmi les fae – du moins pas en l'état actuel de friction et de division sociale.

Les paroles de Tauria résonnèrent dans son esprit, lui offrant un espoir pour le futur.

On frappa soudain à sa porte, qui s'ouvrit après une courte pause. Une tête familière, à la chevelure noire, parut. Le prince entra et referma la porte avec une lenteur délibérée pour laisser à Faythe la possibilité de le chasser.

Nik s'arrêta brièvement devant la porte refermée. Faythe et lui s'observèrent un instant puis il s'éclaircit la voix.

« Je voulais juste voir si tout se passait bien pour toi », dit-il, gêné.

Faythe souffrait de le voir si différent du fae auquel elle avait ouvert son cœur. Elle repoussa cette douleur et souffla doucement.

« Il va me falloir du temps pour m'adapter, c'est clair. »

Il acquiesça.

« La vue est…

— Que viens-tu faire ici au juste, Nik ? »

Faythe n'était pas d'humeur à papoter.

Le visage du fae s'allongea tandis qu'il s'approchait d'elle.

« J'ai besoin de savoir que tu ne me détestes pas pour ce que je suis.

— Ce que je déteste, c'est que tu m'aies menti, nuança Faythe.

— Peux-tu me pardonner ?

— Je l'ignore. »

C'était la vérité, et elle refusait de le regarder dans les yeux. Au lieu de quoi, elle préférait tripoter les plis de la robe déposée sur son lit.

Nik avança encore et, du coin de l'œil, elle vit sa main approcher de sa joue.

Elle recula d'un pas.

« Non », dit-elle comme une mise en garde.

Un éclair de douleur voila le visage du fae. Sitôt après, il se redressa.

« Nous ne pouvons plus faire semblant – pas ici. » Faythe sentit son cœur se fissurer. Elle ne pouvait dissimuler sa peine en le regardant dans les yeux. « Tu es le prince héritier et, un jour, tu seras le roi de High Farrow. Peut-être pas de mon vivant. Nous étions condamnés dès le début, Nik. »

Elle cilla pour apaiser ses yeux qui la brûlaient. Le problème n'était pas simplement que Nik était un prince, il y avait surtout sa qualité de *fae* qu'elle s'était tant efforcée d'oublier. Or, personne ne pouvait lutter contre le temps. Elle allait vieillir et périr, alors que lui demeurerait jeune et épanoui dans son immortalité.

Elle ne demandait qu'à effacer le désespoir qu'elle lisait dans ses yeux, désespoir né de la réalité cruelle que tous deux avaient évité de regarder en face jusque-là.

« Quand tu disais que le garde dont tu étais tombée amoureuse n'existait pas réellement… le pensais-tu ? demanda Nik dans un souffle.

— Oui. »

Il tiqua.

« Et non. » Faythe soutint son regard intense. « Ce qu'il y avait entre nous était réel. Mais j'ignore qui tu es en vérité, *Nikalias*. »

Ce dernier inclina la tête – il comprenait l'argument.

« Accepterais-tu de me donner une chance, d'essayer de le découvrir ? Le vrai moi, sans secrets ? »

Faythe sourit à cette proposition, un sourire sincère et chaleureux.

« Cela me plairait, oui. »

Les épaules de Nik se relâchèrent, de soulagement.

« Mes sentiments pour toi ne changeront jamais, Faythe. »

C'était la conclusion dont la jeune femme avait besoin. Vivre auprès de lui sans trouver le réconfort de son contact était une torture, mais elle allait pouvoir tourner la page, car elle savait à présent que, tant qu'elle vivrait, il serait un ami sincère.

« Les miens non plus, Nik. »

Ils sortirent sur le balcon où ils prirent place sur les fauteuils pour discuter. Elle l'écouta, fascinée, évoquer avec passion sa vie de prince de High Farrow. C'était comme une libération d'en apprendre enfin davantage sur ce fae en la compagnie de qui elle avait passé tous ces mois, ce fae qui l'avait sauvée d'elle-même, puis de son père. En dépit de tout, elle aurait toujours une dette immense envers lui pour les risques qu'il avait pris – d'autant plus maintenant qu'elle découvrait combien il avait dû lui être difficile de se promener en ville *incognito*.

« Tauria me semble être une fae intéressante », commenta Faythe lorsque Nik évoqua la pupille du roi.

Celui-ci étouffa un rire.

« À vous deux, vous risquez de causer de gros ravages dans ce château. »

Faythe arbora un large sourire et, pour la première fois depuis ce qui lui parut être une éternité, elle éprouva un authentique bonheur. Ses amis étaient en sécurité, elle-même était en vie, et sa faculté était devenue son salut au lieu de la condamner aux yeux du roi. Ses secrets, révélés, ne pourraient plus la détruire. Elle méprisait la raison qui l'avait conduite en ce château, mais elle se trouvait au bon endroit pour localiser la ruine du temple et libérer son âme, toujours enchaînée aux Bois Éternels. Quoi que Aurialis ait encore à lui apprendre sur elle-même, elle serait prête à l'affronter.

Je savais que ta route te conduirait à la demeure royale. C'est tout.

Un petit sourire étira ses lèvres, mélange de fascination et d'incrédulité. Que Marlowe ait su ou non *comment* elle se retrouverait ici, Faythe n'en avait aucune certitude. Mais elle estimait que c'était sans importance.

Elle tourna la tête pour contempler la cité étincelante. Quitte à vivre ici désormais, autant en profiter.

Son sourire se fit espiègle lorsqu'elle ajouta :

« J'ai hâte. »

Épilogue

Reuben

Les grattements légers, intermittents, des rongeurs étaient le seul bruit à troubler le silence depuis quelque temps. Malgré cela, Reuben restait silencieux, engoncé dans sa petite cellule de bois, n'osant pas même respirer trop fort. Chaque fois qu'un rat couinait, ou bien griffait le sol, cette perturbation mettait son cœur en panique.

Le jeune homme savait que l'embarcation était à quai par le tumulte qu'avait causé l'équipage en débarquant voilà un certain temps, et parce que lui-même ne se ressentait plus le roulis. À son grand soulagement, il avait réussi à contenir la bile qui avait menacé trop souvent de remonter au cours de la traversée. Reuben n'aurait su dire combien de jours s'étaient écoulés depuis le départ de High Farrow ni depuis combien d'heures ils avaient atteint leur destination de Lakelaria.

Son corps avait été au supplice durant la première partie de cet éreintant voyage, et il s'était efforcé de changer de position régulièrement dans la mesure du possible. À présent, entièrement engourdi, il craignait d'avoir perdu l'usage de ses membres.

Décidant que personne n'allait visiter la cale de sitôt, Reuben appuya des deux mains contre le couvercle du tonneau. Le sang battait dans ses tympans dans l'attente de la libération, de la découverte d'un territoire entièrement nouveau, un territoire inconnu. Il força et aurait goûté à l'air frais plus tôt si ses muscles n'avaient protesté contre l'effort réclamé.

Mais enfin, le couvercle céda, et Reuben le fit glisser d'un geste prudent et régulier.

Après quoi, il tendit l'oreille. Silence. Il n'aurait su dire si des fae stationnaient à l'extérieur du navire, toutefois ils risquaient de détecter sa présence s'il venait à trop gesticuler.

Reuben se releva lentement, à mesure qu'une douleur se diffusait à tous les muscles et les os qui n'avaient plus été sollicités depuis des jours. Il savait déjà, grâce aux fissures du tonneau, qu'il faisait sombre dans la cale, néanmoins il parvint à distinguer les contours des autres conteneurs autour de lui lorsqu'il fut debout, cramponné au rebord du tonneau. Puis, aussi discrètement qu'il le put, il s'extirpa de sa cachette.

Lorsqu'il fut libre, il faillit s'écrouler sous son propre poids. Il prit le temps de s'étirer, à la suite de quoi il récupéra ses quelques affaires dans le tonneau. Se retournant, il avisa une bande rectangulaire de lumière : *une porte !* La seule qu'il voyait. Il s'y dirigea à pas de loup, grimaçant chaque fois qu'une latte du plancher grinçait.

Parvenu à la porte, il pressa l'oreille contre le battant. Comme il n'entendit aucun signe de présence humaine ou fae de l'autre côté, il saisit la poignée et, le cœur cognant à un rythme fou, ouvrit tout doucement. Sur ses gardes, il jeta un coup d'œil circulaire à l'extérieur, sans apercevoir quiconque dans la cabine mal éclairée – à son grand soulagement.

Reuben n'avait établi aucun plan, mais une fois débarqué, il se disait qu'il trouverait un humain à qui il demanderait asile… à condition que les fae ne l'arrêtent pas d'abord en tant que passager clandestin. Il n'avait jamais été doué pour les missions d'infiltration discrètes – contrairement à son amie d'enfance, Faythe. Il songea soudain à celle-ci, ainsi qu'à ses autres amis, et à sa *mère* ! Le malheureux avait été contraint de les abandonner, et cela le plongeait dans un abîme de désespoir. Pour l'heure, il ne devait toutefois pas penser à eux. Pas avant de s'être mis en sûreté au moins, autrement le chagrin allait le submerger.

Reuben sentit le courant d'air avant d'avoir localisé une issue praticable. Il le suivit et parvint au sommet d'un escalier étroit, puis dans un couloir humide et miteux, jusqu'à…

L'extérieur, enfin !

Le clair de lune indiquait la sortie en illuminant une ouverture sans porte au bout du passage. Reuben accéléra, tellement pressé de sentir l'air frais sur son visage qu'il en oublia un instant que lenteur et discrétion étaient gages de survie. Il se rapprocha prudemment de la sortie, prit le temps d'inspecter le pont principal. Quelle ne fut sa surprise de ne pas apercevoir âme qui vive – humain ou fae – à bord ou sur le rivage.

Reuben se redressa, puis sortit.

Une fois dehors, il emplit ses poumons d'air salé et jouit d'une liberté divine. Il n'éprouvait pas le besoin de se cacher ni de se faire tout petit, tant les quais étaient manifestement déserts la nuit. Un soulagement – High Farrow grouillait de soldats fae à toute heure du jour et de la nuit.

Il débarqua, le cœur léger. Ce royaume n'était peut-être pas si terrible que cela, si la sécurité et le contrôle y étaient aussi relâchés.

Cette pensée le fit sourire tandis qu'il franchissait la berge en direction des bois. L'endroit lui rappelait beaucoup la Forêt de l'Ouest, encore qu'il soupçonne que rien ne ressemblait davantage à une forêt qu'une autre forêt. Il faisait trop sombre pour qu'il repère le moindre détail qui distinguerait cet endroit de sa patrie. Il régnait là en revanche un calme presque oppressant, qu'il attribua à l'heure tardive et au fait qu'il n'y avait peut-être pas tant de petites créatures des bois que cela, à Lakelaria.

Il ne se rappelait pas grand-chose de ce qu'on lui avait dit de ce puissant royaume à l'école, mais il savait, pour avoir étudié les cartes, que Lakelaria devait son nom aux canaux qui sillonnaient le royaume. En revanche, une histoire particulièrement glaçante ne l'avait pas quitté depuis l'enfance. Ce royaume avait autrefois été régi et occupé par les sirènes, qui possédaient la faculté d'attirer les hommes dans leurs eaux en chantant. Certes, ce n'étaient que mythes et récits d'épouvante, mais Reuben comptait se tenir à l'écart des lacs au cas où.

Au cœur d'un dédale d'arbres biscornus, il avait hâte de ressortir de ces bois qui commençaient à lui donner la chair de poule. Il se figea toutefois brusquement, sûr d'avoir vu un de ces troncs maigrelets… bouger.

Son cœur, calme jusque-là, adopta un rythme rapide et irrégulier. Hésitant entre rester pétrifié de peur ou s'enfuir, Reuben opta pour un entre-deux : il reprit sa progression lentement tout en enserrant les sangles de son sac à dos dans l'éventualité où il devrait courir.

Un second mouvement aperçu du coin de l'œil lui fit tourner la tête vivement.

Ce ne sont peut-être que les feuilles.

Il réprima sa panique. Une infinité de choses bougeaient dans les bois, son esprit tirait sûrement des conclusions irrationnelles sous l'effet de la peur, qui lui déclenchaient une paranoïa légère et l'impression d'être suivi. Malgré tout, il pressa le pas.

Mais à l'instant où une branche craqua sous son pied, tout vira au noir.

Reuben poussa un cri en même temps qu'on lui passait quelque chose sur la tête, après quoi on lui ligota les bras dans le dos à une vitesse folle. Son agresseur invisible l'avait capturé sans lui laisser le temps de respirer.

« *Je vous en supplie !* Je… Je ne veux de mal à personne ! Par pitié, relâchez-moi ! » s'époumonait Reuben, en panique.

Personne ne lui répondit. Il sut pourtant que son agresseur n'était pas seul quand il sentit un bras le prendre par chacun de ses coudes et l'entraîner. Il n'avait pas la force de lutter tant la peur le pétrifiait, lui suscitait un chapelet incohérent et inarticulé de supplications et de protestations.

Ses ravisseurs ne l'écoutaient pas, ni ne desserraient leur étau ou ralentissaient l'allure qui faisait trébucher Reuben. Celui-ci cessa bientôt d'essayer de marcher et se laissa traîner.

Ce furent les minutes les plus longues et angoissantes de sa courte vie ; elles le plongèrent dans un délire qui lui fit craindre qu'on le mène à sa mort. Il entendit une porte grincer, puis perçut un changement dans la nature du sol. Ses orteils ne retournaient plus la terre ni ne se prenaient aux brindilles. Non, ils glissaient à présent sur une surface bien plus lisse et régulière.

Tout à coup, le voyage prit fin, et on le relâcha.

Reuben s'écroula sur le sol froid, son épaule encaissant le choc puisqu'il avait les mains liées dans le dos. Il parvint à se remettre à genoux tant bien que mal, quand soudain on lui arracha le sac qu'il avait sur la tête. Son crâne partit en arrière dans la violence du mouvement, et il dut cligner des yeux aussi vite que son cœur cognait pour s'adapter à son nouvel environnement.

Il se trouvait dans une hutte miteuse, éclairée piteusement par quelques torches. Ce qu'il vit sur sa droite lui arracha un cri en même temps qu'il bondissait vers le côté opposé : deux gigantesques fae, portant houppelande et capuche par-dessus un uniforme noir. Un uniforme que Reuben connaissait, et qui lui rappela des souvenirs de sa dernière rencontre avec des personnes qui en étaient affublés. Il en défaillit presque.

Des soldats de Valgard.

Il les scruta, les yeux écarquillés, bouche bée, incapable de parler, de bouger, ou de s'extirper d'une terreur glaciale. Les fae demeuraient immobiles, ne soutenaient pas son regard, mais, le dos parfaitement raide, fixaient un point derrière lui.

Le plancher grinça, signalant une nouvelle présence dans la pièce. Reuben se tira de sa stupeur et tourna la tête. Sauf que, ce faisant, il ne se retrouva pas face à face avec le colosse brutal et meurtrier auquel il s'attendait.

Non, l'horreur qu'il éprouvait s'estompa sitôt qu'il découvrit, fasciné, la grande fae qui venait d'entrer par un trou noir percé dans le mur. Sa beauté sidéra Reuben qui n'en avait jamais vu de pareille, chez les fae comme chez les humains. Sa chevelure flamboyait d'une teinte ambrée foncée, presque rouge, et ondulait telles de véritables flammes. Son visage était délicat, pâle, *parfait*. Mais lorsqu'il découvrit ses *yeux*…

Il les avait déjà vus quelque part – leur couleur, notamment.

Non. Ce n'est qu'une coïncidence.

La fae s'arrêta devant lui. Elle s'accroupit, alors que lui-même restait à genoux, tétanisé d'ahurissement plutôt que de peur. Elle arborait un sourire félin qui fit se dresser tous les poils de son corps. Elle était belle – mais *dangereuse*. Reuben ignorait à qui il avait affaire, mais un instinct lui soufflait de ne pas être dupe d'une si charmante apparence. La beauté du léopard s'accompagnait de la faculté de tuer.

La tentatrice prit enfin la parole.

« Oui. Je pense que tu me seras très utile. »

Sa voix elle-même, élégante et mélodieuse, semblait ne pas être de ce monde, elle avait quelque chose d'hypnotique.

En effet, Reuben n'arrivait pas à détacher son regard du sien. Peut-être était-il plongé dans une profonde stupeur à l'idée de l'autre personne qui lui vint à l'esprit à la vue de ces yeux – des yeux d'une teinte dorée scintillante. Il ne connaissait qu'une seule autre personne dont les iris arboraient la même couleur, à ceci près que ceux de la fae luisaient un peu plus, par comparaison. Les lèvres rehaussées de rouge de cette beauté éthérée dessinèrent un sourire cruel qui le fit trembler violemment. Reuben fixait ces yeux incandescents tout en luttant avec son esprit pour empêcher ce visage de se transformer… en celui de Faythe.

REMERCIEMENTS

Quel périple ! Un périple fantastique, merveilleux, qui m'a permis de vous présenter mon univers de l'Ungardia. Et pour cela, il me faut remercier une foule de personnes sans le soutien et la créativité de qui ce livre n'aurait jamais existé.

Ma mère, Yvonne, qui n'a jamais jugé que mes rêves étaient trop grands, et m'a toujours encouragée à viser les étoiles. Elle a su écouter mes angoisses, chasser mes doutes et me donner confiance en moi. Merci d'être celle que tu es.

Ma sœur Eva, première lectrice du premier jet de ce roman. Merci pour ton enthousiasme vis-à-vis de cette série, et les encouragements que tu m'as prodigués. Reuben est un personnage que j'associerai à jamais à toi.

Ma nièce Chiara, elle aussi première lectrice du premier jet. Merci pour tes commentaires honnêtes et tes encouragements grâce auxquels j'ai pu apporter des changements qui ont renforcé la trame de ce livre.

Mon père, qui a toujours été un de mes plus grands supporters. Merci. Et quant au reste de notre famille, je vous sais gré de la confiance et de l'élan que vous m'avez donnés dans le processus d'écriture. Merci pour votre amour et votre soutien.

Mon extraordinaire éditrice, Bryony Leah – je remercie ma bonne étoile de t'avoir. Tes interventions et suggestions sont inestimables, tes encouragements et compliments m'inspirent, enfin ton implication et ton attention sont admirables. Merci d'être aussi professionnelle, conciliante et passionnée pour ce projet.

Alice Maria Power, pour cette couverture absolument épatante. Ton travail est ce que le monde réel connaît de plus proche de la magie. Merci de toute l'attention que tu portes à chaque détail. J'ai hâte de te voir illustrer la suite de cette série.

Enfin, et c'est peut-être le plus important, je ne pourrais pas faire ce que j'aime sans vous – les lecteurs ! Du fond du cœur, merci d'avoir choisi mon livre et d'avoir entamé ce voyage en Ungardia. Ce n'est que le commencement et j'espère vous revoir tous pour la suite des tribulations de Faythe, et de tous les autres personnages qui la rejoindront en chemin ! Merci à tous.